MATTHIAS HARTJE

DIE FRAU IN TON

Roman

Impressum:
© Matthias Hartje, 1. Auflage 2017
Covergestaltung: Matthias Hartje
Autorenfoto: Matthias Hartje
Lektorat: Rainer Stecher
ISBN: 9783743162532
Herstellung & Verlag
BoD – Books on Demand, Norderstedt

Das Buch

Lena, eine Frau, die sich in der heutigen Gesellschaft neu orientieren möchte, sucht Anerkennung in der Kunst. Sie wurde von ihrer Mutter nie beachtet und erlebte eine kalte, herzlose Kindheit. Sie kennt nur ihren Vater, der ein sexbesessener, bösartiger Mensch ist und ihre Vorstellung von einer liebevollen Männerwelt zerstört hat. Ihrer Ansicht, dass ein Mann anders sein kann als ihr Vater, schenkt sie keinerlei Beachtung mehr. Sie will keinem Mann trauen oder dessen Nähe zulassen, bis eines Tages ein Mensch ihren Weg kreuzt, der wahrhafte Liebe für sie empfindet.

Der Autor

Matthias Hartje, geboren 1960, absolvierte eine Lehre als Filmkopierfacharbeiter und später als Druckformhersteller. Viele Jahre hat er in einer Wohngruppe für demenzerkrankte Menschen gearbeitet, wo er sich für den Beruf als Wohngruppenfachkraft für Demenz entschied.

Besuchen Sie mich im Internet:
www.poesieundaquarelle.com

Für Björn & Sven
KAHLERT

Prolog

Liebe mich! Liebe dich! Liebe die Welt und renne die Straße hinunter, wo die Flammen der Vergesslichkeit aufsteigen, die dich in deinen dumpfen, belanglosen und chaotischen Gefühlen erhitzen. Liebe den Mohn! Liebe das Zurückliegende, das Verwahrloste! Liebe das Elend und den Schmutz deiner verfälschten Dankbarkeit! Liebe den Schmerz, der dich spüren lässt, dass du jemand bist, der du nicht sein willst! Dein Antlitz zeigt die Sorge und aufgewühlte Musik, die von deinen Fingernägeln erklingt. Sie erreicht den Kelch der Hilflosigkeit bei Weitem nicht. Der Nebel mag dein Wesen, die unsinnigen Momente deines Lachens. Dicht gefolgt von Angstschweiß, der die erbärmliche Niedertracht von oben herab umarmt.

Du, das scheue Reh, das Gaben verschenkt, die dir nicht gehören? Nur dein Gedanke, der sich von der Liebe abgewendet hat, um nicht aufzufallen, was das Gefühl von dir will, wurde an jenem Ort verbrannt. Und deshalb wird die schwache Kraft in dir das wuchtige aus Blei gegossene Tor nicht öffnen können. Der kalte Wind war es, der deine süßen, geschmeidigen Lippen zerrissen hat, um das Gesagte nicht zu dulden. Deine erbärmlichen Gedanken zerstreuen das blutgetränkte Ufer, das deiner erhärteten Welt sehr nahe steht. Deine schnellen Küsse waren nicht begehrenswert. Sie taugten nichts. Selbst deine heruntergekommene Würde erschien beim Schlendern in den Gassen sehr frivol und feige – man kann sagen, sehr eigenartig und aggressiv. Besser noch, das seltsame Gehen deines Schrittes auf dem Kopfsteinpflaster erwürgte deine Erscheinung als wäre der Leichengang ein Tanz deiner Fröhlichkeit.

Der Gang deiner Schritte erzählt vom wahren Epilog, dem wahren Verächter, der von dir erdachten Muse. Alles scheint dir leicht zu fallen. Man könnte denken, dass deine Talente in jedem deiner Moleküle bereitstehen und darauf warten, das Leben einer weiblichen Prinzessin von anno dazumal zu führen. – Hast du nicht bewusst diese Stadt ausgesucht, in der das Altertum und die Monarchie noch zusammenpassen, in der die Ampelschaltung, die an der einzigen Kreuzung im Ort rot leuchtet, auf dein Kommen wartet? Und wenn du es schaffen würdest, diese bizarre Situation mit einem Lächeln zu überschatten, dann könntest du ein Balsamholz in die Hände nehmen, das dir all die Geschichten von der Liebe erzählt. Aber leider! Ja, leider war es dir nicht vergönnt, die Liebe und den Hass in Verbindung zu bringen. Die verblassten Rollos an deinen Wohnzimmerfenstern verkriechen sich unter dem wackligen Blumenbrett, das nur den Kaktus der Freude festhält. Das kann doch nicht alles sein?

Deine Wände sind feucht geblieben. Die Tapeten haben sich gelöst und gleiten nach unten. Dein Briefkasten ist voll. Dein nicht fertig gemaltes Aquarellbild erbricht die letzte frivole Heuchelei, und du bestickst damit dein Leichentuch. Alles in dir scheint so leer, als würdest du die Armut bitten heimzukommen. So infam und unberechenbar ist dein Ego.

Kein Witz erreicht deinen Verstand, kein Wahnsinn sprengt deinen verletzten Geist. Kein Spott verdirbt deine Angst. Kein Licht erklimmt die gedachte Illusion, die deiner unreinen Haut einst so nahe kam. Zu nahe, denn die Ideen, die keine Silben deines Vornamens kannten, wurden auf dem Aquarellpapier von dir zerschnitten, zerquetscht, verworfen, verdrängt und letztendlich ertränkt. Und das alles mit dem Sinn, aufzufallen, wichtig zu sein und der Dominanz den Lack abzulecken. Pfui Teufel! Und nun ist dein Weg in Gefahr, denn die Einsamkeit lässt die Luftballons fliegen, die du jetzt herunterholen musst. Die Andacht einer Umkehr der Veränderung wagt das Schachspiel im Zuge deiner Überlegung. Nur, dass der Anfang gemacht werden muss.

Eins

Das Knarren der abgelaufenen Holzdielen im Arbeitszimmer erzählt nur mühsam das Haltbarkeitsdatum des Inventars deiner Psyche. Nur langsam sieht das Auge das Mobiliar, das ohne Licht auskommen muss. Kalt ist der Raum. Spinnweben kennen ihren Preis und lassen Fliegen sich im Netz verfangen. Verstaubt und verschrammt ist der Kleiderschrank. Der aufgewirbelte Staub kennt seine Tarnung und sucht die Holzkisten aus, die Jahrzehnte lang unter dem Bett standen. Die Deckel sind brüchig, denn die Nässe lässt sich Zeit, um jene Erinnerungen wegzubewegen, die keinen Halt mehr finden.

Chaos ist entstanden. Loses Blätterwerk liegt auf dem trockenen Boden. Ungelesene Bücher liegen zerrissen auf dem aufgewühlten Bett. Bunte verblasste Stoffe hängen über den Stühlen. Heruntergerissene Gardinen flattern bei offenem Fenster unruhig im Wind und die leeren Blumenkästen dürsten nach Wasser. Abgerissene Regale prägen die heimische Idylle, die den Gestank der schlechten Luft mit sich nahm. Ein gefüllter Aschenbecher und abgebrochene Bleistifte senken den Traum von heller Freundlichkeit. Die Stafette liegt zerbrochen auf dem Boden, gibt keinen Gedanken mehr weiter. Die Farbschalen sind getrocknet und warten ab, bis sich die Pinsel selbst entfremden, um hart zu werden, wie du erhoffst. Zerrissenes Aquarellpapier versumpft in den Ritzen, die dein Treiben nicht mehr tolerieren. Das Lampenglas der Schreibtischlampe liegt zersplittert auf dem zerfransten, mit Öl getränkten Teppich. Das Muster, das du nicht sehen willst, ist gut sortiert.

Ist hier die Einsamkeit entstanden, die dir nicht mal genug Zeit ließ, die Seiten des Buches auf dem Tisch zu verschließen? Ist das deine Entscheidung von Flucht oder Ankommen? Schon deine Anwesenheit hier im Raum bringt dem Bettler von der Straße die besten Gaben zu sich nach Hause und vermischt die Langeweile mit Elend. Erbärmlich und verdreckt liegt dein Gesuch an jenem Ort, der dich einst zum Wahnsinn führte. Dein Kommen ist nicht gewollt. Nur das Hinterfragen macht einen Sinn, den Anfang zu wagen.

Was ist geschehen? Wer erfuhr das Gesagte und warum ist das Gefühlte verloren gegangen? Ist die Utopie ein Märchen, das den Krieg mehr liebt als den Verwundeten? Lass die Ruhe dort grasen, wo sich der himmlische Rauch mit deinen Sinnen verbindet! Lass deine geschlossenen Augen weiter zu und beschenke deinen Traum mit bunten Farben, die du brauchst, um zu sehen, was im Dunkeln liegt! Lass sichtbar werden, was du verdrängst, was nicht spürbar ist! Inhaliere deine Zigarette vergnüglich und bitte darum, dass auch dein letztes Lachen vom Wissen über den Tod gekrönt wird! Entwerfe das unerprobte Lebensmodell von Neuem und begrüße den letzten Pinselstrich am Tag, der gestern das Aquarellpapier noch nicht mochte! Halte aus und verbringe die Zeit in Geduld! Aus ihr werden deine Ideen geboren. Sie werden deinen Weg begrüßen. Sie werden die geraden Linien biegen, um sie in den langen Schatten zu ziehen. Sie werden den Schatten verlängern, um aus dem heißen Ort deiner Mitte zu entkommen. Berühre dein Mitleidmantel aus Fell! Berühre mit dem Licht die dünne Schale aus Blut! Treib das vertrocknete Balsamholz fort und geh auf die Brücken, die dich tragen, um den gefallenen Soldaten zu empfangen! Verlasse deine verkorkste Kindheit, aus der dein Name entsprang! Verdränge dein geschriebenes Gedicht und erkläre, dass der gefundene Weg ein Irrtum bleiben muss! Nur das schlichte Maß von Elend reicht dir die Hand, um dir das schöne Wort zu entreißen. Deine Sprache kennt deinen Namen nicht. Gönne dir das Gemach der langsamen Heuchelei, die deine Gier befriedigen will!

Was kannst du mit dem Glauben anfangen, der deinen Gedanken gegenübersteht und sie doch ablehnt, der dich unter dem Regenschauer erdrückte, als die Gnade dich umarmte! Gönne dir die Auszeit mit dem eisigen Wind, der sich am Zaun verfängt! Gönne dir den Traum von unverstandener Wut, die ein Entkommen ermöglicht! Gönne dir die Zeit des Weinens, die dich befreit und mit ultrahellen Reflexen beglückt! Hole dir die übrig gebliebene Hoffnung, aus der die dünnen Fäden einer Zukunft gesponnen werden, die brennend auf deiner Haut zucken und jucken als würden sie eine Erklärung suchen, die dir aber nicht weiterhilft, um dein Überleben abzusichern. Nur deine Gleichgültigkeit, die dem Geschmack von Blut und nassen Wunden nahe kommt, kannst du noch lieben.

Auch die jungen Sänger an deiner Haustür werden den Refrain nicht kennen, da sie nichts über die Wahrheit wissen. Keine Lebenswaage wird das Gewicht der Scham und der Neugierde halten können. Sie geben deinem Gefühl keine Ruhe. Sie trotzen und agieren bunt in dir weiter und rufen den Marktschreier in dir auf, der die Wahrheit weiß. Die Stimme wird laut, aufdringlich und kommt dir sehr nahe. Sie wird zur schweren Last, und deine Ablehnung spaltet sich auf, um die Hierarchie deines Ichs in einer Nacht nachzuempfinden. Aber es ist nicht möglich, weil das Wilde, das Schlimme, das Arge in dir kein Wasser findet.

Der Grund deiner eigenen Ablehnung ist schwer zu beschreiben, denn das ehrenhafte Gefühl ist dir längst abhanden gekommen. Du hast es nicht bemerkt. Deine Neigung zum Leben und zum Tod kennt nur den Verdacht von Verrat. Die Spaltung deiner Ideen wird die Empfindung in dir wild wuchern lassen und nicht mit dir eins werden, um das ewige Feuer zu löschen, selbst wenn du sagen würdest: „Ich liebe dich!" Du hast vergessen, was

Verachtung für eine Rolle in deinem Leben spielte. Du hast stets vergessen, dass die männlichen Kreaturen das Schachspiel aus Zwang spielen, um Reife und Genesung zu riechen.

So kannst du in Ruhe deinen Tee trinken und mit der Verpflichtung die Hände zusammenfalten, dass die innere Neigung feinfühliger wird als das Bildnis deiner Kindheit. Aber das tritt nicht ein, denn die Unentschlossenheit nagt an deiner Seele, die dich weiterhin krankmacht. Nicht einmal die winzige Möglichkeit der Freude wird von dir aufgerufen, um deinen Lippen ein winziges Lächeln abzuluchsen. Nicht einmal das seltene Geschenk der Zuneigung war dir ein Lächeln wert. Leider! Und doch ist das Glück in dir vorhanden. Es ist klein und versucht trotzdem den Weg zu finden, um dir die innere Flucht zu ermöglichen. Dein Gesichtsausdruck von fremder Bewunderung kennt keine Grenzen, und doch tust du so, als wäre der Gesang, der immer wieder von den benachbarten Straßenzügen zu hören ist, für dich das Langweiligste auf Erden.

Leere Straßen verwalten deine verbitterten Gedanken über die Unehrlichen, die Parasiten, die Verdammten, die keine Neigung für das Schöne haben. Diese Gedanken fordern dich auf, den geplanten Bluff zu befolgen, der dein Lebensschema jeden Tag neu kopiert. Du siehst etwas, das nicht da ist. Du kannst dich nicht hassen und gleichzeitig lieben. Du wirst nicht mit der rechten Hand die Dunkelheit berühren und im Licht leben können. Deine Gedanken führen dich ins Chaos. Missverständnisse entstehen und dienen deiner Angst, denn sie lebt davon. Nur deine zierlichen Fußabdrücke lassen erahnen, dass die Holzdielen die eigentlichen Zeugen deines Seins auf Erden sind. Mehr war auch nicht das Ziel deiner Täuschung, deiner Verirrung, deiner Missverständnisse. Nur die Symbole haben dich erreicht – Symbole, die keine Mahnungen kannten. Deshalb fordert die Angst die Lüge auf, alles neu zu erfahren, um nicht zu vergessen. Fatal, denn du forderst stets die Schuld auf, jene Motive zu finden, die deine Verletzungen geprägt haben.

Du bist du. Schuld und Schmerz stellen keine Fragen, ließen dich aber in Ruhe – bis heute. Die starke Ignoranz in dir keimte leise an der Zunge empor, sollte jede Blume zum Erblühen bringen. Keine menschliche Seele würde dich auf einem Bahnsteig ansprechen, nur weil dein dünnes Haar sich mit dem Sturm dort draußen verbindet. Deine Nase nach oben gerichtet, dann erblindet im Regen die Krone der Schöpfung. Deine Augen sehen nicht die Armut, die ein aufeinander Zugehen ermöglicht, um sich mitzuteilen. Nein, es ist deine innere Stimme, die das spielende Kind anschreit, um sich zu behaupten.

Dein übergroßer Filzmantel passt dir schon lange nicht mehr. Du hast auch ohne ihn inzwischen begriffen, wie man ein Fenster öffnet, um sich im Winter der Kälte bewusst zu werden. Die Ruinen aus dem Hinterland werden der Keuschheit ihre hilflose Aufwartung machen. In voller Erwartung werden sie dir von einer heilen Welt erzählen. Aber denke daran, dass die heile Welt nicht aus Watte besteht, denn deine Gedanken sollen in deiner Seele ein festes Fundament erhalten. Die pure Täuschung ist der brutale Schakal des Denkens. Irren ist ein Wesen der Angst.

Das angeblich bescheidene Leben, das du immer wieder betonst, kennt keine bunte, hell erleuchtete Reklametafel, worauf geschrieben steht: „Umarme dich selbst!" Dein Zorn kennt bereits alle Warnsignale, die deine spirituellen Bezeugungen in Gefahr bringen. Und doch ist dein Unwissen von einer angeblichen Wahrheit über dich die Inszenierung einer unendlichen Verlogenheit. Und diese Verlogenheit kennt keine Dankbarkeit, keine Musik einer friedlichen Zerstreuung. Sie wird dich nur zur mehrfachen Teilung deiner Angst verführen.

Tränenreich stehst du vor einem verschlossenen Kleiderschrank und weißt bis heute nicht, wann die Zugvögel vorbeiziehen. Du weißt nichts! Der trockene Mund unterbricht dein Nachdenken. Die pure Euphorie, die beherrschende und stetig wachsende Kunstwelt zu verstehen, versagt zu jeder Tageszeit und kann nicht aufgerufen werden. Blind ertastest du deine jetzige erbärmliche, versaute, dreckige, elende Welt. Stumm tastest du mit deinen zarten Fingern über das nicht gemalte Bild. Du tappst wie ein junger Frosch auf dem Trockenen umher und hoffst auf Nässe, die in der Wüste nicht zu finden ist. Deine Erlebnisse werden vergessen bleiben, weil dein Film nie gedreht wurde. Alles zerbricht, du schwankst auf einer Schaukel, die dich nicht mehr lange trägt. Den Anschluss, der dein Pseudoleben entfremdet, wirst du erneut verpassen. Du bist mit dir selbst fremd gegangen und verfolgst kühle Schatten, in denen du deinen Feind vermutest. Vor dem Hintergrund, den einzigen silbernen Faden der Begierde aufzuspüren, hast du die Straßenseite gewechselt. Deine Augen tränten und die Gase der Vergesslichkeit zwickten in deinen Haarwurzeln, die du schließlich im Wind verloren hast. Vielleicht sind deine hasserfüllten Erinnerungen in eine langsame und eklige Musik übergegangen, die an so manchen Tagen deine Stimmung aufhellen soll. Die traurige Stimmung in dir, die dich ständig heruntergezogen hat, erkannte die Besonderheit nicht, was gute Ideen im geistigen Denken auslösen können. Die leeren Tulpengläser mit dem Wappen der Angst im Glasschrank warten darauf, mit diesen Tränen gefüllt zu werden. – Du kennst den Rhythmus der Naturbegabungen, die in unterschiedlichen Wahrnehmungen betrachtet und bei gelangweilten Denkern für schön empfunden werden. Es gibt kein Zurücklehnen! Du wolltest die Leistung erbringen und dir Respekt verschaffen. In der Vielzahl deiner melancholischen Lebenssituation, die eine dir typische Sicht für das Seltsame entfacht hatte, bist du stecken geblieben. Natürlich war ein sanfter Sonnenuntergang mit den rötlichen Nuancen eines Regenbogens unbekannt an dir vorübergezogen. Du hast die seltenen Augenblicke, die du erhaschen konntest, verschenkt. Zu mächtig war das Bild der Freude, die als kleine Zeichnung einer Angst zu sehen war.

Ohnmächtig steht dein Geist jenem gegenüber, der dir Zuspruch gibt und sagt: „Gib nie auf!" Nur ein Wunder kann deine Prämissen der Verdrängung stoppen. Ja, das wäre ein Wunder! Denn in dir baut sich ein Widerstand auf, der das Chaos schürt und den Werdegang deiner Heilung immer wieder zerstört. Diese Gefahr musst du erkennen! Aber leider ist es dir nicht gelungen, aus dem Wulst von Verquickungen herauszukommen, denn die Wahrheit lag nicht einfach auf der Straße. Man musste selbst nachschauen, um den Ast seiner Persönlichkeit zu finden. Viele „Alte Denker", die dich kennen, werden die gestrigen Zeitungen wieder wegwerfen, denn sie wissen bereits, wann die Züge abfahren müssen. Kein heiliges Wissen ist erforderlich, um mit gutem Betragen und feinen Kleidern durch die Straßen zu stolzieren und Anerkennung zu bekommen – die du angeblich brauchst. Gesehen wird man gewiss, das solltest du wissen! Kleider machen Leute, und schlechte Stoffe erkennen den wahren Charakter, der in der Bibel durch sündige Seelen gut beschrieben wird. Und was sagt man dazu? Man kann in einer Höhle wohnen und das Selbstbildnis im Traum noch mal nachzeichnen, gleichwohl bleibt die Höhle kalt, auch wenn der Traum warmherzig sein mag. Ob du das verstehen kannst? Ich weiß es nicht! Wie lautet dein Name? Unter welchem Sternzeichen hast du monatelang gelegen und die Sternschuppen am Himmel gesucht, die dich nie erreichten? Unbekümmert und unbeachtet bist du allein durch die Straßen gelaufen und deine trockenen Blicke verfingen sich im Kopfsteinpflaster. Deine Scham macht das Bild perfekt. Du kennst keine Freunde, keinen Nachbarn und keinen „Alten Denker", der am Gemüsestand das verfaulte Obst herausholt, um dich anzusprechen. Du erkennst keinen gut geschnittenen Mantel mehr. Du gehst auf der anderen Straßenseite, verschickst im gleichen Atemzug kalte Grüße mit der linken Hand und schiebst leise eine eiserne Maske über dein Gesicht als wäre ich für dich ein fremder Mann, der das Schafott mehr liebt als das Leben. Kannst du nicht erkennen, dass ich „Ich" bin? Ich trage einen anderen Mantel und mein Herzschlag klingt anders. Selbst meine Stimme sucht das Liebliche, das Erfreuliche, das Hüpfende, das Verspielte in dir. Mein Eindruck täuscht mich nicht, wenn ich eine deiner Türen öffnen möchte, aber nicht kann. Schwere Balken hindern mich daran, das Licht in deine Schmerzkammer zu lassen. Kein Wunder, dass du krank geworden bist. Denn es war ja angeblich richtig, dass du mit der Einsamkeit den Bund fürs Leben geschlossen hast. Kein Wunder, dass du mit schwarzem Asphalt deine Puppen verformt hast, um das verbrannte Innenbild in dir nicht zu löschen.

Es ist dir schon bewusst, dass dein Familienname auf vielen dieser Krankenakten mit diversen Aufklebern überschrieben wurde und dass bereits vergangene nicht geheilte Schicksale aus dieser weißen Klinik vor deiner Zeit das Weite suchten, um nicht noch kränker zu werden. Aber nein, du gehst einsam die Straße entlang und schaust dir die Geschäfte an, die nichts weiter in ihren Auslagen haben als nackte Illusionen, die keiner wissen will: Schultheiß-Bier, Neckermann-Reisen, Fleischerei, Apotheke, Bäckerei, Wäscherei und die endlosen Kneipen mit der Bitte einzutreten.

Ja, komm herein! Sie werden dir zeigen, wie man das falsche Feuer entzündet, um dir fettigen Ruß um deinen Bart zu schmieren. Komm trink etwas, damit das Vergessen reizvoller wird! Sie wollen dir Gutes tun. Sie wollen, dass die Angst verschwindet, dass du dich wohlfühlst und einem besonderen Hobby nachgehst – einem Hobby, dem viele kranke Seelen bereits gern nachgehen. Und dieses Hobby hat viele Namen: „Die erleuchtende Sucht", „Süße Alkoholsucht", „Eingelegte Nikotinsucht",

„Weiß eingefasste Drogensucht" oder „Leere Magersucht". Ist das die Perspektive, die du gesucht hast, oder ist die Übernachtung unter der Brücke eine bessere Variante? Wahnsinn! Seltsam schön! Überall diese Störungen, Konflikte, Unruhen, Täuschungen, Irritationen, die dich davon ablenken, wer du wirklich bist. Sie wollen dich vermischen, verwechseln und letztlich verwirren, um dich zu zerdrücken. Oder willst du gar nicht mehr du selbst sein? Ist die Zeit leise an dir vorübergegangen und hat sich mit einem Kalkül vermischt, das die Gefühle in dir nur noch mehr aushärtet? Jenseits deiner Maske sind dein Stolz und dein Mitgefühl in dir verwittert wie Baumrinden, deren inneres Gewebe von Maden zerfressen wird. Aber nein, du hast deine Entscheidung gefällt und wirst den Verrat vollstrecken, der in deiner Kindheit nur kurz verkündet wurde. Und nun bist du verbittert und lehnst das männliche, angeblich weiche Leder ab, nur weil die Angst dir sagt, dass es wieder geschehen wird. Was wird wieder geschehen? Was könnte dir denn geschehen, wenn am Tag ein einziger Sonnenstrahl deine Haut verbrennt?

Zwei

Dein Name steht auf Briefumschlägen, auf Namensschildern, auf Postkarten und in deiner Geburtsurkunde. Und diese Geburtsurkunde ist präsent, einleuchtend, grandios, edel und in seltenen Variationen deiner Gefühle lebendig.

   Lena, die Auserwählte. Sie besitzt eine zarte Figur mit feinfühligen, dünnen und sensiblen Fingern, die sich so vorsichtig an eine Kaffeetasse herantasten als würde jeden Moment das Porzellan zerbrechen. Du kannst sie stehen lassen und so tun als wärst du mit dir allein auf der Welt. Du läufst die Straße entlang, ohne mich zu beachten. Früher war das anders. Wenn du mich schon von Weitem gesehen hast, bist du auf mich zugerannt und hast Tausende fliegende Küsse verteilt. Wie wunderschön doch dieser Anblick eines berauschenden Festes bizarrer Erinnerungen war, die ich immer noch in mir trage. Ich sehe noch deine kurzen Schritte, die deinen kleinen Körper hoben und senkten. Die zarte Brust schaukelte sacht und leicht, als ob das Leben sie rief. Die Sohlen deiner Schuhe tippelten hörbar auf dem nassen Asphalt und spielten eine taktile Musik. Übrigens, es war die erste und letzte asphaltierte Straße, die in deinem Dorf, wo du aufgewachsen bist, hergestellt wurde. Es war angeblich ein Geschenk aus der Hauptstadt – Ende 1988. Dein Dorf wollte man auf diesem Wege würdigen, weil die Bauern die meisten Schweine in den Ställen besaßen und stolz den Namen „LPG Ernst Thälmann" trugen.

Du wirst dich sicher erinnern, wie im Dorf die ausgebleichten DDR-Fahnen an die Häuser gesteckt wurden. Jeder Garten schmückte sich mit roten Girlanden. Jungpioniere sangen das Lied „Die kleine Friedenstaube". Die Genossen steckten sich eine rote Nelke an, dabei waren sie nur froh, dass sie nicht zur Arbeit brauchten. Nach dem Spalier vor dem Rathaus waren die Kneipen voll, denn der Bürgerrat und die Volkssolidarität spendierten dünnes selbst gebrautes Bier.

Ich sehe in deinem Gesicht, wie misstrauisch du grübelst und diese Zeit mit deiner linken Hand abwinkst. Aber es war so, und diese Zeit gehört zu uns.

Ich kenne die Geschichten der Verstaatlichung der Bauernhöfe auf den Dörfern, die dann schließlich zu LPGs umgewandelt wurden. Es ist gut zu wissen, wo man seine Ausbildung gemacht hat. Deine Alten haben es geduldet. Sie haben keine Fahnen an ihre Häuser gehängt. Die Veterinärausbildung in Erfurt war nicht dein Ding, und dennoch hast du sie mit Gut abgeschlossen. Du sagst heute, dass es verschenkte Jahre waren. Deine Alten haben es abgelehnt, dich auf eine Kunsthochschule zu schicken. Den Ablehnungsbescheid hast du heute noch. Immer und immer wieder hast du das beschissene Papier herausgeholt und dich darüber ereifert, warum gerade dir das passieren musste.

Selbst deine Mutter war am Anfang von dir begeistert. Sie hat gesehen, dass der Stift leicht in deinen Händen saß. Mit geübtem Schwung hast du die Linien gezogen. Schatten kamen hinzu. Wellen brachen das Licht und nach wenigen Sekunden lebte das Aquarellpapier auf. Nach der Schule hast du viel gemalt, vor allem Porträts, die du dann sogar mit kleinen Prosaversen versehen hast. Wie ein kleines Fotoalbum sah es aus. Eines der alten Alben hast du einer studierten Kuratorin gezeigt. Sie war von dir begeistert. Endlich eine Seele, die dich verstanden hat. Sie konnte in deinen Zeichnungen die Verletzungen erkennen, die in dir schlummerten. Eine Gleichgesinnte zu haben, war für dich wie ein kleiner Diamant. Und diesen Diamanten wolltest du mit keinem teilen. Aber deine Mutter entdeckte diesen Diamanten, den du lange Zeit verheimlicht hast. Dein Drang, nach der Schule oder nach der Arbeit ins Atelier zu gehen, um dort der Kunst zu frönen, war deiner Mutter ein Dorn im Auge. Der Kampf begann, ein Aufgeben gab es nicht. Der Zwang, die Hoffnung, das Zureden, das Zurechtlegen für den morgigen Tag, dass die Kunst bald dir gehören würde, war vergebens. Der Bluff deiner Mutter funktionierte, denn sie spielte mit der Zeit – mit deiner Zeit. Diese Zeit war für immer verloren. Jeden Morgen hast du die Kühe gemolken und ihnen Streu gegeben. Jeden Morgen. Woche für Woche. Und während du das Vieh versorgt hast, hat deine Mutter Skulpturen geformt und gebrannt. Ihre Macht weitete sich aus. Ausstellungen hatte sie vorbereitet, Flyer ausgehängt, Skulpturen ausgewählt. Die Plakate hingen überall in der Stadt. In Zeitungen wurden sie abgebildet und man nannte deine Mutter „Kunstkönigin aus Eichsfeld". Für dich war das unerträglich. Überall bist du deiner Mutter begegnet. Und irgendwann wurde dir klar, dass sie dich auf den Arm genommen hatte. Sie hat dich nie ernst genommen. Das Schlimme war nur, du hast es mit dir machen lassen. Ihre Worte, dass du dumm und naiv sein würdest, stimmten nur zum Teil. Und das weißt du auch.

Im Leben geschehen viele unerklärliche Dinge, denen man keine große Bedeutung beimisst. Man nimmt sich selbst nicht so wichtig. Gefühle werden einfach heruntergeschluckt. Man wird mit der Hoffnung vertröstet, irgendwann die geliebte Kunst studieren zu dürfen. Irgendwann. In fünf oder zehn Jahren? Heute ist man an einem Punkt angelangt, wo man sich fragt: Was habe ich daraus gelernt? Wie habe ich diese Erfahrung zu meinem Vorteil genutzt? Ich glaube, diese Fragen hast du dir nie gestellt. Nie! Du bist in einer Falle zerbrochen und hast keinen Neuanfang gewagt. Zu keiner Zeit hast du den Mut gefunden, dem Fluch deiner Mutter zu entkommen.

Mehr noch! Du wolltest ihr zeigen, dass du etwas bist. Dein späteres Studium war nur ein kleines Trostpflaster. Ich glaube, dass sich hinter dieser Fassade noch eine schreckliche Geschichte verbirgt, von der du dich bis heute nicht erholt hast. Es ist etwas geschehen, was die Einweisung in die Klinik notwendig machte.

Lena, was war geschehen, dass du an einen solchen Ort kommen musstest, wo Ärzte mit weißen Kitteln in langen Fluren herumrennen? Sie sind wie winzige Hornissen mit Namensschildern. Ich stehe vor dem imposanten Gebäude und verzähle mich andauernd in der Anzahl der Fenster der jeweiligen Etage. Neunzig habe ich gezählt. Dazu weiße Wände, unzählige Speisesäle und Tausende Hinweisschilder an den Wänden. Stressgesteuerte Schwestern laufen umher, die die langen Gänge herunterrennen. Jeder kranke Psychopath, der aus einer kaputten Gesellschaft anreist, bewohnt hier ein Zimmer. Du wohnst im vierten Stock rechts, neben dem Lift – Zimmer 412. Was ist aus deiner Welt geworden? Sind das die Überlegungen, die dich krank gemacht haben? Diese Frage steht im Raum.

Ich konnte während der langen Zugfahrt von deinem Dorf hierher gut nachempfinden, was in deinem Kopf vorgegangen ist. Ich glaube, dass der Überlebenskampf eine große Rolle gespielt hat, denn ich kenne solche Weltreisen. Neunhunderteinundfünfzig Kilometer, das ist die Entfernung zwischen meiner ausgekühlten Wohnung und dieser Klinik. Du hast den Antrieb, gesund zu werden. Willst wieder lachen dürfen. Ich kann das nachvollziehen. Man möchte aus dem schwarzen Loch herauskommen, Hilfe von draußen erhalten. Vielleicht gibt es Hoffnungsträger, die dich verstehen können. Hier im Gotteshaus?

Man möchte ankommen. Den Traum der Enge und der inneren Wut loswerden, dem Feuer entrinnen. Die innere Flucht steht auf der Tagesordnung. Der bevorstehende Therapieplan muss die äußere Erlösung aus dir herauspressen, denn die Zeit ist knapp. Sechs Wochen, dann musst du wieder funktionieren. Zwei Therapiegespräche in einer Woche sollten genügen, um alle inneren Konflikte zu lösen.

Du kannst dich gern im Spiegel betrachten, deine schwarzen langen Haare hinters Ohr legen und dich fragen: Na, komme ich voran? Du brauchst die Ruhe fürs ständige Kämmen und Schminken. Nur die verschlafenen Augen mit den dunklen Rändern geben deinem Teint eine Blässe, die du auf keinen Fall der Öffentlichkeit zeigen darfst. Da würde man ja denken, du wärst auf einem Bahnhof geboren worden.

Dein nervöser Blick, der in der Umgebung umherschweift, wird der äußeren Dynamik deiner Vergangenheitsaufarbeitung nicht gerecht. Und das mag gut sein, denn du hast sowieso nicht verstanden, was die Ruhe für dich bedeutet. Dein steifer Nacken unterstützt deine Unentschlossenheit noch zusätzlich. Du möchtest die Angst jeden Tag herzlich einladen.

    Deine Körpergröße von 167 cm wird deinen Schatten leider kurzhalten. Du möchtest nicht, dass diverse Kerzen in deinem Wohnzimmer aufleuchten. Ein romantisches Geplänkel war dir immer zuwider. Lange oder kurze Röcke waren nie dein Ding. Enge Jeans sollten es sein, damit der Arsch gut zur Geltung kam. Darauf hast du immer achtgegeben. Selbst deine Blusen, die hell und schrill sein mussten, waren sehr figurbetont, sodass dein Busen bei jedem Gang leicht wippte. Alles sollte sexy wirken. Die roten Lippen, die im Sonnenlicht sanft glitzern und funkeln sollten, zeigten Frische. Die blauen Turnschuhe von „Nike" mussten sein, damit deine Schritte nicht mehr zu hören waren. – Gute Tarnung! Nicht auffallen. Ernstes Gesicht und ein dominantes Lächeln waren an der Tagesordnung. Den Stift in der linken Hand und in der rechten ein Handy, das dich in eine andere Welt zog. Die brennende Zigarette wurde letztlich dein Markenzeichen. Und jetzt stehst du vor dieser beschissenen Kliniktür und ordnest deine Biografie, die du am Empfangstresen abgeben willst. Geboren mit einer beschissenen Kindheit, die dem Trotz nicht lange standhielt. Hast viele Narben erworben, die du hier gern loswerden würdest. Hab selten so gelacht. Was willst du damit erreichen? Zieh dich doch gleich nackt aus und masturbiere vor der verschlossenen Therapeutentür. Aber leider fehlt dir der Mut dazu. Schade.

War die Wende nicht chaotisch genug, um zu erahnen, dass eine zerstörerische, erpressbare Zeit heranreift? War das nicht der Zeitpunkt, als die Maschinenpistolen in die Waffenkammern zurückgeführt wurden, um das Volk zu retten, als die Massenarbeitslosigkeit ausgerufen wurde, um sich erst mal zu orientieren, wo das erstbeste Arbeitsamt die Tore öffnet? Achtundzwanzig Jahre hast du behütet gelebt. Das war ja doch reichlich genug, oder? Liebevoll gestreichelt zu werden und sich mit dem Stacheldraht anzufreunden, das war zwar nicht der richtige Weg, aber ein sicherer allemal. Anstand und Höflichkeit gab es damals noch. Doch als die Mauer fiel, wurden die Senioren in den Straßenbahnen von ihren Sitzplätzen gestoßen, weil sie nicht in die Zeit passten. Ja, die Wende war schon ein mächtiges Ufer, das nicht jeder erreichen konnte. Jetzt wird die Schwäche nicht mehr geliebt. Oh, nein! Sie wird heute bekämpft und ständig attackiert!

Wo der aufopferungsvolle Respekt dem unschlagbaren Gefühl der Schwäche und aufkommenden Wut gegenübersteht, wird heute vor dem Rathaus der Heil-Hitler-Gruß geduldet. Das egozentrische Denken bekommt einen modernen Anstrich, dem das Gefühl der Sensibilität genommen wird. Der Geschmack von Liebe ist fade geworden und der Kaufhausrausch wirkt heute wieder attraktiv. Jedem Geschmack wird entsprochen. Jeder intime Satz zerfetzt die Öffentlichkeit. Man jagt Neuigkeiten hinterher, die man eigentlich gar nicht wissen will, weil sie einen überfordern. Wo bekommt man die billigsten Bananen?

Kein „Alter Denker" hebt den Zeigefinger und sagt: Hier ist das Volk! Flugzeuge wurden geordert und die Weltreisen begannen ihre Ziele neu zu definieren. Moskau, Polen, Ungarn, Rumänien sind fit genug, da die Perestroika ebenso versagt hat wie der Konsum in deiner Stadt. Palmen und weiße Strände waren Sehnsüchte, die keinem europäischen Winterparadies standhielten. Nicht mal die unzähligen Landungen auf fremden Kontinenten blieben in deinen Erinnerungen erhalten.

Ich sehe noch die hellerleuchteten Geschäfte vor mir, als wir auf dem Ku'damm in Empfang genommen wurden. In den prallgefüllten Obstgeschäften wussten die Verkäuferinnen nicht mal, was Vitamine sind. Und als ich weiterging, sah ich ein besonderes Schuhgeschäft. Die Schuhe aus Neu-Delhi hatten wirklich alle Farben in petto, aber man musste sie suchen, um sie kaufen zu können. Ich suchte allerdings auch die Freiheit, das demokratische Verständnis. Doch ich fand nur die Verarschung, dass der andere Teil Deutschlands angeblich aus Kannibalen und Dieben bestehen würde. Deshalb sollten auch Reisen nach Afrika hoch im Kurs stehen. Ich kann es nicht mehr hören, wie man uns für dumm verkauft hat. Leider ist die alte Markenbutter wieder schmackhafter gemacht worden, sodass man denken könnte, die alte Zeit wäre wieder da. Du hast dich gefreut, als die Konsumkaufhalle zumachen musste, weil der goldene Westen mit seinem Gummiplastikkram Platz brauchte. Alles roch nach Seife und süßer Haarspülung, nach Kaffee „HAG" und Spülmittel, das dir deine Fingernägel verkürzte. Kein Regal glich dem anderen. Alles war mit Chaos dekoriert, das du bis heute heiligst, da es immer noch deine Erinnerungen sind.

Deine Schuhe zittern auf dem Boden. Dein Gang ist hörbar geblieben, und ich kann gleich erkennen, wer vor mir läuft und wer nicht. Selbst im Dunkeln würde ich wissen, dass du es warst, der damals siebzehn Uhr im Hausflur die Treppen nach oben gestiefelt ist. Mein Gott, es ist so lange her, dass dein schwarzes langes Haar im Wind tanzte, als wäre es eine riesige lange Welle. Natürlich erkenne ich deine Schwarz-Weiß-Bilder wieder, denn sie liegen säuberlich in einem der vielen Kartons auf dem Schrank. Ab und zu öffne ich sie, um die Bilder zu betrachten und zu sinnieren, wie schön die Zeit einmal war. Du hast jede Postkarte, die an dich adressiert war, gleich wieder weggeschmissen. „Was soll ich damit?", meintest du einmal zu mir. „Was vorbei ist, ist vorbei!" Ich habe das akzeptiert und die schönsten Postkarten heimlich wieder aus dem Papierkorb geholt. Ich fügte sie wie ein Puzzle mit Kleber zusammen und habe sie dann mit nach Hause genommen.

Drei

Wir sitzen beide in einer fremden Stadt, am Rande eines Kleingebirges im Westerwald, im Bistro eines Busbahnhofs und bestellen uns Kaffee, der aus einem schwarzen Automaten herauszischt. Die Kirchenuhr schlug gerade drei Uhr nachmittags. Der Bus ist schon lange weg. Dunkel ist das Wasser mit dem aufgeschäumten Kaffee, und der Dampf spendet ein Aroma, das an das Weihnachten von früher zurückdenken lässt. – In was für einer modernen Zeit wir heute leben. Früher wurde der Kaffee gemahlen und heute ist die Bohne zum Mahlen und Filtern in einem Apparat sichtbar.

Meine Gedanken sind nicht bei mir. Ich kann sie nicht definieren, weil ich kein Gefühl der Sicherheit habe. Ich verspüre eine Unsicherheit, die unsere Atmosphäre vergiftet. Die Richtung, in die sie gehen, kann ich dir nicht beschreiben. Der Überblick fehlt mir. Deshalb suche ich etwas, das der Stimmung guttut. Und was kann es anderes sein, als an dich zu denken. Bitte mach kein Problem daraus, aber es amüsiert mich zutiefst, wie du mich damals auf dem Bootssteg küssen wolltest! Deine ahnungslose, unaufdringliche Verbitterung ließ es nicht zu, meine Antwort im richtigen Moment zu verstehen. Ich mochte dein verschämtes Gesicht. Es tat mir leid. Ich wollte nicht – aus Angst. Natürlich wusste ich nichts von dieser Angst und wie meine hitzigen Nerven mich innerlich zerfraßen. Heute kann ich es aussprechen, ohne mich dafür zu schämen. Aber ich weiß noch sehr gut, wie du dich verletzt gefühlt hast, dass ich dir den Kuss nicht erwidert habe. Weißt du, ich habe mit meinen jungen Jahren bereits geahnt, dass mir die Freundschaft zu dir kostbarer ist als eine billige Beziehung, die uns beiden nichts genützt hätte.

Erst später, als wir beide in Suhl waren, hast du mich noch mal gefragt, warum wir kein Paar werden können. Du konntest das nicht verstehen und hast mir böse Briefe geschrieben. Am Anfang las ich nur eine Zeile und warf dann den Brief in den Mülleimer. Ich wollte mich nicht verletzen lassen, nur weil ich mit meinen Gefühlen nicht klarkam. Es ging mir alles so schnell. Ich folgte meinem inneren Kind, denn es war zu dem Zeitpunkt der beste Ratgeber, den ich hatte. Es war seltsam schön, sich selbst zu entdecken. Ich war im Prozess der Wandlung, des Reifens, des Wachsens, des Erlebens und der vielen Umwälzungen. Mein Weg gab mir die Richtung, die ich als die richtige Entscheidung ansah. Entweder die Anerkennung nachzeichnen und sich alles gefallen lassen oder sich verstecken und das Papier zerreißen.

Zu diesem Zeitpunkt hatte ich eine Familie, die ich sehr liebte. Wichtig war mir aber auch deine Freundschaft, die du letztendlich zerbrochen hast. Heute kann ich damit umgehen und bin nicht nachtragend. Ich hege keinen

Groll. Meine Erinnerungen verweilen sehr oft im Positiven. So erinnere ich mich an unseren ersten Spaziergang im Park am Rhein. Die Strömung sang uns seine innere Stärke. Das Wasser war dunkel. Eine frische Brise gab uns an jeder Bucht Freude. Sie tat uns beiden gut. Es war wunderschön, wie du vor mir gelaufen bist, um als Erste auf einer Anhöhe mit einem Fernrohr anzukommen. Ich erinnere mich auch, wie du dich in einer alten Ruine versteckt hast, sodass ich dich erst nach einer gewissen Zeit wiederfand. Plötzlich hast du hinter mir gestanden und wolltest mich zum zweiten Mal küssen. Es war nicht aufdringlich. Nur der Versuch, meine Lippen zu berühren, war für mich wie eine Warnung aufzupassen. Auf was, das kann ich dir nicht mehr sagen. Ich hatte wohl eine Eingebung, die Dinge, die geschehen, einfach so hinzunehmen, ohne sie zu beurteilen. Ich wollte Vorsicht walten lassen, und das hast du damals sofort verstanden. Du hast dich gleich von mir gelöst. Abwartend hast du mich von der Seite angeschaut, als ob ich ein Schwefelmond wäre, der nicht verlöschen würde. Wir haben voneinander nichts verlangt. Wir waren keinem rechenschaftspflichtig. Die Blicke gingen ins Leere. Das Gesagte war belanglos, der Händedruck scheu, zurückhaltend. Ich wagte es nicht, auch wenn der Impuls für eine kurze Zeit da war, dich zu berühren. Ich wollte es nicht. Ich hatte kein Bock darauf, mich mit der Liebe auseinanderzusetzen und ständig mit Liebesbriefen zu hantieren, die meinen Alltag begleiten. Es ging nicht um meine Frau. Es ging nicht um die Kinder oder gar um das Machogehabe eines sexsüchtigen Reiters, der ständig einem falschen Alibi hinterher rennen muss. Ich wollte nicht umarmt werden, wenn die Gefühle nicht am Leben sind, oder heucheln für eine Sache, die nicht wahrhaftig ist.

Meine Vorstellungskraft dämpfte ich ab, indem ich mein Gewissen aufrief. Ich wollte die Ehrlichkeit niederschreiben und die Flut der Lügen nicht empfangen. Dabei hast du mich auf einen anderen Weg gebracht. Er war entzückend. Er war bereichernd. Es war der Umstand, nein zu sagen und nicht den sexuellen Begierden zum Opfer zu fallen. Mehr noch! Ich war bereit, eine andere Art von Liebe zu leben. Eine Liebe, die ihre eigene Sprache hat. Die mich anspricht, wenn ich allein bin. Wenn ich in der Einsamkeit versank, um die wilde Vegetation zu umgehen, die durch die Wut zerbrach, habe ich die Führsorge für mich selbst entdeckt. Meine Seele hegte den Wunsch nach Ruhe – den aufbrausenden, wütenden Widerspruch zu stoppen, um so die bunt gefächerte Fantasiewelt aus mir herauszukitzeln. Ich wollte kein falsches Alibi erlernen, um andere „Alte Denker" zu verletzen. Es hätte sich schlecht angefühlt, mit dir zu schlafen und dir eine falsch verstandene Liebe unterzujubeln. Selbst deine Frage, ob ich deinen Körper nicht schön finden würde, wäre sinnlos gewesen. Ob dein Arsch nicht knackig genug ist? Oh, nein! Es ging nie darum, die Gefühlsebene zu analysieren oder das Äußere für gut oder schlecht zu befinden. Ich wollte nicht filtern oder abwägen, ob sich eine Liebe anlernen ließe oder zu uns passen würde. Selbst die Vermutung, ob eine Liebe im Nachhinein entstehen könnte, stand nicht im Raum. Oh, nein! Ich wollte diese Schablone nicht erneuern wie andere männlichen Hornissen, die ständig irgendwelche Blüten anfliegen, um an den süßen Nektar heranzukommen. Sie können nie genug kriegen. In ihnen herrscht eine Sucht nach Liebe, die sie nie erhalten. Sie möchten nur naschen. Egal was das Gefühl aus ihnen macht.

Aber das war alles Okay. Ich bin ehrlich zu dir. Zu gern habe ich deinen Arsch angeschaut, konnte mich an manchen Zeiten nicht sattsehen. Da gab es Situationen, wo ich dir bewusst den Vortritt gab, um eine Treppe nach oben zu steigen. Deine Hütten schwangen dabei so zart, dass ich in Gedanken meine Zunge zwischen deine Pobacken gleiten ließ.

Ich habe alles verworfen, sofort. Ich wollte keinen Kompromiss eingehen. Ich habe natürlich gesehen, wie hübsch du dich anziehst, wie dezent du deinen Lidstrich ziehst. Es waren schöne geheimnisvolle Augenblicke, die mich zur Vorsicht mahnten. An manchen Tagen war dein langes, schwarzes Haar offen und dein Lächeln verschwand darin. Es war entzückend, aber auch gefährlich. Ich will diese Zeit nicht rückgängig machen. Sie war so.

Heute sitzen wir im Bistro und ich sehe die gleichen Augen wie damals in Suhl. Ein komisches Gefühl entflammt in mir, denn mein Gefühl zu dir hat sich bis heute nicht geändert. „Freundschaft" nannte ich mein Boot, um Fahrgäste wie dich mitzunehmen. Leider hast du meine Hausordnung nicht akzeptiert, und so ist die Reise mit dem Boot ohne dich vonstatten gegangen. Vergangen sind nun zehn Jahre. Verschenkte Zeit? Ich weiß es nicht.

Deine zweite Tasse Kaffee wird von der Kellnerin serviert. Ich sehe in dir den gewohnt aggressiven Blick, der mich von der Seite trifft als wäre ich ein Straftäter, der seine Zeche nicht begleicht. Den Blick kenne ich noch sehr gut, als du das Gerichtsgebäude mit einer Scheidungsurkunde in den Händen verlassen hast. Es war mir damals klar gewesen, in welcher Situation du mit deinen zwei Kindern warst. Ich mochte deine Kinder und deine Kinder mochten mich, das hast du gewusst. So fing deine Wendezeit an – 1989, eine Wahnsinnszeit. Sie war chaotisch und frauenfeindlich. Ich habe dich sehr oft zu Hause besucht. Der Tierpark war die weiteste Reise, die du und deine Kinder jemals unternahmen. Das Geld reichte geradeso, um über die Runden zu kommen. Du konntest endlich ein neues Leben anfangen, ohne Zank,

Alkohol und Lügen. Auf unseren langen Spaziergängen haben wir die unterschiedlichsten Anekdoten durchgespielt und frönten dabei unserer Fantasie. Wir liebten es, die „Alten Denker" zu beobachten, wie sie so unzufrieden mit ihrer Welt umgingen, wie sie herumnörgelten und an den schmutzigen Kaffeetischen in ihren feuchten Nasen popelten, als ob das Schlaraffenland ganz nah bei ihnen wäre.

Gern hast du dich rechts bei mir eingehakt und auf meine Lippen geschaut als wären wir eine ganz normale Familie. Ich bemerkte nicht sofort, dass deine Nähe mir nicht gut bekam. Ich fühlte eine Ohnmacht in mir hochsteigen, wenn wir über einfache Dinge sprachen. Jeder darf seine Ansicht vertreten und auf seiner Meinung beharren. Alles Super! Unrecht und Recht haben, das sind für mich belanglose Aspekte, die ich nicht mehr will. Diese Dinge sind für mich unwichtig geworden. Mir ist es egal, ob die Sonne im Osten oder im Süden aufgeht. Wenn du der Meinung bist, sie wurde im Westen aufgehen, dann ist es eben so. Kein Beweis würde deine Meinung ändern. Du würdest nie nachgeben, egal welches Thema zur Diskussion steht.

Ich kenne diese Art der Diskussion sehr gut. Tausendfach habe ich sie durchlebt und auf mein Verhalten abgestimmt. Bei dir ist aber das Nichtnachgeben so tief verankert, dass du sogar den Tod mit einkalkulieren würdest, um Recht zu bekommen. Und Meinungsverschiedenheiten sind wichtig, um zu lernen. Du aber hast nicht gelernt, wie man streitet oder einen Dialog auf Augenhöhe führt, wie man teilt und einen Kompromiss aushandelt. Deine „Alten Denker" im Elternhaus haben es dir nicht beigebracht. Jeder von euch war der Sieger. Jeder hat auf sein Recht gepocht. Und so wurden Meinungsverschiedenheiten verdrängt, unter den Tisch gekehrt. Eine Lösung wurde nie gefunden. Wer nicht nachgab, der wurde überschrien. Wenn das nicht half, hat man mit der Faust auf den Küchentisch gehauen. Man wollte durch lauten Protest seine Meinung durchsetzen, bis man das eigene Wort nicht mehr verstand. Schweißgebadet und abgekämpft wurde dann das Feld geräumt und man war stolz darauf, den „Gegner" niedergemacht zu haben. Weiter ist man nicht gekommen. Und so ist es mir mit dir ergangen. Ich hatte keinen Bock mehr, mit dir über die Kunst zu sprechen, sie zu analysieren, zu charakterisieren. Du hast immer über diesen Dingen gestanden, und ich hatte keine Wahl überhaupt was dazu zu sagen. Jeder von mir angefangene Satz wurde von dir unterbrochen, weil meine Meinung nicht in dein Schema passte. Das tat mir am Anfang weh. Heute bin ich darüber hinweg. Ich kann diese Dinge so stehen lassen und meine Meinung äußern. Ich kann sie mit dir teilen und einen Weg finden, beide Meinungen zu berücksichtigen. Ich habe es lernen müssen, denn ich konnte ein Teil meiner Seele, die letztlich zu meiner Insel wurde, in Ordnung bringen.

Aber bei dir war es immer kalt. Es gab Tage, da habe ich gefröstelt. Deine unbegründete Ablehnung und die forschen, unüberlegten Verurteilungen gegenüber anderen machten mir Angst. Ich spürte deine innere Haltung, schwere Geschütze auffahren zu wollen. Brutal wolltest du dich auf der Bühne präsentieren. Und gerade bei den männlichen Kreaturen auf der Straße hast du jeden kaltgestellt, aber auch wirklich jeden. Ich schüttelte nur den Kopf, bedauerte das Vorgehen. Es tat mir weh. Deine kühle, abweisende Art erschuf ein unsicheres Tor in mir, wo ich nicht gern hindurchging. Das Schlimme daran war, wenn du deine Abwehrhaltung sehr streng genommen hast, konntest du deinem Gegenüber nie richtig in die Augen schauen. Eine Zigarette hast du dir schnell gedreht, um die unerbittliche Sucht in dir zu stillen, die zu einem markanten Zeichen deiner Unsicherheit wurde. „Tarnung mit Angst" nannte ich das.

Du hast dich zu gern hinter dem dichten Zigarettenqualm versteckt. Deine Aufmerksamkeit richtete sich dabei in die Ferne. Ein intensiver Zug von der Zigarette löste deine Angst in dir kurzzeitig auf. Inhalierend und nachdenklich hast du dein Vorbild wahrgenommen. Es nahm kein Ende. Mit welcher Inbrunst du das getan hast, war mir unheimlich und schürte nur meine Abgrenzung von dir. Dein heftiger Reizhusten verwandelte deine versteckte Schönheit in ein braunes Gewand, das sich auflöste, wenn der Zigarettenqualm verschwand. Deine unterschiedlichen Ansichten über das Kunstverständnis, das Geschriebene (das selbst du nicht richtig verstanden hast), die nicht erklärbaren Bilder mit ihren abstrakten Formen lagen lange Zeit in einem der vielen Kühlräume herum. Du hast den Arbeiten anderer keinerlei Beachtung geschenkt. Es war deine pure Eitelkeit, sich ein Urteil anzumaßen, er oder sie sei schlecht. Hinzu kam, dass du nicht zuhören wolltest. Nur du warst eine wahre Poetin, die für andere nur ein Kopfschütteln übrig hatte und sich eiskalt abwandte. Aber dieses Kopfschütteln von dir war gewollt. Es war Absicht, eiserner Trotz. Du wolltest deinen Protest zu einer Essenz machen. Jedes Wort hast du auf die Goldwaage gelegt und mit dem Inhalt balanciert – sehr feinfühlig, wie ich zugeben muss.

Du hast darauf geachtet, wie man es sagt. Und viel wichtiger, wie und was gesagt wurde. Kritische Meinungen waren dir ein Dorn im Auge und wurden sofort bekämpft. Du hast gelernt, alles zu bekommen.

Deine Mutter duldete auch in ihrer Kunst keinen Widerspruch. Es gehört sich nicht. Man wäre unhöflich. Das machte dich zum dominanten Star, auf den keiner mehr Lust hatte. Ich wollte diese Bühne verlassen und es hinter mich bringen. Deine Einsamkeit wuchs langsam heran.

Und die Isolierung, die dein Ego schützen sollte, ließ es geschehen. Dein Wille prägte deine innere Stärke. Die Behauptung, sich orten zu wollen, verfehlte dein feinfühliges Gefühl auf ganzer Strecke. Rechthaberische Kulissen bewachten deinen Geist. Und die Spitzfindigkeit hast du jeden Tag mit Wasser gegossen, um nicht schlapp zu machen. Die aufgewendete Energie nahm ab. Tag für Tag wendeten sich deine Freunde und Bekannte von dir ab. Bekannte Mystiker schrieben dir nur selten noch eine Postkarte, und das Telefon sprach kein Wort mehr mit dir. Die Fenstervorhänge blieben verschlossen und die Angebote für Galerien blieben aus. Keiner grüßte dich oder stellte dir Fragen. Wozu auch? Du hast dir selbst die Antworten gegeben. Der Absturz musste kommen. Wie ein ungeschriebenes Gesetz brach er über dich herein und zählte die Paragrafen einzeln auf, die ein Krankheitsbild aufzeigten, von denen du im Leben nicht geträumt hast.

Ja, Lena, die Lebensgeschichten wiederholen sich. Und es ist wirklich so. Die eigentliche Wahrheit kommt nicht immer über das Telefon oder durch ein buntes Plakat an der Litfaßsäule. Oh, nein! Sie schleicht sich zaghaft in deine Seele und möchte anerkannt werden. Sie lebt in dir und wagt einen Tanz mit dir. Aber deine stille Ablehnung ist die Folge von Unverdrossenheit und Dummheit zugleich. Es erging dir schlecht. Du wolltest Hilfe, konntest deine Hände aber nicht ausstrecken. Die bizarre Angst brach deinen Verstand und vergiftete die letzten guten Gedanken in dir. Wenn es dunkel wurde, brannte kein Feuer der Erleuchtung vor deiner Haustür. Jeder Gedanke verbrannte allein. Ein Weiterkommen lähmte dich, weil deine Angst neue Nahrung bekam.

Es mag seltsam klingen: Als du mit deinen Nerven am Boden lagst und nach Hilfe gerufen hast, war es plötzlich möglich mit dir Dinge zu besprechen, die vorher nicht denkbar waren. Wir schrieben in dieser Zeit belanglose Texte und ließen uns von einer wilden, unerklärbaren Poetik inspirieren. Viele Aphorismen wurden geboren und wir liebten dabei den ungefilterten Kaffee. Wir haben geschrieben und gemalt. Deine Ideen reiften zu erstaunlichen Gedichten heran, die ich so schön fand, dass etwas Neid in mir aufkam. Nur kurz weilte dieser Neidgedanke in mir. Denn du hast meine gemalten Bilder auf dem Schreibtisch in die Hand genommen und warst erstaunt, wie man so ein Motiv malen kann. Mach weiter, hast du zu mir gesagt. Die Angst war verschwunden. In Augenhöhe haben wir uns gegenübergestanden. Ich bekam Vertrauen. Das tat mir gut. Auch für meine Berichte aus meiner Kindheit, Jugend, mit den „Alten Denkern" von zu Hause, der Schule und den Lehrjahren, die einem das Leben zur Hölle machten, hattest du Verständnis. Du konntest das alles nachempfinden, nachvollziehen. Deine Augen waren bei mir. Ich sah deine Pupillen, die alles in mir abgetastet haben. Es war der reine Wahnsinn. Du konntest ohne zu überlegen die Arme öffnen und mich leicht drücken. Doch dann war plötzlich die Realität wieder da. Ich mochte nicht mehr von dir gedrückt werden. Ich fragte mich, wieso eine Frau gerade mich versteht. Wieso können weibliche und männliche Denker sich so gut verstehen, zum Beispiel hier in diesem Augenblick bei mir zu Hause, beim Kaffee trinken und Zigaretten rauchen.

Du hast mir mal einen Vogel gezeigt, weißt du noch? Ich holte eine große Kiste von einem Schrank herunter. Der Deckel ließ sich leicht öffnen, drinnen lagen viele Zeitungen und Prospekte. Es waren alte Zeitungsartikel aus den Jahren 57 bis 89. Das Thema war der Mann und die Frau, die im Einklang stehen und zusammenleben können. Man wollte herausfinden, wie viele Unterschiede es zwischen Penis und Vagina gibt. Wir haben beide darüber gelacht. Lange Zeit studierten wir diese und diverse andere Zeitungsartikel und fanden es witzig, wie mancher Journalist darüber geschrieben hat.

Keine These konnte uns davon überzeugen, dass ein Leben zwischen den Geschlechtern nicht möglich sei. Es waren nur Vermutungen, die einem die Zeit stahlen. Du hast gelacht, doch am nächsten Tag war wieder diese Traurigkeit, diese Abwanderung, diese Unnahbarkeit vorhanden. Meine Bilder im Raum fielen herunter. Da du früher schon geraucht hast, war auch dieser Aschenbecher bis obenhin voll und die vielen Kippen lagen verstreut auf dem Teppich umher.

Alles, was gestern noch möglich war, ging am anderen Tag plötzlich nicht mehr. Launisch und kämpferisch hast du dich gegen alles gewehrt. Diese Abwehrhaltung machte die Wut im Blick deiner Augen sichtbar und gab sie an mich weiter. Ich habe dich nicht verstanden. Oder ich wollte dich nicht verstehen.

Ich war froh, dass wir das Bistro verließen. Die laute Musik übertönte unsere Stimmen. Und das von uns Gesuchte blieb ohnehin aus.

Vier

Du hast eine sehr schnelle Gangart. Wo sollten wir beide also eine Rast einlegen? Die Bushaltestelle lag weit weg, so liefen wir auf die Stadt wild drauf zu. Die Sonne schien während unseres Spaziergangs kurz durch die Wolken. Mein Bus war ein stiller Diener, der mich von A nach B transportierte und dabei vergaß, dass eine Tasse Tee oder Kaffee ebenso dazugehörte wie die Pause an einer Raststätte. Beides wurde mir nicht erfüllt. Die Fahrzeit musste eingehalten werden, sodass ich Hunger und Durst verspürte. Sieben Stunden Fahrzeit ließen bei mir Spuren zurück, die ich durch deine Anwesenheit nicht einfach herunterschlucken konnte. Natürlich war auch die innere Aufregung daran schuld. Ich war mir unsicher, ob mein Besuch bei dir eine gute Idee gewesen ist. Aber dann fanden wir beide ein schönes Café. Es lag in einer Seitengasse, unweit vom Marktplatz. Wenn man die Gasse weiterging, kam man, vorbei an Einfamilienhäusern, direkt in einen schönen Wald. Ich hörte hier Meisen ihr Unwesen treiben. Es müssen mehr als zehn Meisen gewesen sein, denn das Spektakel war unüberhörbar. Wie bei einem Empfang haben sie uns begrüßt.

Als wir das Café betraten, waren deine Gedanken woanders. Schade, denn solche Augenblicke in der Natur sind ein Geschenk, das ich früher nicht hatte. Leichte

Schweißperlen glänzten auf meiner Stirn, das hat mich etwas gewundert. Entweder war ich zu warm angezogen oder meine lange Jogging-Pause machte sich bemerkbar. Du hast gesagt, dass sich dein Gang nicht verändert hat. Dass deine Beine etwas molliger geworden sind, hast du aber nicht erwähnt.

Okay, ich kann es so stehen lassen! Heute kann ich die Dinge beim Namen nennen. Du hast geschmunzelt. Und ich sehe in deinen Augen, dass du anderer Meinung bist. Wären wir ein Paar, würdest du bestimmt sagen: „Du irrst dich, mein Freund!" Wobei ich unsicher bin, ob das Wort „Freund" über deine Lippen gekommen wäre.

Ach, wie kann unser Anfangstreffen schon mit einem Widerspruch beginnen? Wir haben nicht mal bestellt, da erlaube ich mir ein Gegenargument. Nun, das kenne ich woher? Wenn es dir nicht passt, darf es nicht gesagt werden. Basta! Punkt! Ich hab schon verstanden, meine Liebe. Hier spüre ich gleich den Abstand zwischen uns, den ich einhalten soll – was ich auch gern tu. Ich genieße den Abstand zwischen uns beiden und kann nur sagen, dass ich heute froh bin, keine Verbindung mit dir eingegangen zu sein. Denn sich zu binden bedeutet, Verantwortung zu übernehmen. Es reicht schon dieser augenblickliche Zustand.

Du bist in der Klinik und ich wollte dich besuchen. Ich kann dich ignorieren oder dich beachten und dir Freundlichkeit schenken. Und zu wissen, dass ich zu jeder Zeit diesen Platz verlassen kann, macht mich zutiefst froh. Auch wenn ich keine Verantwortung tragen will, mag ich dich ein bisschen, nur ein bisschen. Damit meine ich: Ich darf so empfinden, wie mir gerade ist, ohne dass es dich etwas angeht. Du hast das sowieso nie wissen wollen. Du bist in deiner eigenen Welt geblieben und hast nicht erkannt, was draußen geschieht. Heute weiß ich, dass es mit dir nichts zu tun hat, wie und was ich fühle. Ich spüre deutlich den Zwischenraum unserer beider Seelen, die unterschiedliche Muster bedienen. Es sind viele prägnante Muster am Leben, die man für sich selbst braucht, um zu überleben.

Das alte Klischee, das der männliche Denker nur mit dem Schwanz denkt und fühlt, ist weit von meiner Denkweise entfernt. Die Empfindungen sind dort zu suchen, wo Vertrauen liegt, wo die innere Kraft geweckt wird. Mein Gefühl mit fallenden Regentropfen zu vergleichen, das geht nicht. Sie gleiten einfach ab und ich fange an, sie zu suchen. Und diese Suche hört nie auf. Sie ist verbunden mit meiner Neugierde, die sich mit meinem Lachen verbindet, mit der übrig gebliebenen Einsamkeit, die mich ständig begleitet. Sie ruft nach Sicherheit und Vertrauen, das sich einbrennt, um die Angst in mir zu akzeptieren. Ich möchte weiter lernen und das sehen, was die weibliche Denkerin nicht sieht, was aber der männliche Denker fühlt. Ich möchte begreifen, wie die Weiblichkeit tickt und wie die Männlichkeit darauf reagiert. Ich möchte die Hand reichen, die auf Augenhöhe zu sehen ist, und nicht als Verräter dastehen, damit die missverstandene Liebe mir nicht zu nahe kommt.

Schau mich nicht so traurig an! Es hat wirklich nichts mit dir zu tun. Es sind meine Empfindungen. Sie sind nicht am Leben geblieben, um die Unsicherheit in Gefahr zu bringen. Ich kenne die Gefahr sehr gut, denn sie ist mein stilles Gefühl. Meine Worte liegen in meinem Wesen, dem ich nachgehe. – Ein Zeichen, ein Symbol, eine Botschaft kann ich mit meiner Sprache verbinden, die sich nicht hinter einem Hydranten versteckt. Das Gefühl der Scham, der Keuschheit, der Belanglosigkeit ist in den Spalten einer auferstandenen Seele zu finden, die ich in der Vergangenheit vorfand. Ich glaubte wirklich, sie verloren zu haben. Die Gradwanderungen, die ich sehr oft bestehen musste, haben die Lektionen der schweren Zeiten überdauert. – Der erste Spaziergang tat uns jedenfalls gut. Wir suchten ein zweites Café auf.

Fünf

Ich war erstaunt, dass die von dir gewünschten Plätze im Café nicht besetzt waren. Die Räumlichkeit war gemütlich. Pflanzen dekorierten die kleinen Fensterbänke, die ich als einen guten Schutz empfand. Weiche Polsterstühle luden uns geradezu ein, die hinteren zwei Fensterplätze einzunehmen. Hier war es warm; ich roch schon den Duft von gefiltertem Kaffee.

Als wir saßen (unsere Jacken lagen über den Stuhllehnen), schaute ich gleich aus dem Fenster. Ich sah ablaufendes Wasser im Straßenrand. Die Pflastersteine blinzelten im Licht der Sonne. Man spürte die Ruhe, die Sehnsucht und die Feuchtigkeit durch das geschlossene Fenster. Die weiße Tischdecke schmiegte sich auf unseren Tisch, als würde sie sich uns ergeben.

Wir saßen an einem Tisch, von dem wir nicht wussten, wie groß seine Fläche war. Im Hintergrund hörten wir die Musik eines Schlagers der siebziger Jahre. Der Text hatte wiedermal mit Liebe zu tun. Deine Frage, warum ich dich besuche, kann ich dir schnell beantworten. Ich meine nur: „Ich wollte dich sehen, weil ich weiß, dass in dir eine Freude lebt, die du nicht äußern willst." Warum du das gefragt hast, weiß ich nicht. Ich sah nur dein Erstaunen, das einer Verbitterung gleichkam. Im Grunde willst du es nicht wirklich wissen, und doch möchtest du diese

„Frucht" berühren. Ja, du willst sogar daran kosten und erfahren, wie Freiheit schmeckt. Deine neugierige Zunge schnalzt nach etwas Neuem, nach etwas Fremdem, nach einem überzuckerten Bedürfnis angenommen zu werden.

Hallo! Du hast in der langen Abgeschiedenheit viel dazugelernt. Deine zaghafte Freude will sich verstecken, denn ich sehe in deinem Gesicht keine einzige Schmunzelfalte. Nicht mal den Ansatz einer Bewegung von Freude. Dabei sollte mir doch die Überraschung eigentlich gelungen sein, dich ohne Ankündigung zu besuchen. Ich war mir sicher, wenigstens ein Lächeln zu bekommen.

Jetzt sitzen wir uns gegenüber und trinken ohne viele Worte unseren Kaffee. Das stumme „Debakel" lässt die anderen Gäste zu uns rüberblicken. Die Musik wird leise. Deine Augen schauen mich nicht an, sie blicken eher durch mich hindurch. Ich sitze wie in einem Glaskasten und warte auf ein Wunder. Ich zweifle, ob ich die richtige Entscheidung getroffen habe. Es war doch nur der Wunsch, eine alte Freundin zu besuchen, die in der Reha ihre Ruhe finden möchte. Ich ging dieser Idee nach, und das mit allen Kompromissen.

Es war dein Bruder, der vor Wochen sagte, dass du zu einer sechswöchigen Reha gefahren bist. Dein Bruder war nett und freundlich, dabei kannten wir uns nicht mal. Auf einem Stadtfest im Tierpark lernte ich ihn kennen. Er wollte sich etwas Obst kaufen, um an der Arbeit etwas

Frisches zu sich nehmen zu können. Im Anschluss wollte er eine Tasse Kaffee trinken und fragte mich, ob ich mitkäme. Wir gingen gemeinsam und plauschten über allerlei Dinge. Er erzählte von seiner beruflichen Laufbahn und von seinem Vater, der ihn ständig zum Studium drängte, obwohl er dies gar nicht wollte.

Wir verglichen die Muster in unseren Familien und stellten fest, dass vieles ähnlich ablief bzw. früher abgelaufen ist. Er wählte den Weg Richtung „Nordosten", dein Vater ging nach „Osten", deine Mutter nach „Südwesten" und du hast einen völlig anderen Weg gewählt. Ein Weg, von dem man nicht wusste, wie lang er war und in welche Richtung er führen würde. Das Ziel wurde aber durch die DDR-Zeit blockiert, zerstört, zertrampelt, verdrängt und nicht wahrgenommen.

Ich fragte aus Neugierde nach dem Beruf deines Vaters. Aber dann brach dein Bruder abrupt die Unterhaltung mit mir ab und verabschiedete sich. Er hatte es plötzlich sehr eilig wegzukommen, als säße ihm der Satan persönlich im Genick. Ich konnte das nicht begreifen. Von einer Minute zur anderen wechselten seine Gefühle, das kannte ich von dir. Ehe ich mir dessen bewusst wurde, war er schon weg. Dein Bruder bezahlte beim Kellner unsere Getränke und ging, ohne sich noch einmal nach mir umzudrehen. Kein tschüss, kein auf Wiedersehen, kein Wort – nichts. Ich sah nur seinen Rücken, der in den Massen der „Alten Denker" unterging. Ich kannte diese Art der abweisenden Abschiede von dir. Sie waren immer unterkühlt, als hätten wir nie ein Wort miteinander gewechselt. Ich habe lange überlegen müssen, woher ich diese plötzlichen Abschiede kannte. Jetzt kommen die Erinnerungen von Trennung wieder hoch. Wobei es mehr ein Abhauen war. Und du weißt genau, worüber ich gerade gesprochen habe. Es gab mit dir damals viele solcher Unterhaltungen: nach dem Kino, nach der Buchlesung, nach unseren Treffen, nach unseren Gesprächen zu Hause. Es war nie die feine Art, dass du, während wir über das Eingemachte sprachen, einfach gegangen bist, ohne dich zu verabschieden. Wir haben immer mit Händen und Füßen diskutiert, bis der Zeitpunkt kam, da du vom Tisch aufgesprungen und fortgegangen bist. Ich hatte den Eindruck, als würdest du vor der Rechtfertigung fliehen. Sobald Nähe aufkam, verfielst du in Alarmbereitschaft, die dich schließlich zur Flucht trieb. Sie diente dir als Ausweg, um der Bedrängnis zu entkommen. Es waren stets spontane Ausflüchte und nervöse Blicke, wenn es dir an die Wäsche gehen sollte, obwohl das nie vorkam. Ich sah das bei unserem ersten gemeinsamen Kinoabend, den ich bis heute nicht vergessen kann: Wir wollten zum Frühlingsanfang einen wunderschönen Film anschauen. Wie der Film hieß, ist mir entfallen. Ich weiß nur noch, dass der Film schon eine Weile lief, als du plötzlich aufgesprungen bist und flüchtig zu mir gesagt hast, dass du zur Toilette musst. Du würdest gleich wiederkommen. Kein Problem, habe ich mir gedacht und verfolgte den Film weiter. Es dauerte. Ich schaute auf die Armbanduhr, doch wer nicht kam, warst du. Der Abspann lief bereits, als ich aufstand und das Kino allein verließ. Ich ahnte vorher schon, dass ich den Kinosaal alleine verlassen würde. Allein bin ich im Dunkeln nach Hause gelaufen und schwor mir, nie wieder mit dir ins Kino zu gehen. Deine spätere Frage, warum ich nicht zu dir nach Hause gekommen bin, um nachzufragen, was geschehen ist, konnte ich dir nicht beantworten. Ich hatte keine Lust mehr, mit dir irgendetwas zu unternehmen, und an dem Abend wollte ich dich auch nicht mehr sehen.

Schau, Lena, auch an unseren letzten Abschied in Berlin kann ich mich gut erinnern – der verblasst nicht. Deine kleine braune Handtasche, dein roter Mantel, deine blaue Mütze und der grüne Schal, den du trugst, das alles fiel nicht jedem auf. Wir waren ein winziger Teil von Reisenden in einer unüberschaubaren Bahnhofshalle, wo sich die Züge aus allen Himmelsrichtungen kreuzten. Die vielen Bahnsteige haben uns verwirrt.

Lautstark übertönten die Ansagen das Geratter und Gequietsche der ankommenden Züge. Wie kleine dunkle Stelen sprangen die Menschen auf den Bahnsteigen umher und warteten auf die Abfahrt ihrer Züge, die rollenden

Schlangen gleichkamen. Das Laufen wurde zu einer endlosen Tortur. Rolltreppe hoch, Rolltreppe runter. Schilder und Gepäckwagen kreuzten unsere Wege. „Bahnsteig Neun"; endlich erreicht. Die Reisenden klammerten sich an ihre Gepäckwagen als wollten sie nicht umgerissen werden. Sie schrien ihre Angst heraus, als der Zug mit seinen zwei leuchtenden Augen hineingerast und langsam zum Stehen kam. Die Türen der Waggons gingen automatisch auf, und wie kleine Ameisen schlüpften sie in hektischen Bewegungen zu ihren Sitzplätzen.

Meine Gedanken waren bei den Geräuschen. Ich spürte Stärke und roch das Öl. Einsamkeitsmomente strömten in mich ein, und dann sah ich, wie sich die Türen des Zuges schlossen. Ich hörte das Einrasten und sah dich in dünnen Linien hinter einer verdunkelten Fensterscheibe. Das Pfeifen des Schaffners dröhnte in meinen Ohren, der Zug ruckte zaghaft an. Ich stand da und der Zug glitt an mir vorbei. Ich wollte ihn berühren. Nach einiger Zeit hatte sich der Bahnsteig geleert. Keine Seele war mehr da. Nur ein alter Vagabund auf einer Bank sah mich an, in der Hand hielt er eine Flasche Schnaps. Das war wie ein Abschied ohne Worte.

Abschied

Manche tragen die Wellen in mir fort.
Der Sturm sendet die Flut.
An den Seiten steht der Wind mit seinen Fragen.
Hoffnungsvoll senkt der Tross die Begierde.
Unendlich verzückt blieb alles fern.
Nur die Sucht von Heimweh ist geblieben.
Teilen ist ein Geschenk und ich bin dazwischen.
In der Mitte der Kuss.
Am Ende die Quelle.
Am Anfang die Idee.
Es drosselt leise das Leiden.
Schwere sucht die Sorgen,
die Angst, das Ich und das Ende.
Mag die Wolken.
Mag den Hass.
Mag den Strom.
Mag das Wort.
Schließ die Tür und such den Waffenrock,
der meine Gedanken fängt.
Der meine Gier ertränkt.
Der mir den Kaffee verschenkt.
Der meinen Namen vergisst.

Das Gedicht trage ich heute noch als Warnung bei mir. Es sagt mir: Achtung, es kann wieder geschehen! Mach dir keine Hoffnung! Stell keine Fragen! – Es liegt stets fein gefaltet in meiner Geldbörse. Für mich sind es die uralten Vorwürfe aus einer Zeit getragener Kleider, die keinem mehr passen. Sie sind zerfranst und löcherig, abgeschabt und mit alten Nähten versehen. Wir sind herausgewachsen, die Konfektion der alten Zeit ist eine Nummer zu groß geworden. Zehn Jahre Stille, Verwesung, Reife und Suche.

Du willst dich melden, hast du mir zugerufen. Ich hab es gehört. Eine Postkarte lag schon in meinen Händen, ich vergaß nur den Kugelschreiber. Die Telefonnummer konntest du nicht mehr auftreiben und ich war mit meinen Gedanken woanders. Doch unter dem Strich ist alles unwichtig.

Lena, wir sollten aufhören die vergangene Zeit erneut hervorzukramen und sie nach unseren Gunsten umzuschreiben. Ich habe die Fotos zerrissen, gleich nach unserer Verabschiedung auf dem Bahnhof. Ich löschte sie auch aus meinem Gedächtnis und orientierte mich neu, auch um mich besser verstehen zu können. Der Ärger verflog irgendwann. Plötzlich ließ ich alles zu, denn ich wusste, dass es keinem von uns helfen würde. Lass uns also nach vorn schauen! Vergangene Verletzungen bringen uns nur neuen Schmerz.

Ich empfinde die Dinge des Alltags heute gewaltiger, herausfordernder und hilfsbereiter als vor dem Tag des Stillstandes und der Depression. Du warst dem Tode nahe, denn dein Atem roch nach Suff und gechlortem Urinstein. Deine Blicke ertasteten die noch ungeborenen Buchstabenreihen, aus denen mal die Idee einer Zukunft entstehen sollte. Aber ich ließ das nicht zu. Ich habe geblockt und dir eine Ohnmacht widergespiegelt, die dich überfordert hat. Es gibt Tage in mir, da spüre ich, dass sich die „Alten Denker" in ihren verkühlten Gefühlen wiederfinden und sich ihrer eigenen Ablehnung bedienen. Und dabei stelle ich fest, dass die pure Angst in ihnen herrscht. Sie wollen nicht zugeben, dass ihnen die Angst zu schaffen macht, dass sie alles wegdrängen müssen, was das sensible Gefühl der Seele anspricht. Ja, sie müssen es tun, denn die Angst sitzt ihnen im Nacken und zieht die Maske des Bösen hoch, hinter der sie sich verstecken können. Ich möchte das verhindern und nach der Maske suchen, wegen der Treue zu meiner Selbsteinschätzung und wegen der Schuld, die es eigentlich gar nicht gibt. Denn die ewige Schuldfrage dient einem Schema, das man sich einbildet.

Ich staune, dass du bereits die dritte Zigarette angezündet hast und nervös mit der Tasse spielst. Dabei ist deine Kaffeetasse schon eine ganz Weile leer. Deine Haare zittern und deine Augen flackern, als könntest du keinen

Punkt im Raum richtig fixieren. Du erkennst in dir das zarte Gefühl der Vorsicht. Es ist die Enge, die nur eine begrenzte Flucht möglich macht. Aber du ahnst den Ausgang. Du hechelst von Ort zu Ort und hörst angeblich die Möwen über dem Wasser fliegen. Warum ist dir jetzt kalt? Du sprachst davon, ein wunderbares Leben gehabt zu haben. Auf Postkarten sind die schönsten Länder abgedruckt, die du sehr poetisch beschrieben hast. Du hast dich ablenken wollen. Ich habe das Geschriebene, die vielen Lügen und Märchen nur kurz gelesen. Wo aber hast du wirklich gelebt? In weiter Ferne, wo es warm ist, wo deine Bücher lagern, wo deine Kinder leben? Das war doch nur ein Bluff, eine Ablenkung, um mich für dumm zu verkaufen. Ich will die Wahrheit wissen! Wo ist die Stunde geblieben, als wir ein Bild gemalt haben? An welchen Tagen hast du die kostbaren Schalen und Skulpturen mit deinen Tränen benetzt? Wo ist der Ort, der deine Befangenheit und Angst behütet? Was hast du gedacht, als deine fragilen Finger den Mund der Figuren gespachtelt haben? Was hast du dabei empfunden?

Es hat uns gutgetan, das Café zu verlassen und unsere Gesichter in den Wind zu legen. Herbststürme geben uns Zeichen, dass die Vergangenheit keine Bedeutung mehr hat. Nun sitzt du mit mir an einem sonnigen Samstag auf einer Bank, über der die Bäume ihre Blätter verlieren, weil auch sie wissen, dass es an der Zeit ist, loszulassen. Sie verfärben sich, unterbrechen Wachstum und Fotosynthese, um im Frühjahr erneut zu wachsen und zu reifen. Aber du kannst nicht wissen, was Reife bewirkt, wenn die Sonne am Horizont versinkt, wenn der Regen den Boden nässt, wenn die Bienen Blumen bestäuben, wenn die Vögel den Himmel berühren. Es sind die natürlichen Gaben, die die Welt für dich bereithält. Du kannst sie einatmen, anschauen, auf dich wirken lassen. So stehst du im Takt des Lebens, des Rhythmus' und der Einheit mit dir selbst. Hast du nie darüber nachgedacht, warum du krank geworden bist? Wieso bist du die Mutter einer Tochter? Hast du dich nie damit beschäftigt, warum gerade dich die Kunst all die Jahre begleitet hat? Es ergibt keinen Sinn, sich einem Schicksal zu ergeben, das dir widerfahren ist. Warum hast du deinen Klinikaufenthalt nie hinterfragt? Jetzt wirst du sechs Wochen lang dein Elend erforschen und darüber nachdenken müssen, warum du Betrug und Lügen mehr geliebt hast als dich selbst.

Seit deiner spektakulären Abfahrt haben wir uns nicht mehr gesehen. Meine Gedanken sind oft bei dir gewesen, wenn ich zum Beispiel an der Spree meine Spaziergänge gemacht habe. Denk einmal an unser kurzes Wochenende in Köln am Rhein, den ich heute noch rieche. Eine Woche später standen wir auf dem Bahnsteig ganz nah beieinander, und doch wieder so weit voneinander entfernt.

Du hast mir erneut den Rücken zugekehrt, völlig abrupt und ohne Grund. Mit anderen Worten: An einem Tag hat mich dein Licht geblendet, am anderen Tag hast du mich ins tiefste Dunkel gestürzt. Andererseits hatten wir aber auch schöne Stunden, kannten jeden Waldweg, stiegen jede Anhöhe hinauf und ließen den Wind unsere Haare zerzausen. Jeder Kieselstein, der unter unseren Füßen knirschte, war wie ein unausgesprochener Satz, der uns sicher machte. Wir sahen von oben auf den Rhein, der breit und mächtig auf uns wirkte. Ich spürte seine Energie, die anziehende Kraft seiner Wellen, die am Ufer zerschellten und jede Boje zum Schwingen brachten. Und wo die Schiffe ihre Runden drehten, hörte man das Tuckern der Motoren. Beim Anblick der Kutter strömte unsere Fantasie über, denn sie kannten Geschichten, die uns fremd waren. Ich bemerkte, dass du im Geiste nicht mehr bei mir warst. Versunken schweiften deine Blicke über das Wasser. Deine weiche Art kam zum Tragen. Die Stimme klang sicher, aber traurig. Nur deine Gedanken blieben mir fremd. Du hast über Schmerzen geredet, über Raub und Verzicht, über die Krankheit deiner Kinder, über Hartz IV und das lange Anstehen im Warteraum, über die Wohnungssuche und über Bilder, die du noch verkaufen möchtest. Einen Markt willst du finden. Ich habe damals abgeschaltet. Ich musste abschalten, weil ich dein Elend satt hatte. Ich wollte nicht mehr hinhören. Ich sah die

Möwen am Himmel fliegen, sah die Wolken vorbeiziehen. Der Wind nahm zu. Ich zog meinen Schal enger und schenkte meine Blicke der Natur, die mir ihr Spiel zeigte. Nur mir!

Sechs

„Mutter, kannst du mir Geld borgen? Hundert Euro, nicht mehr. Ich kann das bestellte Pergament nicht bezahlen." Das tat mir weh. Ich höre noch heute die kalten Worte aus dir herauspoltern. Ich war überrascht, mit welch kühler Gelassenheit du in den Telefonhörer gesprochen hast: „Mutter! Mutter, hör mir zu!" Du hast nicht Guten Tag gesagt oder gefragt, wie es mir geht, oder ob ich dir helfen kann. – Das Telefon war die einzige Verbindung zu deiner Außenwelt. War das der Anlass für deine Abgebrühtheit?

Es war ein Schock für mich, wie schroff und betont du deine Forderung in den Hörer gesprochen hast. Deine Stimme klang nervös, war etwas holprig. Deine Sätze waren kurz und bündig, als wären sie nur Schutt und Dreck. Deine falschen Erwartungen entsprangen deinem kranken Geist, der die warmen Worte erst suchen muss. Das Gespräch wurde abrupt beendet. Dein Blick ging nach draußen, als ob du die vorbeifahrenden Autos vor dem Wohnzimmerfenster zählen wolltest, er war starr und teilnahmslos.

Dein Atelier war kalt, überall war nur diese graue Knete zu finden, die deine Figuren erstarren ließ. Wir saßen nur so da, mit leeren Händen, verkrampft. Zurückgezogen, fast ablehnend hast du etwas ertastet. Deine Augen haben sich geschlossen. Du wolltest die Welt kurz verlassen, nichts mehr hören oder sehen. Das Blatt Papier auf deinem Schreibtisch blieb leer. Schließlich hast du den Telefonhörer aufgelegt, ohne auf Wiedersehen zu sagen. Du hast mitten im Satz aufgehört zu sprechen. Ein gekonnter Abbruch, das muss ich schon sagen.

Für mich ist wichtig, dass es langweilige Erinnerungen sind, die mich Gott sei Dank nur in großen Abständen beschäftigen. Warum diese Erinnerungen immer wieder hochkommen, kann ich dir nicht sagen.

Ich schaue nach draußen, schwelge in meinen Schwarz-Weiß-Träumen und bin überrascht, wie viele Jahre schon ins Land gegangen sind. Deine braune Cordjacke kenne ich noch, sie war damals wohl dunkelbraun, und deine beigefarbene Stoffhose mit den leichten Fusseln am Hosenbund – die wedeln heute noch an den kurzen Stümpfen umher. Wie damals ist auch heute deine Hose an den Oberschenkeln leicht abgeschabt. Diese Hose sitzt heute eng und betont dein Hinterteil. Vielleicht hast du ja zugenommen.

Es ist drei Uhr nachmittags. Wir trinken noch eine Tasse Kaffee, denn das letzte Wort ist noch nicht gesprochen. Das fühlen wir beide. Deine Zigarette glimmt noch. Du saugst so intensiv daran, als wäre ein Gedanke noch nicht ausgesprochen. Das macht mich wieder nachdenklich. Du suchst in deiner Handtasche nach der bereits abgegriffenen Zigarettenschachtel. Du findest sie nicht gleich. Du wirkst nervös. Unruhe macht sich am Tisch breit. Du schaukelst mit deinem Stuhl hin und her. Diese unpassende Unruhe weckt in mir ein Gefühl der Sicherheit. Ich will den waghalsigen Umbruch der miesen Stimmung verhindern, denn sie fördert deine Angst. Diese verborgene Illusion, deine gedankliche Inschrift zu sehen, hat mich tief beeindruckt. Sie lässt zu, dass die Angst in deinen Augen sichtbar wird. Ich kann nachempfinden, wie deine Illusionen den Stress formatiert haben, um die vorhandene Zeit auszudehnen, die dir angeblich Sicherheit geben soll. Dafür ist aber kein Grund vorhanden, denn ich sitze hier, frei und belanglos, ohne Groll. Mehr noch! Ich trage einen anderen Mantel und beweise gerade, dass ein Schachspiel möglich ist, wobei du die Farbe wählen und den Anfang machen kannst. Doch die Entfremdung macht dich blind, schürt Einsamkeit. Du verhinderst das genaue Hinsehen. So erfährst du nie, dass ich harmlos bin und fast hilflos vor dir sitze. Du polkst an deinen Fingernägeln und schaust andauern zur Eingangstür, als würdest du jemanden erwarten. Ich weiß, dass du schon vier Wochen in dieser Klinik bist und einen Weg gehst, der dich mehr entfremdet als dir lieb ist. Das schürt deine Angst und weckt in mir Verständnis.

Ja, das Verständnis ist ein Zeugnis meiner Therapie, die schon Jahre her ist. Ich habe in den Therapiestunden damals gelitten. Man verlangte von mir Dinge, die ich nicht erfüllen konnte. Sie drohten mir mit der Angst, wenn ich mich nicht auf Dinge einlasse, die mir angeblich helfen würden. Man nehme einen Radiergummi und reibe solange auf der Seele herum, bis die letzte psychische Verletzung unsichtbar geworden ist.

Jeden Tag gab es dieselben Herausforderungen. Sport und Yoga sollten dazu beitragen, die Wunden zu heilen. Ich bin daran fast kaputt gegangen. Ich wollte nicht mehr leben, bin einfach abgehauen, habe die Flucht als meine einzige Rettung angesehen. Dann habe ich lange überlegt, ob ich die Reise zu dir antrete. Ein paar Tage zuvor kam eine Postkarte aus einem Kloster. Eine Bekannte hat sich entschieden, in einem Kloster eine Auszeit zu nehmen. Sie schrieb, dass sie mehr als sieben Wochen dort wohnen würde, und sie würde sich freuen, wenn ich sie besuchen käme. Das hat mich gereizt, denn das Kloster liegt in Marksuhl, in der Nähe von Eichsfeld. Die Karte hat mir eine wunderschöne Landschaft gezeigt. Berge, Täler, weite Wiesen und frische Luft. Ich hatte das Bedürfnis meine Reisetasche zu packen und sie zu besuchen. Diese Postkarte lag übrigens sehr lange in der Schublade meines Schreibtisches. Zwischenzeitlich malte ich an einem Bild, das ich fertig haben wollte, als mir der Gedanke an Marksuhl wieder hochkam. Diese Postkarte war so fröhlich formuliert worden, dass ich mich für die Reise entschied.

Und dann kamst du mir in den Sinn. Mir fiel ein, dass ich selbst neun Wochen in der Klinik gelegen und mich nach einem Besuch aus der Heimat gesehnt habe. Ich wusste aber, dass das Kloster und deine Klinik nicht weit von meinem Zuhause entfernt lagen – fast sechzehn Kilometer, wie ich nach einem Blick auf die Landkarte feststellte. Das war ein Katzensprung, von dir zum Kloster. Aber die Planung verlief etwas anders. Ich verweilte drei Tage im Kloster und bin dann mit der Bahn und dem Bus zu dir gefahren. So kam es zu meinem Besuch bei dir.

Seit mehr als sieben Jahren lebst du nun nicht mehr in deiner Stadt – deiner Geburtsstadt. Deine Heimat? Wir kannten uns damals gut und dennoch waren wir uns jeden Tag fremd geblieben. Unser Jahrgang vor dem Mauerbau prägte uns tief, da unsere Eltern viele böse Dramen erlebten. Natürlich war es kein Geheimnis, was unsere „Alten Denker" gemacht haben. Aber das ist nicht mehr wichtig. Ich weiß nur, dass deine Mutter eine Künstlerin war und dein Vater im Stadtrat gearbeitet hat. Mittlerweile ist es so, dass wir beide auf die fünfzig zugehen und unser Leben in verschiedenen Bahnen verläuft. Das ist nun mal das Gesetz eines Lebens, das Impulse setzt und uns einnimmt. Die Erinnerungen schwelgen in einer Zeit der holzbesetzten Schulbänke und der verkalkten „Alten Denker", die uns Respekt lehren wollten. „Herr Oberschullehrer", so sollten wir sie nennen. Der dünne Stock lag liberal und respektvoll in der flachen Hand. Hart und abweisend war ihr Gehabe. Aber dieses Bild konnte sich rasch ändern, man musste nur das Schulgelände verlassen und den „Herrn Oberschullehrer" auf dem Markt antreffen. – Ich werde das nie vergessen.

Wenn man jeden Tag den hellgrauen Kittel, das weiße Oberhemd, die dunkle Nickelbrille und die grüne Krawatte eines „Alten Denkers" sieht, gewöhnt man sich an dieses Gesamtbild. Doch auf dem Markt war das plötzlich anders. Auf einmal stand da eine unscheinbare Figur am Obststand und fistelte mit einer Kinderstimme nach drei Äpfeln und einem Blumenkohl. Ich kannte diese Tonart gar nicht. Sie war so freundlich, so natürlich. Und dass er den Preis noch aufrundete, haute mich fast aus den Socken – zwei Kreaturen in einer Seele. Sein blauer Regenmantel und der steife, graue Hut machten diesen „Alten Denker" zu einem wahren Gentleman. Er wirkte wie ein Kapitalist und besaß Talent beim Handeln, als er Bananen kaufen wollte. An manchen Tagen gab es auch Apfelsinen, meist die kubanischen. Der Einkauf war zeitaufwendig, haarsträubend und nicht sehr erlebnisreich. Der sozialistische Plan musste erfüllt werden, und die Brigaden der Arbeiterklasse hinter den Haupttribünen tanzten Samba vor der „Freien Deutschen Jugend". Vor der Bühne übten sie dagegen den Stechschritt, den

Honecker so geliebt hat. Im Hochsommer kamen die Kohlen für den Winter, weil sie da billiger waren. Im Herbst bescherte uns die Stasi einen Besuch, damit man sich im Frühling an der Grenze für achtzehn Monate erholen konnte. Sechs Kilometer waren wir vom goldenen Westen entfernt. Weißt du noch? Wenn es in der Nacht still war, konnten wir die Autos im Westen hören. Die „Alten Denker" erzählten uns, dass deren Autobahnen keine Schlaglöcher besitzen. Für uns war das unvorstellbar, aber dennoch wahr.

Du hast von einer unglücklichen Kindheit gesprochen. Vielleicht verwechselst du deine Erinnerungen mit einem unerfüllten Wunsch, der sich all die Jahre in dir festgesetzt hat. Vielleicht ist deine Einbildungskraft zu einem großen Baum geworden, der dir schwer zu schaffen macht. Denk daran, viele Orte und Bilder werden schnell vergessen. Der Alltag verschenkt diese Momente des Vergessens. Du lebst in den Tag hinein, und die wahren Täuschungen im Leben verwischen dabei. Illusionen beschenken uns reichlich mit einer fantasievollen Welt, in der wir nie waren. Nur unsere Fotoalben sprechen eine andere Sprache und geben ein Flair von Frühling. Überall waren Sonnenschein, Verständnis und Liebe. Trotzdem war es kein guter Tag. Denn als ich bei dir Zuhause ankam und das Familienfoto auf dem Schreibtisch deiner Eltern sah, konnte ich die traurigen Augen deines Bruders sehen. Du standest mit deinem ausgewaschenen Pullover und dem abgewetzten Cordrock leicht nach vorn gebeugt da, die Hände hinter dem Rücken verborgen, um deine Hilflosigkeit nicht zu zeigen. Ich konnte deine Lippen nicht sehen, so fest lagen du sie aufeinander. Eure daneben stehenden „Alten Denker" mit ihren herabhängenden Schultern waren nur die Zeugen ihrer verletzten Kinder. Ihre Arme berührten fast den Boden, so schwer wog die Last ihrer Angst, als ob sie etwas verheimlichen wollten. Sie trugen die Masken von Erschöpfung und Wertlosigkeit. Heute würden sie eine Sprache wählen, die ihre Heuchelei rechtfertigt. Sie würden jedes einzelne Wort differenzieren und die Reue verschwinden lassen. Deshalb stehen ihre Bilder an solchen Orten, wo sie sich erinnern können, wie schlecht es ihnen ergangen ist. Sie werden nie darüber nachdenken, warum ein Kind anders empfindet als ein Erwachsener. Aber die Fotos sprechen Gott sei Dank eine andere Sprache. Deine Augen bringen darüber nichts zum Ausdruck. Nur die Tatsache, dass die meisten in deiner Familie ihrem Elternhaus zeitig den Rücken gekehrt haben. – Geht es darum?

Von deinen zwei älteren Brüdern lebt einer heute in Frankreich und der andere in der Mongolei. Sie entzogen sich Deutschland, der Disziplin und Ordnung, was sie daran erinnerte, wie dunkel das alles sein kann. Deine 24-jährige Tochter kennt bereits das weit entfernte Lateinamerika. Es müssen Hunderte Kilometer Entfernung sein, die sie von der Vergangenheit trennen. Selbst deine Mutter hat die Welt bereist. Studiengänge waren es. Drei Jahre Boston, fünf Monate Italien, neun Monate Griechenland und vierzehn Monate in der Toskana. Nur dein Vater blieb daheim und hütete das Haus. Und wenn ich mich zurückerinnere, hast du auch über fünf Jahre in Ghana gelebt. Dort hast du deinen Mann kennengelernt und deine Tochter geboren. Ich spüre, dass du eine besorgte Mama bist. Mit deinen Erfahrungen vom Alltag (Kindergarten, Schule, Frühstück machen, Mittag kochen, Abendbrot zubereiten und Spielen) hast du dir eine Familienidylle aufgebaut. Du hast deiner Tochter die Liebe gegeben, die du selbst nie gekannt hast.

Du hast mir per Post ein paar Bilder geschickt und einige Briefe aus einem fernen Land. Damit konnte ich nichts anfangen. Sie lagen nicht lange auf meinem Schreibtisch. Nach zwei Tagen habe ich sie in den Reißwolf geschoben, denn ich konnte dein Selbstmitleid nicht mehr lesen. Manchmal habe ich mir die Bilder angesehen. Und auch nur wegen der Natur. Aber das ließ ich schließlich auch sein, weil ich die traurigen Kinderaugen nicht ertrug.

Ja, schau mich nicht so erstaunt an. Ich konnte mit deinen Briefen nichts anfangen. In jeder Zeile lag tiefe Melancholie. Auf den Bildern hast du einen traurigen

Blick, und schon beim Draufschauen sah ich eine ausgedörrte Wüste. Du dachtest vielleicht, dass der „Tropische Regenwald" dir eine Liebe ersetzt, die du bis dahin nicht erlebt hast. Die wärmenden Umarmungen deiner Tochter haben dir gefehlt. Die Beziehung zu ihr bekam Risse, die bis heute nicht mehr gefüllt werden konnten. Insgeheim schmerzt dich das. Du warst nicht in der Lage, dieses Drama herunterzuspielen und es durch eine fröhliche Stimmung zu ersetzen. Oh, nein! Das hat nicht funktioniert. Schau dir deine Tochter heute an! Sie studiert Kunstgeschichte und lebt weit weg von dir in Hamburg. Ich glaube, das ist noch nicht weit genug von dir entfernt.

„Guten Tag, Mutter! Wie geht es dir? Ich hoffe, gut. Ich muss heute viel lernen. Morgen stehen Prüfungen an. Vielleicht hören wir nächste Woche mal wieder voneinander. Bis bald, Mutter!"

Was ist das? Diese Postkarte kenne ich von irgendwoher. Es ist das alte Schema. Ich suche in den Zeilen etwas von Gefühl, aber ich finde nichts. Ist das die Liebe, die du vermisst, oder kann man diese Liebe in deiner Stadt lernen? Es macht mich traurig. Es tut weh, wenn ich sehen muss, dass ein Kind das Gleiche erfahren muss wie du. Warum? Du sitzt mit mir an diesem gedeckten Kaffeetisch und ich rieche dein leicht herbstliches Parfüm, als wäre dieser Duft all die Jahre in diesem Raum hängen geblieben. Ich habe sie nicht vergessen, die Spuren deiner Weiblichkeit, die mich selten so tief geprägt haben. Vieles von dir ist in mir geblieben: deine Stimme, deine Haltung, deine Gestik, dein Schauen, das Zügeln deiner Gefühle. Wie ist es dir ergangen, all die Jahre? Das war für mich immer eine Schlüsselfrage. Nicht wegen meiner Sympathie zu dir oder einer angeblichen Liebe. Oh, nein! Ich wollte mich messen lassen. Ich wollte, wenn es mir schlecht geht, nachschauen, wie es dir geht. Ich wollte einen Vergleich finden, einen internen Partner, der die gleichen Probleme hat wie ich.

Im Internet habe ich oft deinen Namen eingetippt, um nachzuschauen, ob du noch lebst, ob eine neuartige Kunstwelle in dir ausgebrochen ist, die du vielleicht verfolgst, um dich zu retten. Ich wollte dabei sein, wenn du Fuß zu fasst. Aber nein! Ich habe dich nicht gesehen. Nur Mutter konnte ich sehen – deine Mutter. Mit ihren großen Skulpturen und Visionen von wild geschröpften Gipskronen, die in einer Garage entstanden sind. Sie ließen mich mit ihren wilden Blicken nur erschaudern.

Man möchte vor ihr aufblicken. Und sie möchte eine Spur hinterlassen und dir sagen: „Schau meine Tochter, du kannst mich nicht überholen. Die Zeitungsberichte zeugen davon. Nie und nimmer! Ich werde die Beste sein. Und ich werde die Künstlerin werden, die Frida Kahlo ähnlich ist." Ich las mir die Berichte gut durch und sah mir die Bilder genau an. Diese Sprache kannte ich genau. Sie gab den Text vor und der Journalist schrieb ihn nieder, sodass die ganze Welt es lesen konnte. Ihre Sehnsucht, heimzukommen, kam an. Sie wollte ein Exempel statuieren, um dich in Verruf zu bringen. Und als ihre Tochter bist du ihr gefolgt und hast die Sprache ihrer Angst erwidert. Das hat dich blind für alles gemacht. Deine Abhängigkeit war, ihr zu gehorchen, und bis heute kannst du dich nicht davon lösen. Diese Abhängigkeit ist nun dein Verderben. Du suchst nun die Schuld und den Abgrund.

Gedanken

Das sind verlassene, säuregetränkte Gedanken, mein Lieber. Diese chaotische Welt will mich halten, und die braven Ideen, die in mir keimen, beginnen sich an meiner Haut zu reiben, bis ich das Opfer geworden bin. Meine Gedanken vibrieren und vermögen den ausgebrannten Traum aufzufangen, aus dem für mich kein Entkommen möglich war.

Ich trage meine zerfetzten Flügel noch selbst, fliege über den bitteren Regen hinweg und suche mein verlorenes Ich. Dann naht ein Wunder. Ein Wunder, das den Regenbogen erkennt, das Trost im geschwängerten Wind empfängt.

Die kranke Welt will mich stoppen, die Langeweile verschönen, verjüngen und dem Bösen in mir mehr Gewicht zollen. Alles wird verbrannt, überhört. Keine Glut wird das überdauernd, was ich ertrage. Es wurde genug geschrien, um der Liebe zu dienen. Ich habe dieses Wort nicht gekannt, es nicht begrüßt.

Ein Satz wird noch geschrieben. Ein Komma in der Eile gesetzt, um das Ende zu beschreiben. Mein fleischiger Wille setzt die Hiebe, die ich am Rand gesehen habe. Würde und Haltung waren mir suspekt. Ich knallte die Türen heftig zu und vergaß dabei das Schmunzeln.

Endlich, der Orkan kommt aus dem Süden. Er nimmt die dürre Hand, die die Armut rügt und die Ideen des Überlebens prüft. Schon bald wird sich die chaotische Welt in mir verändern. Dann wird die Kerze in Jerusalem brennen. Nun ist mein Kuss nicht mehr erwünscht und die Dünen bewachen den fremden Zorn. Aber der Tag wird kommen, da wird der Faden reißen: Dann ist mein Lachen verkauft und der Galgen fängt an zu blühen. Dann und nur dann geschieht das Wunder mit dem Fremden, mit der Magie, mit dem Lachen, das nie meins war. Behutsam wird der Abend den Schatten verführen und die Galaxien in bunte Farben tunken.

Und dann wird die erbärmliche Welt auseinanderbrechen und die verlorenen Noten suchen. Und dann wird das Feuer der Ewigkeit erweckt, die keinen Reichtum besitzt. Und dann trennen sich die Wege zwischen Platin und Gelbsucht, zwischen Liebe und Wut, die sich all die Jahre an mich geheftet haben. Schnalle mich fester an den Mast der Neugier und lass das Boot treiben, bis die Flut mich verwöhnt! Keine Boje soll mich warnen, denn ich bin besonnen! Kein Bote, der die Vernunft in mir liest, soll die Glocken schlagen! Wohl dem, der meinen Namen niederschrieb! Und der an mich glaubte, der den Trieb seiner Unvernunft übersah, wird den Schmerz neu erfahren. Staune nur, wie ich die Sache von unten am Feuer betrachte! Erschrocken lege ich den Schalter um, der eine feudale Passivität besitzt, um mir Schaden zuzufügen. Ich raste aus und verfange mich in den eisernen Stelen, die mein Kleid festlich umgarnen. Die Welt wird sich weiter drehen. Ich bemerke den Schmerz und suche erneut das taktvolle Geschwür meines Grolls, um im Herbst den Bäumen das Laub zu entwenden. Und wenn all der Schmerz unter dem Leichentuch nur lange genug verweilt, wird die Strömung der Harmonie den wahren Stolz okkupieren und die Wurzel vor Kälte schützen.

Unhaltbare Gewissheit, die für mich gelten sollte. Ein seltenes Wort. Ein scheues Wort. Ein modernes Wort, aus dem der Trieb seine Auferstehung preist. Ja, die aufbrausende Welt wird an Fahrt gewinnen und die Langsamkeit verdrängen. Sie hat verstanden, dass im gelähmten Geist der vergessene Stolz brachliegt und darauf wartet, dass der Hochdruckeinfluss den Schatten der Kirchenuhr kürzer werden lässt.

Möge das Licht gedimmt werden, damit der anschauliche Weltuntergang langsamer vor sich geht! Dieser sich immer wiederholende und langweilige Glaube einer Erschaffung neuer Ebenen soll meinen Geist weiterhin zerfressen, um den gewünschten Untergang stets aktuell zu halten. Ja, der Weltuntergang stellt eine Illusion für mich dar, ein Bluff, eine Lüge. Das falsche Wort an der richtigen Stelle? Eine Lüge, die keine Wahrheit kennt, die den Asphalt begrünt, um die Schritte zu übertönen? Auch die Himmelsstimmen erklingen im Rosenstrauch so trocken und gebrechlich, als wäre meine Wahrheit nur ein leeres Geschenk und die Dürre im Schneegestöber zu erahnen, weil die Ehrlichkeit zu sich selbst längst verloren ist.

Kein Licht bremst das Gehabe von Mitleid aus, nur um dem Stolz des Egos zu dienen und es anzustrahlen. Wenn der Vorhang fällt, dann ist die Goldschatulle, die eine Tugend gratis verschenkt, bereits verschlossen. Man denke an die Zeit, als das heilige Wort die Welt beschrieb! Leblos lag die Ikone von Unbehagen und Groll auf dem zerbrochenen Altar. Fremde Bilder inspirierten im Traum Genesung, damit man überlebte. Sie werden die Rettungsringe an Bord des Universums ersetzen, da das Kreuz keine Zukunft hat. Illusionen erzürnen die Welt, die ein leeres aber auch gefährliches Denken zulässt. Die eine Wut liebt, aus der das Gewirr von Angst und Tränen erwächst – angetrieben von Schuld, von Furcht, von Wissen und Erfahrung, die nur die Zeit kennt, vom Zerbrechen, von Gewinn und Niederlage. Von einer ausgebremsten Welt, die keine Ahnung hat, was morgen geschieht, die keine Gedanken verstreut, was heute geboren wird.

Sieben

Deine Stimme klingt brüchig, fast zerkratzt, als wäre die Plastikscheibe eines Schaufensters baden gegangen. Dazu fällt draußen Regen, der sich mit Schnee und Graupel vermischt. Vor zwei Wochen ist mein geliebter Kater verstorben. Du müsstest ihn noch kennen. Ein Kater mit roten Ohren, der immer einen absolut geilen Auftritt hingelegt hat, um sein Talent der Freude zu zeigen.

Ich habe ihn beneidet, denn der Kater wusste, ohne es richtig zu fühlen, dass der Weg hier anfängt und auch endet. Er ließ seinem Schnurren freien Lauf und widersetzte sich den Regeln, die es ihm nicht erlaubten in die Küche zu gehen. Ihm saß irgendwie der Schalk im Nacken, deshalb kundschaftete er in Seelenruhe die Küche aus – insbesondere den Mülleimer und den auf dem Kühlschrank stehenden Brotkasten. Er zottelte so lange an der Mülltüte herum, bis der Mülleimer umkippte. Stolz holte er sich die verdiente Salamischeibe heraus und genoss sie schnurrend am Wohnzimmerfenster. Und so war es auch, wenn ich im Arbeitszimmer malte oder schrieb.

Eine freie Tischfläche war für ihn ein Dorn im Auge. Er musste genau dorthin, um nachzuschauen, ob er diesen Platz einnehmen konnte. Die wacklige Leselampe auf meinem Schreibtisch gab ihm Wärme, sodass er darunter oft einschlief. Wenn ich meine Aquarellfarben mischte und sie in ruhigen Phasen auf den A3-Bogen strich, hörte ich den schnarchenden Rhythmus meines stolzen Katers. Überall steckte er seine Nase rein und verbrachte seine Zeit auf diversen Bücherstapeln, in feuchten Waschbecken oder im Winter zwischen meinen Beinen auf der Couch. Zimmerpflanzen musste man in Sicherheit bringen, denn wenn er sein Fressen nicht pünktlich bekam, zottelte er wie ein Löwe daran herum.

Und heute? Die Zeit ist wieder Geschichte, als wäre nie was geschehen, als wärst du nie in meinem Zimmer gewesen. – Sieben Jahre zuvor starb mein Vater, kurz vor Weihnachten. Wie ein seltsames Geschenk überbrachte mir das Schicksal die Nachricht dieses nicht gern gesehenen Todes. Sie sollte wohl noch Platz finden unter meinem Tannenbaum. Deine Neutralität als Gast bekam mir damals sehr gut. Ich fand deinen trockenen Rotwein und dein verarmtes Denken über den Tod sehr süß. Die fehlende Umarmung genügte, damit die Seele in mir zur Ruhe kam und die Brise von Melancholie schnell vorüberging. Ich war dir dankbar. Du und deine Zuneigung zum Geschehen waren einfach da, wie der Pfefferminztee im Glas, der sehr lange heiß blieb und dunkler wurde. Die Untertassen waren unberührt. Und der Rosenkranz verblühte, als du in meinem Zimmer verschwandst, da dein Drang zum Schreiben größer war. Still war es. Ich dachte, ich wäre allein, dabei hattest du bereits zwei Seiten geschrieben.

Was kann ich dir sagen? Das Erlebte habe ich mit langen Wanderungen durch die Wälder zu verarbeiten versucht. An der frischen Luft sowie bei Regen und Sturm habe ich einen Ausgleich gesucht. An bestimmten Tagen verließ ich morgens sehr früh mein Haus und bin stundenlang durch die Stadt gelaufen. Erst wenn es dunkelte, kam ich zum Richter, der aber kein Erbarmen zeigte. Jeder Straßenzug verwinkelte sich in den Ecken der verletzten Gedanken, und die verschmutzten Pflastersteine nahm ich mit nach Hause. Unterwegs wurde die Last oft sehr schwer. Dann befühlte ich meine kalten Hände, die nicht immer meine zu sein schienen. Mit den Abgasen, die ich in der Sucht verlor, versuchte ich meinen eisernen Willen niederzureißen, um endlich den Frieden zu bekommen, den ich in den Gaslaternen brennen sah. Ich konnte keine Entscheidungen fällen. Nackte Puppen liefen über meinen ausgetrockneten Mund. Ich zupfte an der ergrauten Tischdecke und wusste zu keiner Zeit eine Antwort, ob ich nun zu dir fahren oder mich ins Kloster begeben soll, um die Heiligkeit zu erfahren. Fahre ich oder fahre nicht? Ich bin gefahren. Ich habe mich durchgerungen, dich zu besuchen, um zu wissen, ob das Elend dir noch so gut steht, wie es auf den Fotos von damals zu sehen war. – Das hat nichts mit Schadensfreude zu tun.

Die süße Rache ist mir fremd, denn mein Geist ist noch nicht soweit, den wilden Mann zu spielen. Er möchte noch reifen, denn die Ideen, meine Wahrheit aufzuspüren, sind noch in den Kinderschuhen. Es gibt noch Tage, wo ich das Leben herausfordern muss.

Ja, Lena, ich fordere es heraus – besonders, wenn ich auf einer Brücke stehe und die Wahl treffe zu springen oder nicht zu springen. Es ist ein Spiel, das mein Gefühl mit Salz bestreut. Der schönste Augenblick war, als ich ein beflecktes Hochhaus sah und die einundzwanzig Stockwerke hochlief. Ein grandioser Ausblick, als wäre ich Gott nahe genug, um hier den Tod zu finden. Er gab mir allerdings keine Antwort, auch wenn ich die Wolken mit meinen schmutzigen Fingern berührt hätte. Und nun stelle ich fest, dass mir das alles gar nichts gebracht hat – außer die kleine Erfahrung, dass ich viele Stufen hochlaufen musste, um eine Entscheidung über Leben und Tod zu treffen. Der Antrag wurde abgewiesen.

Der Anfang ist also gemacht. Ich sitze hier vor dir und bestelle mir die geliebte „Russische Schokolade". Dein Gesicht sieht blass aus und du drückst den Rest deiner vierten Zigarette aus, die dich noch blasser erscheinen lässt. Bevor wir Adieu sagten, hast du davon gesprochen, in einem Jahr mit dem Rauchen aufhören zu wollen. Nun ja! Was soll's! Ich hatte schon geahnt, dass du deine Zigaretten nie aufgeben würdest. Und warum ich mich entschlossen habe, dich als Erstes zu besuchen und nicht ins Kloster zu gehen, diese Frage von dir ist zwar berechtigt, aber sinnlos! Ich mag diese vergangenen Floskeln nicht mehr. Was sollen sie beweisen? – Du siehst, wie schnell wir ins Philosophieren geraten, ohne zu wissen, wie der Vorname geschrieben wird und wie es sich anfühlt, den Tod zu beschreiben. Unwichtig ist auch, ob es einem gelingt, sich in die Augen zu schauen. Die Zeit ist nur eine Idee, sie will von uns nicht bemerkt werden. Es müssen erst zehn Jahre vorübergehen, bevor wir uns annähern können. Es hätten auch zwölf Jahre sein können oder nur ein Lichtwechsel. Was für ein Unterschied macht das?

Hätte es für dich dann eine andere Bedeutung gehabt? Kann dein besonner Blick für das Wesentliche prägnanter ausfallen, um Behaglichkeit für das Unwesentliche zu bekommen? Das Gewicht von Stahl oder Beton hätte deinen Brief nicht schwerer machen können als das einer Taubenfeder, die ich in mir trug. Also was soll das? Kein Impuls würde entstehen, um eine frohe Botschaft zu schmieden, die eventuell eine gemeinsame Zukunft herbeizaubert.

Ich glaube nicht an eine Zukunft mit deiner chaotischen weiblichen Weitsicht, die alles infrage stellt. Sie ist eine Utopie. Und diese Utopie kennt deinen Traum, der nur leere Gedanken verstreut. Minuten und Stunden scheuen den morgigen Tag und die nächsten Wochen. In der Zwischenzeit werden Dinge geschehen, die nur in deinem Schlaf geschehen. Die Realität mag keinen ausgelesenen Traum. Das Leben ist wandelbar, erbärmlich, ausgehungert oder reich an Ideen, die in dir wie Zuckerkrümel herumtreiben. Du kannst in der nächsten Minute einen entzückenden Anruf erhalten, dass du einen Millionenbetrag im Lotto gewonnen hast, der dir sofort auf dein Konto überwiesen wird. Genauso gut kannst du von einer renommierten Künstleragentur einen Brief erhalten, wo drinsteht, dass dir kostenlos eine Galerie zu Verfügung gestellt wird, um all deine Aquarellbilder auszustellen. Das sind zwar riskante Träume auf höchster Ebene, aber sie zeigen dir das Motiv zum Überleben. Mit dem Verzicht auf deinen inhaltlich bunt geprägten Wortschatz kannst du die Zurückweisung nicht kompensieren, da dein Erhaltungstrieb zu groß ist. Nichts ist in dir verloren gegangen. Das Blinkern deiner Augenlider sagt aus, was ich vermute: Ich sollte meine Schnauze halten und das Gesagte für mich behalten.

Du magst bis heute keine Wahrheit hören? Was kann dir denn geschehen, wenn die Wahrheit als Plakat an deiner Haustür klebt? Was? Willst du das nicht verstehen? Dein Problem ist doch, dass die verarmten „Alten Denker" dort draußen leben, arbeiten und ihren Alltag gestalten. Jeder hat seine Gaben. Die lebenden „Alten Denker" sind alle auserwählt, ihre Kreativität zu entdecken. Die eigentliche Kunst ist, die Frage zu stellen, wie man die Kunst versteht, wie sie die Ängste zu stoppen vermag. Sind die Seelen verarmt, wenn die „Alten Denker" sich nicht finden wollen oder nicht können? Diese Frage zu stellen – um dir beizubringen, welche Unnahbarkeit vor Ort liegt – ist berechtigt. Sie ist nicht in dir. Sie ist in der Fremde stückweise zu erspüren. In jedem gelebten Jahr, das wir hinter uns lassen, wird die Erde reifer. Natürlich leben wir in einem Land, wo die Kunst ein Zubrot ist, wo sie sich heimisch fühlt, wo sie die diversen Hausecken anknabbert, um die Werbung einer tief verletzten Seele preiszugeben. Das ausgeschenkte Wasser wird nicht reichen, damit gemalte Bilder, Fotografien und Skulpturen den Geschmack eines jeden erfüllen. Die Geschmäcker sind unterschiedlich.

Willst du immer noch erfolgreich werden? Wer möchte das nicht? Aber die Frage liegt doch auf der Hand. Warum nicht gerade du, die sich selbst so wichtig macht? Deine Mutter war es doch auch, oder ist das nur ein Bluff in deinen Gedanken? Die Zeiten ändern sich. Die Jahre vergehen. Es ist gewiss, dass die Einbildungsphasen in dir sich einer Veränderung unterziehen, um neue gedankliche Inseln zu erobern. Deine unnatürliche Einbildungskraft ist gestärkt, und ich weiß sie sehr zu schätzen. Die porträtierten Fotografien und die endlos langweiligen Zeitungsartikel deiner Mutter kennzeichnen eine lange künstlerische Laufbahn. Was willst du daran ändern? Diese Laufbahn wirst du nicht mit Zorn, Hass oder sogar Sarkasmus unterbinden. Sie ist einfach da und stellt eine bittere Würze in deiner Vergangenheit dar, die dich nicht in Ruhe lässt. Aus all diesen Gründen wächst in dir eine verarmte Sehnsucht heran, mit dieser verkalkten Kunst den Weg in die Öffentlichkeit zu finden. Deine Skulpturen und Aquarelle werden in den Tageszeitungen abgebildet. Sie geben Auskunft darüber, wie fantasievoll deine Seele ist und wie gewaltig deine kreativen Impulse sind, mehr als bei deiner Mutter. Die Aussagekraft deiner Kunst übertrifft alle Erwartungen und stellt die Kunst deiner Mutter weit in den Schatten. Ist das nicht Wahnsinn? Du schaust mich erfreut an.

Ich liege richtig mit meiner Vermutung? Ich wäre enttäuscht, wenn es nicht so ist. Die Motive des Überlebens gelten überall. Die Thesen, sich über Wasser zu halten, werden gebraucht. Sie sind der Maßstab für die Krönung einer Selbstständigkeit, die eine Idee ausmacht. Und deine Idee ist es, deine Mutter zu übertreffen. Unbedingt, selbst wenn dein Abwinken nur eine unbedachte Förmlichkeit ist. Ja, es sind die unerfüllten Fragmente in dir, von denen du keine Ahnung hast, dass sie in ständiger Bewegung sind. Tief in dir findet jeden Tag ein euphorischer Tanz statt, aus dem eine flache Brise Nachdenklichkeit entspringt und der dein unerwünschtes Lachen unterdrückt, um die Geschichte deines Lebens nicht erzählen zu müssen. Dieser ewige Tanz, der dich berühmt macht, kennt dein Asylverfahren noch nicht. Deine ausufernden, ausgelaugten Kräfte ergießen sich ins Tagesgeschäft, das deine dominante Eitelkeit beschützt. Du kannst alles was deine klägliche Fantasie erzeugt niederschreiben. Du kannst, wenn deine brüchige Stimme versagt, marokkanische Bilder malen, aus denen man die Hieroglyphen noch deuten muss. Jeder Bogen Aquarellpapier rollt sich von selbst auf, wenn du den Pinsel nur mit schwarzer Pottasche berührst. Ja, gerade diese Farbe, die dein Licht aufsaugt, kannst du nicht mehr brechen.

Ich glaube du weißt, dass dein Weg zu Ende geht und dass du keine Berechtigung zu einer Wende hast. Keine Erlaubnis brauchst du einzuholen, um die rasante Fahrt zu stoppen. Du kannst dich umdrehen und die Situation so belassen. Du allein hast das Wissen, es zu tun. Doch dein Schicksal abzuwenden, dazu hast du nicht die Kraft.

Acht

Ich bin kein davongelaufener Ratgeber, kein vergessener Freund, aus dem milde Gaben strömen, der erbettelte Spenden aus einem Zaubertopf hervorholt, um sie dick einzufetten und dein Gesicht zu erheitern. Ich habe meine Haut abgezogen und bin in einer feuchten Wolke verschwunden, die die Vergessenheit mit purer Eitelkeit vermischt hat. Ich brauchte den Zeitpunkt, der das unverdaute Geschehen in kleine Oasen der Unruhe verwandelte, wo keine Erholung üblich ist – kriegerische Oasen, in der sich die ausgeblichene Lebensgeschichte selbst interpretiert, um dem eigentlichen Rädelsführer das Messer an die Kehle zu setzen.

Ich erinnere mich noch an meinen unvergesslichen Dudelsack und die ausgediente Triole mit den bunten Tasten, die ich lange Zeit heimlich gespielt habe. Ich verweilte lange in stark verschmutzten Straßenecken, wo das Vagabundieren erlaubt war. Und hier begann meine bitterböse Welt, die den beschmutzten Salat mit Angst und Creme Fresh verrührt hat. Im Augenblick der Berührung mit der Feuchtigkeit der Angst konnte man meine Nikotinsucht bei allen Theaterpuppen gut sehen. Der Vorhang blieb oben. Das Eisengeländer des Treppenaufgangs zum Kreissaal wackelte leise vor sich hin, sobald ihn jemand betrat. Doch ich bemerkte nicht die Falle, in die ich tapste. Der Bluff gelang; ich wusste genau, dass es keinen Sieger geben würde, der zwischen stillen Vorwürfen und dem hausgemachten Bohnenreintopf der Wut den Kampf aufnahm. Das patentierte Hausrezept (Bestrafung geht vor Gemütlichkeit), das die „Alten Denker" einst für sich in Anspruch nahmen, geriet in vielen Fällen in Schieflage. Es ist mir klar geworden, dass diese Kojoten das nicht sehen wollten. Sie blieben blind am Beckenrand sitzen und schürten den Spott, der jede Seele krankmacht. Ich erprobte den erfahrenden Weg und fiel erneut auf die Schnauze. Ich sah die Welt von unten und rieb mir die Hände, bis sie bluteten. Ich überstrich mit bloßer Hand die Mauer mit Kinderkacke. Ich begriff alles, konnte alles orten, alles entziffern, nur den Namen nicht. Das war mir nicht vergönnt.

Was ist mit deinen Fischernetzen, die du so schnell geflickt hast, weil du fischen wolltest? Ist deine Fantasie im Kescher geblieben? Wie sieht es in dir aus? Wir haben uns weit über zwei Stunden Worte um die Ohren gehauen, und doch wissen wir nichts voneinander. Eigentlich könnte ich meine Sachen packen und wieder nach Hause fahren. Was mache ich eigentlich hier? Wozu sind meine Überlegungen, die ich Wochen zuvor vorbereitet hatte, noch gut? Was kann ich sagen, um die Wagenkolonne anzuhalten, die dir in trübseligen Scharen hinterher fährt? Ich brauche das baufällige Haus nicht mehr? Diese Ruine kann mir keinen Schutz bieten und dich nicht zur Besinnung bringen. Da kannst du neun Tassen Kaffee trinken und ebenso viele Stücken Apfelkuchen vertilgen, es würde nichts nützen. Du würdest deine Angst nicht sehen. Oh, mein Gott! Was für ein Schlafbedürfnis ist in mir entstanden. Wie konnte ich dich nur damit begrüßen? Ich kenne doch Anstand und Disziplin.

Bitte nicht weinen! Wir haben genug geweint! Keine Dünen blockieren dich, nur dass ich vor dir sitze und du mir nicht sagen willst, warum du hier in die Klinik eingewiesen wurdest. Lass es gut sein! Ich weiß schon, warum du hier bist und die restlichen Wochen mit aller Kraft herunterreißen willst. Dein Ehrgeiz packt dich. Er redet dir ein: Wir sind eine Sippe von Bettlern, die jeden Brunnen leer machen. Gib mir deine Hand! Ich kann dir den Satz aufschreiben, den du ständig leise wiederholst: „Ich habe Angst!" Und diese Angst ist ein beschissenes Gefühl. Wir hören beide im Hintergrund die Guillotine fallen. Das Geräusch ist entzückend, nicht wahr? – Ich glaube, dass du in der Vergangenheit oft dein Embryo aufsuchen wolltest, es aber nicht finden konntest. Ein anderer Weg wäre kein schlechter Deal gewesen, dann hättest du dich nämlich von deiner Angst befreien können. Aber leider sind die Umstände noch zu frisch. Ich brauche nur in deine Augen zu schauen, wo sich ein feuchter Film abzeichnet. Nur dass dieser Film sich nicht auflöst. Also wuchert etwas in dir. Etwas belastet dich. Deine Nasenflügel vibrieren bereits. Du befeuchtest ein Tempotaschentuch und ahnst nicht einmal, wann man die letzte Windel von deinem dicken Arsch abgesteift hat.

Ich sehe deine dünnen Fingerspitzen auf der Tischplatte einen Takt klopfen. Wozu diese nervöse Begleiterscheinung deiner Fantasie, die doch nie in Gefahr war? Seit Jahren schon verdrängst du sie. Ich brauche nur die Augen zu schließen und sehe sofort deine Mutter, wie sie an einem überdimensionalen Bild malt. Sie ist mit dem Bild verwachsen, verbindet sich mit den einzelnen Linien, die ihrerseits den Zorn mit der falsch verstandenen Liebe verbinden. Sie zeichnet ihren Traum und erkennt dabei nicht den Umriss deiner Ideen zum Leben. Ihre scheuen Blicke zerstreuen die Angst, und dabei richtet sie das Bild zugrunde, weil die Farbe Schwarz den Sieg davonträgt.

Jeder Pinselstrich zerstört den schönen Puppenwagen, der damals im Krieg 45 durch eine Brandbombe verbrannte. Selbst die Porzellanpuppe haucht ihre kalte Keramikluft heraus. Mit ihren neun Jahren konnte deine Mutter das nicht begreifen, sie war ja noch ein Kind. Krieg, Schutt und Asche prägten ihre Kindheit. Sie wusste zu diesem Zeitpunkt nicht, wer sie wirklich war. Sie suchte ihre Farben aus, um schützende Grenzen zu setzen, die aber auch ein Trauma verbargen. Sie ahnte, was unter ihrer Haut brannte. Und der Ruß, den sie einatmen musste, sollte das alles unvergessen machen. Ich sehe die Kriegsbilder, die Textteile der Biografien, die stümperhaft auf Notizblättern geschrieben worden sind. Auch ihre Jahre vergingen in eiligen Schritten, im Aufbau, in Eingliederung, mit Essenmarken, Zuteilung, Gewalt, Kälte, Tod und einer tief verletzten Seele. Und dann sehe ich dich, klein und mit einem blau schimmernden Kleidchen spielend auf dem Boden sitzend. Du wirst nicht beachtet. Fast erstarrt zupfst du an deinem Kleid und verspürst nur Hass, den du vorher nicht kanntest. Nicht einmal das heftige Schlagen einer Tür hätte dich erschrecken können, so tief warst du in dich versunken.

Denkst du etwa, ich könnte die Bilder aus dem Familienalbum vergessen, die wir uns damals auf deiner braunen Ledercouch im Wohnzimmer angesehen haben? Es waren drei Fotoalben, glaube ich. Das erste Album zeigte Schwarz-Weiß-Bilder von einer fremden Frau. Es waren alte Aufnahmen von einem unaufgeräumten, schmutzigen Atelier. Du und dein Bruder, ihr habt auf dem Fußboden mit Farbe ein Bild gemalt. Die Frau hatte keinen Blick für euch übrig. Alle Bilder, die ich sah, besaßen einen beängstigenden Beigeschmack. Sechs oder sieben Jahre alt seid ihr beide gewesen. In euren Händen sah ich Kreide, mit der ihr eine Blume gemalt habt. Ihr wart auf euch allein gestellt. Keiner hat sich um euch gekümmert. Selten habe ich ein Bild von deinem Vater gesehen. Er war stets im Schuppen und bastelte darin. Ich wollte diese Bilder nicht mehr anschauen, und du konntest das nicht begreifen. Deine Erzählungen wollten nie aufhören. Du sprachst von deinem Geburtstag. Ich weiß nicht mehr welcher es war: Deine „Alten Denker" kamen an einem Samstag zu dir nach Hause. Die Zweiraumwohnung war nicht groß, aber für dich war sie Paradies. Sie war karg eingerichtet. Du warst nur überrascht, dass deine Mutter plötzlich vor der Haustür stand. Erschrocken hast du deinen Schreibtisch verlassen, um sie hereinzulassen. Du hast kein Wort gesprochen, so verwirrt warst du. Deine Mutter wollte ihren Besuch kurz machen. Sie hatte keine Zeit und wollte dir nur ein Päckchen überreichen. Dabei hattest du schon einen schönen Schokoladenkuchen gebacken. Aber leider verschmähte deine Mutter dein Angebot, hier zu bleiben und eine Tasse Kaffee zu trinken. Sie legte ohne viele Worte dein Geschenk auf den Küchentisch und ging wieder. Dabei gab es für dich keine liebvolle Geste, keine Umarmung oder gar einen freundlichen Blick.

Ich kann dir alles genau wiedergeben, detailgetreu. Zu oft hast du mir von diesem Geburtstag erzählt. Daher brauchst du nicht erstaunt zu sein, wenn ich es hier noch einmal genau ausführe. Und trotzdem hat es mich sehr betroffen gemacht, wie deine Mutter mit dir umgegangen ist. So kühl und schroff. Ich konnte es nicht verstehen.

Ich begreife auch heute noch nicht, warum sie überhaupt zu dir nach Hause gekommen ist. Ich stelle Fragen, die ein Motiv begründen könnten. Aber ich finde keine Antworten darauf.

Bei dem strengen Unterton in deinen schroffen Worten, dass ich dir jetzt angeblich gut zuhöre, erwacht in mir eine tiefe Verzweiflung, die mich immer wieder irritiert. Du machst mich stutzig, verzweifelt und schürst Unsicherheit in mir. Zu keiner Zeit war das fehlende Zuhören ein Thema. Welches Feuer soll ich denn entfachen, damit du die Worte von meinen Lippen abholst? Welche Überlegungen könnten deine Welt denn noch retten, wenn du selbst nicht bereit bist, die losen Gegenstände auf der Straße aufzuheben? Sprich dich aus! Würge den langweiligen Disput herunter, der sich an deinem explosiven Ehrgeiz vorbei schleicht! Rüste auf, damit dieser Wahnsinn ein Ende nimmt, denn die Magisterarbeit zu deiner selbst verfasten Biografie wird sich in Zukunft nicht einfach gestalten lassen.

Wäre es dir wichtiger auf deine innere Stimme zu hören oder auf die bösartige Stimme, die weit draußen in den Bergen erklingt und nicht mal den heftigen Regenguss vor der Talöffnung halten kann? Mach dich nicht zum Clown und versuche dich nicht künstlich ins Rampenlicht zu stellen, wo du schon im Vorfeld weißt, dass dich keiner sehen will! Das Licht reicht nicht mehr aus, um deine

Weisheitszähne zu beleuchten, da dein Wissen über das Leben in einem katastrophalen Zustand ist. Also betone nicht, dass ich dir gut zuhören, dein Gesagtes mich so tief berühren und ich dich damit retten würde.

Ich habe stets zugehört, auch wenn der Steppenbrand der Erleuchtung dich nie erreicht hat. Lass deine zarten Hände in Ruhe und höre auf, deine verschwitzten Oberarme nervös zu massieren! Deine innere Aufregung bemüht sich qualvoll um Aufklärung, ob deine Füße noch auf festem Boden stehen. Deine Mimik verrät eine winzige Spur von Wut. Und gerade diese Wut in dir besitzt eine ehrliche Sprache, die ich sehr gut verstehe. Ich mag diese Ehrlichkeit, denn sie bedient sich deiner Gedanken. Sie baut eine übergroße Illusion auf, die den Geist richtig verarscht. Daran ist deine dumme Schuldunfähigkeit beteiligt. Dennoch kennt die aufkeimende Wut in dir das böse Spiel nur zu gut. Daher ähnelt deine vernarbte Angst der von dir mehrfach geöffneten Pulsader wie eine Wüste.

Schon dein Versuch, dir das Leben zu nehmen, zermalmt die rohe Festlichkeit für einen Morgen. Und dieser Morgen beginnt mit einer Neuinszenierung deiner Mutter, die deine Welt nicht kennt. Wahrlich ist das Stück mehrfach über den Äther gelaufen, und du kennst die Szenen deiner Kindheit gut. Du magst recht haben, wenn du sagst, das war so und wird immer so sein. Aber das ist eine

Lüge. Du betrügst dich selbst und verlangst von dir, dass dein Gesprochenes mit deinem Inneren im Einklang steht. Für dein persönliches Übel machst du deine Mutter verantwortlich, nicht dich selbst. Super, kann ich da nur sagen! Deine falsche Denkweise ist nicht in chaotischen Maschen verstrickt, verwurzelt, vermischt oder gar gleichmäßig verknotet, sodass die Wärme nicht entkommen kann. Du bist mit dem Kapitel „Mutter" noch nicht fertig, suchst weiter nach Motiven und Ursachen für dein Scheitern im Leben. Mach dir nichts vor! Stelle dich den Problemen und begebe dich an den Ort, wo das Süffige mit dem Feuer spielt, wo die Genugtuung das ausgereifte Land aufsucht, damit du erkennst, wer du wirklich bist!

Ich sehe in deinen Augen die dunklen Farben von Hass, der dir nur schadet. Wild fliegen die Hornissen deiner Unvernunft umher, die zu jeder Zeit das Opfer „Mutter" umgarnen, um tödliche Stiche zu setzen. Und immer wenn deine Wut den Abhang herunterrollt, ist dein überforderter Geist auf einer solchen Höhe anzutreffen, dass du dein zerbrochenes Geschirr nicht wieder in den Küchenschrank einräumen kannst. Allerdings war dein alter Küchenschrank bereits zur Hälfte leer, sodass es dir nicht mehr möglich war, über die eigene Selbstbeherrschung nachzudenken. Dein blanker Hass hat die bereits zerbrochenen Eintopfschalen nicht verschont. Mehr noch! Bockig und verzweifelt hast du in deinem Stolz herumgewühlt, der die Absicht hegte, den Rang deiner Mutter anzuzweifeln. Du hast daran geglaubt. Jahrelang hattest du keine Zweifel, dass du ein Bild anderer Art erschaffen könntest. Deine Fantasie kannte keine Grenzen, denn du warst es, die der Schwindelei kein Ende gesetzt hat. Leider. Die Gebrüder Grimm würden nicht mal ein Kapitel mit ihrer Fantasie nachschreiben wollen. Deine ständigen Verteidigungsfloskeln und die leeren unbegründeten Ausreden dienten dir nur dazu, deinen Groll gegen deine Mutter zu verstärken, damit der Todesschuss auch zielsicher trifft. Heute ist dein alter Groll mit blutverschmiertem Geltungsdrang vermischt.

Man sieht diese Dinge von damals heute anders. Man bekommt eine andere Sichtweise auf das Geschehene. Aber denke daran, diese absurden, undefinierbaren Bilder von Verletzungen vermischen sich. Durch Zufall oder gewollt. Die Orte wollen sich verändern, und sie verändern sich auch. Die dicken überwucherten Erlen sind gewachsen und genießen den Schutz alter Weisheit. Aber die „Alten Denker" von heute ignorieren den Schutz und fällen die pflanzlichen Wesen einer Zeit, die noch immer den Schutt und Staub der Kriege filtern müssen. Sie sägen tief ins Holz und setzen genau dort an, wo das alte Laub verschwindet und ein Einkaufcenter gebaut wird. Und was ist nun? Deine Spuren von damals werden verschwinden. Man sucht sie schon. Schau nur, wo einst die Berliner

Mauer stand! Du hast keine Ahnung, wo die Schüsse gefallen sind, um Freiheit zu bekommen. Dein Gymnasium, noch vor dem Krieg erbaut, steht unter Denkmalschutz. Was für ein Glück, da werden gerade die Fenster geöffnet, damit jeder das wilde Gebrüll der Lehrer hören kann. Welcher Umstand ist dir gnädig, dass die Zeit hier stoppt? Kannst du dir vorstellen, wie die rot angestrichenen Landeskarten an den weißen Wänden im Klassenraum hingen und den oft gepriesenen Sozialismus plakatierten?

Nachhaltig, tiefsinnig und einprägsam wird diese Zeit in dir aufleben, um dich von der Last der Lügen zu befreien. Und dann wirst du feststellen, dass die eigentliche Suche beginnt und all dein Elend nachzeichnet. Die Suche wird nie aufhören. Deine Wege werden an diesen Begegnungsstätten stets durchkreuzt, um deine innere Sehnsucht zu stillen.

Deine karg ausgestattete Küche im Hinterhaus zweite Etage rechts bestand aus einem braun gebrannten runden Campingtisch. Zu deinem wackligen Hocker, den du in einer Mülltonne gefunden hattest, gesellte sich ein bunter Wohnzimmerstuhl, der die eigentliche Behaglichkeit in dieser Küche ausmachte. Du hast bewusst keinen Luxus gekauft. Abgefunden hast du dich mit der kargen Einrichtung. Du hast dem Kleiderschrank, dem dunkelbraunen Ledersessel, den drei kleinen violetten Tulpenvasen und der Stehlampe mit dem eingerissenen Schirm ihre Plätze zugewiesen, sodass dein Wohnzimmer wie ein Museum wirkte. Ich kann mich gut erinnern, dass eine „WM 66" im Bad stand. Ich hatte diesen Waschautomaten längst vergessen, als ich dich danach fragte.

Hartz IV kann nie ein Paradies für dich werden. Das Amt konnte dir nicht mal einen Kühlschrank genehmigen, so kalt war die Gesellschaft zu dir. Es tat mir weh, als ich das von dir erfuhr.

An deinem Geburtstag klingelte es plötzlich an deiner Haustür, es war deine Mutter. Das war ein besonderes Ereignis für dich, denn du bekommst ja kaum Besuch, wie du mir mal gesagt hast. Diese Überraschung war deiner Mutter wirklich gelungen. Die zweite Überraschung folgte kurz darauf. Dein Bruder kam dich besuchen. Er, ein studierter Techniker, der viele Stahlbrücken im Land gebaut hatte, ließ sich deinen Ehrentag was kosten. Wortlos kamen er und zwei in blauem Overall gekleidete Männer in deine Wohnung. Sie trugen einen dreiteiligen Küchenschrank der letzten Generation in deine Küche. Sie stellten ihn an die rechte Wand, das bot sich einfach an. Es dauerte nicht lange, da war die Küche aufgebaut. Dein Bruder verabschiedete sich von den Männern, dann flog deine Haustür wieder zu.

Dein Bruder war sichtlich zufrieden, schaute sich die Küche noch mal an. Ich sah, wie deine Augen verlegen über den Fußboden schweiften. Es war dir peinlich. Heute erzählst du diese Geschichte wieder und wieder, als wäre sie in die Demenz eingedrungen, die es zulässt, wiederkehrende Geschichten ständig neu zu erzählen. Du warst damals einfach überfordert, weil dein Bruder dir eine Küche geschenkt hat.

Du hast dich zurückgezogen und standest wie ein scheues Reh in der hintersten Ecke deiner Küche. War es ein verlegenes Verhalten mit stiller Dankbarkeit oder eine peinliche Abweisung gegenüber deinem Bruder? Ich weiß es nicht! Ich weiß nur, dass du dich nicht bedankt hast. Dein Bruder ist dann gegangen, ohne sich umzudrehen oder dich zu drücken. Stattdessen hast du wortlos den Küchenschrank abgewischt und bist dann genauso still aus der Küche rausgegangen. Ich war dabei. Und immer wenn du heute davon sprichst, stehe ich wie auf einer Bühne und erlebe es noch mal – hautnah, sozusagen.

Sind Künstler im Leben immer so? Ich dachte du hättest Verstand und Feingefühl. Fast erschreckend kommt diese Erinnerung in mir hoch. Meine innere Stimme lehnt dich ab und will diese Geschichte nie wieder hören. Es macht mich krank und wütend zugleich. Dein Gesicht erkaltet. Starrer Blick. Forschender Blick. Auffordernder Blick, und dabei ist das Café hier gemütlich. Die leisen Stimmen der Gäste mildern die angespannte Situation an unserem Tisch. Meine Hände liegen ruhig auf der Tischdecke. Ich versuche das Glas zu greifen, was mir nicht gelingt, weil ich innerlich aufgeregt bin. Meine Gedanken gehen weiterhin auf Reise. Ich sehe den Zeitpunkt genau vor mir, als du in deiner Handtasche dein Notizbuch gesucht hast. Es war ein schwarzes in Leder gebundenes Buch, mit dicken goldenen Rändern versehen. Es lag auf unserem Tisch. Du hast überlegt, wann der Zeitpunkt günstig ist, es zu öffnen und darin zu schreiben. Oder wolltest du es erst später öffnen, wenn ich weg bin und ich dich nicht beim Schreiben beobachten kann? Ich weiß es nicht. Ich weiß nur, dass damals in der Küche immer ein Notizbuch vor dir lag. Offen lag es da. Dein Geschriebenes hast du mit diversen Skizzen versehen.

Sie haben wie Kinderzeichnungen ausgesehen, die keinen Sinn ergaben. An den Seitenrändern hast du immer die kleine furchterregende Figur einer Frau gezeichnet. Dünn hat sie ausgesehen, ohne jedweden Ausdruck, aber doch auch irgendwie reserviert. Sie hat mir Angst gemacht, denn sie besaß etwas Abstraktes, etwas Komisches, Sonderbares. Etwas, das mir sagte: „Hey, ich bin das! Mir geht es nicht gut."

In jeder Zeichnung, und es waren viele, hast du absichtlich eine gewisse Unsicherheit hineingemalt. Jeder Bleistiftstrich war die Verbindung zu einer Erinnerung, die dir die Welt näher brachte. Wie auf einem gesunkenen Schiff hast du deine Gedanken treiben lassen. Ich habe deinen naiven Gesichtsausdruck gemocht, wenn du dich über deine Skizzen und Notizen gebeugt hast. Er spiegelte deine Sehnsucht nach Ruhe und Abgeschiedenheit wider, die du fürs Schreiben und Zeichnen brauchtest. Dabei hast du dir ein Nest geschaffen, um deine Erinnerungen belanglos erscheinen zu lassen. Der Wandel sollte kommen, denn jede Erinnerung hat dir Kopfschmerzen bereitet. Doch diese Erinnerungen setzten sich in dir fest. Paradox und doch legitim, die gelebten Illusionen in dir reifen zu lassen. Fragwürdig und riskant waren deine hilferufenden Befürwortungen. Aber das Glück war dir zugegen, denn deine Gefühle schwollen an und die auffrischenden Winde, die deine Welt ständig berührten, waren immer da, um dir zu helfen.

Die unausgesprochenen Erinnerungen, die deine Unsicherheit hervorgerufen haben, brachten deine Siegestreppe zum Wackeln. Einsamkeit und Angst haben dein karges Bühnenbild geprägt. Deine Suche nach dem verlassenen Gefühl begann von Neuem. Deine Geduld verbrannte sich quasi selbst. Deine Illusionen, die du in einer Goldschatulle aufbewahrt hast, konnten nicht mehr neu gegossen werden. Die Asche deiner Angst verband sich mit deinen Tränen, die das Benzin mehr mochten als deine Erlösung. Es gab nie eine Zeit, in der du dich wohlgefühlt hast. Immerzu gab es einen Widerspruch, einen Konflikt oder einen Zuspruch, um dem Leid zu widersprechen. Um der widersprüchlichen Wut den Hof zu machen, hast du dich zerfleischt, zerhackt, zerdrückt und zermalmt. Im Grunde wolltest du nicht mehr leben. War das nicht deine Lebensphilosophie? Das, was dich angeekelt und daran erinnert hat, dass die Angst das Geschäft deines Lebens ist, wurde alltäglich. Es gab zaghafte Momente, da wolltest du nur weinen und das dicke Kopfkissen über deinen Kopf ziehen, um nichts mehr zu sehen. Nur die Sehnsucht sollte übrig bleiben. – Ja, du kannst es ruhig aussprechen: Sehnsucht nach Zweisamkeit. Nach einer verlorenen Zweisamkeit? Sie ist am Leben und wird oft innerhalb der Traurigkeit angelacht. Ich kenne das Gefühl,

Lena, wenn die Einsamkeit in einem nagt, dann wäre dir jeder Wink, jedes Symbol recht, deinen lang gehegten Wunsch endlich zu erfüllen. Jede Botschaft wäre willkommen. Dabei magst du keine Spiritualität von Liebe und Hoffnung, die dir das Glück per Brief zusendet. Und doch fieberst du, endlich nach Hause zu kommen, um den goldenen Brief des Lebens in deinem Briefkasten vorzufinden, in dem geschrieben steht:

„Verzeih mir!
Ich bitte um Vergebung. Ich liebe dich. Es war ein Fehler, eine andere Frau zu lieben. Ich habe sie gehen lassen, um zurückzukommen. Wollen wir einen Neuanfang starten und alles hinter uns lassen?"

Dieser Brief wäre eine Befreiung für dich, oder gar eine Genugtuung? Wie lange lebst du schon allein in dieser Wohnung? Mach deinen Mund zu! Ich weiß, was dich belastet. Zu oft hast du über deine Trennung gesprochen. Wie viele Jahre ist das jetzt her? Drei, vier oder sechs Jahre? Du kannst nur schätzen? Das ist ein gutes Zeichen. Siehst du die Einsamkeit als Plage an oder wird sie dir gerecht, damit du dich in Ruhe deiner Malerei und dem Brennen der Keramikfiguren widmen kannst? Endlich Dinge allein zu entscheiden, die einem wichtig sind. War das nicht schon immer dein Traum?

Ich kenne deine Überlebensstrategie. Es ist die Strategie einer verletzten Verflossenen, die allem hinterher rennt, was mit sexuellen Konversationen zu tun hat. Ich will dich nicht angreifen oder gar verletzen. Das liegt mir fern. Dennoch sind deine tollkühnen Träume, obwohl sie legitim sind, nur bedingt richtig. Sei doch mal ehrlich zu dir und sag, was dich innerlich zerfrisst! Würdest du beides wählen, die Kunst und einen treuen Mann? Das klingt wie ein Märchen. Leider würdest du dir da eine Scheinwelt aufbauen, die dir später auf die Füße fällt. Ja, du winkst ab. Ich hatte schon immer den Eindruck, dass du deine Lügen sehr verinnerlicht hast und wirklich daran glaubst, dass all das bald wahr werden würde. Jede Skizze erschuf in dir eine Illusion, die du mehr geliebt hast als dich selbst. Ja, winke nur ab und zünde dir die nächste

Zigarette an. Es ist schon erstaunlich, wie du versuchst, die gute Atmosphäre am Tisch zu untergraben und so tust als ginge dich das alles nichts an. Dabei wurmt es dich, dass ich mit meinen Gedanken über dich richtig liege. Deine Seele würde alles zugeben, alles ansprechen. Und die Wahrheit würde dir ins Gesicht springen. Aber diese kleine Seele ist noch zu schwach. Ich nenne sie „kleine Seele", weil es die kleine Lena in dir ist. Und diese kleine Lena lebt und würde mir die Hand reichen. Ja, das würde sie sofort tun, aber die Angst in dir, die dein Ego behütet, lässt das nicht zu. Man muss sich seine eigene Welt aufbauen. Dafür braucht man aber eine gute Portion von kaltem Schneid und frecher Brutalität. Der Glaube allein reicht nicht, um endlich die umliegenden Kirchen niederzureißen oder die Dachstühle zu entzünden, die die Altäre vor Nässe und Gier schützen. Denn die Altäre sind dir das ganze Leben lang ein Dorn im Auge gewesen, nur weil sie ein Kreuz zur Schau gestellt haben, um den Armen und Bettlern ein Zeichen zu setzen.

Du scheust dich nicht mehr, diese Altäre anzuzünden. Die Religion macht dir Angst und bricht wie eine Seuche aus dir heraus. Warum schüttelst du den Kopf? Bejahst du oder lehnst du ab, dass der Glaube in dir zerrüttet ist? Findest du deshalb ein Schafott besser als die Hölle?

Deine „Alten Denker" waren Atheisten, lehnten aber auch die Partei von damals ab. Gute Entscheidung, wie ich finde. Aber was bleibt übrig? Sie haben nicht gebetet, verbrannten aber gleichzeitig das „Manifest" von Marx. Dazwischen gab es nur dein Weltbild, wobei du nie genau wusstest, wohin es gehen sollte. Es waren immer nur nicht beweiskräftige Aussagen, auf die du großen Wert gelegt hast. Philosophie und etwas politisches Eis – eine Mischung, die sehr schnell schmolz.

Ich denke an die Zeit, als du zwei gemalte Bilder einem katholischen Pfarrer angeboten hast. Das eine war ein Bild von Jesus, dessen Holzkreuz in einem Kartoffelfeld stand. Auf dem zweiten Bild war eine katholische Schwester abgebildet, die aus der Bibel las. Wie können solche Bilder entstehen, und warum hast du sie einem Pfarrer angeboten, später sogar verschenkt? Ich weiß, das liegt eine Weile zurück, aber eine Antwort würde ich gern von dir hören. Ist sie zu intim oder schadet sie deinem Image?

Keine Antwort darauf zu geben, ist allerdings auch eine Antwort. Ich muss mir wohl mehr Zeit nehmen, dich zu verstehen. Ich überlege mir die Frage in Zukunft genauer, bevor ich sie stelle. Man möchte zu gern sich selbst verstehen. Ich will schon wissen, woher deine schlechte Laune kommt und warum du an manchen Dingen herummeckerst wie eine Ziege. Es ist sicher eine Puzzlearbeit, die Ursachen zu finden. Sie wird wohl nie aufhören – nie! Kannst du das alles verstehen? Kannst du nachvollziehen, wie es sich anfühlt, wenn der Schmerz kommt und alles in

Aufruhr bringt? Du hast ja nicht mal bemerkt, dass die Traurigkeit dein Lachen abgelöst hat und dass das bisschen Gefühl von Ehre in deiner Seele nur ein leeres Feld ist. Wir standen uns längst nicht mehr auf Augenhöhe gegenüber, als alle gegen dich waren und du letztlich gegangen bist – wortlos, wütend, verletzt. Ich habe es nicht gemocht, wenn in dir die dominante Künstlerin zum Vorschein kam, die das Leben zwar nach ihren Maßstäben beschrieb, diese aber selbst nie einhielt.

„Ich kann alles und ich weiß alles." Diese dominante Seite von dir war widerlich. Wer oder was bist du denn schon? Eine Galeristin? Eine Schriftstellerin? Eine Malerin? Du trägst ein ungewaschenes Leinenhemd und kannst nicht mal beschreiben, was du all die Jahre zuvor angezogen hast. Du hast nicht mal ansatzweise darüber nachgedacht, warum du auf dieser Welt bist? Du kannst also von deinem hohen Ross wieder herunterkommen. Du bist nicht so wichtig. Es geht nicht allein um dich. Du kannst ruhig mal abwarten, bis alle am Tisch sitzen.

Ich mag deine wilde Malerei nicht, wenn du dein Unbehagen, das sich wie ein wildes Tier benimmt, an die Wand schmierst als wäre es nicht für jeden sichtbar. Und wenn sich deine ausgeprägte Dominanz am Zaunpfahl ausgestreckt hat, dann hast du deine Glimmstängel angezündet, um deine innere Angst zu drosseln. Manchmal gab es Tage, an denen du jeden Text, der nicht von dir stammte, in den Müll geworfen hast. Jeder eigentlich gut formulierte Satz stand bei dir auf dem Prüfstand. Du hast abgewogen, welche Art Poesie du verkraften kannst. Meistens war die Sache erledigt. Dann hast du dich benommen, als wärst du die einzige poetische Denkerin. Dabei hast du deine Bosheit geschickt formuliert. Ein Zeuge war nicht nötig. Alles hast du allein hinbekommen. Du warst sogar stolz darauf, dass es zwei Bücher bei „Amazon" zu kaufen gab.

Natürlich ist das schon eine Weile her. Doch diese Bücher tragen deine Texte. Deine Ideen sind dort beschrieben. Heute hast du vieles davon vergessen und rast mit hoher Geschwindigkeit auf eine Mauer zu. Was richtig und falsch ist, trägst du mit Elan in eine Tabelle ein – richtig rechts, falsch links. Deine zähen Gedanken, den langwierigen Rosenkrieg zu verlieren, machen dich heute nicht mehr satt. Du willst den Rest Mörtel aus den Ritzen dieser Mauer kratzen, um ja nicht erst an einer Erkältung zu erkranken.

Du hast dich genauso verändert wie ich. Daran ist nichts zu rütteln. Was bedeutet es dir, Bedürfnisse zu äußern? Welche Impulse können die Fantasie in dir entfachen? Ist dein Handeln eingeschränkt, wenn du für eine Sekunde an die Liebe denkst? Ich meine nicht die pure Sexualität, die viel zu oft Konflikte hervorruft und versucht, die eigentliche Realität zu sabotieren. Ja, du hast richtig gehört!

Solange die Sexualität in dir herumspukt, wirst du keinen vollständigen, sinnvollen Satz mehr hinbekommen. Die Sexualität behindert das Denken. Sie streut deine Ideen umher, wie die Spreu vom Weizen. Die Felder bleiben dann trocken, denn Sinnlichkeit und Ruhe sind nicht mehr vorhanden. Sie drosseln alles auf ein Minimum. Nichts ist erlaubt, nicht mal ein Husten oder eine Tasse Kaffee.

Was ist los? Nie darüber nachgedacht, wie sinnlos die tote Materie ist? Wie hoch ist dein Preisgeld, um sich erneut in das Männliche zu verlieben? Unbezahlbar, denn die Wetten bleiben alle bestehen, bis sich die Hoffnung erfüllt, einen männlichen Denker zu umarmen. – Geht es nicht immer darum, etwas im Bett zu haben, womit man knuddeln kann? Ist es nicht eine uralte Sehnsucht, die Bettenberge zu erklimmen, um den Zenit des unerforschten Glücks zu erreichen? Schon beim kleinsten Orgasmus sind die meisten weiblichen Denker so paradiesisch glücklich, dass sie sich drei Wochen krankschreiben lassen. Aber du kannst deine Einwände stecken lassen, ich weiß, was kommt.

Und die männlichen Denker? Was ist mit denen? Stell eine berechtige Frage! Da kann ich nur sagen, dass die männlichen Denker meist noch schlimmer dran sind. Sie tragen ihre Langeweile sichtbar und zu jeder Tageszeit mit sich herum. Sie gehen auf die Pirsch und denken und fühlen wie ein Revierförster. Wer nicht will, der muss gefügig gemacht werden. Oder man benetzt sein Gesicht mit so viel Rasierwasser, dass man wie eine Hure stinkt. Der Hosenstall bleibt offen, um zu zeigen, wer der wahre Stier im Lande ist. Brust raus, Tätowierungen rein und dann ab die Post mit dem Kamm und dem schicken Smartphone, das ständig klingelt, als wäre man der Superstar auf einem Getreidefeld. Ich kenne diesen Mist, und es kocht in mir, wenn der Penis fünfmal am Tag ausgepackt wird. Doch das Märchen wird wahr, wenn du den Penis siehst und er zu dir nett herüberschaut, um in deine warme Garage einzufahren. – Wie das in dir klingelt? Es wirkt feurig. Dein Kopf errötet langsam, was ich nicht so schlimm finde. Deine Gesichtszüge werden lockerer. Deine Beine gehen etwas auseinander und schon ist die Botschaft angekommen. Ohne Erklärung. Ohne Zeichnung. Ohne das viele Palaver von trockener Theorie und Diskussion.

Hast du etwa nicht jedem Zungenkuss hinterhergehechelt, als du verliebt warst? Deine Muschi war beim Zähneputzen schon feucht. Und deine Gedanken waren weit weg vom Schreiben und von den Formen der Lehmfiguren im Atelier. Deine Fantasieorgien schwirrten in der Straßenbahn umher, sodass du deine Haltestelle verpasst hast. Du warst kopflos verliebt und all deine Ideen gingen dem Ende entgegen. Das ist keine Demenz, auch kein Chaos in dir, sondern nur eine Feststellung, was die Erektion alles so entfacht. Gestern der Tod und heute das Leben. Es sind immer noch die leeren Illusionen der gelangweilten Todesschwadronen, die über die Meere ziehen. Sie besiegen den Geist und berühren die nassen Hände der Geschlechter, die ein Vertrauen aus Panaschee aufbauen. Konfus und hektisch belagerst du die gefüllten Kellerräume und versuchst trotzdem ein Bild zu verkaufen, das du in guten Zeiten gemalt hast. Ja, das war noch eine kreative Zeit des Schaffens. Du hast geschrieben, modelliert, gemalt und an dich gedacht, wie man eine wahrhafte Künstlerin wird. Mehr noch! Du hast vorgebeugt, nachgedacht, vorausgedacht, vorgeplant. Du wolltest ja von dieser Kunst leben, sie auf dem Markt verkaufen und dich ins rechte Licht rücken, ins Gespräch kommen und Verbindungen schmieden, um weiterzukommen. Und jetzt sind all diese Vorsätze fast den Bach runtergegangen, weil die Liebe nach dir ruft. Oder suchst du nach der Liebe? Vielleicht ist diese Frage neurotisch. Magst du dir selbst die Antwort geben. Eines ist aber der Kernpunkt: Du willst geliebt werden. Du würdest jeden Preis dafür zahlen. Jeder möchte geliebt werden, auch ich. Keine Frage. Aber auf welcher Ebene wird man diese heiß ersehnte Liebe antreffen? Sollen es die schönen weiblichen Hüften sein oder der Busen, der einen männlichen Denker so erregt, dass er nur diese Art von Liebe sieht und spürt? Oder soll es eine enge Männerhose sein, wo die Wölbung des Schwanzes zu sehen ist, sodass deine Augen nur noch Beifall klatschen? Auf diese Ebene wird sich keine Liebe verirren. Kein Bluff ist an der Wirklichkeit interessiert, um die Geschlechterkriege auszubalancieren. Im Grunde ist sowieso alles nur Gewäsch und vertane Zeit, um darüber zu philosophieren, wie man geliebt werden möchte.

Eines ist aber sicher: Dein Gedanke, solchen Spuren nachzugehen, ist wirklich vertane Zeit. Für mich ist es ein Theaterspiel, das mit einem Akt auskommt, denn die Schwäche ist bei den weiblichen und auch bei den männlichen Denkern ersichtlich und spürbar. Vergoldete Ringe und große Ketten verschönern zwar einen männlichen Körper und machen ihn interessant, aber das war es dann auch schon. Das Gleiche gilt für die weiblichen Denker, die mit ihren hohen Absätzen und gestylten Frisuren die beschissene Welt erobern wollen. Sie riechen wie eine unverdaute Haarkammfeder und longieren besessen in den großen Einkaufsetagen, um sich wichtig zu machen. Und wenn sie abends nach Hause kommen, rennen sie achtunddreißig Mal den Flur entlang und putzen die leeren Regalflächen blank. Sie werden immer in den Supermarkt gehen, damit ihr Ego ihr Verhalten rechtfertigt. Sie werden öfter ihre Unterwäsche waschen, um sich nicht daran erinnern zu müssen, was die falsche Liebe mit ihnen gemacht hat. Und so geht es Tag für Tag. Und wenn ihre

Eitelkeit nicht im Laden befriedigt werden kann, dann muss das Internet herhalten, damit die männlichen Denker sie ansprechen.

Neun

Seit ich denken kann, findet man das leidige Thema „Liebe" in allen Nuancen des Lebens. Wir machen es zum Thema, weil es nicht möglich ist, den Sinn des Lebens ohne die Liebe zu finden. Ich liebe dich hier, ich liebe dich dort. Ist das der wahre Träger der Zukunft, der unsere Richtung lenkt? Ist nur mit der Liebe ein würdevolles sexerfülltes Leben möglich? Ich zweifle daran, denn diese These wackelt und schürt in mir Unsicherheit. Ich brauch dich nur anzuschauen, mit deinen rot geschminkten Lippen und den kariert gemusterten Ohrringen. Das mag zwar jedem anderen gefallen, aber die offenen Haare, die frisch gewaschen und mit Haarfestiger besprüht sind, bereiten der Heuchelei hier an unserem Tisch ein Ende.

Ich habe kein Bock auf solch falsches Getue. Lass uns wie großartige Wesen auf dem Pult herumlaufen, sodass unser Geist sich daran erinnert, dass wir spontane und frei denkende Wesen sind, die ohne Drang nach permanentem Sex auskommen. Immer wenn du leicht beschwingt die rechte Hand zu deinem smarten Kinn führst, dann ist die erotische Ader in dir leicht in Verzug. Die herunterhängenden, gut durchgekämmten langen Haare geben dir einen sehr feinen Stil, sodass man glauben könnte, du würdest eine Falle aufstellen, die jeden männlichen Denker in den Wahnsinn treiben soll. Diese Falle kenne ich sehr gut. Ich kenne deine Devise: Der Mann soll den ersten Schritt wagen, damit du dich kurz davor abwenden kannst. Du willst geküsst werden und dennoch den Rückzug wählen können. Ein Spiel, das mich langweilt. Dabei kannte ich dieses Spiel bereits von vielen anderen weiblichen Denkern. Doch nicht einmal der Ansatz von erotischem Mangel würde mich bewegen, deine Schulter oder Hand zu berühren. Dabei fällt mir spontan diese eine Episode von damals ein. Weißt du noch, wir wollten zu deinem Bruder fahren, um seinen neuen „Wok" auszuprobieren. Es regnete, sodass wir keine Lust hatten. Im Gegenteil, ich habe uns einen Tee gemacht und du hast in den Küchenschränken nach einer Kerze gesucht. Somit war der Sonntagmittag gerettet. Wir begannen zu schreiben – oder besser gesagt, ich begann zu schreiben und du hast ein Buch gelesen. Erst später bekamst du Lust zum Schreiben. Nach dem Abendbrot (Bratkartoffeln und Rührei gab es) war dein Drang zum Schreiben dann nicht mehr aufzuhalten. Ich habe später gezeichnet und ließ im Hintergrund leise Radiomusik spielen, die uns eine sonderbare Fantasie eröffnete. Zum ersten Mal bekam ich ein Gefühl, dass hier etwas Unbeschreibliches entsteht. In mir wütete eine kreative Kraft. Ich wollte zeichnen. Du dagegen wolltest mehr schreiben. Deine Gedanken suchten nach verlorenen Themen. Sie lebten irgendwie in dir, und du hast sie sofort aufgeschrieben. Die Texte hatten etwas von Aufarbeitung, von Erinnerungen, von etwas, das dich mit der Vergangenheit verbindet. Deine Augen schauten sehr oft aus dem Fenster. Dabei erhielten deine Texte mehr Tiefe, sodass ich schon beim Zuhören Lust aufs Schreiben bekam. Der Reiz zum Schreiben war so lebendig wie nie. Ich konnte sehen, wie frei du über dem Text gesessen hast. Deine Ideen explodierten förmlich in der Poetik. Das Erzählte schenkte den Inhalten neue Maßstäbe. Jedes Wort in dir kam aus der Ferne, die keine Nähe zum Feuer kannte. Dein Blick war manchmal entrückt, als würdest du die verschachtelten Sätze nicht mehr haben wollen. Deine Suche nach einer eigenen inneren Sprache hatte begonnen. Sie klang wie dünnes Pergament, raschelte die feinfühlige Angst aus dir heraus. Deine Ideen vegetierten davor im chaotischen Geist umher, der Anfang und Ende nicht kannte – woher auch? Du bist all die Jahre auf einem dünnen Faden balanciert, der nun zu zerreißen drohte. Deine innere Vorsicht hat die Dunkelheit eingeschaltet, die die Befangenheit zum Schreiben aufhob. Das neue Spiel der klaren Linien hatte begonnen. Ein Schachspiel, wo sich die Figuren mit deinem Ich verbanden, damit es sich selbst findet.

Kein Wort ist dir in den Sinn gekommen, das zu widerspiegeln, was deine Verletzungen sind. Unheilbare Angst blendeten deine unnahbaren Impressionen, die im dicken Blut ertranken. Es begann die Schmuddelzeit, die mit deiner Einsamkeit gemeinsame Sache machte. Das Schreiben diente fortan deiner vornehmen Eitelkeit, ohne den Abstand zu deiner Kindheit zu wahren. Aus diesem Grund ist der Anschluss dieser Zeit belanglos, wertlos, verbraucht, überholt, nicht mehr verwertbar. Dir bleibt nur das eine übrig, damit du es weißt: Du hast **mal** geschrieben. Du hast die literarische Welt in dich aufgesaugt, bis sie dich strangulierte. Und heute, meine Liebe? Dieser erfundene Zeitgeist in dir ist unter deinen Fingern förmlich verwahrlost und kümmert sich nun einen Scheißdreck darum, wie du dich fühlst.

Du hast wirklich daran geglaubt, dass die Tragik mehr Einfluss auf dich gewinnt und das Schicksal dann nicht mehr so heftig auf dich einschlagen würde? Aber dem ist nicht so? Es wartet darauf, gerufen zu werden. Es erwartet einen Impuls von dir, der die Angst wieder entfacht, die dich zu jeder Jahreszeit missbraucht. Deine Seele verwandelt den müßigen Schritt in einen hochmodernen Rennwagen, der deine Wahrheit schnell erreicht. Dein Schicksal verändert sich und nimmt Anteil an deiner Umwelt. Es gibt keine Ordnung. Die Regeln werden nicht beachtet und das verletzte Wort ist nicht mehr verfügbar. So ist das, und du möchtest die Veränderung beschreiben, ohne eine Erfahrung gemacht zu haben? Dein haltloses, niederträchtiges Gerede von der Wandlung deiner Seele kann keiner mehr glauben. Du betrügst dich selbst. Deine

Lügen verbinden sich mit einer armseligen Wüste von Bettlern, die nur sich selbst töten wollen. Vergiss, was du gesehen hast! Vergiss, was du schreiben wolltest! Das war nur ein kurzer Prozess deines Lebens. Du wirst den Verzicht lieben. Dein Rücktritt beschreibt den riskanten Traum und schiebt ihn beiseite, um dich in die Mitte des Spielfeldes zu setzen. Jetzt wird eine Partie beginnen, in der deine Eitelkeit neue Nahrung findet. Dann wirst du sagen: „Warte ab, was kommt!"

Aber nein, deine Hände schweifen über meine weg, zwischen Licht und bunten Servietten, zwischen Nähe und Absturz, zwischen Berührung und ersehntem Kuss. Deine Gier wird sich drosseln müssen. Geduld wird aber alles wieder infrage stellen, denn dein Wissen über Geltung und Respekt ist gleich null. Auch hier könnte dein Glaube versagen, um keine Wendung herbeizuführen.

Der Drang in dir hat den abgebissenen Apfel, der für uns beide bestimmt war, gespalten. Deine Notizen waren nicht mehr wichtig. Du hast den Gesang im Radio schwinden hören und das Eden der Liebe nur gedacht schmecken wollen. Deine Not genoss das helle Licht leider nur kurz, sodass der angebrochene Abend unsere Gemeinsamkeit nicht wollte. War keine Verbindung zwischen uns vorhanden, auf der man eine kleine Hütte von Verständnis hätte bauen können? Ein Verständnis, das sich mit dem Glauben auseinandersetzt? Oder verdrängst du den Glauben einer fremden Welt ebenso wie den widerwilligen Kater deines Nachbarn? Ist der Glaube dein Freund, der ohne die Hierarchie der Kirche überleben würde? Was für wild skizzierte und unüberschaubare Fragmente von Überlegungen. Ich habe sie nie verstanden. Wo ist deine Vernunft geblieben, dass der Glaube ein Fundament des Lebens ist? Du beschreibst Dinge, die im Abguss liegen. Keine einzige Silbe deiner Barmherzigkeit springt zu neuen Ufern, nur weil deine innere Reife dir ein Zeichen gibt. Sind es Zeichen aus schwarzer Tusche, die deine nicht angreifbare Fantasie des Grauens übertüncht haben? Und doch ist eine männliche Fliege über dein Haus geflogen und sucht einen Platz zur Landung. Eine Landung, die du dir gefallen lassen musst. Denn es gibt keine Welt ohne das männliche Vorsprechritual eines reinen Gewissens, ohne Stau und verbotenen Vorboten, die sich verdient gemacht haben.

Du kannst mich nicht an diesem Cafétisch auflösen, mich zu einem Niemand machen. Ich kann nicht einfach verschwinden. Ich sitze hier und sehe in deine Augen, sehe deinen Mund, der leicht eingerissen ist. Dein dunkelbraunes langes Haar umrahmt leicht wellig dein Gesicht. Deine Wangen leuchten und geben mir den Eindruck, dass die Sympathie gerade geboren wurde. Fast zu freundlich wirkt dein Antlitz. Jungenhafte Bewegungen überschatten dein Alter. Unvergesslich ist deine Anwesenheit.

Alles ist nebensächlich, unwichtig, denn meine Ideen für eine Zweisamkeit verlaufen in anderen Bahnen.

Ich möchte die Mitte der Gefühle auf ein Blatt Papier zeichnen, um mir klar zu werden, was die menschliche Liebe überhaupt für eine Aufgabe hat. Wird zwischen den Geschlechtern unterschieden und das Vermögen so verteilt, dass für jeden ein Überleben garantiert ist? Ist die Liebe, die ich all die Jahre zuvor fühlte, in mir denkbar? Oder ist der ständige Groll in meiner tiefen Angst so sehr verwurzelt, dass ich keinen klaren Gedanken äußern kann? Bin ich anders als die anderen männlichen Kreaturen hier im Café oder ist meine Kleiderordnung anders als die der Herren auf den Stühlen von nebenan? Der Herzschlag erkennt die eiserne Regel, wie ich den dominanten Leuchtturm in mir bezwingen kann. Es ist die falsch verstandene Religion, die ich mir anhören muss, um den Glauben in mir zu verstehen.

Lena, mach dir keine Sorgen darüber, wie ich hier meine Tasse Kaffee trinke und ob ich es schaffe noch ein Stück Mohnkuchen zu essen! Es hat alles nur mit mir zu tun und widerspiegelt nur das, was du gerade empfinden möchtest. Es sind wahrhafte Dinge, die ich im Gefühl so äußern kann. Sie beschreiben eine Episode von Krieg und Unwohlsein, von ungleichem Rhythmus, den ich am Tag unterschiedlich auffange. Ich habe mir immer gesagt, dass jede Erfahrung einen Sinn hat. Auch dein Leben hat einen

Sinn, wo sich die Linien der Zeit kreuzen. Es sind Linien der Erfahrungen, der Liebe und Erkenntnis, der Willkür und Macht und der kranken Zustände – so wie du sie gerade erlebst. Es ist nicht das Ideale, sondern das pure Sein, das uns formt. Du rennst unrealistischen Idealen hinterher, versteckst dich hinter deiner kranken Seele und wartest ab, was kommt. Du sprichst davon, bestimmte Dinge morgen machen zu wollen. Morgen werde ich das Rauchen beenden, ein neues Leben anfangen oder die Angst in mir akzeptieren. Doch all das findet nicht statt. Es macht mich traurig. Ich würde am Liebsten das Café verlassen und den Planeten in Scheiben schneiden.

Endlose Gedanken verfolgen dich. Du hast dir das Idol einer vergangenen Zeit eingeprägt, das deiner nicht würdig ist. Ich liebte es, wenn du im Atelier standest und die Knetmasse geformt hast, als wäre sie eine vergangene Melodie, die neu komponiert werden müsste. Jede Feinheit hat meinen Atem stocken lassen. Ich habe die Energie gespürt, die in diese Figuren floss. Jede Falte, die du mit dem Schabemesser geschnitzt hast, war eine Geschichte von dir. Jede Nuance war der Sinn deiner Selbstständigkeit, die du in dir trägst, aber die du nie selbst wahrgenommen hast. Ja, sie sind dir fremd geblieben, sie spüren die brave Scheue, die du magst. Du denkst, diese Nuancen gehören dir nicht mehr. Sie geben angeblich eine Richtung vor, die deine Angst vorantreibt. Die Taille deines Models, die auf einer Drehscheibe ihren Platz einnahm, konntest du so zart modellieren. Der Schamberg der Figur war noch feucht, und doch glitten deine Finger darüber hinweg, um die Frucht der Weiblichkeit offenzulegen. Dann hast du den noch unfertigen Bauchnabel vollendet, der die Verbindung zum Leben darstellt.

Dein langes Haar hattest du nach hinten gebunden, sodass ich deinen Nacken sah. Jede Muskelfaser zuckte im Tageslicht und warf Schatten, die sich in euphorischen Elementen widerspiegelten. Im Hintergrund hörte ich Musik von Julia Stone, die deine spröde Geschicklichkeit untermalt hat. Jeder Ton formte die zarten Zehen der Figur mit. Du warst mit deiner Fantasie verbunden, die auch die Haare der Figur betonte. Der Kratzer aus dem Holzspachtel drang in der Knetmasse und zog einen langen Faden ab.

„Was für ein Bedürfnis ich habe, dich zu sehen." Diesen Satz hast du geschrieben, und er hat mich total verzückt. Du hast es so gewollt und es ist geschehen. Es verbraucht keine Notiz, die deinen Gedanken entfremdet, um das Ebenbild nachzuzeichnen. Die nasse Struktur mochte das Sonnenlicht und spiegelte die Glasur des Tons so seltsam in meinen Augen wider, dass sie funkelten. Ich erhaschte den Staub, der von dir wich. Die Drehscheibe rollte deine Vergangenheit umher als wäre dein Drehbuch schon fertig geschrieben. Deine Konzentration schmeichelte den vollen Lippen der Figur. Nur leicht hast du die Zunge blitzen lassen, um deine Begierde zu zeigen, die Sehnsucht nachzuempfinden, die das monotone Fragment von Stille unterbricht und es nötig macht, dich zu akzeptieren. Deinen Atem konnte ich hören, der deine Gefühle unterbrach. Oft hast du deine Lippen, die dein Gespräch mit mir verlangsamten, mit der feuchten Zunge benetzt. Mehr noch! Diese Gemächlichkeit hatte sich plötzlich in der Schulter deiner Figur verfangen. Das Becken der Figur betonte deine formgemäße Idee, die du ständig mit dir trägst. Es wollte deinen Fingern entgleiten, um dich an den Ort der Poesie zu entführen. Feine Linien haben die Augenlider mit Schatten überzogen, die sehr betont ihre eigene Sprache fanden. Die Figur ist dir gelungen. Du hast dich nicht selbst darin gesehen. Du wolltest sie anders sehen, respektvoll betrachten, von unten nach oben blickend auf dich einwirken lassen. Sie sollte nicht du selbst sein, das war dir wichtig.

Du warst ihren scheuen Tränen unterlegen, die nur langsam ihren Weg über die Wangen fanden. Dein Trost kam zu spät, weil das rechte Auge die Schwalben am Himmel fliegen sah, die dir noch fremd waren. Ich sah, wie sich deine schwarze Plastikbrille nach unten schob und das Glas die Nähe arrangierte, um auch das einzelne Korn der Masse zu sehen. Du wolltest alles wissen. Dadurch ist dein Atelier heller geworden, denn der Ton erhitzte sich. Erst später krümelte er aus deinen Fingern herab, als müsste das Kind mit neuer Farbe den Tag erreichen, den du vor langer Zeit schon verloren hast. Und der Tag verging, denn man wusste, dass deine Geschicklichkeit kein Wunder ist, sondern eine Bestimmung, der du dich unterzuordnen hattest. Es war nur ein Angebot.

Jedes deiner geschriebenen oder gemalten Kunstwerke war entweder ein poetischer Text, ein abstraktes Bild oder die Skulptur einer wahren Identität, die dir Reife und Weisheit gaben. Deine Kunst kennt keine Gesetze, denen man folgen muss. Sie ist ein Impuls von unwahrscheinlichen Erfahrungen, die du in deinem Leben gesammelt hast. Diese epochale Kraft bezwingt deine Gefühle, die keine Bewertung vornimmt, keine Kritik zulässt. Die reine Natürlichkeit ist es, die aus dem Bauch heraus Signale setzt und einer Krönung gleichkommt. Diese Signale begeben sich von Anfang an auf dünnes Eis, denn die Wut in dir ist noch sehr stark in deiner Angst behaftet. Nicht mal der gute Wille könnte diese Wut innerhalb eines Tages mildern, um einen Neubeginn in Erwägung zu ziehen. Es braucht einfach viel Zeit. Daher sind deine Texte Brücken, die dich zur Fantasie führen. Daher sind die Figuren am Leben und lassen dich reifen. Daher sind es die gemalten Bilder, die deiner Seele Freiheit geben, um endlich ohne Angst zu leben. Aber was kannst du davon schon etwas wissen?

Ich kenne die Falten an deinen Augenrändern, wenn du dich auf den Satz konzentrierst, um deine Ideen tiefgründiger werden zu lassen. Deine Spiritualität ist ungenügend und braucht noch Zeit zu reifen. Ich wusste, dass du mein Bücherregal von oben herab betrachten würdest – Buchreihe für Buchreihe –, um deine Neugierde zu befriedigen. Ich habe zwar nicht viele Bücher, aber sie reichen aus, um zu wissen, welcher Gedanken ich mich schämen muss und wo ich meiner Angst begegnen darf. Und so sind die Regale meiner Gefühle an manchen Tagen so aufgeräumt, dass ich meine Freiheit spüre, ohne die hässliche Angst im Nacken zu haben.

Du hast viele Anekdoten, Geschichten, Psalmen, Lektüren und Weisheiten gekannt. Da war die Zeit zu Hause, und später in Lateinamerika. In einer Wüste, wo gerade mal zwei Bäume standen, die dir wenig Schatten spendeten. Du hast von einem Land geschwärmt, wo Mango- und Bananenbäume wachsen. Du hast diese Früchte gemocht. Wegen der Sucht sind deine Lippen dünn geblieben, und deine Gedanken haben dich zu einer einsamen Frau gemacht. Leider? Das kann ich nur vermuten.

Die unreifen Bananen, die harten Mangos und die grüngelben Passionsfrüchte lagen haufenweise vor deinen Füßen. Du hast sie oft beschrieben und mir mal ein Foto der vollen Bäume geschickt. Ich habe dich kurz beneidet. Einen Augenblick war ich sogar traurig. Ich habe mich gefragt, warum du so verzweifelt bist. Wenn ich über meine Balkonbrüstung schaue, sehe ich links einen jungen Kastanienbaum und rechts meine geliebte Erle. Und wenn bei mir der Winter anbrach, begann bei dir der Frühling. Und doch erkannte ich deine Botschaft. Die Bäume bei mir waren verwelkt und versuchten dich zu retten. Aber du hast den Wind nicht mehr gespürt. Du konntest nicht mal den Sturm auf deiner Haut festhalten. Alles klang nach Metall, das der Glut deiner Wut entsprach. Ich höre noch die leisen Klaviersonaten in der Kammer, die mich beflügelt haben die Tür zu schließen. Denn ich hatte keine andere Wahl, um mich vor deiner aufkommenden Verdammnis zu schützen. Ich wollte das Elend nicht, das mich wie in Zeitungspapier einzuwickeln schien. Du hast gesagt, ich soll es öffnen. Deine Scham sagte mir etwas anderes. Sie rettete meine Hoffnung, auch wenn sie schließlich in Sprachlosigkeit endete.

Ich war etwas melancholisch gewesen, als die Bahn damals ihre Türen schloss und der Zugschaffner sagte: „Bitte zurückbleiben!" Es sollte so geschehen, meine Liebe. Wir beide hatten keine andere Wahl, um den Sinn des Lebens zu begreifen. Alles war verblüht und roch nach inhaltsloser Schwärmerei. Du konntest die Kerzen anzünden und damit Romantik andeuten. Doch mir fehlt sie nicht. Nur die Kunst hat mir Fragen gestellt, auf die ich bis heute keine Antwort weiß. Ich werde die Fragen nie verstehen, denn mein Geist übt das Lachen in mir. Du dagegen hast das ernste, schwache Elend gemocht, das deinen Beifall bekam.

Deine Suche nach dem verlorenen Sohn, die in deinem Lebensbuch vorgesehen war, hast du nicht weiter fortgesetzt, aus Verbitterung und Hass, der dich viele Abende zerfleischte, weil du umkehren wolltest. Deine spontanen Auslegungen habe ich nie verstanden. Ich sehe noch die romantische Abendstimmung am Jachthafen vor mir, wo dich eine ungewöhnliche Sehnsucht in heiße Stimmung versetzt hat. Ich begann zu schmunzeln, und der Bootssteg schwankte unter unseren Füßen. Die dicken Eichenbretter knarrten unter uns. Und das war auch der Augenblick, in dem ich ein Bild malen wollte, über dessen Motiv ich mir noch nicht im Klaren war.

Ich öffnete später den Kleiderschrank, der die Vergangenheit in den geschlossenen Schubfächern aufbewahrte. Schilder beschrieben das Jahr, den Monat und die Lügen. Ich nahm nur das unverfälschte Dasein bruchstückhaft heraus. Vieles war eingestaubt und unberührt geblieben. Dem lieblosen Topf, der die Unfreundlichkeit in mir verwaltete, konnte ich endlich meine Meinung sagen. Es war nur ein Versuch, dich daran zu erinnern, dass du über dreißig Minuten keine Zigarette mehr geraucht hast. Nur der nackte Wille hat es geschafft, deine Freiheit aus dem Anker der Angst zu reißen. Aber wie lange kann dir das von Nutzen sein und wann wird deine Angst erneut zuschlagen? Würde dein Kunstverständnis sich verändern oder gar eine höhere Bedeutung erlangen, wenn du eine makellose Kunsttrophäe in dir vorfinden würdest? Selbst den Geruch deiner gemischten Aquarellfarben oder des verbrannten Tons hast du nicht immer frei inhalieren können. Dieses grauvolle Getue hast du bewusst gelenkt.

Du lehnst abartige Kunst ab. Sie soll nicht erscheinen. Sie stand dir nicht zu. Und das war gut, denn so ging deine Kunst in eine andere Richtung. Warum du diese Art der Abstraktion gemocht hast, kann ich dir nicht sagen. Es ist auch unwichtig, denn die Angst hemmt deine Kunsterfahrung weiterhin, macht dich andererseits aber zu einer Göttin. Wahllos hast du im toten Holz gestochert, um deinen Namen darin einzubrennen.

Hast du Sehnsucht nach der Heimat empfunden, als du in das Land der Hitze und Kakteen eingereist bist? Neue Sprache, immergrüne Palmen, ständig blauer Himmel, kein scharfer Ostwind, der im Winter deine Nase triefen lässt. Ist deine „Flucht" dorthin gut begründet gewesen, und hat sie deiner Rechtfertigung von einer missbrauchten Kindheit standgehalten? Wieso ist es für dich so leicht zu sagen: „Alles halb so schlimm!" War es nicht der männliche Denker im Haus, der ohne anzuklopfen in dein Zimmer trat, um nachzuschauen, wie hübsch dein Busen gewachsen ist? Oder wollte er dich dabei ertappen, wie du deinen Schlüpfer wechselst? Wie sicher warst du dir, dass er nicht ständig durch das Schlüsselloch schaute, um deine Schamhaare zu sehen? Man kann alles wittern und wird dann doch wie ein Hund den Ball holen.

Heute spielt es keine Rolle mehr, woher deine Ideen kommen, um eine Skulptur zur modellieren oder ein Bild zu malen. Wichtig ist doch nur, dass man weiß, wohin man gehört und wo sein Zuhause ist. Wo ist dein Zuhause? Hast du denn überhaupt ein Zuhause, in das du dich ungestört zurückziehen kannst? Stelle dir eine Fee vor, die dir eine Pforte öffnen würde, hinter der du dich verstecken kannst, wenn es dir beschissen geht! Diese Vorstellung macht mich glücklich. Man kann sie aus dem Gedankengut entlassen, oder etwa nicht?

So wie du mit deinen Künstlerhänden die Kaffeetasse massierst, ist dir die Tragweite einer solch inneren Freiheit noch lange nicht bewusst. Deine Haare haben seit langer Zeit keinen Friseur mehr gesehen. Aber ich sage immer: „Wir haben viel Zeit. Und die Zeit wird kommen, wo Wunder geschehen." Ich nahm mir auch die Zeit und habe im Internet nach dir Ausschau gehalten. Ich wurde fündig. Mit Erstaunen stellte ich fest, dass dein Internetauftritt sehr professionell war. Deine Webseite hat mir gefallen. Ich stöberte oft darin herum, um zu sehen, wie du dich entwickelst. Ich las über deine Veranstaltungen: Lesungen, Galerieneröffnungen und Beteiligungen bei anderen Künstlern. Theaterkritiken unterschiedlicher Couleur konnte ich in der Suhler Zeitung lesen. Viele Gespräche in verschiedenen Ateliers habe ich aufspüren können, wo du, eingepackt in Schal und Handschuhen, die Kunst dargestellt hast. Ich war erstaunt.

Akkurat und sehr diszipliniert hast du die Aktivitäten deines Künstlerlebens katalogisiert. Und nun hockst du hinter einem dicken Sessel und versuchst den Betrachter dort draußen zu täuschen, in dem du vorgibst, alles sei in Ordnung. Was ist mit deiner Mutter? Oh, ein heißes Thema? Ich werde den Eindruck nicht los, dass deine Mutter und du die gleichen Erfahrungen gemacht haben wie deine Mutter mit ihrer Mutter. Hast du darüber mal nachgedacht, warum deine Mutter dich so erzogen hat? Die damalige Zeit darf man nicht einfach auf die Stulle schmieren, davon abbeißen und runterschlucken. Glaubst du wirklich, dass deine Mutter dich nicht geliebt hat? In einer der vielen Notizen hast du geschrieben: „Mutter liebt mich nicht. Sie hat mich nie geliebt."

Ist das die Wahrheit, die dich glücklich macht? Macht dich das zufriedener oder degradierst du dich gar zum Opfer einer Kindheit, die du bis heute nicht akzeptiert hast? Du kannst sicherlich den einfachen Weg gehen und die Schuld bei den anderen Mitstreitern suchen. Kein Problem. Das habe ich am Anfang auch gemacht, dabei stellte sich bei mir der Keuchhusten ein. Zugegeben, es war nicht leicht die richtigen Substanzen für meinen Husten zu finden. Später war der Reizhusten weg, stattdessen bekam ich bei jedem leichten Windzug Halsschmerz. Das machte mich ziemlich nervös, denn ich musste jedes Mal den Apotheker belästigen und nach Medikamenten fragen, die nicht gleich vorrätig waren. Und dann kam in mir der hinterlistige Gedanke auf, dass die „Alten Denker" auch nur menschlichen Wesen waren, die nach Lösungen suchten, um ihr Überleben abzusichern. Mehr war es nicht. Also forschte ich nach, suchte nach alten Aufnahmen, die mir ihre Welt zeigten. Ich wurde fündig und stellte fest, dass auf den ersten Bildern eine ebensolche Angst zu sehen war.

Es war eine unruhige, erbärmliche Zeit. Die fünfziger und sechziger Jahre waren geprägt von Umwälzungen und Machtbesessenheit aller politischen Gruppen im Land. Jede „Möchtegernpartei" wollte ihren Zeitgeist über das Volk gießen, um den Sozialismus im Osten zu revolutionieren und trotzdem dem Kapitalismus zu frönen. Und dazwischen wohnten und lebten die „Alten Denker" ihren längst überholten Alltag: Einkaufen, Einwecken, Waschen, Nähen, Stopfen, Anträge stellen, Windeln kochen, Socken stopfen, Ausschau halten, Essenmarken holen, Heizen, Abwaschen, Obst schälen, Anstellen und warten, Vorräte sortieren und ins Regal packen, Putzen. Kennst du die Zeit des Teppichklopfens auf dem Hinterhof, wo der Tratsch über die gehässige Nachbarschaft von Fenster zu Fenster getragen wurde? Wenn der Drehorgelmann die „Berliner Luft" spielte, um den Deutschen die Depression auszutreiben? Und über was alles geredet wurde. Nur Unsinn und Tollerei. Da war der Milchmann, bei dem der Schimmel aus den Milchkannen kroch. Da war der Klempner, der wieder das falsche Rohr angeschlossen hatte. Und da war der Kohlefritze, der seine Kohlen vom Hänger verlor und falsch abrechnete. Erst wenn der Tag zu Ende war und die Dunkelheit ihre Kühle preisgab, lief man auf leisen Sohlen zum nahegelegenen Bahnhof und hoffte auf stehende Kohlewaggons. An manchen Tagen der Erntezeit standen schwer beladene Güterzüge mit Kartoffeln, Holz, Rüben, Mehl oder auch mal mit Zucker für die Marmeladenfabrik am Stadtrand. Die „Alten Denker" waren stets auf der Suche nach ihnen, um zu überleben. Das Geld war knapp und saß nicht mehr so locker in der Tasche.

Ja, da staunst du, was ich alles herausgefunden habe! Es war nicht schwer, kannste mir glauben! Die „Alten Denker", die heute über achtzig Jahre alt sind, erzählen uns fast jeden Tag davon. Sie sind auf solche Geschichten stolz und berufen sich auf ihr Ego, das ihnen die Möglichkeit zum Überleben gab. Diese Geschichten wurden bei großen Familienfesten großzügig ausgeschmückt. Je mehr Gäste am langen Tisch im Garten saßen und selbst gebackenen Käsekuchen aßen, um so mehr wurde aus der Vergangenheit erzählt. Man fand nie ein Ende, und manche Feier ging bis Mitternacht.

Du tust so, als ob das alles was Neues wäre. Aber das sind doch die festgefahrenen Traditionen. Sie wurden so überliefert: Weltkriege, Inflationen, Hunger, Arbeitslosigkeit, Mauerbau und Armut. Keine Familie blieb davon verschont, auch deine nicht. Wer Arbeit hatte, brachte sein Geld nach Haus, um die Familie zu ernähren. Die weiblichen Denker blieben zu Hause, arbeiteten als Hausfrau und versorgten die Kinder. Sie mussten die Kinder erziehen und den Hausstand führen. Na, war das nicht so? Das waren feste Regeln. Pünktlichkeit und Disziplin war das oberste Gebot. Wir beide wurden in einer Zeit geboren, in der die obersten Hirten der Regierung nicht anderes zu tun hatten als einen langen, hohen Gartenzaun zu bauen. Man nannte ihn „Mauer".

Sie wollten uns beschützen, damit wir in Ruhe den Thüringer Wald und die geliebte Ostsee besuchen konnten. Natürlich ohne Agenten und Spione, die uns angeblich schädigen würden, die unsere Apfel- und Birnenbäume klauen und den Gemüseladen nur mit Blumenkohl und Kartoffeln beliefern.

Kennst du noch den Slogan: „Der goldene Westen"? Die großen Parolen waren Zeugen, wie böse es zuging und wer hinter dem Gartenzaun leben musste.

Persil gegen IMI.
Rotweiß gegen Signal.
Eduscho gegen Mokkakaffee.
Haferflocken gegen Maisgries.
Trabant gegen Opel.
Robotron gegen Siemens. Wer hat die gesündesten Zähne, wer die saubersten Hosen und die schönsten Hemden?

Aber Lena, alles schon wieder vergessen? Du sitzt hier mit mir im Café, trinkst deine dritte Tasse Kaffee und kennst nicht deine Vergangenheit? Wie kann man alles verdrängen? Hast du nie darüber nachgedacht, wie es deinen „Alten Denkern" damals ergangen ist und welche Probleme sie lösen mussten? Nun komm mir nicht damit, dass ich alles entschuldigen möchte, dass ich alles für richtig empfinden würde, was in unserer Kindheit geschah? Diesen Kampf kannst du sein lassen, denn es geht nicht darum den Schuldigen zu finden, bevor man vor seinem Grab steht. Oh, nein, liebe Lena, das bestimmt nicht! Aber ich möchte wissen, wie die Familien ihre Probleme und Schmerzen im Alltag lösen konnten? Hatten die weiblichen Denker, alias unsere Mütter, einen Psychologen oder gar einen Hausarzt, und bekamen sie die erforderliche Hilfe, die sie damals so dringend brauchten? Du bist selbst Mutter von zwei Kindern, und wenn du krank wurdest, hast du dir Hilfe gesucht. Heute sind die Praxen vorhanden und man wartet auf dich, um deine psychischen Probleme zu klären, aber damals? Damals gab es keinen Arzt, keinen Hausierer, der dir den Kinderarsch hätte tätscheln können. Solche Einrichtungen kannte man nicht. Man musste seine Sorgen und Ängste allein lösen. In dieser Zeit hat sich keiner um den anderen gekümmert. Seine Sorgen und Ängste musste man selbst angehen, um wenigstens fünf Stunden in der Nacht am Stück schlafen zu können. Am Tag wurde geschwiegen. Man hat lernen müssen zu schweigen, leider.

Zehn

Heute kannst du dir ein Stück Apfelkuchen leisten. Wir können den industriellen Kuchen einfach bestellen und ihn auch bezahlen. Modern und schnelllebig ist diese heutige Welt geworden und lässt keinen Gedanken zu, dass vor sechzig Jahren noch bittere Not herrschte. Die hellen freundlichen Fluter an der Decke hier im Café kannte man früher nicht, auch keine Kerze auf dem Tisch oder die blauen Tischdecken mit kleinen Ornamenten bestickt. Sehr schön! Lange Zypern-Graspflanzen, gemischt mit einem verstaubten Gummibaum, dekorieren den Raum. Wahnsinn! Draußen spielen Kinder. Wie romantisch!

Der Wind erfrischt die Straßen und der Papierkorb an der Ecke ist überfüllt. Die freundliche Kellnerin hinter dem Tresen kann es nicht lassen, von unseren Augen eine Bestellung ablesen zu wollen. Ich mag diesen neugierigen Blick. Wie war das früher? Verdreh deine Augen nicht! Die Frage ist berechtigt, liebe Lena! Und sie ist solange berechtigt, solange du die Schuld einseitig bei deinen „Alten Denkern" suchst. Wir sind kein Fallobst, auf dem herumgetrappelt werden kann, bis wir zu Apfelmus werden. Früher hat man uns so behandelt, und das weiß ich gut genug. Deshalb sollte man darüber sprechen, um nicht zu vergessen, wer wir sind.

Wurden wir jemals gefragt, ob wir überhaupt einen Apfel essen oder ihn ablehnen wollen? Nein! Man hat uns nie gefragt und nie einbezogen, wenn es darum ging, ob wir die Schule schaffen oder wie wir mit unserem Geld über die Runden kommen würden. Was steckt wirklich hinter der schönen Kulisse unserer „Alten Denker"? Waren wir überhaupt auf dieser Welt erwünscht? Haben sie eine Erlaubnis eingeholt, dass wir an unterschiedlichen Tagen das Licht dieser beschissenen Welt erblickten? Nein! Wir durften uns nicht mal aussuchen, wo unsere Niederkunft stattfindet. Hätte es nicht Japan sein können oder das geliebte Russland, wo die Kälte die aufgehende Sonne berührt? Egal, nur nicht Deutschland. Ich weiß es nicht.

Du nickst spontan. Bist du nicht voreilig mit dieser sehr wichtigen Antwort? Du denkst, das mit der Geburt und dem Licht wäre alles Schicksal oder reiner Zufall? Das Ding hat zwei Seiten, eine helle und eine dunkle. Und mein Leben hat beide Seiten gesehen und gespürt. Oder mehr noch! Ich bin durch sie hindurchgegangen und habe versucht sie nachzuempfinden, nachzumalen. Aber das kam erst viel später. Diese Entdeckung, falls es dich interessiert, kann ich dir später mal erzählen. Aber nun ist das „Jetzt" wichtig und nicht die Zukunft oder was wäre wenn! Fakt ist, dass es in den Seelen unserer „Alten Denker", die uns geboren haben, bebt und keucht. Seelen, die atmen. Sie ergießen sich über alle Stunden des Lebens. Sie vegetierten an unbekannten Straßenrändern und suchen das Unkraut des Gestern, statt für die Zukunft zu sorgen. Es sind sensible, abgedunkelte Seelen, die in einer unbekannten und nicht anerkannten Liebe ihr Unwesen treiben. Heute sind sie alt und gebrechlich und schaukeln mit ihrem Rollator auf den Straßen umher. Sie leben von ihrem Betrug und ahnen nicht von dem Restrisiko des Chaos'. Die Pforten zum Glück waren bereits verschlossen. Trotzdem haben sie Halt gesucht, um sich zu besinnen, wer sie wirklich sind. Sie stellen die bequemen Fragen. Fragen, wo heute noch die Antworten fehlen. Die Antworten verlagern sich nach hinten, ohne unser jetziges Wissen einzubeziehen. Sie versuchen das Licht zu entzünden (da bin ich mir sicher), um das Leben ihrer Zeit noch einmal so zu empfinden, dass ihnen keine Angst mehr macht. Sie wollen das Schreckliche, den Hunger und den Tod auf ihren Straßen vergessen. Sie wollen die Konzentrationslager meiden, aus denen früher die stickige Luft in ihre Schlafzimmer drang. Sie haben das Schachbrett gesehen, wo der falsche König sich präsentierte, um das Elend nach Hause zu bringen. Am Rand stand der Bauer und hat die Angst gehütet, von der sie bis heute noch erzählen. Sie stehen heute versunken in Gedanken und schreien plötzlich wild drauf los: „Warum musste das geschehen?"

Lena, das sind ihre Erlebnisse, ihre Erinnerungen, ihre Geschichten. Und wir sind da hineingeboren worden. Sie wählten, handelten, liebten, arbeiteten und lernten das, was ihre „Alten Denker" ihnen beigebracht haben. Eigentlich tun sie mir leid, welch ein Fiasko. Sie hatten keine Wahl, keine Möglichkeit sich ihren „Führer", der angeblich die Welt retten wollte, auszusuchen. Sie rutschten förmlich in diese braune Suppe hinein und kamen ohne Hilfe nicht mehr raus. Leider! Die Angst sucht sich ihre Wege selbst. Sie ging an jeder Tür vorbei und bat bei dem um Einlass, der ein Jude war. Sie hatten nichts in den Händen als ihre Angst. Dafür zahlten Millionen Juden mit ihrem Leben. Dann kam der rote Teppich, der ihnen den Rest gab. Das waren arme Denker, die den Sozialismus mehr liebten als ihr eigenes Ich.

Was ist das mit der Angst? Ist sie ein Phantom, von dem man sagt, sie halt die Ränge frei und könne kein Rückgrat brechen? Werden die Motive noch gesucht, die die Angst berechtigt, den Tod zu finden und hohe Mauern zu errichten – Mauern, die keine Freiheit mögen? Warum ist der innere Zwang der „Alten Denker" so stark, dass ihre schweren Ketten mich nicht mehr loslassen? Ich brauchte sie ja einfach nicht zu beachten und könnte sagen, dass ich in die Tiefe stürze, die meine Angst schmäht. Dabei könnte ich eine Rast einlegen, damit ich mich endlich finden kann.

Also, was ist das mit der Angst? Sie verliert ihre Langeweile und beschenkt den Tag mit verloren geglaubten Diamanten eines grauen Gestern. Und wir wundern uns, wo die Zeit geblieben ist. Und wenn sie vorübergeht, ist das Wunder bereits mit roter Farbe bestrichen und wir können nicht mal beschreiben, wie unsere Angst heute aussieht.

Angst gibt dem Gebenden die Armut zurück. Dann singt er einsam das Lied einer verlorenen, verwahrlosten, vergeigten Zeit. Und wenn die Strophe zu Ende geht, dann ist die Einsamkeit, die uns an die schöne Angst erinnert, wieder bei uns. Dann sehen wir die Geschenke im Kastanienbaum hängen, die uns all die Zeit Schatten und Schutz gespendet hat.

Was ist das also mit der Angst? Vergibt sie uns die inneren Verletzungen aus einer Märchenzeit, die uns mit langen Bärten anlächelt. Oder hat sie uns den Dank ausgesprochen, der uns daran erinnern soll, was schon abgeheilt ist? Ist das Geschehen in den vier Jahreszeiten dergestalt, dass man die Angst als die vergoldete Unwissenheit abstempeln würde? Aus der sogar ein Siegel entstehen würde, das uns das Überleben absichert? Und wenn die Angst überlebt, ist sie dann in der Lage die Rosen im Schnee wieder zum Blühen zu bringen? Oder beschert uns der Herbst die Bilder einer Zukunft, wo die U-Bahn-Züge ohne Halt weiterfahren? Oder umsorgt der Frühling die Angst, um eine Zukunft zu sichern, von der wir keine Ahnung haben, was sie uns bringt?

Was ist das mit der Angst? Genügt ein einziger heißer Sommer, um festzustellen, wo ein unvergessenes Liebeslied gesungen wurde.

Oder ist das Hören dieses Liedes schon ein aufreibender Kampf, weil uns die Liebe vielleicht nicht mehr erreicht? Oder versuche ich nur die richtigen Noten auf dem Notenblatt zu lesen, um festzustellen, wie sich eine nackte, unbefleckte Fröhlichkeit anfühlt. Will ich so die Liebe entdecken?

Was ist das mit der Angst? Gehen die Gefühle durch das auflodernde Feuer hindurch, wo der Herbst sein Haus verloren und die Bäume abgedeckt hat, um ein leichteres Spiel zu haben? Geht die innere Schwerfälligkeit zu den abgefallenen braunen Blättern? Kennzeichnen die violetten Küsse die Vergänglichkeit der Angst, um den Steg des Vertrauens zu malen? Ein Vertrauen, das keine Auferstehung neu interpretiert oder anzeigt?

Was ist das mit der Angst, aus dem kein Entkommen möglich scheint? Ist sie bei uns? Ist sie mir so nahe, dass ich den feinen Nieselregen nicht spüre, wenn er fällt? Ich habe das Schweigen in meiner Kindheit nicht vergessen. Meine Angst hat sich seiner bemächtigt, um abzuschätzen, wie weit der Weg der Wut noch ist. Ja, die Angst begrüßt selten einen Widerspruch, der manchmal in mir aufleuchtet, um ein Veto gegen die Verdummnis auszusprechen, die so brutal in mir geherrscht hat. Woher sollte ich die Erfahrung nehmen, wo doch das Feuer bereits gelöscht wurde und der Brunnen der Vergeltung kein Wasser führte? Woher?

Wir haben alle einen kleinen Teil von wertvollen Erfahrungen gesammelt, die uns ein Stück näher bringen. Wir können nicht so tun, als ob die Erkenntnisse immer richtig waren und der Irrtum eines Märtyrers gepredigt wurde. Wir vergessen, die Zwischenräume zu erkennen, die Zwischentöne abzutasten, das Schauspiel eines Dramas anzuerkennen, das uns all die Jahre begleitet hat. Es lebt in uns wahrlich keine Religion oder eine fremde Macht, die uns mit ihrem Wissen über die Liebe konfrontiert, uns berührt, uns beisteht, uns inspiriert, uns bereichert, uns enttäuscht – so tief enttäuscht, dass eine Heilung im ersten Augenblick gar nicht möglich ist.

Oh, nein! Die innere Liebe, die in uns keimt, die uns das Gefühl gibt, dass Demut und Gnade ein Paradies sein kann, ist die Liebe eines Phantoms verschlungener, unvergessener Träume. Du fragst mich, wo mein Elend (der gut sortierte Sprengstoff von Wut und Hassliebe) sein zu Hause hat. Ich kann es dir sagen: Ich habe die „Alten Denker" befragt. Ich wollte wissen, wie sie zu ihrer Liebe gekommen sind und wie sie diese Botschaft von ihren Erzeugern erhielten. Erschrocken, fast überfordert haben sie nach Antworten gesucht. Sie haben dabei kläglich versagt und konnten dabei ihre Tränen nicht mal spüren. Die „Uralten Denker" sprachen selten von einer Liebe, die sie nicht empfanden oder anders wahrnahmen. Auch ein Kind versteht Liebe anders und bockt herum. Vor fünf Minuten war es noch ein braves Kind mit einem Teddy auf dem Arm und einen Atemzug später ist es ein wahrer Teufelsbraten, der ein Atomkraftwerk sprengen könnte.

Heute sehen wir die Liebe zum Kind mit anderen Augen. Ein Streicheln über den Kopf würde schon genügen, um ein Kind zu beruhigen, wenn es auf die Straße stürzt und sich dabei wehtut, wenn es Schabernack in der Schule oder im Kindergarten treibt. Schon ist die Welt des Kindes in Liebe eingepackt. Ist das nicht ein Wunder?

Schau dir zu Hause die verschiedenen Familienalben an! Du findest sie aufgereiht in den Wohnzimmerschränken. Genieße jedes Bild, das du siehst. In jeder Familie gab es einen Fotografen, der die einzelnen Familienmitglieder festgehalten hat. Die weiblichen Denker haben diese Bilder an kalten Winterabenden mit viel Geduld in die Alben geklebt. Da gab es sogar gemusterte Bilderecken, die das Foto stützten, damit es beim Umblättern der Seite nicht herausfiel. Jede Seite bekam eine Jahreszahl, und der entsprechende Text wurde in altdeutscher Schrift geschrieben. Ich konnte mich nie sattsehen, wenn ich solche Alben in den Händen hielt. Oft wurden sie bei großen Zusammenkünften gezeigt, um sich an die Vergangenheit zu erinnern. Das war wie Fernsehersatz, denn nicht jede Familie konnte sich einen Fernseher leisten. Man musste sich beschäftigen, man lernte den Zusammenhalt der Familie zu genießen und bewahrte diese Fotoalben vor allzu neugierigen Blicken.

Deine Augen blinzeln etwas, und ich spüre, dass du etwas zufriedener bist. Täusche ich mich? Vielleicht hättest du Lust auf einen Spaziergang, heute ist Samstag und in deiner Klinik sind keine Termine vorgesehen, sodass du den ganzen Abend mit mir zusammenbleiben kannst. Vorausgesetzt du möchtest das. Draußen können wir die Dinge anders sehen. Ich habe in den letzten Jahren viel gelernt. Meiner inneren Sucht von aufquellender Neugierde folgend, habe ich meine Regale mit Geschichten von „Alten Denkern" gefüllt. Ich ließ mir alles erzählen. Ich wollte vieles begreifen und ihre Erlebnisse von Krieg, Elend, Hunger, Kälte, Angst und Mauerbau hören. Denn solange sie noch leben, sind es die Zeugen einer Zeit, die wir nicht kennen. Aus ihrem Blickwinkel betrachtet wirkt das Erlebte für mich authentischer. Schon dieser Eindruck macht mich stark. Ich wollte alles wissen. Ihre Geheimnisse zu erfahren, war eine aufregende Entdeckungsreise. Ich wollte darauf nicht verzichten, denn meine erbärmliche Angst wäre dann zum absoluten Sieger geworden, und das wollte ich nie wieder zulassen. Außerdem, wenn ich die wertvollen Zeitzeugen nicht befragen würde, könnte ich nie meinen eigenen Kindern und deren Kinder davon erzählen. Du erschaffst dir damit deine eigene Welt und erfährst die Richtung, wo der eisige Wind hätte herkommen können. Die „Alten Denker" blasen in den eisigen Ostwind, um das Widerfahrene gut wiederzugeben – als ob sie die besten Nebendarsteller wären. Sie vergessen die Zeit, woher ihr Hass kam und warum ihr

Schicksal seinen Lauf nahm. Ich mag das Raster der Gezeiten, der Abgrenzungen, des Wollens und der Bereitschaft etwas zu geben. Das ist doch ein Geschenk. Jedes kleine Detail aus ihrer Zeit erzählen sie quasi hautnah. So manche Episoden erwecken den Eindruck, als wären sie erst gestern geschehen. Ist das nicht fantastisch? Sie beschreiben ihre berufliche Laufbahn so als müssten sie heute noch mal versuchen, ihren eigenen Job zu bekommen. Aber darum geht das nicht? Mir war es wichtig, die andere Seite der Medaille zu sehen. Ich wollte erfahren, warum die Liebe, vor der wir voller Erwartung standen, bei uns keine Chance hatte.

Ist der Weg, den du gehst, nicht zu einfach gestrickt? Du sagst, die „Alten Denker" sind daran schuld, dass man so geworden ist. Tiefe Gräben wurden ausgehoben. Das Abwasserrohr der Wahrheit lag nicht mehr da, wo es hätte liegen sollen.

Nichts konnte mehr abfließen. Die Bewegung, um die Eitelkeit und den Stolz abzutragen, war ins Stocken geraten. Ich bremste mich selbst aus und schaufelte bereits mein eigenes Grab, nur weil die Angst mich traumatisierte. Diese rasende Fahrt ins schwarze Loch musste ich aufhalten. Kehre um, sagte ich zu mir, um den Flächenbrand endlich unter Kontrolle zu bekommen. Was konnte mir geschehen? Ich wollte Dinge verstehen, mit denen ich nicht einverstanden war.

Lena, deine Erlebnisse werden sich nicht auflösen oder in die Atmosphäre aufsteigen und von Schwalben in Empfang genommen. Die Zeit ist unwichtig, um einen Rückblick zu wagen. Ja, du willst dich zurücklehnen und die schlimmen Erlebnisse mit dicker Dachpappe zudecken. Könnte nicht ein Frühlingstag beginnen, der dich zu neuen Erfahrungen führt? Dabei wäre es unwichtig, wie tief deine Wunden sind. Die Blutung muss heute gestillt werden.

Die sechziger Jahre waren turbulent, chaotisch und verschlossen. Die politische Bühne sortierte sich neu. Man wollte ein Paradies schaffen, wo Butter und Brot an den Bäumen hängen. Ein Jahrgang, der uns gehörte, in den wir hineingeboren wurden, wo die Mauer unsere Welt umschloss. Aber wir lebten, haben den Alltag überstanden und das „Neue Deutschland" gelesen. Und was kannst du davon gebrauchen? Hätte sich dein Leben im anderen Teil Deutschlands verändert, wäre deine Kindheit dort harmonischer verlaufen? Ich werde keine Antwort darauf finden. Wozu und für wen auch? Wichtig ist mir, ich kann heute darüber sprechen. Wir schauen uns in die Augen.

Die endlosen Unterdrückungen, das aufgebrochene Leid, der wachsende Hunger, die folgenschweren Bestrafungen, das maßlose Prügeln, die unheimliche Dunkelheit – genau das haben wir doch hinter uns gelassen. Es ist mir klar, dass auch du den gleichen Prozess durchmachst. Die zu spielende Rolle der Geschlechter war für die „Alten Denker" unwichtig. Sie zogen ihre Art der Erziehung unerbittlich durch. Das Resultat kann man uns heute förmlich ansehen, Spuren von Schmerz und Stress. Vielleicht sind das die eigentlichen Gründe, weshalb ich dich hier in der Klinik besuche. Ich bediene damit ein Muster, eine Art von Wiedergutmachung und projiziere Dinge, die mir passiert sind, auf dich. Viele Dinge machen einen blind. Ich sehe manchmal den Wald vor lauter Bäumen nicht. Und wenn ich Angst habe, muss ich sogar prüfen, woher die Schmerzen und die Wut kommen.

Blass und geduckt hast du auf diesem Stuhl gesessen und brauchst nun fast zehn Minuten, um dir deine Jacke anzuziehen und mit mir das Café zu verlassen. Du schwafelst von vergessenen Bildern, die dich angeblich traurig gemacht haben, von einer Zeit, der du hinterher rennst, um sie aufzufrischen, damit du leben kannst. Willst du wirklich jeden Tag deine Lebensbühne neu einrichten, bis alles passend ist? Mit grauen Gardinen an den Fenstern, die kein Tageslicht durchlassen? Mit einer Fläche, die dir keinen Raum für das Sammeln von Erfahrungen gibt.

Der Gedanke, dass deine Mutter die Führungsrolle in diesem Akt einnimmt, belastet dich bis heute schwer. Und deine Mutter wird auch weiterhin auf deiner Bühne stehen, sie wird malen und mit großen Ideen hantieren, um es dir heimzuzahlen und dir zu zeigen, wer die wahre „Königin" ist. Diese Last nagt an dir. Du willst das nicht zugeben, beschäftigst dich aber auch nicht mit deiner eigenen Identität und versuchst den gleichen Weg zu gehen wie deine Mutter. Deine Vorbilder ruhen nicht. In deinen Gedanken läuft bereits ein anderes „Ich" umher und betrachtet die Dinge, die du ablehnst. Der letzte Akt wird bald kommen, dann wirst du erkennen, dass dein Traum nicht in Erfüllung geht. Deine Mutter besitzt einen starken Charakter. Es nützt keinem, das zu verschleiern. Sie wird ihre Trophäe, die mit Lob, Ehrung, Demütigung, Verarschung und Einsamkeit einhergeht, nach Hause tragen. Und das geschieht in einigen Jahren auch bei dir. Vielleicht sind diese Dinge schon jetzt so weit gediehen, dass du deswegen in der Klinik liegst.

Aber was erzähle ich da? Du willst den Beweis antreten, wie abartig deine Kunst, die du allein entwickelt hast, zu interpretieren ist. Du jagst göttlichen Ideen hinterher, hast aber nicht das Wissen sie zu deuten. Dein Wille wird von Hass und Wut genährt. Mir fehlen die Worte. Diesen endlosen Kampf hast du bis heute geführt, und deswegen bist du heute von den „Ärzte-Denkern" umgeben, die in dir alles verdrängen aber nicht aufarbeiten wollen. So wird es dir nicht schwerfallen, deine Angst zu verleugnen und das zuvor bestellte Getreidefeld im Frühjahr ohne Depression abzuernten. Aber ich brauche nur das Wort „Mutter" in den Mund zu nehmen und schon sehe ich nervöse Zuckungen in deinen Augen. Für mich ist es nicht wichtig, was dir damals Schmerzen bereitet hat und warum deine Wut selbst nach Jahren noch alles zerstört, sodass auch deine Tochter darunter leiden muss. Du kannst davon ausgehen, liebe Lena, dass deine Mutter dieselbe Wahrheit in sich trägt, die in dir lebt. Du musst ihre Wahrheit nur verstehen, dann verstehst du auch deine. Und wenn du herausfindest, wodurch deine Angstneurosen ausgelöst werden, dann kannst du sie auch bekämpfen. Aber es gelingt dir nicht, sie auszuschalten. Die Sinnfrage steht im Raum, in deiner Welt. Hier, im Jetzt.

Dein Blick ist hier, aber du sagst, dass du es nicht wissen willst. Du blockst ab. Deine Einwendungen sind spiritueller Kram, belangloses Gerede. Aber lass es gut sein, ich habe vor Jahren genauso gedacht wie du! Von einem solchen Unsinn wollte ich nie was wissen. Dieses Gequatsche in langweiligen Kirchen und dominanten, gefühlsarmen Gemeinden hat mich gelangweilt. Mehr noch! Ich bin dagegen immun geworden, wenn nur einer an meine Haustür geklopft hat, um mit mir über die Bibel zu sprechen.

Wir sind im gleichen Jahrgang geboren worden. Deshalb empfinde es als absolut korrekt, dass du die weibliche Hülle in dir trägst und ich die männliche Verschwiegenheit, aus der ich selten herausgekommen bin. Ich empfand zum Beispiel eine große Wasserpfütze auf dem Hinterhof entzückend. Ich sage dir, ich rutsche mit der Gummisohle meiner Schuhe aus, krieche wie ein Baby auf dem Asphalt herum und kann kein Laut von mir geben. Wie ein Kasperle lasse ich dieses Gehabe wieder sein und schwimme davon, weil ich nicht erwachsen werden kann. Wir beide stehen nicht an der derselben Uferböschung. Du stehst an der Stelle, wo der Schmerz es nicht zulässt, dass du die Wahrheit erkennst. Du verstehst nicht, warum du ständig leer bist, warum du keine Lust verspürst, einen Text zu schreiben, der alles wieder gut macht. Und so geht es deiner Mutter auch.

Ja, meine Liebe. Sie verfolgt ihren Weg mit absoluter Genauigkeit, in einer präzisen Art und Weise. Das eigentliche Problem bei euch beiden ist, dass ihr euer Überleben nur in der Kunst findet. Das ist natürlich nur eine Vermutung, denn ich glaube, dass dein Überleben nicht wirklich in der Kunst zu suchen ist, sondern in dir selbst, in der Entdeckung dessen, was heute noch nicht am Leben ist. Du benutzt nicht die visuelle Kunst als Botschaft der Erneuerung. Vielmehr wird sie von dir missbraucht, buchstäblich und mit harter Hand regierend, dich abwertend, anstatt aufwertend. Und in dieser Abwertung wird die Schuld solange bei den „Alten Denkern" gesucht, bis du dein Ziel erreicht hast: die wahre Künstlerin aller Zeiten zu sein. Und wenn ich diesen Gedanke ernsthaft weiter verfolge, ist meine These, die du als Kunstverständnis verstehst, abstrakt, trocken und nicht bodenbeständig. Sie ist zu kompliziert und sehr schwankend. Deine Gedanken sind in einem engen Raum angesiedelt und haben es nicht verdient, missverstanden zu werden.

Es tut mir Leid mit ansehen zu müssen, wie deine Gefühle an einer harten Betonwand zerschellen. Du willst die Beste werden, auf der anderen Seite siehst du einen Abgrund und kannst dich nicht entscheiden, welchen Weg du gehst. Auf welcher Ebene deine Mutter und du sich befinden, kann ich nicht sagen. Ich sehe nur Konkurrenzdenken und Machtspiele. Was du nicht kannst, kann sie. Und was du kannst, kann ich auch. Sich gegenseitig Achtung und Respekt zollen birgt große Gefahren, die heute von beiden Seiten unterschätzt werden. Auf der geistigen Ebene mag es wohl gelingen, eine freundschaftliche Verbindung beim Abwaschen oder Stricken aufzubauen. Doch in dem Augenblick, wo die Kunst ihr Heimspiel beginnt, zählt das Alter nicht mehr, die Herkunft oder wo man studiert hat. Dann zählt das, was geschaffen wurde.

Egal, welches Kunstwerk man erschaffen hat, jeder würde eine Meinung dazu haben. Genau zu diesem Zeitpunkt pulsiert die Wut in dir, eine ungewollte Wut. Fast möchte ich meinen, dass in dir ein stilles Lippenbekenntnis entsteht, das eindeutig die Botschaft trägt: „Hau endlich ab, Mutter, lass mich in Ruhe!" In dir spricht eine dominante Hostess, die gemeingefährlich sein kann. Schon deine Wortwahl lässt die Wände erzittern: „Ich, deine Tochter Lena, kann die Kunst verstehen. Ich kann die Theorie in den philosophischen Studien der abstrakten Kunst besser verdeutlichen als je eine andere Künstlerin."

Wow! Das ist der Hammer. Das sind die Gedanken, aus denen deine Welt besteht. Du hast sie zu jeder Tageszeit parat und wartest darauf sie anzuwenden. Dein Auftritt müsste bald kommen, meinst du? Ich weiß es nicht. Bin ich zu direkt, Lena? Gehe ich ans Eingemachte? Bin ich dir gegenüber zu intim? Sag frei heraus, dass ich verschwinden soll! Na, hau endlich ab, du Spinner! Sag es! Aber du traust dich nicht. Die Angst beherrscht deine fromme Unterwelt.

Schau mich nicht von der Seite an. Der Abstand zwischen uns wird wieder größer. Dabei ist der Waldweg hier nicht sehr breit. Wir haben unseren Kaffee bezahlt und ich durfte dir sogar die Tür aufmachen, damit du das Lokal galant verlassen konntest. Dabei habe ich von dir ein Schmunzeln erhascht, das mir für den Spaziergang in diesem Wald versüßt hat. Und nun, da ich ein bisschen deutlich zu dir geworden bin, hat sich dein Gesicht verfinstert. Warum? Es ist doch die Wahrheit. Dein dominantes Gehabe damals in meiner Wohnung, wo du gesagt hast, dass jeder Schwachkopf schreiben könne, zeugt davon, wo deine Gedanken zu finden sind. Schreiben kann man erlernen. Schreiben ist ein Prozess des Lernens. Wer die Texte nicht mag, braucht sie auch nicht zu lesen. Und wer sie mag, der liest auch dein Buch. Also, wo liegt das Problem? Du machst daraus ein Problem. Du entfachst Illusionen, die einfach nicht da sind. Der Grund ist, dass du die Dinge nicht akzeptierst. Was du nicht magst, wird abgelehnt, wird verurteilt und in schlammige Wut verwandelt. Ich kann diese Dinge nicht mehr so stehen lassen. Wozu das Hickhack? Du kannst daran nichts ändern. Und wenn die „Alten Denker" dieser Welt unsinnige Bücher schreiben oder Bilder malen, und das alles noch als Kunst bezeichnen, dann lass sie doch. Wir haben kein Recht zu analysieren, ob diese Dinge gut oder schlecht sind. Alles hat seine Berechtigung. Du solltest mal darüber nachdenken, wie eingeschränkt dein globales Denken ist und wie du da herauskommst. Mir scheint es so, dass du viele Probleme mit dir herumschleppst, die dich nur unnötig belasten. Dabei sind deine Gedanken nur schwere Illusionen, die deinen Geist nähren. Und das Schlimme daran ist, er verhungert dabei. Und das löst in dir diese immer wieder aufkommende Wut aus.

Ach so, jetzt wird kein Ton mehr gesprochen. Jetzt sind wir wieder eingeschnappt. Jetzt herrscht Stille. Schade! Man ist beleidigt und möchte in Ruhe gelassen werden. Bist du während der Therapiestunde in der Klinik auch so? Wenn dir etwas nicht passt, dann gehst du einfach aus dem Raum raus und lässt den Therapeuten einfach so sitzen? Na super!

Elf

Das Grundübel in dir ist der unverdaute Groll gegenüber deiner Mutter, deiner Schöpferin, die dich geboren hat. Du bist ist nicht in der Lage zu verstehen, dass deine Kindheit so geschehen ist, ohne Kompromisse und ohne etwas haben zu wollen. Keine Macht hätte deine Kindheit verhindern können. Wenn du denkst, ein anderer „Alter Denker" hätte eine schönere Kindheit gehabt, so kann dir nur sagen, dass es so ist. Punkt! Das hilft dir aber nicht weiter, denn diese Gedanken sind leer, absurd. Sie werden leer und absurd bleiben. Verfolgst du die Gedanken der ewigen Schuldzuweisungen weiter, dann wirst du eines Tages ein Rattenloch betreten, durch das du nicht mehr hindurchkommst. Warum, fragst du?

Die Angst wird so groß werden, dass die Zellen in dir vom zuckersüßen Krebs zerfressen werden, damit deine Gehirnströme verstört im Dunkeln tappen.

Ach du meinst, ich sei ein Spinner? Und du fragst, was die Angst mit dem Krebs zu tun hat. Sehr viel, Lena. Aber gut, dass du nachfragst und dein Unwissen mit mir teilen willst. Ich teile gern meine Unwissenheit und würde es begrüßen, wenn zu jeder Tageszeit die Ehrlichkeit am Leben bleibt. Viele „Alte Denker" glauben tatsächlich, wenn man die Verletzungen herunterschluckt, dass man uralt werden kann. Mag sein, aber wer weiß schon die

Antwort. Ich kenne mein Ende und kann dir sagen, dass ich keine Angst vor dem Tod habe. Im Gegenteil. Ich habe manchmal eine große Sehnsucht, den Tod zu berühren, ihn zu kosten, mit ihm auf Du und Du zu stehen und das Leben dann ein zweites Mal zu genießen. Was wissen die „Alten Denker" schon vom Tod? Nichts! Sie haben Angst und ignorieren das Thema. So auch du, und wenn ich ehrlich bin, auch deine Mutter. Denn wozu verstricken sich unsere „Alten Denker" in Dinge, die eigentlich mehr schaden als heilen? – Du willst wissen, was ich damit meine? Rituale, Gewohnheiten, Prägungen, Gesetze und Philosophien, die früher geschrieben wurden, hätten heute Bestandsschutz und würden der Wahrheit näher kommen. Vorsicht, kann ich da nur sagen. Auch sie haben eine Kindheit gehabt und mussten überleben. Gerade diese Sache wollen sie ungern über Bord werfen. Sie möchten die Perfektion nicht missen, damit die Unsicherheit sie in ihrer Seele nicht weiter schädigt. Das wäre nämlich fatal, chaotisch, verheerend und beängstigend.

Die „Alten Denker" haben all die Jahre mühselig ihre Erfahrungsbücher geschrieben – Erfahrungen, die ihnen gute Dienste geleistet haben. Sie wollten damit etwas beweisen, was nicht da ist. Sie wollten Zeugen ihrer selbst werden, um Beistand für ihre Sünden zu bekommen. Die Erfahrungen ihrer Vorfahren wurden dadurch nie infrage gestellt. Dennoch gab es Widersprüche. Grenzen wurden ausprobiert. Doch die Zeiten haben sich gewandelt, deine Bedürfnisse haben es schwer, sich dem schnellen Leben anzupassen. Der Versuch sich zu verändern, war ihnen genau so vorgegeben wie dir. Keine Frage, aber trotzdem waren sie nicht in der Lage, alles infrage zu stellen. Sie sahen ihr Spiegelbild und versuchten ihm nachzueifern, um der Angst auszuweichen, in der sie sich ohne ihr Wissen befanden. Die Spurenelemente der vielen Prägungen der „Alten Denker" sind in ihr Blut übergegangen und waren nicht mehr imstande einen anderen Weg zu gehen. „Traditionen" nannten sie es. Sie gab ihnen Sicherheit. Egal wie sie sich damals verhielten, ob sie es ablehnten oder für gut empfanden, immer und immer wieder standen sie im Mittelpunkt. Sie liebten das Zentrum, denn sie fühlten sich im Rampenlicht sichtlich wohl. Aber die Angst verkürzte ihren Auftritt zusehens. Sie konnten ihre Erfahrungen mit der Wahrheit nicht lange genug verleugnen. Ihr reines Gewissen spürte eine Gefahr, die das feinfühlige Gefühl in ihnen lähmte.

Und so kann es deiner Mutter ergangen sein. Sie war auf der Suche nach ihrer Wahrheit. Ohne sich dessen bewusst zu sein, befand sich ihr Leben in einem Rhythmus, der ihre schönen Erinnerungen aussiebte. Erinnerungen ohne Angst. Der tiefe Schlaf sollte den Kummer, mit dem sich ihre Gedanken auseinandersetzten, entsorgen. Aber dem war nicht so. Die Zeit verwaltete ihre alte Umgebung, die sie nicht mochte, aber gleichzeitig innig umarmte. Und dazwischen lungerte die Angst, die sie hasste, die sie ernst nahm, aber auch ablehnte, um nicht entdeckt zu werden. Sie brauchte diese Ablenkungen, genau wie du.

Ich könnte die Lebensschablone deiner Mutter rausholen. Sie würde genau zu dir passen, wenn ein leeres Aquarellpapier auf dem Tisch liegen würde und eine Skizze aus der Vergangenheit darauf gezeichnet wäre. Jeder Farbstrich würde den Charakter deiner Mutter widerspiegeln und dem Betrachter leicht machen Schlüsse daraus zu ziehen. Doch die Sucht bleibt, denn deine Verletzungen aus der Kindheit sind geblieben. Kein Märchenerzähler würde dir eine Rose schenken, die vor zwei Jahren ihre Auferstehung hatte. Achte darauf, dass die „Alten Denker" dir in die Augen schauen und sich dabei nicht selbst sehen können. Du hast einfach nicht die Kraft der Nähe standzuhalten. Aber da kommt wieder das wahre Gesicht in dir zum Vorschein, das dominante, das gebrochene, das umwickelte und fest verzurrte Gehabe eines geniebehafteten Künstlers, der nicht weiß, wie man Schlagsahne schlägt. – Aber lassen wir das! Ich kann es auch nicht ändern. Wir wussten vor einem Jahr auch nicht, dass ich mal ein Buch schreiben würde.

Heute sind die Vögel alle ausgeflogen. Ich erkenne den Sinn dieser Kunst nicht mehr, die uns verbindet. Du suchst eine Antwort, Lena? Vergiss es, denn es gibt keinen

Sinn in der Kunst. Sie ist nur ein Augenblick, der uns anschaut und fragt, ob wir noch am Leben sind. Obwohl, der Augenblick gehört uns schon noch, wenn die Geschichte fertig geschrieben vor uns liegt oder das gemalte Bild in einer Galerie hängt.

Hast du gewusst, dass eine bebilderte Galerie der fremdeste Ort für mich ist? Jedes Bild trägt diesen Augenblick in sich, doch es bewahrt ihn nicht für mich auf. Oh, nein! Der Augenblick ist schon missbraucht worden und verfängt sich an den Orten, an die man als Betrachter nicht mehr herankommt, um das Bild zu begreifen.

Ich muss immer schmunzeln, liebe Lena, wenn die Galerien öffnen und der Künstler so hilflos neben seinen Werken steht und seinen „Alten Denkern" zu Hause stolz nacheifern will. Die Laudatio ist meist so abgedroschen, wie ein Pfarrer den Bettlern das ewige Heil predigt. Ich kann es nicht mehr hören. Immerzu diese Lobeshymnen aus einer Zeit des Schaffens, der Suche nach Motiven und warum dem Maler die Kunst so wichtig ist. Es ist das sogenannte Intermezzo der Kühnheit eines Malers. Wie fromm und brav diese Worte erdacht und ausgesprochen werden. Sie stellen den Maler dar, als wäre Paul Klee der Zweite mit der Führbitte, weitere Bilder zu malen. Was sind die Anlässe und die wirklichen Beweggründe, Bilder zu malen? Warum er diesen Weg wählte und den großen Genies so nahe kommen möchte? Der Bluff bewirkt eine verzweifelte Reflexion der uferlangen Langeweile. Die Betrachter, die Zuschauer, die Langweiligen, die eingebildeten Liebhaber der Muße, die heuchelnden Gäste wollen den Lebensstil des Künstlers gar nicht wissen. Sie wollen nur sich selbst reden hören und sich ins Rampenlicht setzen.

Du bist anderer Meinung? Das wurde mir klar, als ich deinen Gesichtsausdruck sah. Ich habe damit keine Schwierigkeiten, auch wenn ich ein Autodidakt im Zeichnen bin. In dir aber ist eine Woge der starken Sehnsucht zu erahnen, dass du zu gern eine große Künstlerin werden willst. Immer wieder ist dieser Gedanke bei dir festzustellen. – Nein? Du lehnst diese Argumentation ab? Dann bin ich mit meinen Überlegungen auf dem richtigen Weg, begebe mich bewusst ins Feuer und lasse mich entzünden. Ich begebe mich bewusst dorthin, wo dein Bildrand flüchtig zu betrachten ist, wo die verrufenen „Alten Denker" sich hinbegehen, wenn sie nach Selbstbestätigung verlangen. Und wohin werden sie kommen? In deine Vernissage. Manche modern, schief und bunt auffallend, denn Kleider machen ja Leute. Dreitagebärte schmücken die männlichen Kreaturen, die in grauen Anzügen bei ihren Damen stehen. Andere werden auffallen, denn sie tragen Sachen aus Wolle oder Seide, Flanell oder Kaschmir, mit pink-grün-violettem Strohhut, mit roten Socken unter dem Kleid und dazu einem dicken schwarzen Schal, damit man den dünnen Hals nicht gleich sehen kann. Sie wollen gesehen werden. Sie wollen ins Rampenlicht und ihre Namen hören. Und wenn ein Familienname es nicht mal schafft, dreimal erwähnt zu werden, wird die elegante Garderobe herausgeholt, um schließlich noch einmal den Gang in die Galerie zu machen und jedem die Hand zu geben.

Die greisen „Alten Kreaturen" bleiben sitzen, um mit der rechten Hand ihr Sektglas festzuhalten. Wobei sie mit ihrer linken Hand den nassen Flyer krampfhaft zerknüllen, nur weil die Bravorufe für den Künstler zu laut sind. Ihre Köpfe erröten nur, weil die Wut in ihnen hochsteigt und diese nicht heruntergekühlt werden können, weil wieder das Sektglas leer ist. Sie werden froh sein, wenn die Lobeshymnen ein Ende finden, um endlich zum gemütlichen Teil überzugehen. Sie stehen vor den Bildern und rätseln, was das Bild zum Ausdruck bringen soll. Dabei ist es unwichtig, warum das Bild so gemalt wurde. Wichtig ist nur, dass andere „Alte Denker" mal sehen, wie geschmacklos man hinter vorgehaltener Hand über den Maler lästert.

Schau mich nicht so böse an, denn ich spüre Widerspruch in dir aufkeimen! Was ist daran so falsch? Hast du jemals ein Bild verkauft, das auf einer deiner Ausstellungen war? Aber wenn du ehrlich bist: Wozu sind solche Galerien da? Kein „Alter Denker" kann eins dieser

Bilder jetzt käuflich erwerben. Erst bei Sonnenuntergang, wenn die Gnadenfrist zu Ende geht und die Bilder von den Wänden abgenommen werden, sind sie käuflich. Erst dann ist die Made bereit, dem Käufer in die Weisheitszähne zu schauen. Mag ja alles Okay sein, aber wer macht das schon? Wer wird sich nach Monaten an so ein Bild erinnern, um es zu kaufen? Die Zeit verschenkt die Erinnerungen. Sie gibt der Mode einen neuen Impuls. Der Wind hat draußen stark zugenommen, und schon ist alles vorbei.

Also, was ist der wahre Grund, um eine Galerie zu eröffnen? Ich habe lange darüber nachgedacht und fand eine geringschätzige und für mich keineswegs befriedigende Antwort. – Sie wollen ihr Ego-System zur Schau stellen, in dem sie eine falsche Identität vorleben und jeden Betrachter in der Galerie zeigen, welche Angst sie beherrscht. Sie schnauben, rauchen, trinken und lassen sich lange Bärte wachsen, damit niemand sie auf der Straße anspricht. Die weiblichen Kreaturen gehen ihren Einkäufen nach und fragen, was es morgen für Obst gibt. Mach dir nichts vor! Dein Verlangen hastet der Genugtuung hinterher, und dein Wunsch nach Anerkennung wird nicht aufhören. Du hast oft gesehen, wie Journalisten und Reporter deine Mutter berührt und versucht haben, sie ins richtige Licht zu rücken. Das prägt dich bis heute. Und so stehen die Gaffer vor deinen Bildern, die nicht sprechen können, die deine Vergangenheit behüten und deine feinen Pinselstriche mit Schatten belegen, damit niemand deine erkalteten Gefühle sieht. Auch die „Alten Denker" werden deine feinen Pinselstriche nicht sehen. Sie werden immerzu abgelenkt und müssen Ausschau halten, ob sich nicht doch einer findet, der sie anspricht. Aber da wir auf einer Ego-Galeriefeier sind, findet sich schnell ein wahrhafter Patriot, der sein widerwärtiges Ego-Denken ebenso veröffentlichen will, in dem er im Zeichen seiner Verbundenheit dir und den anderen „Alten Kreaturen" die Hand gibt. Jetzt fühlt man sich bestätigt, bestärkt. Sie alle fühlen sich sicher. Sie werden anerkannt. Sie werden von links und rechts angesprochen. Doch bedenke, dass die Angst stets neben einem sitzt und darauf wartet, angesprochen zu werden. Ist sie freundlich, glaubhaft, falsch oder misstrauisch und verlogen? Schon diese wenigen Attribute reichen einer ungewaschenen Hand als Begrüßung. Sie bringen Verbundenheit zum Ausdruck. Ohne es bewusst zu steuern, verschwenden sie ihre kostbare Zeit mit unwichtigem Geplänkel und hantieren mit ihren leeren Sektgläsern umher, da kein Kleingeld mehr vorhanden ist, um sich ein neues Glas zu holen.

Du kennst ja das Problem mit der Künstlergage. Sie ist immer knapp bemessen. In manchen Wohngebieten werden Galerien wieder abgerissen oder der Stadtrat streicht die finanziellen Mittel, um diese leidige Last endlich loszuwerden. Ich kann mich noch gut an eine Galerieeröffnung erinnern. Die Ansprache des Kurators war schon vorbei, als die Käsetorte und der Latte macchiato serviert wurden. Es war eine Ausstellung über den Maler Arno Mohr. Viele Besucher schmatzten ihre Käsetorte, wobei drei Frauen vor einem Bild standen und die Motive analysierten. Fachsimpeln heißt das. Erst nach einer ganzen Weile bemerkte ich, dass es nur leeres Gerede war und nur eines bezwecken sollte: Der Kurator sollte sich zu ihnen gesellen. Als das wenig später geschah, ließen sie die Katze aus dem Sack: „Ja, wir sind auch Künstler und malen seit vielen Jahren. Es wäre doch schön, bei einer Tasse Kaffee über unsere Bilder zu reden." Der Kurator erkannte die Falle und wünschte diesen sogenannten Künstlerinnen einen schönen Nachmittag. – Nun sehe ich dich auch als Künstlerin, wie du dich in deinem Stolz suhlst und dich im Mittelpunkt dieser Idioten sicher fühlst. Man lobt dich und möchte doch den Käsekuchen und die Tasse Kaffee noch in warmen Zustand verspeisen. Und wenn du ehrlich bist, dann ist die Galerieeröffnung für einen Tag gut besucht gewesen. Später wird sich aber keiner mehr daran erinnern. Die Tage danach sind trockener Totentanz, wo die Staubflocken allein ihren Weg finden. Es herrscht so eine Stille wie in einer Kirche. Es gibt Tage, da sind die Galerieräume wegen Krankheit, starkem Regenfall oder anderen

Umständen geschlossen. Und wenn in der Regel neun Wochen vorbei sind, wird ein kleiner Beitrag in eine Zeitung investiert, worin dann geschrieben steht, dass über vier Millionen Kunstinteressierte deine Ausstellung gesehen haben. An diese Erfolgsgeschichte glaubst du wirklich? Du rennst Fantasien hinterher und denkst, das alles wäre die Wirklichkeit. Wie fühlst du dich jetzt? Würdest du mir folgen, wenn wir jetzt nach Hause fahren könnten und alles wäre beim Alten? Wir sollten uns daran gewöhnen, dass Menschen über 50 einen gewissen Reiz haben. Die Gefühle sind besser erkennbar.

Ich will dich was fragen. Wieso bist du gerade hier gelandet, in einer Klinik der „Neurologischen Fakultät", die ihre Türen all jenen öffnet, die etwas beschränkt sind? Ich suche nach einer Antwort, die beschreibt, wie die Nervosität mit der Angst auf den Altar springt, um gehört zu werden. Oder sagst du mir, wie es um dich steht, wenn deine Angst in eine fremde Magie gepresst wird?

Einer heimtückischen Magie zuvor zu kommen, kann ich nicht mit einer offenen und realistischen Freundlichkeit begegnen. Sie gehorcht mir nicht, weil das Wort „Magie" in mir zerbrochen ist. Diese Magie ist an Lebensecken verkanntet, die ich nicht mehr gerade rücken kann. Sie verfallen und der Sonnenschein trägt sie fort. Bedrohlich höre ich die Wellen der Euphorie schäumen, um zu vergessen. Verbittert dringt der dichte Nebel in die

Fantasie ein und beginnt zu tanzen und zu schwingen. Folgsam erdichtet mein inneres Licht die Fantasie. Mein Zorn vertreibt den Tag. Mein Bedürfnis, die Enge und schale Luft einzuatmen, mag die eitrigen Wunden meiner verbliebenen Zeit. Mein Hass hält an dem Aberglauben fest, dass die Magie der Angst ihre Rettungsringe nicht verliert.
Vergebe das Wenige!
Vergebe den Moment!
Vergebe das Wort!
Vergebe den Dank!
Applaudiere im Gang!
Die Herren wechseln das Bild und ich den fremden, ungeliebten Blick, der mir nicht gehört.

Zwölf.

Ich rieche den feuchten Lehm im Erdloch, dessen Wände mit Kot beschmiert sind. Nicht den Bruchteil einer Sekunde konnte ich meine Gedanken, die den vergangenen Odysseen nicht widerstehen können, daran hindern, sich mit Säure zu tränken und schließlich meine Seele zu zerfressen. Das Ende ist nicht in Sicht. Es ist meine Vergangenheit, die seines gleichen sucht. Aber es ist vergebens diese Sichtweise zu erlangen, da mein Glauben in einer Sucht verfangen ist, aus der ich nicht schnell herauskommen werde, wenn ich den bröckelnden Lehm auf meiner Haut noch weiterhin verspüre. Was macht mein Glaube in mir, dass ich diese Vergangenheit nicht loswerde? Das Fundament löst sich von selbst auf, da ich den Weg der Gelassenheit noch nicht gefunden habe. Ich bedaure das und werde das Erdloch bald zuschütten, um das ganze Drama endlich überschauen zu können.
Die Zeit fehlte mir, um meine Hundehütte zu reparieren. Kein Hund hätte sich darin verkrochen. Allein gelassen habe ich diese Torturen überstehen müssen. Das Tagesticket wurde gedruckt. Zusammenbruch plus Arbeit plus Leben plus sich zusammenreißen plus Familie plus Krankschreibung plus Arbeit plus Streit und Zank plus im Schatten sitzen plus Stress machen, ist gleich: Selbstmord.

Das geteilt durch Krankenhaus mal fünf Ärzte plus ein Chefarzt plus ein Therapeut plus eine Therapeutin, ist gleich: klinischer Tod?

Das Tagesticket ist fertig gedruckt. Das klingt so einfach und banal. Die Hundehütte ist nass, die Wände schimmeln und die Ratten meiner starken Depression laufen umher und finden keinen Schlaf. Der Wind pfeift durch alle Ritzen. Es zieht und mein Nacken wird steif. Meine Mandeln entzünden sich. Ich lege meine ausgekühlten Finger auf eine Straßenbahnschiene, damit sie von der Last der Räder abgetrennt werden. Die Hoffnung keimt. Ich bin froher Stimmung, bald nicht mehr schreiben zu müssen. Ich habe von der Wende genug. Schickt den Honecker nach Hause und lasst das ZK in Ruhe, damit sie das Toilettenhäuschen endlich reinigen können, um die Altlast loszuwerden! Meine Reise, die mit chemischem Wildreis die Depression anführt, hat gerade begonnen. Die weiße Fahne der Angst hing an den Masten weit oben und zeigte die Ohnmacht, in der ich mich befand. Ich stellte keine Forderungen mehr.

Die Gasflamme hatte sich von allein entzündet. Ich habe den Schnellkochtopf auf Stufe 3 gestellt, um meinen Kreislauf in Schwung zu bringen, schließlich muss man ja aufpassen. Aber er sackte wieder ab. Dann kam der Hexenschuss, gefolgt von einem Nervenzusammenbruch mit gleichzeitiger Kinderlähmung. Die lieb gewonnen Zutaten köchelten langsam im Topf vor sich hin, bis ein Neurologe auf mich zukam und sagte: „Hallo!" Plötzlich konnte ich im Schlaf Autofahren und die unendlich vielen Hakenkreuzfahnen auf dem Alex verbrennen. Die entlaufenden Juden nahmen mich in Empfang und verstreuten auf ihren Gräbern die Losungen der Freiheit. Sie standen auf und begrüßten mich herzlich, und wir begannen zu singen.

Wie in einem Kinderchor sangen wir das Lied „Oh, Tannenbaum" und hielten zwei Minuten inne. Kränze wurden niedergelegt und Kerzen angezündet. Überall war der gesprengte Beton ihrer Mauern zu sehen, aus dem sich der Garten eines Paradieses erahnen ließ. Sie nahmen das Kreuz nicht an, sondern hielten die weißen Tauben aus Jerusalem in die Höhe, um ein Zeichen des Friedens zu setzen. Ich hielt das Buch der Religionen in meinen Händen fest und wagte das zu äußern, was mein Ich nicht verstand. Ich verschenkte meinen Respekt und gab meine kühle Hand dem fremden Patriarchen, der seine skelettierte Ziege mehr liebte als den Bauer, der am Abgrund stand und auf den Stoß wartete. Ich habe das vertrocknete Zyperngras mehr geliebt als den alten Plastikstuhl, der zu knarren begann. Laut und schrill war das Geschrei der Reibung und Sorge.

Es begann draußen zu regnen. Wasserfluten rauschten an der Brüstung herunter. Ich sah die Bäume im Park durch mein Fenster. Zwischen ihnen rannte ein aufgescheuchter Hase über die Wiese, der die Nässe nicht mochte. Der Wind nahm zu. Ich sah die Unschuldigen am Therapeutenzimmer vorbei huschen als wären sie ständig auf der Flucht. Sie scheuten sich und nahmen die Tränen wahr, die sie in der Kindheit glaubten, verloren zu haben. Welch Glück, oder ist der Schmerz erst da entstanden?

Die feiste Wunde sehe ich ganz deutlich. Mein „Ich" prallt gegen die Tür und schlägt sie entzwei. Wartezimmer, Sprechzimmer, Schwesternzimmer, Arztzimmer, überall hörte man denselben Wortlaut: „Bitte gedulden Sie sich! Wir bearbeiten sie gleich!" Dann eine unbekannte Aufforderung: „Bitte selbstständig eintreten, Fragebogen, der auf dem Tisch liegt, ausfüllen und anschließend ins Fach legen. Danke!"

Eine etwas ältere Dame, sicher aus einem Modeinstitut entflohen, empfängt mich und setzt sich, ohne einen Widerspruch zu erlauben, auf den einzigen Stuhl. Frage plus Frage plus keine Antwort plus Frage, ist gleich: Stille. Frage plus Frage plus Frage plus Selbstantwort geteilt durch dominantes Benehmen plus abfälliges Lachen geteilt durch einseitiges Leid, ist gleich: Ich will nicht mehr. Das abstrakte Denken fördert die Einsamkeit. Die Sehnsucht gleicht dem Heimweh. Und Heimweh erzeugt nur Stress. Stress verwaltet Angst, und ich wollte nur Ruhe haben. – Eine kurze Pause. Ankommen. Auspacken. Aber nein, die Erstaufnahme folgte: Personalbogen ausfüllen, auspacken, Mittag essen, Arztgespräch, Untersuchung, wieder Arztgespräch. Betten beziehen. Blut abnehmen. Therapeutentreffen. Patientenzusammenkunft. Abendbrot essen. Medikamentenvergabe. Fieber messen. Bett machen. Abendwäsche. Leselampe löschen. Gedanken abschalten. – Wenn man was braucht, dann wird geklingelt! Es kommt eine Schwester. Alles klar? Bitte und danke? Nie gehört! Gelassenheit und Langsamkeit? Nie gewollt! Ehrlichkeit und Freundlichkeit? Fremde Wörter! Gemütlichkeit und Fernsehraum? Nie gekannte Räume des Rückzugs! Sich nicht wohlfühlen? Der Feind hört mit! Krankheit und Selbstmord? Keine anerkannten Definitionen der Medizin! Arbeitsfähigkeit ist sehr erwünscht, sonst wird man arbeitsfähig gemacht. Nur das Fliegen ist schöner.

Nach sechs Wochen habe ich die Todesstätte verlassen, um mich neu zu orientieren und kennenzulernen, um meine Jacke selbst zuzumachen, um meine verlorenen Zähne wiederzufinden, die ich glaubte, verloren zu haben. Kartoffelsuppe, Blumenkohlsuppe, Karotteneintopf, Kartoffelbrei, Grießpudding, Sahne ohne Zucker, Kohlrabieintopf, pürierter Chilieintopf – alles war dabei.

Um zu wissen, aus wie vielen Buchstaben sich mein Vorname zusammensetzt, war ein ärztliches Gutachten erforderlich – ein Blankformular, das meine Zeit in der

Klinik besiegelt hat. Der Zusatzvermerk, dass ich gern dem Yoga frönte, erwies sich als absolute Entdeckung, die zur Heilung durch die besondere Therapieform (PTB) führte. Preisverdächtig. Dazu waren Pünktlichkeit und aktive Teilnahme dringend erforderlich. Durch die hohe Anzahl der verordneten Pressekonferenzen, Therapiestunden, Versammlungen, Jugendstiltreffen wurde ich in eine besondere Form gepresst, die ich als Nötigung empfand. Doch medizinisch gesehen war das erforderlich, um den Gesundungsprozess nicht zu verhindern. Ständigen Druck aufbauen und keine Ruhepausen zulassen, das war die Prämisse der Ärzte. Nach fast fünf Jahren sind diese Erfahrungen immer noch in mir lebendig.

Lena, dieser Aufenthalt hat in mir viele Meilensteine aus der Vergangenheit offen gelegt. Zwei Therapiegespräche in der Woche waren Pflicht, bei einem konnte man Fragen stellen. Yoga war zwar freiwillig, verordnet wurde diese Übung dennoch. Schwimmen war für mich eine Qual, Wandern dagegen eine Erholung. Das Essen hat zwar satt gemacht, aber es war zum Kotzen. Mittagsruhe brachte Ruhe in den Körper. Ausgang gab es nur selten. Doch die Wochen vergingen auch hier. Acht Kilo habe ich abgenommen. Die Schlaflosigkeit wurde mit Schüssler-Salz bekämpft, das man erst in den letzten drei Tagen bekam. Plötzliche auftretende Albträume, die damit verbunden waren, wurden nicht erwähnt. Man sollte tagsüber einfach

viel mehr lachen, um dem entgegenzuwirken. Im Gutachten für schwer psychisch kranke Denker hieß es, dass man auf alle Fälle dreißig Stunden in einem sozialen Beruf arbeiten soll. Diese zusätzliche und kostengünstige Therapie außerhalb der Klinik würde den Heilungsprozess beschleunigen. Wenn das aber zusätzliche Kosten verursacht, soll man davon Abstand nehmen.
„Alles Gute für Sie!"
Ich kann das Ende einleiten und das Kapitel so lassen, weil ich meinen Krankenaufenthalt nicht schöner darstellen kann. Wozu auch? Vertane Zeit! Wertvolle Zeit ist mir verloren gegangen, die ich heute versuche aufzuholen, um ein bisschen Frieden zu finden. Mehr will ich dir nicht erzählen, weil es ja nicht explizit um mich geht.

Eigentlich könnten wir unsere Verbundenheit als Patienten in Form eines gedanklichen Schachspiels zeigen. Du kannst wählen zwischen Weiß und Schwarz.

Dreizehn

Die vergangenen Aufregungen und belanglosen Dramen haben von Orten mit leeren Illusionen erzählt, wo die ausgetrockneten Weintrauben am tiefsten hängen. Die Gedanken, die aus dir hervorquillen, verbeugen sich aus Angst vor diesem zugewucherten Wald. Geduckt und Hilfe suchend ist deine jungfräuliche Ausstrahlung. Das Dach deiner brutalen Welt begrünt deine Vorsicht mit einem langen Atem und nimmt den eisigen Wind auf, um die Realität zu erspüren. Der Samen von Vernunft und gefallenem Schnee macht dich heiter, dennoch nimmst du den Unterschied zu deinem jetzigen Gefühl gern in Empfang. Es begrüßt das Zuhören, das Hinschauen und vielleicht auch eine Berührung. Denk daran, es ist deine Psyche, die deine innere Bereitschaft braucht, um die Angst zu erkennen. Doch deine Bereitschaft ist in den Jahren gebröckelt und liebt die Ablehnung.

Vergiss die schlimme Zeit, die dich vom Scheitel bis zur Sohle verseucht hat. Du standest neben einem leeren Brunnen, der dir angeblich das Glück bringen sollte. Ein Brunnen, ohne das Wasser der Freude, der Übelkeit, der frommen, scheuen, wehleidigen Zeiten. Und die Klagen schmeicheln dir am Tag was vor, als wären die grimmigen Falten in deinem Gesicht in den Abgrund gefallen, aus dem du nicht mehr herausfindest. Jede feine Struktur unter deinen Augenrändern lässt erahnen, wie viele Nervenzusammenbrüche du hattest. Also versuche die Tageszeitung aufzuschlagen, um zu erfahren, wie das Wetter morgen wird. Der Rest von Familienpolitik und Gazastreifen gehört dir nicht mehr, denn die Sorgen, die du mit dir trägst, werden immer schwerer. Ich kann die Scham, die du aus falsch verstandener Liebe hütest, in meine Hände nehmen, so klein ist sie geworden. Mir wird klar, dass die Zerwürfnisse in dir weiter wachsen. Sie schmeicheln einem, wenn deine Tränen fließen. Aber sie gehören eigentlich auf die Müllkippe deiner Sorgen.

Du kannst gern deine blonden Haare hinter die Ohren klemmen. Ich habe nur darauf gewartet. Sie geben mir das erfreuliche Zeichen, dass alles um dich herum nicht mehr am Leben ist. Unbehagen und Nervosität weisen auf deine innere Unruhe hin. Sie zucken und beben in der Wildheit deines Zorns.

Du hast Heimweh. Doch um nicht ankommen zu müssen, radierst du auf dem Papier deinen Wohnort weg. Deine Spuren verwehen langsam in einer Flut der Unvernunft, die nicht greifbar ist. Ja, sie will allem in dir widersprechen, alles zerstören und vergraben. Du möchtest ihr trotzen, den Widerstand pflegen, um das zu retten, was noch in dir übrig bleibt? Ha, ich kann nur lachen! Es gab Tage, wo nur der Tod das Sagen hatte. Doch fängst du jeden Tag von neuem an zu leben.

Ich will nichts von dir. Ich habe keine Lust mehr, meinen Schwanz dort hineinzustecken, wo ich erst noch Vertrauen suchen muss. Der Wind dort draußen frischt auf. Der sagt mir nicht, wo er mich hinführt. Ja, ich sehe genau, meine Gute, deine innere Zerrüttung, die Zerwürfnisse und deine Faulheit Dinge zu tun, um das Licht in deiner Seele anzumachen. Du kannst dir erneut eine Zigarette anzünden und dich ablenken, doch meine Worte sind wahr. Trotzdem habe ich dir ein Buch gewidmet, eines meiner ersten Bücher. Ein Buch mit Fragen und Bildern, die meine Angst widerspiegelt, um das Elend offenzulegen. Du kannst dich erinnern, und doch willst du davon nicht mehr wissen. Deine Augen verweilen auf dem Baumstamm, auf dem wir seit fast einer halben Stunde sitzen. Die frische Luft tut uns beiden gut. Kein Wind ist zu spüren. Nur die Sprache der Kindheit. Wir riechen die Natur und hören die Vögel. Wie seltsam, es ist ein Bild, das uns gerade einholt. Dabei wollte ich dir mit diesem Buch nur danken. Es sollte ein Brückenschlag zu einer Zeit sein, die uns getrennt hat – zwischen der abfahrenden U-Bahn und meiner verzweifelten Welt. Ich wollte mit meinem vergangenen Leben reinen Tisch machen und ungeklärte Dinge berichten, die ich früher nicht verstand. Heute denke ich anders. Ich weiß, dass die getroffenen Entscheidungen auf dem glatten Kopfsteinpflaster keinen Halt fanden. Ich hätte sie liegen lassen sollen, aber mein Wissen war noch zu jung, zu unerfahren. Ich habe den inneren Widerspruch zerstört und die zerbrochenen Scherben wieder aufgehoben. Aber das ist alles überholt.

Ich wollte, dass ein paar Tage vergehen, bis das erste Buch bei dir eintrifft. Für mich war das eine Zeit des Wartens. Minuten später war ich erleichtert. Nach Stunden dachte ich, dass ich doch blöd bin. Und nach einem Tag überlegte ich, wie ich nur so naiv sein kann. Ich wünschte mir, ohne eine Antwort von dir davonzukommen. Doch die Idee war geboren. Und wer sollte es mir verbieten, dir ein Buch zu schicken? Keiner! Wochen später kam das Buch zum Verlag zurück. Ich suchte erneute eine Lösung.

Andauernd habe ich davon geträumt, wie du in deinem Atelier mein Buch liest, um dich herum alte Herren, die mit ihren gelben Armbinden und den drei schwarzen Punkten ihren Bekannten aus dem Zweiten Weltkrieg nervös von ihren Erlebnissen berichten, um endlich zur Ruhe zu kommen. Ein Aufseher, der sein HARTZ IV aufstocken musste, trug ein rotes Hemd, stapfte um deinen Tisch herum und hoffte, dass eine Buchseite herausfallen würde, die er mit nach Hause nehmen konnte. Durch seine Aufregung wusste er nicht mehr, wie er zu dir gekommen war. Er sagte, er wäre dem Geruch des Papiers gefolgt.

Jeder von uns geht seinen Weg, wobei ich versuche die Kastanienbäume umzupflanzen, die seit dreißig Jahren vor meinem Haus stehen. Du hast recht, einen alten Baum kann man nicht verpflanzen. Ich habe es dennoch versucht und bin kläglich gescheitert. Später wurde mir bewusst, dass ich nur junge Bäume einpflanzen kann, die mir irgendwann Schatten spenden und helfen können weiterzukommen.

Lange Schattenhälse rankten die isolierten Neubauhäuser hoch und tauchten mein Zimmer in Dunkelheit, in der ich die ersten Zeilen meines Buches schrieb. Nach den ersten zwanzig Seiten war der Drang zur Toilette so groß, dass mir klar wurde, ich würde die nächsten Seiten über Einsamkeit schreiben. Ich wollte das planen, aber es kam anders. Ich zeichnete die Struktur dafür und stellte fest, dass dein Familienname unseren Bruch nicht sah. Ich schlenderte dann missgelaunt im Park herum und bespuckte das Denkmal der Käthe K. Die Seiten verehrte ich einzeln, indem ich die Schreibtischlampe ausmachte und meinem Traum nachhing. Unbekannte Motive krochen an mir vorbei, wobei der faule Satan mich ansprach, dass ich das Buch einer Nacktschnecke widmen sollte. Ich sah den glitzernden Traum, der nach Käse stank, und schrieb deinen Namen dazu. Was folgte, war das erste gedruckte Buch. Ich widmete es einem verstorbenen Freund von mir. Er stand nicht immer auf der

Sonnenseite des Lebens, da seine Hagebuttenpflanzen im Winter nie von ihm abgepflückt wurden. Sie verfaulten am Stamm und die Enden vertrockneten. Das klingt nach deinem Lebensschema, obwohl auch deine Suche nach dem goldenen Pfad nicht problemlos verlief. Den ähnlich unsicheren Phänomenen einer neurotischen Angst, die auch in dir wüten, erweist du tatsächlich ungewollt Respekt. Ich kann nur den Hut vor dir ziehen. Aber das Feld, wo der verarmte Bauer die Saat sucht, wird nur leeres Stroh zum Vorschein bringen. Selbst das dünne Stroh ist zu nichts zu gebrauchen. Die ständige Hitze von Versagen und Lügen ergießt sich in die Furche.

Stell dir vor, er hatte alles verloren und glaubte tatsächlich an die Liebe. Er glaubte, sie gefunden zu haben. Dieser Glaube war aber nicht stark genug. Im Sterben erfuhr er, dass es diese Liebe nicht mehr gab. Das Bild der Frau, die ihm die Liebe versprochen hatte, zerbröselte zwischen seinen Händen. Seine Blicke verstanden die vergangenen Umarmungen nicht mehr. Sie verglühten in den heiß ersehnten Küssen der verbrannten Krater seiner Herzkammern, bis die Tränen im Hass versiegten. Seine Frage, ob sie an sein Sterbebett kommen würde, verschwand langsam. Nun wollte er seine Sachen packen und das verarmte Land verlassen. Ich ließ ihn allein, weil er wusste, dass der Traum seine Unfähigkeit mehr liebte als ihn. Die Verzweiflung ließ in ihn in Ruhe. Und das hat wohl an seinem reinen Gewissen gelegen, das ihm den Weg nach oben freimachte. Am früheren Morgen flogen die Schwalben auf und holten ihn ab. Die Enttäuschung kennt keine Gnade, denn das Begehren nach einer Erfahrung, die uns ein besonderes Bild malen lässt, hätten wir uns wünschen müssen. Und doch ist der Zufall der Liebe zu klein, als dass man sie wie in einem Katalog bestellen könnte. Betrachte dein Inneres, was im Katalog unter Liebe steht!

Ist das Sterbebett bereits von jedem besetzt, der in diese beschissene Welt geboren wurde, um die Liebe als eine Art „Himmel im Sumpf" zu betrachten? Oder ist unser Denken, das sich von der Liebe entfremdet, in einen offenen Streit übergegangen, wo sich die Schultüten der Kinder verbiegen, in denen so oft keine Liebe steckt? Oder ist das Gewissen daran beteiligt, dass man den Groll aus der Bibel vor dem Altar wegfegt? Ich sehe das Sterbebett direkt vor einem Orchester stehen und den Dirigenten als Gott verkleidet die leeren Plastiktüten meiner Altlast wegbringen. Das wäre doch der Anfang einer belanglosen Liebe, oder nicht?

Vierzehn

Deine außergewöhnlich interessante Fragestellung ist eine dir typisch gelegen kommende Ablenkung, die man einfach draufhaben muss. Dennoch ist die Frage fremd und autonom anzusehen. Ich mag deine kühle Hofseite, aus der deine Habgier nach Widerspruch sich satt macht. Ich bin in meiner Veränderung weit gekommen und kann die Frage anders beantworten: Dein Schicksal kennt deine vergangenen Jahresringe, die auf weiter Flur liegen geblieben sind. Du hast sie nicht finden wollen. Liebe und alter Streuselkuchen waren nie dein Ding. Du hättest dich ja mit ihnen auseinandersetzen und sie abschmecken müssen. Dann hättest du festgestellt, wie bitter das Leben sein kann.

Ich kann mich daran erinnern, wie du an meinem Schreibtisch standest und ein fertiges Bild von mir angeschaut hast. Du warst erstaunt, dass ich so malen kann. Ich habe dir deine ungewöhnlich elegante Wortwahl fast nicht abgenommen. Dennoch wagte ich keinen Widerspruch.

Mit der Mischung aus fettigem Plasma und trockenem Papier verlieh ich dem Bild eine Tiefe, die die Struktur meiner Angst sichtbar machte. Fast jeden Strich hast du aufgesaugt, während eine Zigarette nach der anderen durch deine Lunge ging. Es wäre besser, du würdest das

Zimmer verlassen, dachte ich in dem Augenblick. Mir wurde es zu viel. Das klingt zwar abgefahren und langweilig, aber es war so. Vielleicht hättest du sagen sollen, dass ich nicht schreiben kann, dass kein einziges Bild von mir ist oder die gemalten Kinderzeichnungen scheiße aussehen. Das wäre mir tausendmal lieber gewesen. Aber du hast die schöne und von mir ausgesuchte Dekoration auf der Müllkippe entsorgt und damit die Lebensbühne hinter meinem Rücken zerstört. In Sekundenschnelle hast du das Spielfeld entzündet. Kein Vorhang, kein Regisseur war mehr an dem Ort, wo mein Leben begann.

Du fragst mich, wann ich mit dem Malen begann? Ist das die Frage, die mir eine Antwort auch darauf abfordert, ab wann das Schicksal es gut mit mir meinte? Lass es mich so beantworten! Plötzlich war es da. Es war alles vorhanden. Das Papier, die Aquarellstifte, die Ideen, der Stuhl, mein Tisch und die Besonnenheit. Dabei begann damals alles schleichend. Ich sah die Aquarellstifte und ein leeres Blatt Papier in einem Zeichenzirkel herumliegen. Der Saal war leer. Keiner der Tische lud mich zum Sitzen ein. Ich hab es dann einfach getan, schaute fragend auf die Farben und benutzte sie. Die Bleistifte klopften auf den Tisch und ich malte drauf los. Ich hatte den Eindruck, dass alles in mir bereit war und nur noch gemalt werden müsste. – Ich sehe schon wieder dein fragendes Gesicht, was das nur für ein dummes Zeug ist, was er da von sich gibt. Aber das ist mir egal, Lena. Mir ist völlig egal, wie du darüber denkst, wie du versuchst den Werdegang zu manipulieren, nicht zu akzeptieren. Du kannst daran nichts ändern, denn in mir geht alles weiter. In mir stecken viele Ideen, die ich ans Tageslicht bringen möchte. Ich will mich nicht mehr blockieren und alles runterschlucken, nur weil es den „Alten Denkern" damals nicht gefallen hat, wie und was ich male. Diese Zeit ist vorbei. Jede Art von Kreativität ist eine entwurzelte Idee aus der Angst. Sie ist unter der dünnen Haut zu erahnen, und es bedarf einer langen Zeit, sie zum Vorschein zu bringen. Viel Wasser ist den Bach runtergelaufen, bis ich annähernd wusste, was auf mich zukommt. Die verlorene Schlacht ließ ich hinter mir und verstreute die vergessenen Jahre der kalten Liebe. Der Preis war verdammt hoch, Lena. Denn jedes Bild und jeder Text hat Kraft gekostet. Ich musste mich überwinden und der Wut in mir entkommen. Daher ist jedes Symbol einer Quelle entsprungen, die alle Grundfarben auf einen Punkt projiziert. Man schöpft daraus, gibt der Fantasie eine Gestalt und lässt den Inhalt sprechen. Denn so ist die Ehrlichkeit in meinem Leben, die mir den Rest der Bildränder harmonisch zusammenfügt. Und gerade diese Ehrlichkeit macht mir etwas Angst. Ehrlichkeit ist nämlich Nähe, und die möchte man gern vermeiden. – Warum man sie vermeiden will, fragst du. Weil jeder von uns Angst hat. Nur dass diese Angst sich anders zeigt. Wenn du zum Beispiel nicht recht bekommst, hast du Angst, man würde dir etwas wegnehmen, was eigentlich dir gehört. Ja, es gehört dir. Man kann dir nichts wegnehmen. Wenn du Skulpturen formen und brennen kannst, dann kann ich dir das nicht wegnehmen. Diese Gabe gehört allein dir. Aber du glaubst stets, dass ich dir das nicht gönne. Aber das ist nicht wahr. Und die falsch verstandene Nähe ist eine Einbildung deines Verstandes. Es sind nur leere Illusionen, die dich umarmen. Ich beschreibe das Beispiel noch etwas genauer, um dir zu zeigen, was ich damit ausdrücken will. Ich nehme eine Situation, die du jederzeit erlebst. Nehmen wir an, ein „Alter Denker" würde ein grandioses Bild der Öffentlichkeit vorstellen. Du siehst das Bild in einer großen Galerie und hörst den Maler darüber sprechen. Es sind große Worte. Das Bild löst in dir etwas aus. Du findest das Bild total interessant, aber dein Ego lehnt es ab, ohne Widerrede, ohne sich weiter damit zu beschäftigen. Vielleicht ist noch ein Seitenblick möglich, um dir das Bild einzuprägen. Dann gehst du. Die Tür wird verschlossen und du kannst dich nicht mehr entscheiden. Du bist auch nicht mehr bereit darüber nachzudenken, warum du diesen Maler nicht magst. Vielleicht muss auch der Maler sich hinter einer Maske verstecken, um sich seiner Angst bewusst zu werden. Und dann kommt das Paradoxe: Dein Ego lehnt das Bild ab, du stellst aber fest, dass dich das Motiv des Bildes magisch anzieht. Mehr noch! Du wirst euphorisch und könntest die bunten Kinderbälle herausholen. Vielleicht ist hinter deiner Betonwand ja noch mehr zu entdecken. Vielleicht regt dich das Bild an, zu weinen, oder es bringt deine Gefühle völlig ins Schwanken. Doch es überfordert dich, andere Sichtweisen in Erwägung zu ziehen, darüber nachzudenken. Ein Märchen könnte beginnen. Deine Fantasie könnte den Eiffelturm erklimmen, während deine Maske fällt.

Die Entscheidung liegt bei dir, einem begründeten Gefühl nachzugehen, um die Ängstlichkeit in dir endlich einzudämmen. Doch dein starkes Ego bleibt König und erklärt deine Gefühle für ungültig. Das Bild findet bei dir keine Beachtung mehr. Dabei wäre es einfach, den Dingen freien Lauf zu lassen und das Bild als eine Art Geschenk anzusehen. Du brauchst nur danke zu sagen, dass das Bild in dieser Galerie hängt. Aber leider ist Dankbarkeit in vielen Elternhäusern deplatziert. Dein Elternhaus kannte dieses Wort nicht, und so konnte es dir in der Kindheit nie beigebracht werden. Für die „Alten Denker" war das Wort eine Bedrohung, weil es sich die Angst aneignet. Aus dieser Angst entsteht eine neue Art der Ablehnung von kreativer Kunst. Was heißt das?

Du gibst deine Erfahrungen mit den Verletzungen weiter und verlangst in gleichem Atemzug, dass man deine Kunst akzeptiert oder sogar liebt. Und jetzt beginnt für dich das eigentliche Drama. Du setzt dich einem Spiel von falschen Illusionen aus, in denen du dich anscheinend wohlfühlst. Du inhalierst die Droge von Lügen und Fälschungen und immer wiederkehrenden Täuschungen. Abdrücke werden gemacht, die du mit nach Hause nimmst. Sie werden von dir gesammelt und stapeln sich auf den Regalen, um sie später zu verstehen. Aber dazu kommt es nicht.

Horch in dich hinein und schreib deinen Widerspruch auf, um deine Wut zu entladen. Aber das kannst du nicht dulden, weil du nicht in der Lage bist, diese Wut zu beherrschen. Und das geschieht mit dir jeden Tag, bei den „Alten Denkern" millionenfach. Millionenfach werden unverstandene Verletzungen parodiert und ins Lächerliche gezogen. Das wiederholt sich überall. Es wird probiert. Es wird ausgewechselt. Es wird ausgetauscht und neu erfunden, um sie nicht zu vergessen.

Deine Mutter konnte das nicht vergessen, und warum solltest du darauf verzichten? Der Verzicht ist wie ein Stück Zucker, das dich entfremdet. Du bist tatsächlich angehalten, dich zurückzuhalten, haltzumachen, die Dinge differenziert zu betrachten, zu analysieren, auszumustern. Mit dem Erlernten dein Ansehen nicht zu verletzen, war einst deine höchste Priorität, die deine „Alten Denker" dir mit auf den Weg gaben. Das war ein widersprüchlich-arrogantes Ansinnen, das dein Leben geprägt hat. Ob du nun als Sieger hervorgehst oder als armer Bettler verkleidet durch die Welt läufst, diese Aspekte entscheiden, wie Dankbarkeit ausgedrückt wird. Der Bessere, der Leistungsstarke, der Besserverdienende, der Weltrangerste wird den niederträchtigen Neid spüren. Denn der Neid, der das Überleben möglich macht, ist ein Teil des Egos. Er bewahrt deinen Untergang. Er verwischt die Schwäche und wandelt sie in Stärke um. Wer stark ist, kann was im Leben erreichen – eine Definition der „Alten Denker", die einen krankmacht aber nicht stärkt. Schwäche zu zeigen gelingt hingegen nicht jedem. Für dich ist diese ekelerregende Schwäche ein abgebrochener Fels aus einer Zeit, die du mit viel Unrat und Schmutz zudecken möchtest. Dein Gesetz, das Neid die gesunden Gefühle von Stolz und Ruhm aufbewahrt, besitzt Gott sei Dank eine kurze Laufzeit.

Ich bin nicht darüber verwundert, dass deine Mutter und du in einem Charakterschiff über die Weltmeere fahren. Aber bei diesem Schiff gibt es eben nur eine Pinne und eine Richtung. Nur die Seiten des Schiffes sind unterschiedlich: Neid ist auf der Backbordseite und das Dominante, das Kämpferische auf der Steuerbordseite. Wohingegen deine Mutter das Ruder auf der Backbordseite führt, denn der Neid hat für viele „Alte Denker" eine große Anziehungskraft. Andererseits ist der Neid aber auch eine ablehnende Kraft, bösartig und herabwürdigend. Wehe es gelänge zu fälschen oder man würde einem „Alten Denker" etwas nicht gönnen, nur weil ein anderer besser schreibt, besser malt oder sich besser in Pose stellen kann. Das habe ich schon so oft erlebt und auch an mir beobachtet, nur weil „Alte Denker" im richtigen Augenblick eine bessere Idee besaßen. Und weil deine Mutter diese Idee damals bei der Einweihung des schönen Kunst-Cafés der katholischen Gemeinde nicht hatte – ich kann mich gut daran erinnern – spuckte sie Gift und Galle. Dazu muss man erwähnen, dass deine Mutter sich immer gern in Pose gestellt hat und nie aufhören konnte über sich zu reden. Sie zog förmlich den männlichen Status an und prahlte, für mich schon eher langweilig, mit ihrer Kunst herum. Dabei hatte sie das gar nicht nötig. Ihre Kunst kann sich sehen lassen, und das ohne viele Worte zu machen. Aber das Bild kann sich schnell ändern. Gerade bei großen Veranstaltungen in der Öffentlichkeit, wo mehrere Künstler zugegen sind. In dieser Künstlerfamilie ist etwas im Argen, nur weil man sich nicht riechen kann. Ein bekannter „Denker" von mir sagte einmal: „Die Künstler sind untereinander wie Scheine. Sie gönnen dem anderen den Triumph nicht und treten keinen Schritt zurück, um das zu respektieren, was der andere geschaffen hat." Und so war es auch bei deiner Mutter. Die Einweihungsfeier lief auf Hochtouren. Der kreisförmig gestaltete Wintergarten, der nun das Zentrum der ganzen

Anlage war, sollte eingeweiht werden. Er wurde auf einem Vorplatz des Katholischen Seniorenstifts aufgebaut. Der Pavillon war weiß und mit großen Scheiben versehen, sodass pures Sonnenlicht ungehindert hineinscheinen konnte. Der Anblick entzückte mich. Der Sommer neigte sich dem Ende entgegen. Dennoch waren die Temperaturen noch so, dass die Gäste draußen auf Plastikstühlen sitzen konnten. Als Zeichen der Achtung und des Respekts wurden zwei Kunstprojekte, die noch verhüllt waren, der Öffentlichkeit übergeben. Man wollte es im feierlichen Rahmen tun. Dazu gehörten die Presse der Stadt und viele Ehrengäste, die sicher keine Ahnung hatten, was da eigentlich vor sich ging. Ein Musiktrio spielte zur Einleitung ein Stück von Bach. In den Augen der „Alten Denker" konnte ich sehen, wie unsicher sie sich waren am richtigen Ort zu sein. Es war jedenfalls überall festlich geschmückt, und die Gastgeber, das spürte man, gaben sich viel Mühe den Künstler zu würdigen. Es sollte ein wichtiger Tag werden.

Interessant war die Kleidung der Gäste: bunt, schrill, langweilig, schwarz, Kord, Leder, kurzer oder langer Schal, geschminkt oder blass wirkend, mit Schirm und Sonnenbrille stehend oder sitzend. Tiefe und hohe Stimmen vermischten sich mit der Musik. Ich bemerkte vor dem Eingang ein leichtes Durcheinander, da jeder gern als Erster die Bankreihen erreichen wollte. Auffällig war die

Rangordnung der gut betuchten „Alten Denker", die mit ihren Luxuswagen im Parkverbot standen. Es machte ihnen nichts aus, wenn eine dumme Politesse einen Strafzettel schrieb. Sie stolzierten frohen Mutes hinein und beachteten fast keinen. Die Obrigkeit, wie Bürgermeister und Vorstand der Kirche, wurde freudestrahlend begrüßt. Man kennt sich. Keine Frage. Aber das macht diese Veranstaltung gerade aus. Einerseits das aggressive und dominante Verhalten der Möchtegernkunstliebhaber und andererseits die einfachen Leute, die froh waren, eingeladen worden zu sein. Wer in den ersten Reihen platziert wurde, zeichnete sich also schnell ab. Von dort strömte plötzlich der Duft teuren Rasierwassers und französischen Parfüms durch die Luft. Dies vermischte sich mit dem Geruch von billiger Florena-Creme, oder man sah in manchen Gesichtern das hauchdünne Make-up herunterkleckern. Doch die Unruhe legte sich schnell, die Musik begann zu spielen. Die Augen der Gäste strahlten und sie gaben Beifall, als die Bachsonate zu Ende war.

Die „Alten Denker" in den letzten Stuhlreihen wussten nun nicht, ob sie bleiben oder gehen sollten. Das Festtagsgerede unter den Gästen schwoll an. Die Laudatio hielt der Bürgermeister der Stadt. Und nach nahezu fünfundvierzig Minuten Gerede wurde endlich das Porträt einer Holzwurzel enthüllt. Sie war ca. zwei Meter groß und einen halben Meter breit. Die Form bestand aus dunklem Holz und bildete eine Art Schamanenkopf ab. Die Gesichtszüge waren markant und machten auf mich den Eindruck von Lebendigkeit. Die Presse konnte sich nicht sattsehen und fotografierte den geschnitzten Kopf von allen Seiten.

Die „Alten Denker" waren so begeistert, dass sie den aus gegossenem Gipskarton gefertigten „Fliegenden Engel" deiner Mutter, der noch verhangen war, fast vergaßen. Sie saß am Rande der Gästegruppe und las tief versunken eine Lektüre, sodass sie zunächst gar nicht mitbekam, dass ihr Name aufgerufen wurde. Sie machte auf mich den Eindruck, als wäre sie gar nicht da. Ihre künstlerische Arbeit wurde gewürdigt.

Wieder wurde geredet. In purer Eitelkeit verzichtete sie aufs Lachen. Ernst nahm sie allerdings die ablehnenden Gesten der Gäste und nickte nur kurz, als Zeichen des Dankes. Der Beifall für ihre Arbeit war auffällig dünn und kurz. Nicht alle applaudierten. Der Vorhang fiel. Er blieb an einem Flügel der Engelskulptur hängen. Kein Hurra war zu hören, kein Staunen in den Augen der Gäste zu sehen, als der Vorhang schließlich von der Engelsfigur herunterfiel. Nur ein kurzes Aufbäumen des Publikums war festzustellen, dann setzte man sich wieder hin. Die Direktorin der Kirchenleitung bedankte sich bei den eingeladenen Künstlern, nachdem sie die beiden auf die

Bühne gebeten hatte. Dort wurden sie mit sehr üppigen Blumensträußen empfangen.

Über den Künstler, der diese Holzwurzel in einen schamanenähnlichen Kopf verwandelt hatte, war ich besonders begeistert. Ich muss sagen, die Struktur im Holz ließ wirklich einen Schamanen erahnen. Er wirkte unheimlich, klar und fast aufdringlich, wenn man in seine Augen schaute. Der Bildhauer war jedenfalls von den Worten der Direktorin sichtlich gerührt. Und das hatte dem Publikum gefallen. Deine Mutter dagegen sagte nichts. Nur ein trockenes „Danke!" kam über ihre Lippen, ohne Gefühl, ohne eine freundliche Ausstrahlung.

Als die „Alten Denker" am Ende unter sich waren, die Sektgläser in den Händen hielten und den Rausch der Freude genossen, sagte deine Mutter zu einem der alten Herren neben ihr: „Ich werde nie wieder die zweite Geige spielen. Das habe ich nicht nötig. Das nächste Mal werde ich als erste Künstlerin aufgerufen und warte keine Stunde mehr. Und was ist das mit dem Stück Holz? Diese Heulsuse hat überhaupt keine Ahnung, was Kunst ist. Ich kann nicht verstehen, warum man solche Möchtegernkünstler einlädt, die noch dazu auf der Bühne rumheulen?"

Was hatte ich da gehört? Ich sah von der Seite die Augen deiner Mutter. Sie waren streng ausgerichtet und versprühten endlosen Hass. Zornig verschränkte sie die Arme. Ich wusste, wie schwer verletzt sie sich gefühlt hat.

Sie hatte gesagt, was in ihr vorgegangen war. Erbärmlich und schroff zollte sie keinem mehr Respekt. Keine Liebe habe ich in ihr gespürt. Sie wusste genau, dass dieser Bildhauer etwas besaß, was sie nicht hatte. Er war zum richtigen Zeitpunkt am richtigen Ort. Mit seiner Dankbarkeit war er ehrlich. Er mochte die feierliche Atmosphäre und fieberte wie ein kleines Kind mit. Er konnte vom Glück nicht lassen. Er spürte, dass ihn das fast überforderte, sodass er am liebsten von der Bühne verschwunden wäre. Doch der Beifall der „Alten Denker" war der Beweis dafür, dass er hierher gehörte. Auf diesen euphorischen Applaus war er nicht vorbereitet. Die schwarzen Strümpfe rutschen mir beim Laufen herunter. Ich beuge mich runter und ziehe sie wieder hoch. Ich verharre zu gern im gebückten Zustand. Dann mache ich mir den Blickwinkel eines Kindes bewusst. Ich sehe plötzlich in einer anderen Perspektive. Sie wirkt auf mich so hilflos, bis sie langsam entschwindet. Und immer wieder kommt die Vergangenheit auf mich zu, die ich nicht abwehren kann. Sie ist von einer Traurigkeit erfüllt, der ich entkommen möchte. Ich habe dich früher genauso abgelehnt, denn ich gierte nach deinem Schreibstil und deiner Art zu malen. Deine Ernsthaftigkeit ließ mich nicht los. Sie machte dich groß, sie machte dich erwachsen. Ich musste nach oben schauen. Es imponierte meinem Ego so sehr, dass ich dich nicht mehr mochte. Bei deiner Art die Kunst zu sehen, sie zu verstehen, überkam mich ein seltsames Grauen, das ich nicht beschreiben kann. Ich hatte den Eindruck, dass auf deinem Blatt kleine Kinder ihr Unwesen treiben würden.

Ich habe mir dein erstes Gedichtbuch besorgt, um zu verstehen, wie ein Buch gelesen wird. Ich wollte wissen, was du für Worte gebrauchst, wie Lebendigkeit im Text entsteht. Was macht ein poetischer Winter im Hochsommer, der deine Sinne vereist, der das Packeis der Weltmeere bricht? Woher kommt die Kraft deiner Worte, die mich zum armen Bauern machen? Später war ein Teil meiner Gedanken immer noch kühl und ablehnend. Die Gründe waren mir unbekannt. Vielleicht habe ich sie bewusst verdrängt. Unbehaglich, unwohl und überdrüssig habe ich mich gefühlt. Alles brodelte und wagte den Widerstand, der nur alles verschlimmerte. Meine innere Wut verbrannte die Wolken, ich kotzte in ein leeres Bierglas. Schlaflose Nächte habe ich erleben müssen. Ich sah nur Dünenkrater, ohne das Meerwasser. Ich war konfus, unberechenbar, respektlos und nicht loyal zu dir. Die Eckzähne fielen mir einzeln heraus. Es musste was geschehen, um diese wahnsinnigen Illusionen aufzuhalten. Dann war aber alles sichtbar. Auf einer hohen Klippe stand der rettende Leuchtturm, der wie ein Diener des Windes seine Arbeit aufnahm und es mir möglich machte, die verblüffende Karte zu lesen, die ich brauchte, um den

Hafen der Angst zu verlassen. Seine Leuchtkraft funkelte im Nebel. Sie flackerte meine Seele frei. Kurz sah ich die dünne Haut meiner Hände. Raue Stimmbänder durchbrachen die Musik eines Sturms intensiver Wut. Und nun begriff ich, dass nicht das verfaulte Kreuz in mir die Feuchtigkeit anzog, sondern die wilde Brennnessel der Wut. Ich wusste nicht, dass das Jucken meine blutüberströmten Hassperversionen zum Äußersten trieb und dass ich nur den Alarmton in mir hörte. Ich habe dich missachtet und ignoriert. Abfällige Bemerkungen, die keinen Sinn ergaben, musste ich erfinden, um dir wehzutun. So entstanden viele Missverständnisse. Das Ego in mir freute sich darüber, dass du über deine Schreibkunst nichts mehr erzählen wolltest. Mein verletztes Ego wollte siegen und das Lob im Rampenlicht scheinen lassen. Ich wollte dazugehören, ein Künstler in einer großen Galerie gemalter Bilder, der ebenso Beifall und Ehrung erhält. Aber dieser Traum war ein Fiasko, ein Fetzen von belanglosen Gedanken. Ich dachte, wenn ich gelobt und gepriesen werde, bekommt die Zufriedenheit in mir ein Zuhause. Sie war nie zu Hause. Die Unzufriedenheit schlich sich langsam bei mir ein und ich gab auf. Ich war nicht der, der ich sein wollte. – Hoffnungen zerschellten am Hang. Ich musste vor lauter Enttäuschung weinen, um einen klaren Verstand zu bekommen. Es dauerte seine Zeit. Aber dann kam der Tag, als ich den grauen Mantel meiner alten Vorstellungen an den Garderobenhaken im Flur hängte und mich der Idee einer neuen gedanklichen Welt widmete – einer harmonischen Welt. Als ich aber entdeckte, dass hinter diesen Gedanken nichts steht, nichts Greifbares, Fühlbares, da fiel mein Denken ins Chaos. Und das war gut so, denn ich musste begreifen, dass die Welt, die ich sehe, nichts mit mir zu tun hat. Mehr noch! Du hast nichts mit meiner unkontrollierten Wut zu tun, denn ich habe meine Kindheit ja nicht deswegen erlebt, weil du auf der Welt warst. Du hast mir nicht die Schmerzen gebracht, die ich im Kindesalter erfuhr. Ein Rest dieser Schmerzen ist in meinen Erinnerungen verblieben. Mit der Zeit vergaß ich die Schuldigen und suchte nach einer Rechtfertigung, um alles zu entschuldigen. Doch meine Welt braucht die Schuld. Eine Schuld, die alles in sich aufnimmt, um das Unrecht zu erklären, das mir zugestoßen ist. Dabei ist es unwichtig, ob etwas von dieser Schuld übrig bleibt, denn die Mühe einen Schuldigen zu finden war ohnehin verschenkte Zeit. Ich war zu jung, zu unerfahren. Überall habe ich einen Schuldigen gesehen. Manchmal glaubte ich, ihn gefunden zu haben. Ich wollte ihn sogar aufsuchen, damit er mir mein Versagen bestätigt und eine Bestrafung zulässt. Aber sie erfolgte nie. Gott sei Dank. Ich wartete, spürte die Täuschung meiner Sinne und wollte ergründen, was nicht erklärbar war. Ich wollte mir eine Welt erklären, die es gar nicht gab. Ich versuchte den Ahnungslosen zu mimen, der die Unschuld ertränkt. Mein Untergang war gewiss, ich ertrank an meinem selbst gebastelten Mitleid. Schmerzen traten auf. Leblosigkeit markierte mein Denken und lähmte mich. Die Falle schnappte zu, und die übrig gebliebene Neugierde verarmte an der frischen Luft. Die Fenster blieben lange Zeit verschlossen. Schwarze Ziegen zerrissen bei Nacht meine Gedärme. Und dann wurde mir klar, wie unbedeutend ich bin. Meine Gedanken waren bedeutungslos, denn ein widersprüchliches Leben, das sich in Intervallen bewegt, war mit Angst verbunden. Alles wurde belanglos. Nur der Wahnsinn konnte mich noch zum Ende führen. Ein Ende von was? Wieder stand ich vor der Frage, was das alles mit mir zu tun hat und warum du es wissen willst.

Fünfzehn

Das dichte Raster aus vergessenen Erlebnissen stellt meine innere Begeisterung immer wieder auf eine harte Probe. Zum einen ist die erstaunliche Zufriedenheit an manchen Tagen auf der Siegerstraße zu finden, dann aber ist der schwarze Asphalt wieder so heiß, dass ich mit meinen Füßen drin stecken bleibe und nicht von der Stelle komme. Ist das unverfälschte Lachen nur ein Schutz und die Begeisterung nur ein Zweck, um wirklich alles vergessen zu können? Und wenn es mir gelingt, die Kindheit zu vergessen, würde die Angst den so heiß umkämpften Hass endlich aufgeben, der meine Gedanken in Stroh verwandelt?

Ich möchte nicht hochnäsig wirken und ein dominantes Verhalten zeigen. Oh, nein! Dafür ist mir meine innere Stille zu kostbar. Meine Werte haben sich verschoben, Lena. Wie oft habe ich den Zorn wachgerufen? Wie oft habe ich meine Wut auf einen anderen projiziert und mich damit freikaufen wollen? Wie oft dachte ich, dass Chaos eine andere Art von Ordnung sei, der ich mein Leben unterordnen könnte? Schon der Versuch zu schlafwandeln, damit der Tod schneller sichtbar wird, wäre fatal und unsinnig gewesen. Auch wenn ich dem entgegentreten und meine Sturheit vor einem Spiegel zeigen würde, hätte ich keine Möglichkeit, meine Vergangenheit zu leugnen. Diese schwere Last wollte ich stets anderen überlassen. Wichtig war mir nur, dass du in mein Raster passt. Du solltest nach meinen Prinzipien funktionieren und meinen Ratschlägen folgen, die keine Beweise brauchen, was die Wahrheit mit einem macht. Und heute überlege ich, warum mein Ego damals so gehandelt hat. Was für ein Wahnsinn, dich zu etwas aufzufordern, was du gar nicht willst. Lassen wir diesen goldenen Augenblick ruhen! Lass uns den restlichen Waldweg mit etwas mehr Freude gestalten! Lass uns den Eindruck erwecken, dass wir vor niemandem Angst haben! Lass uns den Schachzug beginnen, der den Beweis der Erbärmlichkeit voraussagt. Ich spüre wie entspannt du bist, sehe deine Lippen feuchter werden. Ich habe das unterkühlte Verlangen, mit dir ein Glas Rotwein zu trinken und den Spaziergang in einer warmen Gaststube zu beenden. Es sei denn, du kannst das Gerede von mir nicht mehr hören und möchtest traurig und stumm bleiben. Dabei habe ich dir nur erklärt, wie es mir all die Zeit ergangen ist, als ich den verlorenen Sinn des Lebens wiederfinden wollte. Vielleicht könnte eine Zuneigung in mir entstehen, die meine Einsamkeit verschwinden lässt. Denn gerade diese Einsamkeit war es, die mich belastet hat und nicht zu Atem kommen ließ.

Auf den kupfernen Pflastersteinen, die zu meinem Zuhause wurden, steht geschrieben, dass die verlorenen Bittstellerbriefe nur dann wiedergefunden werden, wenn ich weiß, welcher Brief von mir ist. Es wurde kein Brief gefunden, und so schrieb ich aus der Not heraus selbst einen Brief, der mich befreien sollte. Der Empfänger hieß „Krankheit", er sollte mir mitteilen, was die Zukunft bringt. Ein paar Tage später wurde ich krank und steuerte den Abhang herunter, der fast zu meinem Grab wurde. Ich sah eine weiße Orchidee, die am Kopfende der Grabstelle meinen Namen rief. Ich wusste seit diesem Zeitpunkt, dass sich etwas ändern würde. Was das war, stand in den Sternen, und das erfuhr ich erst am nächsten Tag.

Du trägst neuerdings immer eine Brille? Ein Zeichen der Veränderung und des Alters. Man möchte genauer hinschauen und nicht alles so verschwommen wahrnehmen. Dein Geist mag den Zyklus des Alterns nicht. Man könnte fast meinen, dass die kindlichen Nachahmungen des alltäglichen Spielens bei uns beiden in Vergessenheit geraten sind. Schade, kann ich da nur sagen. Schade, denn diese Lebenslinie einer vergangenen Kindheit geht zum Ursprung eines nicht verarbeiteten Traumes zurück. Und dieser Traum ist das Kernstück einer unerklärbaren Angst, die sich in uns festkrallt.

Wir können den Waldweg hier weitergehen und so tun als wäre es die Straße in einem Schlaraffenland. Wir könnten uns vorstellen, dass wir in diesem Augenblick geboren werden. Wir könnten uns vorstellen, dass dich der Herbst am Morgen mit einem bunt gefärbten Eichelblatt schützt. Wir könnten unsere Gedanken mit grüner Wiese füttern, die eine belanglose Welt wie Zucker kristallisieren lässt, und das ganz langsam, bis der Schmelz auf deiner Zunge vergeht. Deine Stimme wird schriller werden und eine unbekannte Geilheit herbeirufen, um die Menstruationszeit zu verhindern. Wir werden auf eine hohe Mauer klettern, um den Blick auf das Leben nicht zu verlieren.

Wir wollen überleben. Und deshalb gehen wir jeden Tag in den Supermarkt und holen geronnene Butter für die Pilgertour, von der wir nie wieder zurückkehren wollen. – Ach du hast Angst, weil ich der Meinung bin, man kommt nicht mehr zurück, da der Tod auf einen wartet. Ist der Tod eine Gefahr für dich? Lena, der Tod ist unser Partner, unser Busenfreund, denn ohne den Tod ist das Leben nichts. Du würdest nicht mal auf der Welt sein. Komm zu dir und versuche einen klaren Gedanken zu fassen, damit wir endlich die Stadt erreichen. Die Dunkelheit macht mir schon zu schaffen. Ich habe die Dunkelheit nie gemocht, und schon gar nicht, wenn ich den Weg nach Hause nicht kenne. Aber daran erkennst du den Unterschied zwischen uns. Du magst die Nacht und die kühle Luft aus dem Wald. Ich mag nur den klaren Verstand, der mir beschreibt, dass ich fühlen kann, was ich gerade sehe.

Lauf nur, lauf! Lena, deine Schritte gehen sehr schnell über den Abhang. Du tust so, als wäre dieser Weg wirklich nur die Betonpiste einer Autobahn. Mit dir Schritt zu halten mag der jetzigen Situation behilflich sein, aber es ist Vorsicht geboten. Ein Granitstein ist aus kleinen Teilchen geformt und macht deine Sohlen fest und haltbar. Dennoch ist der Abhang ein Gefälle und kennt Gefahren.

Sechszehn

Steine verformen sich im Eis und lassen den nassen Gletscher im Paradies zurück, wo ich selbst zu finden war. Furchterregend sind die Erinnerungen, denn sie zerwühlen meine Träume in der Nacht. Die gestohlene Erleuchtung verbraucht meine Angst, und ich sehe im Nebel ganz vage den fremden Namen in mir. Möge sich das Gedicht der Freude in Johannisbeerenblüten verwandeln! Ich verlasse den kalten Raum, der vor sich hinsiecht und die Fäulnis magisch anzieht. Die Ratten begehen ausgehungert den zerfransten Weg und überrennen mich zornig. Kleine Steine schwimmen in der Flut, und ich drehe den Wasserhahn zu, um nicht ertränkt zu werden.

Was ist geschehen? Wie feinfühlig ist deine Haut, die mich berühren will? Du redest von Gnade, die meine Sucht nach Geltung brechen soll. Du redest von einer Dankbarkeit, die den Missbrauch ersetzt. Du redest von Veränderungen, die ich nicht zu erkennen vermag. Du redest vom Alter und lässt die Zeit ruhen. Welche Macht kann die Gedanken meiner Zukunft reifen lassen? Du hast von Ruhe, Gelassenheit und von verschwommenen Bildern einer Königin gesprochen, die das Leben ohne friedvolle, nachdenkliche und aufopferungsvolle Musik ins schwarze Loch entlässt. Ich nenne es „Schwarzes Ich", aus dem heraus ich seit Jahren meine Welt sehen musste. Es war die schwarze Seuche, die meine Kindheit in Trägheit tauchte. Die Macher haben es genossen und spielten vor der Abfallgrube eine erbärmliche Musik, die ich nie verstand. Sie fragten nicht, wer ich bin. Sie fragten nicht, was ich will. Sie fühlten nicht, was ich fühlte. Sie, die Macher, schnitten meine dünnen Fingernägel und kippten den Kot aus Angst in fremde Betten. Die Fenster ließen sie geschlossen, damit niemand die Schreie hören konnte. Die verbogenen Bettgitter klangen wie weiche Bananenschalen, in denen die Frucht schon vor meiner Geburt verfaulte. Hebammen wühlten in meiner Wunde und rupften an meinen Beinen herum, um mich zu entfernen. Und du willst mir sagen, wie ich die Kunst zu verstehen habe?

Ich renne allein die Straße herunter und suche die Kindergalerie, die mir das Gespür für Farben gab. Die Suche ist ein gefährliches Spiel. Sie ist geprägt von Hass und Erdrosselung. Doch die Macher siegten zu jeder Tageszeit. Sie sprengten das Glück, kifften in alten Ledersesseln und rochen nach altem Schweiß. Jeder Kuss war wie ein Spießroutenlauf auf heißem Asphalt. Die fast erkaltete Lava, mein Freund, verschenkte ich meiner heiß geliebten Einsamkeit. Das Feuer fraß die Ewigkeit. Sie erklomm meinen Frust und heilte nur die Sekunden, nicht aber die Stunden.

Ich kenne den ersten Tag deines Erscheinens, die ersten Minuten auf dem Steg am Hafen. Du, ein Mann, der die Apfelsorten gut kannte, denn sie erstrahlten schon, als der Baum noch in der Blüte stand. Ich ahnte die Sehnsucht in mir. Ich ließ die Asche am Zaun meiner Begierde ruhen. Der Staub meiner Aufregung musste sich legen, um zu wissen, dass die Spur von keinem verwischt werden kann. Ich brauchte die melancholische Fassung, um zu spüren. Ich brauchte die Flut, um meine heißen Tränen zu löschen. Ich sah die entfernten Umarmungen, denen ich all die Jahre folgen musste, um zu überleben. Kein Bild, das ich malte, glich dem, das ich jetzt in mir sehe. Deine Wangen verweilten für kurze Zeit an den Rosenstöcken im Park. Ich sah die Sterne durch das Geäst glitzern. Die Dornen schrieben in der Nacht einen Liebesbrief. Aus Angst verwandelte ich mich in eine Furie – in ein Geschöpf, das am Ende den Todeszug erwartete. Ich suchte die Tunneleinfahrt, weil du mich nicht sehen solltest. Die Scham benetzte meine Augenlider mit Nässe und langsam konnte ich auch wieder lächeln. Ich kämmte mein Haar, sah die leere Bank im Park, sah Schwalben am Himmel und begrüßte die Minuten ohne Angst. Meine Gedanken wurden frei. Nach Jahren konnte ich den Garten Eden berühren, in ihm verweilen. Ich konnte endlich die Rosenstöcke malen, wo die Dornen das Licht erblickten.

Deine Stimme nahm die Einsamkeit an, und du trugst sie einfach fort. Ich vergaß, dass in dir ein männliches Herz schlägt, welches mich neben den Gleisen fahren ließ. Der Zug rollte und der Händedruck öffnete meine Augen. Ich musste umdenken. Ich brachte meine Hände zur Ruhe, als du sagtest: „Schreib einfach! Geh und fang an zu träumen! Hol dir das verlorene Talent. Schenke deinen Ideen einen Sinn! Lass dir von ihm beschreiben, wer ich jetzt bin! Du hast mein Bild in der Seele gesehen. Dein Verlangen hat meine Angst zerstört. Die Berührung war nur kurz. Scheu, aber gewissenhaft hast du die Rechnung ohne mich gemacht. Du hast nichts verlangt, nicht mal einen Wangenkuss – als ob du geahnt hast, was ich für ein Leben hinter mir hatte. Es mag eine Vorsehung gewesen sein oder eine Ahnung, dass ich meinen Verstand in der Zelle 86/12 verlor. Ich habe nie Fragen darüber gestellt, ob die Männlichkeit ein weibliches Ornament braucht, um die Welt zu verstehen. Ich wagte es nicht mal darüber nachzudenken, wie sich eine verschlossene Tür öffnen lässt oder eine Musik des Schweigens neu komponiert werden kann. Nicht einen einzigen Rest meiner inneren Lähmung, mit der ich fest zementiert auf dem Boden lag, habe ich in rote Farbe tunken können. Mit jedem brutalen Fußtritt quollen meine Gedärme auf.

Dann verführte ich mein ausgestoßenes Leben in eine Welt, die nur ich sie sehen durfte. Als der Sturm eines Tages ein neues Hoch erreichte, wurde mir klar, dass ich die Nacht zuvor nur einen Traum gehabt hatte. Ein Traum, der einen Pakt mit dem Wind geschlossen hatte. Es war ein Schwur, der mir sagte, dass ich eines Tages wieder malen würde.

Die Macher hatten alles in mir zerstört. Sie kannten keine Musik, keine Melancholie, keine Freude, kein Benehmen, keine Achtung, keine Reue, nicht mal die Wahrheit der Vernunft – nur gewissenlose Brutalität. Ich glaubte nur an die von mir selbst gepflanzten Kakteen am Rand meiner Sucht nach Frieden. Sie gaben mir Schutz. Sie gaben mir Raum, für meine übrig gebliebene Fantasie. Aber dann kamst du aus dem Nebel, hast mir in die Augen geschaut und gesagt: „Hi, ich bin Lenoel!" Einfach so. Ich entsinne mich, wie mir dieser Name ins Mark ging.

Wie waren deine Worte? „In die Seele entflohen?" Mag sein, dass die Begriffe den gleichen Sinn ergeben, von daher hab Geduld mit mir! Mag auch sein, dass ich deine Zärtlichkeit nicht erkannt habe, aber in deiner Nähe Hoffnung spürte und eine Musik hörte, die ich nachsingen wollte. Doch du weißt nicht, was alles in mir zerbrochen ist. Ich trage seit Jahren die Geheimnisse in meinen Leisten, die mehrmals gebrochen wurden und die Schmerzen hüten. Es war ein Wunder, dass ich meine Kinder überhaupt gebären konnte, die nun leider den erbärmlichen Weg allein gehen müssen, so wie ich ihn gegangen bin. Ich streife ständig das Unglück und suche meine verlorene Heimat. Ich beglücke die Finsterkeit und hänge meine dreckige Wäsche auf. Sie kennt nicht die Reinheit, von der du sprichst. Wir gehen zusammen über die blühende Wiese. Du zeigst mir die Regungslosigkeit in mir und schenkst mir eine fast erblühte Mohnblume. Was für ein Geschenk. Was für ein Moment.

Deine Hände kriechen an die nassen Steine heran und verschmelzen mit deiner Haut. Du kannst die Gardinen öffnen und es wird Licht. Du kannst den Regen in deinen Händen halten und ich beginne zu weinen. Du kannst den Mond belächeln und die Nacht wird zum Tag. Du schenkst mir Leichtigkeit, die anfangs so schwer auf meiner Seele lag. Das graue Leichentuch, das mein Herz zudecken sollte, hast du mit einem kurzen Blick angesehen. Ich sehe es noch vor mir. Deine Bewegungen ließen erahnen, dass die Wellen des Meeres überzuschäumen drohten. Doch dann wuchs die schmale Düne zu einem Strauß gelber Zypressen. Hab Dank!

Ich höre jedem Wort von dir zu. Ich höre aber auch dem Wind zu, der an manchen Tagen die Lupinen auf meinem Fensterbrett erzittern lässt. Dann weiß ich immer, dass die heiß geliebte Einsamkeit sehr nah in mir wohnt. Im Strafvollzug nahm mich die Einsamkeit nur in der Nacht gefangen. Ich horchte auf, wenn ein

Schlüssel brutal ins Schloss einrastete. Die Macher der grünen Wächter blieben lange vor der Zellentür stehen. Weißt du warum? Sie warteten, wann ich meine ungewaschenen Finger in meine Muschi stecken würde, um meiner Einsamkeit zu entfliehen. Doch sie haben vergeblich gewartet.

Als ich in den Abendstunden an der Grenze in Eichsfeld von einem solchen Macher gefasst wurde, hörte ich auf zu denken. Die Handschellen waren fest geschlossen, die Hose zerrissen. Ich hörte auf zu fühlen. Ich wollte nichts mehr sehen, nicht mehr ich sein. Alles in mir starb ab. Die Vereiterung meiner Seele nahm Tag für Tag zu. Ich suchte in Gedanken die leeren Felder ab, rannte durch jede Furche und wagte keinen Pinselstrich auf ein Blatt Papier zu bringen – aus Angst, ich müsste in ein feuchtes Kellerverlies gehen, wo das Elend mit Satan am heiligen Tisch sitzt und Karten spielt. Ich konnte diesen Tisch sehen und habe meine Haut dünner gemacht. Ich habe mir meine Brust abgeschnitten, um der Männlichkeit näher zu kommen. Ich wollte wissen, wie sich ein Schwanz anfühlt, wie die männliche Brust atmet und wie viele Liegestütze vor dem Fick gezählt werden, um ein Macho zu sein. Oder ist der Druck in der männlichen Atmosphäre so stark, dass 30 Liegestütze erforderlich sind, um alle Muskelfasern anzusprechen und die Naturgesetze außer Kraft zu setzen? Ich wollte die männliche Eitelkeit erkunden und die biologische Struktur kennenlernen, die Wut entstehen lässt. Ich wollte in Erfahrung bringen, warum eine kleine feuchte Muschi einen Macher so rasend macht. Ich wollte verstehen, warum die Brutalität in einer heilen Welt solche kriegerischen Aus-

maße annimmt, dass man stundenlang hinter Zellentüren rumliegen muss. Ich wollte verstehen, warum die zarten Schamlippen mit einem langen splittrigen Besenstiel gerieben werden müssen. Es drängt sich mir die Frage auf, warum der brutale Orgasmus eines Machers ganze Himmelsteile gelblich verseucht und meine Geburtsurkunde in Blut taucht. Wo lebt dieser kranke Macher in grüner Uniform eigentlich, wenn die Schwäche ganz nahe beim spielenden Kind ihre Runden dreht?

Die quälenden Fragen hören nie auf die Boote zu vertreiben, die den blanken Hass mit sich führen. Sie geben mir den Laufpass. Sie machen mir bewusst, dass ich die Bäume im Sommer ohne Laub sehe. Das genügt mir aber nicht. Ich würde mich in eine Bakterie, Zelle oder einen Virus verwandeln lassen, damit die hinteren Backenzähne einzeln mit Karies überschwemmt werden und der Zahnschmelz den gesamten Schmerz abbekommt. Ich möchte einmal die Zunge eines Machers sein, die in eine Muschi gleitet und dem Kitzler die ganze Offenbarung mitteilt, um so den wahren Verräter aus sich heraus zu lassen.

Was wäre, wenn der Himmel die Wolken fallen ließe? Wird es dunkel in meinem Herzen oder kann ich das angefangene Buch über den Tod noch zu Ende lesen? Ist die letzte Zeile des Buches für mich bestimmt, die mir die Frage stellt, warum die verrufene Wahrheit sich dort versteckt, wo ich mich gerade nicht befinde. Ist es zu viel verlangt die Autonomie einer weiblichen Kreatur zu respektieren und nachzuschauen, was Demütigung mit Liebe zu tun hat? Oh, nein! Lateinische Vokale kennen nicht die Grenzen der Fantasie eines

Machers. Augenblicke unterliegen dem Zorn. Vandalismus am Körper schürt den Regen. Unreife dient dem Krieg. Und Gewalt ist ein Begriff, dem ich nicht folgen kann. Selbst im alkoholisierten Zustand erzeugt Gewalt in mir nur Unwohlsein und das Gefühl, mich ständig übergeben zu müssen. Gewaltige Codierungen erschufen im Knast eine gewisse Ordnung, die neue Fantasien hervorriefen. Grüne Macher wollten das Wesen begleiten, das im Dunkeln lag. Ein Untier, das von einer perversen Männlichkeit, von einer imposanten Macht und Geilheit geführt wird, kann die Fahnen herunterreißen, weil das Blut sie nicht mehr trägt. Alles war von einer Ideologie der Unwürdigkeit und des selbst gemachten Hasses gegenüber Schwächeren verschmutzt. Das hat nie in der Bibel gestanden. Trotzdem benahmen sie sich wie Götter, die uns misshandelt, deformiert, missachtet und mit Dreck beworfen haben. Die Macher in grüner Uniform, mit einer Pistole im Anschlag, kannten kein Erbarmen. Wir waren keine Menschen, sondern nur Nummern. Und diese Nummern dienten ihrem Stolz.

Ich kann diesen Waldweg mit dir gehen und die Zerwürfnisse erklingen an jedem Ort, wo ein Mann mir seine Nähe anbietet. Sie hören nicht auf. Sie werden in meinen Gedanken weiterhin umhertanzen, ich werde ihnen nicht entkommen. Die Flucht ist nur ein Bruch, ein Stück Pause machen. Das ist die Zeit, in der ich mich orientiere und darüber nachdenke, wie ich die perversen Träume eines grünen Machers mit schwarzer Farbe überstreichen kann. Er darf mich nicht sehen. Ich will auch nicht mehr gesehen werden. Verstehst du? Wenn ein Arzt mich heute in der Klinik fragen würde, warum ich hier bin, würde ich meinen ausgeschiedenen Kot von gestern riechen.

Ja, Lenoel. Ich wollte noch mehr wissen. Ich wollte zu allen Tageszeiten den schmierigen dicken Schwanz in seiner Stellung nachzeichnen – stehend oder schlapp herabhängend. Ich wollte wissen, wie der weiße Saft der Fruchtbarkeit herausquillt, der uns das Leben gibt. Ich wollte sehen, wie der beschissene Orgasmus den Gipfel erstürmt, wann die Eichel meine Feuchtigkeit empfängt und dabei die Musik der Schamlippen entdeckt. Ich wollte die Zunge selbst werden, wollte riechen, wie des Mannes Achseln ihren Duft freigeben. Es sollte ein Moment sein, da ich den fetten Arsch des männlichen Machers sehe, wie er sich auf einen Hocker setzt, um die Gier seiner Opfer besser sehen zu können. Ich ahnte den waghalsigen Traum, der meiner Fantasie für das spätere Schreiben wichtige Ansatzpunkte geben sollte, bevor sich die Zellentür öffnete. Jede verletzende und herabwürdigende Szene wollte ich in meinen Dickdarm einbrennen lassen, damit ich auf der Toilette nicht vergesse, dass die rote Fahne beim Ziehen der Spülung anfängt zu tropfen. Die nie abklingenden Erinnerungen bewahren die letzten Freundesgrüße. Ich brauchte den Schatten.

Nach jedem egozentrischen Fick seitens der grünen Macher wollte ich meinen Stolz nicht in Gefahr bringen. Das Jesuskreuz hatte ich schon lange Zeit verdammt, weil es zuließ, dass meine Muschi zu einer Kloake wurde. Seitdem ich den Hühnergott bei mir hatte, konnte ich wieder pissen gehen. Dabei hörte ich in den früheren Morgenstunden, wenn die Stadt noch im Schlaf lag, hinter der Ge-

fängnismauer die Straßenbahn um die Kurven quietschen. Es war ein Gesang der Neutralität – metallische Berührungen auf Schienen, die mir meine Grenzen deutlich machten. Vier Jahre und sechs Monate gehörte ich dem Schlächter, der die Gitterstäbe mehr liebte als die gefrorene Currywurst im Kühlschrank. Und sag mir bitte nicht, ich wollte von dir nichts mehr wissen. All die perversen Postkarten, die man mir schrieb, waren verfälscht und abgedunkelt. Jede Briefmarke roch nach Urin, und die Ecken der Karten waren gebrochen. – Was für eine Welt ich sehe, fragst du?

Ich kann dich verstehen und danke dir für deine Ehrlichkeit. Ich mochte deinen süßen Arsch, den ich oft auf den Gängen der Klinik gesehen habe. Er wiegte sich leicht nach links und rechts. Du wolltest nicht auffallen. Du kanntest den Weg. Deine belesene Art war bereits in deiner Jugend sichtbar. Du hast die Gabe ernst genommen, die man dir gab. Mein Gott, die vielen Wege eine Straße zu überqueren kannte ich. Mein Weg, so sollte es wohl sein, kreuzte deinen Weg. Deshalb musste ich lernen Vertrauen zu fassen. Du, ein männliches Subjekt, das seinen Schwanz als eine Art Porträtzeichnung wählte, konnte die Geschicklichkeit so raffiniert steuern, dass ein besonderes Gefühl zwischen dir und mir entstand. Die Freiheit zu wählen. Die Freiheit, mich so zu sehen, wie ich wirklich war. Ich spürte den anderen Blick. Ein Blick, der meinen Gedanken folgte, nicht der Gier, die mich nackt vernaschen würde. Natürlich ist das Recht in vielerlei Hinsicht auf deiner Seite geblieben. Selbst das ist eine Art der Selbstdarstellung gefühlter Kunst, die seinen Preis hat. Ich wollte es nicht wahrhaben. Dein langsamer, nicht typisch männlicher Rückzug machte mich neugierig. Ich dachte, dass man ihn durch Sex wieder zurückholen könnte. Ich bin ehrlich, meine erotischen Träume waren immer etwas Besonderes. Sie waren eine Insel meiner gefühlten Gedanken, die endlich nur mir gehörten. Ich küsste deinen Rücken vom Halse bis zur rechten Pobacke. Ich sah das leuchtende Tal deiner Leisten, den leicht ergrauten Haaransatz, der den Duft von Freiheit wiedergab. Wellenartige Gedanken zerstreuten meine verletzte Welt. Doch die Suche unterlag meinem immer wiederkehrenden Chaos, das du ansprachst. Sehnsüchte entfernten sich plötzlich von mir, und ich erlernte das Fortrennen.

Es tut mir leid, dass ich deine Gefühle verletzt habe! Glaub mir, es war nicht bewusst! Der fehlende Schlaf hat meine Ideen zerstört. Ich kann dir nicht sagen, warum ich meiner Mutter nicht verzeihe. Dabei ist es so leicht, den Kampf zu beenden. Aber wo ist mein Gegner, mein Feind? Du sprachst davon, dass die Vergangenheit keinem etwas nutzt. Kann ich verstehen. Nur ist das Wort „Vergangenheit" ein Begriff für viele Dinge. Dinge des Lebens, die einen immer wieder einholen. Ich stehe vor einem Stuhl und sage zu mir, ich möchte mich nicht hinsetzen. Dennoch sitze ich seit Jahren auf dem Stuhl der wiederkehrenden Erinnerungen. Sie haben mich geprägt. Sie gingen ohne meine Zustimmung in die Tiefe meiner Seele und rasten in meiner Verzweiflung umher. Sie redeten in einer Sprache, die ich nicht verstand. Der Sinn fehlte. Ich spürte nur das harte Metall. – Wie waren deine Worte? „Die Straßenbahn biegt gerade ab und das Eisen reibt auf den Schienen? Es entstehen Funken? Kein Macher zu sehen. Wie schön!"

Bedenke aber, ich war vier Jahre und sechs Monate im Knast. Das Leben war in den siebziger Jahren schon durcheinander geraten. Die Gymnasialzeit stellte mich auf eine harte Probe. Da gab es keine offenen Türen, wo ich entfliehen konnte. Da gab es keine Fluchtmöglichkeit, um dem Druck zu entweichen. Ich stand unter ständiger Beobachtung. Die Türen waren alle verschlossen. Überall waren auf Leinentüchern Hammer und Sichel aufgedruckt. Die Partei und die sozialistischen Barbiere handelten mit verfaulten Kartoffeln, und ich musste, weil ich nicht in der Partei war, die fettigen Türrahmen in der Schule abseifen. Tagelang ging das so. Ich wäre zu dumm, um zu wissen, was ein Studium kosten würde? Ich musste dem trotzen. Ich musste widersprechen. Mutter hatte es mir beigebracht. – Ich weiß noch, wie sie vor der Stafette stand und die ersten Linien mit dem Bleistift zeichnete. Das Aquarellpapier wollte sich dehnen. Es roch nach Klarapfel, der neben ihrem Bastkorb auf einem Rondell lag. Ich sehe den Klarapfel sehr deutlich vor mir. Sein Aroma schweifte durch den langen Flur. Ich spielte auf dem Fußboden, doch keiner sah mich. Mein Weinen wurde überhört. Mutter malte weiter. Und dann sah ich auf einem Schemel liegend ein kleines Obstschälmesser. Die Schneidefläche blinkte in der Sonne, und meine Neugierde wurde geweckt. Ich habe die Gefahr nicht gesehen. Ich fuchtelte mit dem Messer herum und plötzlich bohrte sich die Schneidefläche in meinen rechten Oberschenkel. Ich sah die Schichten meiner Haut. Ein Querschnitt meines Lebens, wie die Jahresringe eines Baumes. Mutter war gedanklich weit weg. Sie spielte mit ihrer Fantasie und tauchte den Farbpinsel in dunkel-

braune Farbe. Kreise entstanden. Die nassen Formen leuchteten zu mir herüber. Ihre Zigarette glühte auf. Asche fiel herunter. Eine versunkene Idylle machte sich im Atelier breit. Leise hörte ich die Pinselstriche über das Papier streichen. Zugluft war zu spüren. Die langen Fenstergardinen fächelten um meinen Körper herum und hüllten mich behutsam ein. Ich war in Sicherheit. Ich konnte gehen, alles zurück lassen. Ich weiß nur noch, wie mein Oberschenkel warm wurde. Mein Blut strömte aus mir heraus. Es war eine Wonne zuzuschauen, wie mit jedem Herzschlag das Böse aus mir heraus wich. Das geblümte Chaos katapultierte mich über eine grüne Wiese und die Stille kam zu mir. Es war, als würde ich im Paradies ankommen und den Zwang loswerden. Dieses alte Bild ist in mir übrig geblieben. Nie wieder war das Verlangen so groß, mich davon zu befreien. Das aufgeklappte Messer blinkte in der Sonne, und es durchbrach mein Schweigen. Es war so schön.

Siebzehn

Ich kann die Mütter, die in meiner Straße wohnen, nicht auffordern in die Vergangenheit ihrer Kinder zu schauen, damit sie feststellen, was mit ihnen geschehen ist. Sie werden daher auch nicht den Märtyrer finden, der bereits alles verloren hat. Aber ich werde ihnen sagen, dass die Charaktere in uns allen verschieden sind. Jedes Verhaltensmuster analysiert unter einem anderen Deckmantel, was die Seele in einem verwandelt. Wenn man lustige Parodien besitzt, ist man dem fließenden Brunnen nahe. Stilles Benehmen will den Novembernebel für sich genießen. Und was kann dazwischen liegen, um nicht den Spiegel der Genugtuung zu verändern? Wann und zu welchem Zeitpunkt ist die Frage berechtigt, was richtig oder falsch ist? „Alte Denker" halten beide Seiten für richtig. Sie korrigieren den rechten Teil und wissen nur zu gut, dass die falschen Ideen keine Zukunft haben, weil sie im linken Bereich bereits brachliegen.

Wir beide unterscheiden uns im Geschlecht und im Alter. Diese Jahreszeit ist kühl und in Weiß gehalten. Sie mag das grüne Kleid nicht und rodet das wilde Ufer, um Platz zu schaffen und ein Ankommen nicht möglich zu machen. Also, was ist daran so schlimm, wenn wir die „Alten Denker" wären und aufgeben würden? Nur ein kleines Wesen im großen Universum, das der Windrichtungen nicht standhält, könnte die Demut überholen. Schon eine kleine Brise würde ausreichen, uns der eigentlichen Sprache zu berauben und uns in blinde Hunde zu verwandeln. Und wenn wir beide ehrlich sind: Ein Schlaraffenland war es nie. Dieser Traum ist in dir schon lange ausgeträumt.

Ja, es sind die alten vereiterten Skizzen in dir, die es zulassen, dass deine Illusionen für das Neue absterben. Sie müssen ja absterben, weil deine innere Kraft es nicht zulässt, den Toilettendeckel hochzuheben und alles wegzuspülen, was dir nicht gut tut. Mag sein, dass der Weg zurück in die Stadt etwas zu lange dauert. Vielleich haben wir uns verirrt und einen Abzweig zu früh oder zu spät genommen. Mir schmerzen jetzt ein bisschen die Füße, und dabei muss ich an meine letzte weite Wanderung in Tirol denken. Neue Wanderschuhe hatte ich mir angezogen: dicke Sohlen, schwarzes gutes Schuhleder, gutes Design. Und doch wurden meine Füße wund. Mein rechter kleiner Zeh scheuerte sich auf. Er begann zu bluten, und ich konnte nicht mit diesen Schuhen laufen. Was blieb mir übrig? Ich musste sie ausziehen. Vorsichtig berührte ich mit meinen nackten Füßen das Gestein. Ich verfing mich in einer Empfindlichkeitsneurose, in der ich das wahre Leben spürte. Das Gestein war so erfrischend. Meine Beine federten nach. Hüpfend nahm ich plötzlich meine Welt wahr. Jeder Grashalm streichelte mich an den

Waden – und stell dir vor, ich dachte immer, ich sei nie zuvor am Leben gewesen, als würde mich ein dicker Mantel all die Jahre erdrosselt haben. Ich bekam eigentlich nie richtig Luft. Und dieser Sauerstoff in Tirol war einfach herrlich. Ohne dem konnte ich keine Sehnsucht malen. Deshalb ist der Bogen Aquarellpapier immer unversehrt geblieben. Doch plötzlich roch ich den Tannenzweig, der mein Gesicht streifte. Meine Füße rutschten den Abhang herunter, sodass meine Hose sich mit feuchter Erde tränkte. Ich wühlte in einer Pfütze herum und nahm diese nasse Erde in den Mund. Sie roch und schmeckte nach Leben. Ich spürte, dass ich hier im Wald die Einsamkeit liebte.

Ich konnte die Ereignisse in meiner Kindheit nie richtig wahrnehmen. Keine Inspiration erfrischte meinen Geist, dem nie ein Lachen aber immer ein Weinen beigemengt wurde. Ich habe die Unvernunft geliebt und in den Abendstunden den Fernseher angebrüllt, weil er nicht freiwillig die Sendeplätze hergab. Er rief Reklame auf und sprach mit mir in einer Sprache, die ich nicht verstand. Jedes Ausblenden war ein bedeutsames Charisma meiner eigenen Unterwürfigkeit, die ich jahrelang erduldet habe als wäre ich eine leere Puppe, die keine Jacke trug. Ich fror im Sommer und wurde im regnerischen Herbst nicht nass. Ich wollte nie wieder diese Schuhe anziehen, so sehr liebte ich plötzlich das Gefühl des Lebens.

Schau dich an! Was kann uns hier passieren? Der Wald wird uns alles geben. Der Wind verschenkt sein Wort. Die endlose Feuchte von altem Holz wird uns den Weg zeigen. Du wirst die Angst nicht mehr verteilen, um aufrecht laufen zu können. Welche Verzweiflung würden wir hier im Tal vorfinden, die uns die Haut herunterreißt? Ist dein früherer Lebensweg noch begehbar und sind die Blumen am Wegesrand schon so verwelkt, dass du dich nicht selbst berühren kannst? Hast du nicht ahnen können, dass dein Wissen sich verändert und deine Vernunft den Morgen begrüßt, um dich zu retten? Veränderung sucht ihren Weg. Ich fühle, dass die Zeit nicht mehr existiert. Sie war nie da. Du gehst den Dingen, die beweisen würden, dass du verloren bist, einfach aus dem Weg. Wie dumm bist du?

Ich bin zu dir gefahren, um eine Reise zu beenden, die eigentlich noch gar nicht begonnen hatte. Meine Reise sollte dort beginnen, wo die Zerwürfnisse enden. Zerwürfnisse, die ich in dir sah, die dich regelrecht hingerichtet haben, die dich an einer nackten Mauer ablichteten, um unbemerkt davon zu kommen. Du stehst unter einem Galgen und wartest darauf, dass ein Henker kommt, der dein Leben beendet.

Deine Vergangenheit mag bitter gewesen sein, aber ist sie es wirklich wert, die Gleise der Einsamkeit ohne den Bahnhof zu bauen? Deine Lebensstationen sprengen all deine Ideen auseinander und gehen dorthin, wo sie nichts erreichen. Und gerade diese Ideen mögen die Bitterkeit, die aus der Sucht ihre Zeichen setzt. Sie wandern ab und besuchen die dunklen Schächte deiner Vergangenheit. Bitterkeit ist eine dünne Perlenschnur, die deinen Hals eng umschlingt. Ihre Perlen werden eines Tages größer, denn sie wollen den lackierten Groll, der in deinem Nacken sitzt, für sich in Anspruch nehmen.

Sie wollen wie Gold glänzen und dabei das Licht meiden. Soll doch der abgerissene Zaun, der dein Leben eingeschränkt hat, wieder von einem männlichen Denker aufgerichtet werden! Für deine innere Balance im künstlerischen Denken wäre das wichtig. Jedes Spiel mit der Katze wird einmal enden, da sich die Mäuse in ihren Erdlöchern verkriechen und abwarten, bis die Luft wieder rein ist. Und das kann andauern.

Es wird sicher eine gute Zeit mit dir werden. Ja, die zwei Sekunden müssten ausreichen, um zu erfahren, wie deine Beherrschung den Tag beruhigt. Doch unterlasse ich es darüber nachzudenken, wie du bei dieser Überforderung ausrastest, nur weil deine Angst das Sagen hat. Wir sehen im dunklen Tal die brennenden Lichter der Häuser. Dein Schritt wird langsamer, und dein Vertrauen könnte wachsen, wenn nicht deine Ängste dir im Hintergrund zu schaffen machen würden. Sie könnten die friedliche Atmosphäre zwischen uns in zwei Sekunden verändern.

Stell dir doch vor, ich würde dich in der Dunkelheit an deinen dünnen Armen packen und an einen Baum binden! Habe ich beim Verlassen des Cafés nicht ein leichtes Zögern in deinen Beinen gespürt? Du warst dir nicht ganz klar, ob du mit mir einen Waldspaziergang machen sollst oder nicht. Dein Zögern wäre berechtigt gewesen, denn wir haben uns beide lange Zeit nicht mehr gesehen. Vielleicht bin ich ein anderer Mann geworden und töte aus Jux und Tollerei weibliche Trophäen mit langen, dunklen Röcken? Vielleicht bin ich eine sexgierige Bestie, die Jagd auf weibliche Hochhäuser macht, um den Schamberg im Treppenflur zu erklimmen?

Ich sehe noch das Bild in mir, als wir die Stadt verließen und der Wald sich vor uns öffnete. Zuerst kam eine Wiese mit Kühen und Kälbern, ein vertrautes Bild. Deine Schritte waren immer noch zögernd. Wurde das nicht anders, als ich dir meinen linken Arm anbot? Vielleicht hätte ich mich ja doch in eine Sexhyäne verwandelt, um dich zu missbrauchen. Der männliche Denker – ein automatisch gesteuerter Macher, der nur das eine möchte? Na, das wäre doch was! Sex und die Muschi riechen. Vielleicht würde ich deinen überaus süßen Arsch berühren, meine Zunge hineinstecken und dich fragen, ob du noch mehr willst. Meine geile Zunge würde ich auf den Plan rufen und deinen entzückenden Rücken damit massieren, bis deine Geilheit kommt und dich feucht macht. Na, sind das nicht schöne Gedanken, die ich mit dir teilen möchte? Welche Sicherheit hast du, dass dein Vertrauen zu mir hier im Wald beständig ist?

Ich dachte immer, dass jeder männliche Denker Brutalitätsstrukturen beherrscht, um das schwache Geschlecht auszuhöhlen, auszubeuten, leer zu machen, ihr die Würde zu entreißen. Sag mir bitte: Was sind das für seltsame Herrlichkeiten, die dich dazu veranlassen mir zu vertrauen!? Ist es meine Naivität, die ich dir gerade kundtue, oder ist es die Windstille hier im Wald, die den Frieden für dich bereithält? Jetzt kommt ein Zögern auf und deine Schritte werden wieder schneller. Deine Seele hört gut zu. Wahnvorstellungen machen sich breit. Schweißperlen sind auf deiner Stirn zu sehen, trotz der Kühle hier im Wald. Was ist geschehen? Sind deine Gedanken wieder an dem Ort, wo deine Zellentür verschlossen wurde und der mächtige Macher dich missbraucht hat? Fühlst du deine Hände verkrallt in seinem verschwitzten Rücken, weil dich der Schmerz ereilt, wenn er seinen widerlichen Schwanz in dich stößt? Ist es das, was dir Angst macht? Oder ist es meine Nähe? Sprich darüber!

Achtzehn

Nein, die Erinnerungen verwalten meine vergangenen Bilder, und wenn es nach mir ginge, sollten diese Erinnerungen in den vielen Fotoalben bleiben. Ich habe die nassen Blutspuren, die mir immer wieder die perversen Bilder vor Augen führten, hinter mir gelassen. Was weißt du schon, wie es mir innerlich erging? Genügt es nicht, dass die weiblichen Miniaturen, die eine Gefahr nur erspüren, statt auf die andere Straßenseite zu gehen, ihren Lippenstift benutzen dürfen? Was sind die wahren Motive eines widerlichen Machers, um Macht zu bekommen, sodass man das Gefühl hat, man wäre auf ewig als schwaches Glied in die Gesellschaft hineingeboren? Schenk mir ein Schachspiel, wo die Damen an der Macht sind. Zeichne mir die Felder auf, die ich mit meinen Gefühlen berühren kann, ohne von einem Bauern bedrängt zu werden. Vergib mir in diesem Spiel die Meinung, ich könne jedem König dienen, der mich begehrt. Lass mich die Spielregeln einfordern! Biete mir ein Schachspiel an, bei dem ich weiß, was Liebe ist.

Achtest du nicht mehr auf die Markierung der dir zugewiesenen Grenzlinie, die du zu keiner Zeit übertreten darfst, oder ist der friedliche Kriechgang ab heute beendet, der mir Sicherheit gab, keine Angst mehr haben zu müssen, wenn ein ekelerregender Macher neben mir steht? Komm lass uns spielen, lass die Hose runter, sodass ich weiß, wer du bist. Öffne dein Hemd, damit ich die bittere Armut sehe, die du angeblich dein ganzes Leben mit dir herumträgst. Höre endlich auf zu bluffen und nimm den Springer, der meinen Bauer bedroht. Ich brauche diese Bedrohung. Die Not, um die Abwehr zu lieben. Ich brauche die Not und muss das erbärmliche Getue von falsch verstandenem Mitleid erklimmen, als wäre der Schamberg nur eine Schaumkrone. Ich brauche kein Licht, um deine Hand zu sehen. Ich kann mich einkoten und stinken wie ein entflohener Kojote, der die Berge in der Kindheit verfehlt hat, oder das Gefühl, wie Urin aus einem Eimer schmeckt, aus dem seit Tagen nicht mehr getrunken wurde. Muss doch etwas Besonderes gewesen sein, geschmeidige Schamlippen in den Mund zu nehmen, die den König im schwarzen Feld berechtigt lebenslang daran zu nippen? Oder liege ich wieder falsch, wenn ich schreibe, dass ich diesen Fick nicht will? Wird mir als Frau wieder das Recht aberkannt zu fühlen? Soll ich lieber einen Schwanz in den Mund nehmen, der wie eine Ananas schmeckt, oder einen ungewaschenen Schwanz?

Mit vielen Überraschungen lassen sich diese vergangenen Pornoszenen geschmacksvoll nacherzählen. Paradiesische Zustände werden darin geschildert. Es sind Sagen und Mythen aus einer vergangenen Welt, Geschichten die Jahre zurückliegen. Und sie sitzen immer noch am Tisch, die gierigen, widerlichen Macher. Sie sitzen vor ihren gefüllten Bierhumpen und erzählen sich, wie ein aufgezwungener Liebesakt geschah. Sie bekommen mit der Zeit Sicherheit und belohnen sich mit einem Lachen, weil sie das Gefühl haben, das schwache Geschlecht zu beschützen. Stolz klopfen sie sich die männlichen Schultern und denken, dass dies mit einer Krone besiegelt werden muss. Dabei sind ihre Köpfe nur mit dem Abfall von Wollust und ausgedroschener Gier gefüllt, was ihre Haare absterben lässt. Wäre es für dich wichtig, wenn ich erwähne, wie die weiblichen Insassen im Zellentrakt vernascht wurden, oder darf ich das Bier noch in Ruhe austrinken? Ich kann auch hier die neunundsiebzig Thesen an deine Tür anschlagen, um zu beweisen, wie man heute mit der Wahrheit umgeht. Um Gottes willen! Was hat die weibliche Majestät mit der inneren Stärke zu tun, die es wagt den Turm zu wählen, um deinen Springer zu bedrohen? Ich strotze vor Wut. Ich kann die knarrende Zellentür heute noch exakt nachzeichnen. Entreiße mir den Bleistift, damit meine Gedanken aufhören die Brandherde in mir wieder auflodern zu lassen! Es war mir schon damals klar, dass du, und gerade du, diese heiligen, ungetrübten, erleuchtenden Wegweisungen mit mir teilst. Ich mochte es, deiner tiefen, rauchigen Stimme zuzuhören. Ich mochte es, wie deine erblassten Erinnerungen an unserem Kaffeetisch das Elend nachspielten und letztendlich auch dich befreiten.

Ja, ich konnte das Bild meiner Mutter nie richtig wahrnehmen, die rasende Fahrt nicht drosseln. Es fehlte mir die innere Ruhe. Es fehlte mir der Abstand Dinge zu betrachten, die keine Wut kannten. Du fragst, woher das Vertrauen kam, doch mit dir in den Wald zu gehen. Kannst du dir die Frage nicht selbst beantworten? Wir spielen seit gut einer Stunde Schach, mein Springer droht deinem Bauer und du fragst, wieso ich denke, dass in dir ein brutaler Macher steckt, der nur meine alte Muschi sehen möchte. Rette deinen rechten Bauer erst mal, bevor du an andere Dinge denkst! Überlege dir gut, welchen Zug du machen möchtest, der dich daran hindert, mir zu trauen. Ja, mir zu trauen.

Ja, das wäre die Frage, die hier gestellt werden müsste. Wir sollten die Schachfiguren nicht unterschätzen, die uns die Dramatik unserer Leben rauben. Ich brauche das Vertrauen und die enge Verbundenheit. Und diese Verbundenheit könnte dazu führen, dem männlichen Denker die Hand zu reichen. – Darf ich das zulassen? Diese Frage kann dich unberührt lassen, denn sie ist weit von dir entfernt. Du bist aus einem anderen Holz geschnitzt. Du wirkst überfordert, ich will dieses Schachspiel gewinnen. Und ich kann nur vermuten, warum du nicht gewillt bist, das Spiel zu gewinnen. Doch wir haben bereits damit begonnen. Ich vermute, dass in dir eine Balance lebt, die dir sagt: Ich kann nachgeben, ich kann etwas geben. Ich könnte einen Schritt zurücktreten, weil es dir nicht wichtig ist, wer von uns beiden siegt. Und weil dem nicht so ist, kannst du diese beschissene Welt auch ganz anders ertragen. Verdammte Scheiße! Du kannst diese verseuchte Welt anders definieren, dich auf das Podium stellen und den Pfarrer spielen, der von Religion eigentlich keine Ahnung hat.

Der Drang einen erhabenen König darzustellen macht es dir möglich deinen Springer zu opfern. Du willst daraus lernen, welchen Schachzug ich künftig tätige. Du bist ein raffinierter Geselle, der aus Verzicht Gold machen will. Ich ziehe den Hut vor dir, schon wegen deiner Kunstansichten. Du hast sicher recht, dass, wenn ich eine Galerie eröffne, die Dummen auf der linken und die Gescheiten auf der rechten Seite sitzen. Und dann werde ich auch feststellen, dass auf der rechten Seite nur einer steht, der die Dinge versucht zu enträtseln. Welch ein genialer Zug, den du dir da ausgedacht hast. Ich habe eben verstanden, dass Literaturpreise oder goldene Trophäen, die mir die Liebe nicht wiedergeben können, unwichtig sind. Sie sind nur ein Ersatz dafür, dass ich nicht allein auf der Bühne stehe. Dennoch bin ich allein und muss zusehen, wie ich meine Angst unter Kontrolle bekomme. Sie mahnt mich und hat eine eigenständige Sprache, die du nicht hörst, aber wahrscheinlich spürst.

Weißt du, dass es in mir Momente gab, wo ich alles hinwerfen wollte? Du kannst deinen Schachzug machen, egal welchen Bauer du ziehst oder mit welchem Springer du eine Drohgebärde machst. Du wirst deinen Schachzug aus dem Gefühl heraus machen, ohne zu wissen, welche Folgen es haben könnte. Ich aber bin eine Denkerin und übe in Gedanken die zukünftigen Schachzüge im Voraus. Ich versuche alles unter Kontrolle zu halten, um keinen Fehler zuzulassen.

Aber das gelingt mir nicht immer. Und warum nicht? Weil ich eine erbärmliche Kreatur auf Erden bin, die nie wirklich ein Ziel sah. Mein Studium habe ich einfach hingeschmissen. Meinen Fotolehrgang habe ich nur verpennt. Meinen Abschluss auf der Realschule habe ich vermasselt, weil ich besoffen zur Prüfung gekommen bin. Und heute, wo stehe ich heute? Ich bin in einer gottverdammten Klinik gelandet und muss mir sagen lassen, dass mit mir etwas nicht in Ordnung ist. Ich sei überfordert, hätte die Grenzen nicht erkannt, habe mir zu viel zugemutet. Ich hätte mal Nein sagen sollen, meinte mein Therapeut zu mir und lächelte dabei. Männlich ist er. Seine rechte Hand lag nahe beim Sack. Er grinste mich frech an und zog mich in Gedanken nackt aus. Er versuchte eine Brücke zu mir aufzubauen, wollte Vertrauen schaffen. Er fragte mich, ob ich Tee oder Kaffee mag, wann ich zum letzten Mal die Tage bekommen habe und ob ich mich regelmäßig waschen würde. Diese alte Drecksau ist Therapeut geworden, um sich an die verletzten Seelen heranzumachen und schließlich zu sagen, dass ich mir alles nur einbilde. Eine Einbildung, die sich im Laufe der Jahre verfestigt hätte. Er wäre aber guter Hoffnung, dass ich die Klinik arbeitsfähig verlassen würde. Dabei war es gerade mal der erste Aufnahmetag.

Mein ganzes Leben habe ich gearbeitet. Ich kann froh sein, meine Keramikausbildung im vorigen Jahr erfolgreich abgeschlossen zu haben. Das war eine harte Zeit, die ich durchmachen musste. – Du brauchst jetzt den Läufer nicht berühren, denn ich werde dir meine Dame in den Weg stellen, damit du verzweifelst und deine Gedanken in den Schatten stellst. Du darfst das Spiel nicht so leicht auf die Schulter nehmen.

Sechs Jahre war ich im Ausland und wollte den Knast mit seiner DDR-Geschichte hinter mir lassen, unbedingt. 1989 kam die Wende, und ich bekam meine Tochter erst 1992 zu sehen. Sie war schon 13 Jahre alt und lebte mit ihrem Vater in Bogota. Dort habe ich meinen Mann wieder entdeckt, der durch das Ministerium für Kultur das Glück hatte die DDR 1985 legal zu verlassen. Seine Aufenthaltsdauer war für 3 Jahre genehmigt worden. Kurz vor seiner Abreise nach Bogota wurde unsere Scheidung innerhalb eines Tages unter DDR-Recht vollzogen. Ich war ja ein Verräter und musste in den Knast, weil meine Flucht Anfang 85 misslang. Juli 1985 wurde ich dann verurteilt. Im August 1985 war meine

Scheidung und drei Wochen vor Weihnachten reiste der Rest meiner Familie nach Bogota. Die Zeit danach war einsam. Ich heftete kleine Zettel an die Kalkwand, um in meiner Zelle das Gefühl zu haben wieder heil rauszukommen. Die Zettel nahm man mir weg. So war auch die Zeit verschwunden, bis ich einen Stahlnagel in der Scheuerleiste entdeckte. Unzählige Striche konnte ich mit dem Stahlnagel in die Wand ritzen. Jeder Strich ein Tag. Jede Träne verschwand darin. Jeder Tag war ein verlorenes Gut. Nur die Hölle konnte mich noch entdecken, nur die Hölle.

Ich glaube du bist dran? Du solltest gut überlegen, welchen Zug du machst. Das Schachfeld ist bereits von wilden Disteln und Kakteen zugewachsen. Keine Silbe ist über deine Lippen gekommen, warum ich ein Opfer wurde. – Ich sehe dein Erstaunen. Hast du gedacht, ich hätte meine Sprache verloren? Hast du angenommen, ich wüsste nicht mein Leben anzupacken? Was ist mit dir, du seltsamer, melancholischer, sensibler männlicher Denker? Nun stehst du vor mir. Du wolltest mich sehen. Was für ein Glück ich habe. Du kommst einfach zu mir in die Klinik, um mich von einer anstrengenden, belanglosen Welt zu erlösen. Was ist in dich gefahren, dass gerade du mich besuchen kommst und nicht die anderen verletzten Seelen im Kloster? Ich gebe zu, dass ich dich von Anfang an mochte. Jedes Gespräch mit dir ist mir lange Zeit im Gedächtnis geblieben. Du hast für mich kleine Insel geschaffen. Brücken hast du in deinem Arbeitszimmer gezeichnet, und ich durfte sehen, wie sie entstanden. Du hast mich angenommen, und wir aßen Äpfel und Bananen im kühlen Wohnzimmer. Im Hintergrund lief leise

Musik, die von Liebe sang. Ich hörte zu und nahm den Wind auf deinem Balkon war. Er war so erfrischend und lebhaft. Und dann konnte ich schreiben. Du hast es zugelassen. Zwei Seiten, neun Seiten, vierzehn Seiten – bis tief in die Nacht hinein. Die Wörter sprudelten aus mir heraus.

Aber auch die Einsamkeit tropfte an mir herunter. Erst da spürte ich, dass ich mit einem Mann in einer Wohnung allein war. Nach Stunden wurde mir bewusst, dass du mich nicht einmal berührt hast. Du gabst mir die Butter fürs Brot. Dein Handtuch berührte meine Hand. Aus deiner Kaffeetasse durfte ich trinken. Und der von dir benutzte Farbpinsel besaß deine Wärme, die ich spüren wollte. Meine Gedanken trieben fort. Deine Stimme bebte in mir, du hast Poesie entfacht. Eine Poesie, die ich noch empfinden durfte. Du hast den Winter beschrieben, der einem Sommer glich. Deine Blumen sind nie verblüht. Sie keimten aus jedem Trieb. Dein Antlitz gab mir Sicherheit. Du hast eine Sehnsucht in mir geweckt, die ich verloren glaubte. Und jetzt stehen wir am Waldrand und du willst mir Angst machen, die bei dir vor Jahren längst verloren war. Das ist Ironie, die dir nicht gut zu Gesicht steht. Du bist ein Träumer, ein Halunke, der seine Straßen gern selbst zupflastert, um darauf gut gehen zu können.

Woher kommst du so plötzlich, wo ich doch die Pforte im Gartenparadies verschlossen hatte? Warum sind wir uns an der Steintreppe am Abhang begegnet? Im Halbdunkel sah ich den Umriss deines Körpers und spürte im gleichen Moment keine Angst mehr. Nun sitzen wir auf einer Bank und sehen still den Mond an.

Alles ist möglich. Alles verschwindet, und ich suche plötzlich meine Vergangenheit, meine Zeit im Knast, den Bruch mit dem Licht, die Flucht aus der DDR. Alles ist nun weich, ohne Last.

Neunzehn

Es war ein trüber Tag, wir saßen in gemütlicher Runde im Arbeitszimmer. Wir sprachen über Literatur und über diverse Schriftsteller, die eine Begabung hätten. Aber auch über solche, die überhaupt nicht schreiben dürften, weil sie es nicht können. Ja, sie dürften gar nicht schreiben, deiner Meinung nach. In dieser sehr wichtigen Betonung lag viel Zorn. Du hast jene, die irgendein Buch auf den Markt bringen, als dumm bezeichnet. Sie haben keine Ahnung von Literatur. Sie könnten nicht schreiben und es wäre eine Schande, dass solche Bücher überhaupt für den Markt zugelassen würden. Jeder dumme Bundesbürger schreibt ein Buch. Und das hatte mich umgehauen. Nur weil „Alte Denker" Bücher schreiben oder der Malerei, dem Kochen und Lesen frönen oder gern wandern und Städte besuchen, kann man sie nicht über einen Kamm scheren und als dumm bezeichnen.

Nun, es gab auch für mich Zeiten, wo es mir nicht gut ging. Bei allem wurde ich aggressiv und lehnte viele Dinge einfach ab. Aber ich wollte dem entgegentreten und einen anderen Weg finden. Diesen fand ich im Schreiben. Es half mir, die Dinge anders zu sehen. Die Wut flachte ab beim Schreiben. Ich musste in mich gehen, wenn ich was beschreiben wollte. Das fällt mir heute noch schwer. Mit guten Formulierungen Szenen und Erlebnisse zu beschreiben, das war schon immer mein Ziel. Aber leider gehen auch heute noch viele Sätze daneben. Durch Gewalt und Angst in der Schulzeit und den vielen Verletzungen im Leben wurde mein Sprachgedächtnis rigoros zerstört. Im Deutschunterricht hatte ich stets die Note Fünf, und ich wurde dafür noch gehänselt. Der innere Drang zum Schreiben ist aber geblieben. Meine Eltern haben viele meiner Geschichten einfach entsorgt. Jahre später (ich konnte das Schreiben nicht lassen) verfasste ich in periodischen Abständen neue Texte und verbrannte sie gleich wieder. Das war wohl, als du mir das erste Mal gesagt hast, dass die „Alten Denker" dumme Schriftsteller wären. Ich fühlte mich ebenso. In jeder Ecke hatte ich ein Blatt liegen, wo ich kleine Anekdoten von mir aufgeschrieben hatte. Ich fand sie plötzlich schrecklich und naiv geschrieben. Ich fand keinen wirklichen Inhalt mehr in den Texten, denn ich versuchte darin eine Sehnsucht zu beschreiben, die nur nach Salz schmeckte. In den Texten war keine Würze, sie lasen sich kitschig. Deine Worte wirkten Tage später noch nach. Ich fand mich so schlecht, dass ich es nicht mehr wagte, etwas zu schreiben, nicht einmal einen Einkaufszettel.

Viele Wochen lang habe ich das Schreiben sein lassen. Die dominante Sprache aus deinem Mund traf meinen gebeutelten Stolz. Alles brach in mir entzwei. Ich spuckte Blut, und die Übelkeit wagte am Tag ein böses Spiel mit mir. Dann aber ließ ich nicht mehr zu, dass andere „Alte Denker" über mich herrschten, nur weil ich schreiben wollte. Ich musste mich entscheiden: schreiben oder einem anderen gehören, der es nicht gut mit mir meint. Deine abwertenden Gedanken waren nicht der eigentliche Grund so zu denken, sondern deine für dich getroffene Ablehnung zum Schreiben. Deine abwertende Haltung gegenüber anderen mag zwar ein Schutz für dich sein, aber das war es auch schon. Durch deine Kränkung entfachst du bei anderen auch nur Ablehnung und machst dich zum Gespött, wie Till Eulenspiegel.

Ich sehe die aufgedunsenen Hostessen, die auf deinem Hinterhof den eigenwilligen Hexentanz aufführen. Sie schauen mit ihren schmalen Augen scharf durch meinen Leib hindurch.

Du konntest nicht deine beschissene Misere überblicken. Es war für dich nicht wichtig, den gut durchdachten poetischen Text eines anderen „Alten Denkers" zu lesen. Du warst gar nicht gewillt einem anderen „Alten Denker" dein Verständnis entgegen zu bringen und ihm zuzuhören. Du hast nicht geahnt, dass manche Schreiber einen tiefgründigeren Text verfassen können. Davon wolltest du nichts wissen. Du wolltest dich nicht aufs Glatteis begeben, deshalb war das Ablehnen, das Ignorieren für dich Gesetz. Und genau hier liegt der Hund begraben, der dein Drama zu einem Vulkan werden lässt. Deine

Grenzen sind starr, hart markiert. Vergrößerst du den Abstand, verblasst die Freundlichkeit zusehens. Das Fundament unter deinen Füßen ist brüchig, obwohl du weiterhin behauptest, dass dein Weg aus festem Granit besteht. Du kannst mit lauter Stimme das unbewiesene Urteil aussprechen, dass die Begabung in jedem von uns zu gleichen Teilen verborgen ist. Du würdest keine Idee, die wie ein Schlagbolzen in das weiche Eichenholz getrieben und zum Weltbestseller wurde, anerkennen. In keinem Stadium deiner Reife, deiner Weisheit, deines Charakters würdest du jemandem einen Sieg zugestehen. Im Gegenteil, das Ego in dir lehnt es ab und versucht alles klein zu machen. Du akzeptierst nicht, dass ein anderer besser ist als du. Du hast nicht ein bisschen mit der Wimper gezuckt, als du erfahren hast, dass eine renommierte Schriftstellerin den Deutschen Buchpreis erhielt. Das war gleich nach der Leipziger Buchmesse gewesen. Dein Desinteresse war enorm, und es war ein Vergnügen dich so zu sehen. Leicht lässig hast du dein langes Haar hinters rechte Ohr gelegt und dabei eine Zigarette geraucht. Deine Verbeugung gegenüber einer demütigen Anerkennung wirkte heuchlerisch. Du hättest deine Stimmbänder schonen sollen, aber dein lautes Geschrei hallte durch die Straßen, dass sich die Gardinen um die Fensterkreuze wickelten. In deiner Kindheit wurde dir nicht klar gemacht, dass sich die Welt auch ohne dich weiterdreht.

Deine Nachtbarschaft wird ohne dich Dinge machen, um ihr Überleben abzusichern. „Alte Denker" besitzen einen vollgepackten Rucksack. Einen Rucksack mit Sorgen und Ängsten, vollgepackt mit Leben – viel Leben. Mit Weitsicht, Hoffnung und Treue zu sich selbst. Jeder „Alte Denker" geht seiner Berufung nach. Einer Berufung der besonderen Art. Wie deine Gedanken zu diesem Epos, deine kühnen Träume zu betreten wagen.

Du formst deinen Ton mit Wasser. Die Drehscheibe dreht sich und der Tonklumpen wird unter deinen Händen zu einer Form. Du entdeckst dabei die Geschmeidigkeit des Tons. Du erblickst das noch nicht fertige Gesicht einer Figur, die deine Angst widerspiegelt. Du willst die Angst spüren und denkst, sie gefunden zu haben. Und doch hast du nichts gefunden. Nur deine Figur aus Ton schaut dich in an und macht dir klar, dass du deine Angst doch nicht losgeworden bist. Deine Eigenliebe erwies sich als holzig. Die Fasern waren porös und schwollen unter deinen Tränen an. Vernunft lehnte dein hartes Ego ab. Und das macht dir schwer zu schaffen. Es wurmt dich, weil die „Alten Denker" ihrer Berufung nachgehen konnten, du aber nicht. Du hast das abgelehnt, denn dich quält eine erbärmliche Schwäche. Die Kraft in dir versiegt. Du verschwendest deine Gedanken an Dinge, die keine Sprache finden. Sie prägen in dir ein sinnloses Gehabe, denn du weißt, dass du die

Dinge des Lebens nicht beeinflussen kannst. Und weil das so ist, sind deine inneren Verletzungen bisher nicht geheilt. Die vielen Bruchstücke, die überall liegen, musst du aufräumen. Nur die Ehrlichkeit in dir kann dein Denken beeinflussen. Lass doch die vielen geschriebenen Bücher in den Regalen stehen und auf ihre Leser warten! Du wirst doch nicht verletzt, wenn deine Aquarellbilder eine ganze Stadt glücklich machen. Im Grunde ist das alles unwichtig. Wichtig ist nur, dass du zur Ruhe kommst. Aber dein Groll tanzt auf deiner Seele herum, nagt an deinen Nerven. Und die Schlinge um deinen Hals wird fester statt lockerer. Ja, schau mich nicht so grimmig an! So denke ich.

Schau dich an! Deine Wangen sind blass. Dein sehr schmales Gesicht bildet schon Falten. Die Zähne färben sich gelb, deine Zunge ist belegt und du hast Mundgeruch, weil deine Magensäure den ganzen Ärger nicht mehr verdaut. Du solltest auf dich achtgeben. Deine Liebe zu den Zigaretten ist ungebrochen. Sie geben dir angeblich Schutz, aber sie führen dich auch in ein Paradies, in das du nicht gehörst. Leider verstehst du das noch immer nicht. Erst mit der Zeit wirst du diese Dinge anders sehen. Heute verwalten sie in dir noch einen Impuls, der uns entfremdet. Mag dir die Knasterfahrung eine Mahnung sein. Die männliche Kultur hinterlässt ihre Spuren überall, besonders in deiner kleinen Kunstwelt, in der beide Geschlechter ihren Anteil genießen und diese Waage kippen wollen. Aber auch das möchtest du nicht wahrhaben, wozu auch?

Gewiss, ich bin damals etwas zu weit gegangen, denn das Buch „Der Geselle", das ich dir geschickt hatte, trotzte nicht der klammen Hilfslosigkeit, sondern entwickelte in dir Abneigung. Du kannst mir nicht trauen. Du willst deine eigene Gradwanderung nicht in Gefahr bringen. Dennoch gönnst du mir nicht die Tatsache, dass ich dieses Buch geschrieben habe.

Lena! Mag sein, dass deine Gedanken sehr oft in eine Klärgrube fallen, dass du dich oft selbst überschätzt und deine Illusionen einen faden Beigeschmack haben. Trotzdem ist es mir scheißegal, wie du die Sache betrachtest. Ich konnte einfach nicht begreifen, was in dir vorgeht. Meine Sprache ist nie in deiner Seele haften geblieben. Die pure Vergesslichkeit hat deinen Wortschatz sicher etwas geschmälert. Ich weiß selbst nicht mal, was ich gerade male oder morgen schreiben werde. Mag sein, dass die Ablehnung meiner entarteten Kunst ein besonderes Gelöbnis darstellt, oder dass die Art der Zeichnungen außergewöhnlich befremdlich ist. Aber letztendlich ist es unwichtig darüber zu philosophieren, wie die „Alten Denker" mit mir umgehen. Ich habe meine Stimme erhoben und versucht, die Wutsprache in mir ausfindig zu machen. Der männliche Teil in mir beschäftigt sich gern mit solchen Themen, und darauf bin ich etwas stolz. Aber kenne ich zum Beispiel wirklich mein Geburtsdatum und die Orte meiner Schandtaten?

Das sind nicht viele, meinst du. Nun, ich fange gerade erst an, mich kennenzulernen. Ich schaue in den Spiegel und stelle mir die provokante Frage: „Wie kann es sein, dass ich mit meiner Geburt das Licht einer Tyrannei erblickt habe?" Ich werde auf diesen Gedanken später, wenn das Vertrauen zwischen uns noch vorhanden ist, gern mehr eingehen. Fakt ist nur, Lena, dass wir das Thema mit der männlichen Norm nicht vergessen dürfen. Ich glaube nämlich zu wissen, warum ich dich nicht vergessen habe. Mir war schon bewusst, dass die Gewalttätigkeiten in dir großflächig blutige Spuren hinterlassen haben. Stillschweigend, leidend, machtlos und mühsam bist du dieser Situation entkommen. Kein noch so großes Denkmal würde jemals ausreichen, deinen nachfolgenden Schmerz sichtbar zu machen. Niemand wusste, was für ein Geheimnis du mit dir herumgeschleppt hast. Deine aufgeplatzten Brandblasen auf deinen Schultern zuckten im Sonnenlicht, und das soll schon was heißen. Helle Hautflecken blieben zurück. Bedauert man den Schritt zurück oder wird daraus eine Erfahrung mit einem neuen Konflikt? Du siehst, so entstehen Rätselstudien über dich. Deine meterdicken Krankenakten lassen erahnen, wie konfus deine Autonomie ist. Der Respekt für dich ist in manchen Therapien untergegangen. Man spricht zu dir wie zu einem Kumpel: „Wir zelten heute mal auf der Männertoilette, dritter Gang rechts. Ist das Okay für dich?"

Du kannst mir glauben, dass der Grenzdienst in der DDR kein Zuckerschlecken war. Ich kenne diesen roten Nebel, der mich bis zum 7. Oktober heimsuchte. Aber ich muss zum Alltag übergehen, auch wenn du vier Jahre und sechs Monate im Knast warst. Ärger und Fanatismus auf einer Tanzfläche herbeizurufen, ist der falsche Weg. Es genügt schon die Fantasie auf dem Nachttisch abzulegen, damit du morgens mal mit einer Verzückung aufwachst. Aber leider ist das Wunschdenken von mir. Trotzdem bin ich froh, das ausgesprochen zu haben.

Was willst du nun tun, eine Umkehr einleiten und feststellen, dass die Vergangenheit dir keinen Nutzen brachte. Dein Sabbern lässt eine nervöse Überforderung erkennen, denn dein Mund ist seit Stunden offen. Deinem hastigen Zigarettenzug ist zu entnehmen, dass du deine Angst in Schach halten willst. Dein Wunsch das Schachspiel fortzuführen schmeichelt mir und ist auch etwas seltsam für mich. Warum? Du willst mich irritieren. Du möchtest von dem eigentlichen Problem nur ablenken. Kein von dir gemaltes Bild würde in deinen Gedanken eine Grünpflanze zum Erblühen bringen. Die Wunden, die tief in dir keimen, werden nicht zur Ruhe kommen. Ich sehe die ständig neu aufbrechende Vereiterung und die durch den Juckreiz aufgerissenen Sorgen, die dich belasten. Ich kann mit deinem Schmerz umgehen und werde ab heute dem Frauenyoga meine Wertschätzung zeigen, um zu verstehen, wieso dir ein männlicher Macher das im Knast angetan hat. Wir können diese Frage gern analysieren.

Ja, ich weiß, du möchtest diesen Quatsch nicht mehr hören. Ich kann das verstehen, denn die Wut in dir schüttelt die ganzen Apfelbäume leer. Außerdem frönst du gern der Verbitterung. – Wieder schaust du mich wie ein Mondauto ohne Scheinwerferlicht an. Deine lieblose Emotion ist wie ein Bild von dir, das du einmal gemalt hast. Gesteuert werden Emotionen fast immer von Angst, die dich auch nachts befallen. Also sollte man die Dinge endlich klarstellen. Und das heißt akzeptieren, was hinter dir liegt!

Zwanzig

Eigentlich wollte ich das Thema mit dir gar nicht ansprechen. Aber mein Zorn war zu groß. Wir sollten endlich das Zentrum erreichen, denn der Hunger lähmt allmählich meine Reaktionsfähigkeit. Die Kraft lässt nach. Außerdem ist das vergessene Schachspiel mit einem undefinierbaren Unkraut der Wut verseucht. Deshalb weiß ich gar nicht mehr, warum ich hier in der Klinik bin. Deine Schachfiguren lungern gelangweilt auf dem Brett herum und warten auf einen Zug von mir. Du wartest darauf, dass ich einen Fehler mache. Woher kommt dein Gedanke, mit einer schwachen Frau Schach zu spielen? Oder anders gefragt. Wie sind die weiblichen Momente entstanden, die deinen männlichen Kern infiziert haben, um mein Vertrauen zu erobern?

Dein Plan geht auf, denn du verdrehst mir wieder den Kopf, und das schon zum zweiten Mal. Dein weicher Kern macht es möglich, dass durchdachte, feinfühlige, sensible Gedanken in mich gleiten. Du sprengst in mir ein verschlossenes Tor, von dem ich dachte, es wäre längst verriegelt. Du verdammter Scheißkerl! Wieder hast du einen wohlüberlegten Schachzug gemacht. Wohin mit meinem König, und welcher Gefahr ist meine Dame jetzt ausgeliefert? Ich mag eigentlich nicht weiterspielen.

Aber ich werde dich enttäuschen müssen, denn ich kämpfe weiter gegen meine Wut an, um mein Ziel zu erreichen. Vielleicht ist es dann auch möglich zu begreifen, warum meine Mutter mich in der Kindheit so behandelte, dass ich in der ersten Schulklasse gestottert habe. – Nun musst du eine Weile warten, bis ich einen raffinierten Schachzug machen kann. Ich habe dich wirklich unterschätzt, und ich kann die leeren Illusionen nachvollziehen, die all das kaputtgemacht haben, was den Sinn des Lebens ausmacht. Ich kann weder sehen noch spüren, was meinen Verstand beruhigen könnte. Ich begreife nicht mal, warum ich hier bin, obwohl mein Bewusstsein voll aktiv ist. Mit ihm bekam ich ein Handwerkszeug in die Hände, um meine Verletzungen erkennbar zu machen und zu analysieren. Es lässt den Bleistift in meinen Händen nicht ruhen. Wie ein wildes Tier hetzte ich durch die Straßen und kann das Ende meiner Verzweiflung nicht sehen. Ich krieche unter das Pflaster und höre das prasselnde Feuer der unerwünschten Gier. Ich sehe dich in Gedanken am Meeresufer sitzen, während sich mein Speicher neu formatiert. Er ist schwerfällig geworden, denn er beinhaltet zu viele Daten von Unrat und bösen Grimassen. Der müde Anblick über deine Schulter genügt nicht, um mein Erschaffenes neu zu ordnen und mit einem Lob auszustatten. Nur das viel geliebte Ego in mir, das du am Anfang des Schachspiels erwähnt hast, gönnt mir keine Pause. Kein Ende ist in Sicht, weil die Boote auf dem tosenden Meer weiter schwimmen. Und dabei kann ich den Gesang meiner Sucht laut singen. So laut, dass der Sand von den hohen Dünen rieselt und dem mahnenden Tod seine Aufwartung macht. Gerade dieser Tod, der in seiner Herrlichkeit seit Tagen meinen Gedanken frönt, erkannte meine Grausamkeit, die ich dir schenkte. Das frevelhafte Benehmen der Schwarzen Magie meiner Seele konnte den Wahnsinn nur mildern. Ich dachte, ich könnte die um meinen Hals liegende

Schlinge entfernen. Aber nein, das Spiel begann von vorn. – Ich kann nichts erwarten, außer geplagt, verwundet und gekränkt zum Galgen zu laufen, um dann doch noch errettet zu werden. Du kennst das Ende? Du ahnst schon den Gedanken, den ich so liebe, denn ich umarme den freundlich gesinnten Tod als wäre er mein bester Freund.

Einen idealen Ort finden zu wollen, der den Tod liebt, mag seltsam erscheinen. Doch wie süß kann der Tod in der Jugend schon schmecken? Wie es scheint, kann die Zeit des Amüsements, der Überraschung, einer totalen Vollendung deines Egos sehr lange andauern. Wenn das so ist, solltest du einen Aluminiumring auf deinem rechten Finger tragen, der dich daran erinnert wie treu du gegenüber deinem Ego bist.

Es erstaunt mich, dass deine Gedanken in einem so verwaschenen Elend wachsen, wie der Grünspan in einer lange unbenutzten Gießkanne. Leider kann ich die dir zugehörigen Begriffe Depression und Neurose nicht mehr eindeutig definieren, zu viele Ringe hat deine Seuche schon gebildet. Ich bemerke, dass die Angst mit deiner Seele einen gefährlichen Pakt geschlossen hat. Da knistert es vor sich hin. Dein Blick zur Sonne wird immer kürzer. Man kann es sehen, und wenn der Augenblick in dir entspannt ist, fallen längst vergessene Schatten auf deine dünne Haut. Sie spielen miteinander und flüchten sich in eine

Pflanzenwelt, aus der die kranken Nervenenden ihre Vitamine saugen. Denn deine körpereigenen Vitamine haben sich längst aufgebraucht.

Deine Nervosität ist bereits bedenklich gestiegen, denn deine gierigen Blicke zur Rotweinflasche, die auf unserem Tisch im Café steht, sprechen Bände. Oh, nein! Mehr noch! Sie erzählen Geschichten aus dem Orient, die du im Traum noch einmal erlebt hast. Das Lagerfeuer brannte noch. Das Balsamholz loderte langsam vor sich hin. Die Blätter des Eukalyptusbaums verwelkten schon bei deinem ersten Blick. Nun wird dein Perfektionismus dich mehr mögen als die Altkleidersammlung deiner Ideen, die dich all die Jahre betrogen haben. Du hast wahrlich zu wenig darüber erfahren, wie deine Zerwürfnisse mit der Angst zusammenhängen. Dein Bild kennt Freiheit und Leere, aber keine Skizze von einer Bahnschiene, über die ein Hinweggleiten möglich wäre. Deine Hirnhaut ringelt sich tausendfach um deine Zunge. Kein Wort der Erlösung. Du liebst die Selbsttäuschung und einen Lidschatten in hellblauer Farbe. Deine Lippen hast du in einem abscheulichen Rot gefärbt, gleich einer Warnfarbe. Zwänge machen sich in dir breit, denn deine Sorgen um die Zukunft sind längst überholt. Deine Götzen umsorgen dich, damit du denkst, du wärst auf der sicheren Seite.

Du kleines unbarmherziges Luder! Was faselst du davon, dass ich angeblich mit einem schwachen Wesen

Schach spielen möchte? Dein Gewand aus blass-violetter Seide macht dich zu einer wahren Künstlerin. Die „Alten Denker" mögen das Schachspiel nicht und weichen mit ihren Figuren zu gern aus, um ihren König nicht zu verlieren. Du glaubst, dass die Schachfelder deiner gedanklichen Kunstfläche ähnlich sind, wo du nur deine Figuren hin und her schieben brauchst? Oh, nein, das ist nicht so! Die Schachfiguren brauchen den Schatten, mögen aber auch das Licht.

Nun dränge mich nicht ständig, einen Zug zu machen. Ich habe Zeit. Sie ist für mich eine neue Tugend, die ich selten auskoste. Versuch am Ball zu bleiben, denn der nächste Abzweig hier im Wald müsste zum nächsten Ort führen! Ein Lichtkegel über dem Wald lässt die Hektik dort schon erahnen. Autogeräusche werden hörbar lauter, und das Schlagen einer Axt gibt uns die Sicherheit, die wir jetzt brauchen.

Die Gemächlichkeit ist keine Tugend, die einem das Leben bereichert. Sie ist wie Feuchtigkeit auf einem Sandboden, auf den die Sonne nur alle drei Monate scheint. Ich weiß, dass dieser Vergleich nicht angebracht ist, aber dennoch ist Gemächlichkeit für mich ein Gegner, ein Feind, ein Zeitstehler. Sie hemmt meine Atmung und stochert wild in meinem unverblümten Denken herum. Dabei sind klare Impulse für mich sehr wichtig. Sie geben mir den Grundgedanken für das Modellieren. Sie geben dem Sterben einen zu-

gewiesenen Erfolg, den ich manchmal als leichte Schwingung empfange. Sie geben dem Misserfolg freies Geleit, sodass ich ihn besser verstehen kann. Oder anders gesagt: Ich will versuchen, dich als Mann anders einzuordnen, anders zu enträtseln, um die Liebe zu erkennen. Du zwingst mich dazu.

Deine Ausstrahlung bestärkt mich, die Dinge anders zu sehen. Du gibst mir einen Impuls, einen Wink, eine Weisung, um die fremde Lektüre von damals nicht noch öfter zu durchleben. Dein Wille bedrängt meine Einsamkeit, in der ich mich gerade wohlfühle. Ja, das würde mir gut tun, wenn nicht deine Ahnung von einem Andersdenken hinzukäme. Na klar, du hast sicher recht! Ich muss meine Mutter so nehmen, wie sie ist. Ich kann sie nicht verändern. Ich kann die Kindheit nicht rückgängig machen und Mutter gleichzeitig verurteilen. Aber das ist nur die eine Seite der Medaille. Die andere Seite ist, nicht zu erkennen, was nicht passieren darf. Nämlich, mich zu verlieren und alles liegen zu lassen.

Woher kommt meine Sucht nach der geheimnisvollen Kunst? Warum laufe ich meiner Mutters Stühle hinterher und versuche ständig etwas zu beweisen, was ich nicht habe? Ich war nie will kommen. Nur meine Anwesenheit als Kind wurde im Atelier geduldet. Ich musste leise sein und durfte nur dann etwas sagen, wenn ich gefragt wurde. Ich hörte im Radio leise Operettenmelodien – Strauß und Wagner waren ihre eigentlichen Freunde. Sie wuselte mit ihrem Pinsel im Takt der Musik. Ihre Zunge schnalzte und ihr Blick zu mir wurde kälter. Vater schraubte in der Werkstatt diverse Fahrräder zusammen, die er später am Bahnhof verkaufte.

In meinen Träumen hörte ich immer die Hoftür, wie der Wind sie zuschlägt. Meistens saß Vater da noch in der Kneipe. Erst wenn diese Hoftür verschlossen war, durchwühlte Vater in der Werkstatt sein Handwerkzeug, um sicher zu gehen, dass nichts gestohlen wurde. Diese Erbärmlichkeit, die er zu Grabe trug, geschah jeden Tag. Das unrasierte Gesicht und die fettigen Haare zeigten ihn in einer Art und Weise, die meine Mutter immer verabscheute. Mutter sprach nie darüber. Sie schluckte alles herunter. Ihre ständigen Versuche, ihm ein sauberes Hemd überzuziehen, lehnte er wütend ab. Er stank nach Schweiß, Kuhdung, Alpenkäse und Kot, den er viele Tage unter seinen Fingernägeln trug. Seine Nasenhaare kräuselten sich zu langen Büschen. Die Ohren waren an manchen Stellen verkrustet und mit dichtem Haar fast zugewachsen. Die Zähne zeigten meist noch die Speisereste der letzten Mahlzeiten: Hähnchenfleisch, Aspik, Rinderroulade oder Sauerkraut, das er massenweise aß. Sein meist nasser Furz, der von der Werkstatt aus zu hören war, stank so sehr, dass selbst unser Hund Hasso in seiner Hundehütte blieb. Die ausgetretenen Schuhe aus braunem Leder standen sehr oft vor seinem Bett. Man konnte die Farbe nur erahnen. Nachts, wenn alles schlief, hörte ich ihn laut schnarchen. Sein Bett war morgens ständig nass und der Urin sammelte sich unter dem Bettgitter. Mutter ist jahrelang nicht in sein Zimmer gegangen. Sie schliefen stets getrennt, solange ich denken kann. Wenn er rauchte, dann überall – auf der Straße, in der Bäckerei, beim Fleischer, beim Rasen mähen, in der Werkstatt oder beim Scheißen. Seine Zigarre löschte er nur in der Nacht. Morgens kochte er sich seinen Kaffee selbst. Mutter hatte meist schon gefrühstückt, weil sie wusste, dass er mit Zigarre kommen würde. Sie wollte nicht, dass ihre Kleidung nach Rauch roch. So war es auch zum Mittagessen. Mutter und ich aßen als Erste in der Küche und riefen ihn dann anschließend an den Tisch. Vater mochte keine Gesellschaft. Er wurde zum Eigenbrötler. Ich habe auch nicht verstehen können, dass er immer wieder sein Gebiss auf der Toilette liegen ließ. Der ständige Alkoholkonsum machte ihn wahrscheinlich zum Krüppel. Er mochte Whisky in den Abendstunden oder ein warmes Bier nach dem Kaffee. Er mochte auch seine dicke Zigarre nach dem Frühstück. Oft hat er sich übergeben und schlief in seiner eigenen Kotze ein. Mutter wollte davon nichts wissen. Sie drängte ihn mehrmals, sein Zimmer sauber zu machen. Erst nach Wochen, so kann ich mich entsinnen, hat er sein Zimmer gesäubert. Aber nur deshalb, weil überall die Fliegen herumschwirrten und das Ungeziefer in den Ecken ihre Nester bauten. Das störte ihn. Ihn störte auch ein nicht gemähter Rasen. Jede Woche hat er den Rasen kurz geschoren. Er liebte die violetten, roten und gelben Rosen und auch die unserer Nachbarin.

Ein wohlgeformtes Weibsbild war das, Mitte fünfzig. Sie wohnte rechts neben unserem Grundstück. Er schaute immer zu ihr rüber. Sie kam aus Russland und wanderte in den neunziger Jahren nach Deutschland aus. Das Grundstück war viele Jahre unbewohnt und daher verwildert und chaotisch mit Müll zugebaut. Dann kam sie und schuf Ordnung. Das sah Vater. Ohne Hemmungen bot er ihr seine Hilfe an. Dankend nahm sie an. Sie verstanden sich beide sehr gut. Zu gut, wie ich finde, denn dann kam der Tag, als er die Nacht über bei ihr blieb. Ich habe sie beide beobachtet, wie er sie abküsste und ihren Rücken streichelte. Sie tranken Rotwein und waren mächtig angetrunken, als er sie vernaschte. Die kluge Russin wusste aber, wenn sie mit meinem Vater schläft, würde sie ihn nicht mehr los. Als sie bemerkte, dass er zu weit ging, lehnte sie ihn ab. Ich wusste, dass er in diese Frau verschossen war. Manchmal hat er den ganzen Tag bei ihr gearbeitet und ihr dabei den Hof gemacht. Er reparierte, bastelte, sägte, fluchte, kaufte ein und fuhr sie mit dem Auto in die Stadt, wenn sie was zu erledigen hatte. Er bestellte ihre Kartoffelbeete, pflanzte Tomaten an, verputzte ihr Haus, baute ihr einen Erker und bohrte in ihrem Garten sogar einen Brunnen, der über sechs Meter in der Tiefe ging. Er beschnitt die Obstbäume, Himbeersträucher und Stachelbeersträucher. Unser Garten verwahrloste dagegen immer mehr.

Mutter hat davon nie richtig was wahrgenommen. Sie wollte nur ihre Ruhe genießen und sich ihrer Kunst widmen. Aber dann kam jener schreckliche Abend, der mich lange Zeit in meinen Träumen verfolgte und noch zusätzlich krank machte. Ich stand am Fenster des Schlafzimmers. Ihren angstvollen Schrei hörte ich noch in meinem Zimmer. Ich lief rüber, um nachzuschauen, was passiert war und ob ich ihr helfen könnte. Dann sah ich durch das Fenster meinen Vater auf der schönen Russin liegen. Sein schwerer Leib machte sie förmlich bewegungsunfähig. Meine Blicke schweiften zum Bett, wo sie hilflos unter ihm lag, als ich Schnüre an ihren Handgelenken bemerkte. Auch ihre Füße waren festgeschnürt. Sie konnte sich nicht wehren, das war mir klar. Zudem lag Vater zwischen ihren Oberschenkeln. Ich weiß nicht mehr, wie lange er es mit ihr getrieben hatte. Ich konnte diese Szene nicht mehr ertragen. Ich musste erstmal alles sortieren und begreifen, was da vor sich ging. Ich sah, wie Vater brutal in sie eindrang. Sein Rotz lief über ihre Brüste und ich hörte sein ekelhaftes Stöhnen. Immer und immer wieder stieß er in sie, um sich zu erleichtern. Ich musste was tun.

Ich stieg auf eine Obstkiste, die neben meinen Füßen stand und mir half, besser in den Schlafraum der Russin zu schauen. Das Fensterbrett drückte an meiner Hüfte, während ich versuchte hineinzuklettern. Ich wollte Vaters Höhepunkt verhindern. Diesem Dreckschwein gönnte ich seinen Sieg über diese Frau nicht. Und dass ich beim Klettern einige Blumentöpfe umwarf, war mir völlig egal. Ich griff nach der erstbesten Blumenvase auf einer Anrichte und schlug sie ihm auf seinen Kopf. Er brach sofort zusammen. Wie ein nasser Sack lag er auf der Russin, während ich die Fesseln von ihren Hand- und Fußgelenken löste. Sie hatte überall Abdrücke und rote Riefen. Ich war froh, dass die Knoten leicht aufgingen. Erschrocken und fast ohnmächtig schaute mich die Russin an. In ihren Augen lagen Wut, Hass, Leid, Ekel, Müdigkeit, Ablehnung und Abscheu. Ihre menschlichen Gefühle waren verschwunden.

Er lag blutend am Kopf und bewegungslos auf dem Bett, als ob er schlafen würde. Die Russin und ich hörten nur sein Schniefen. Sie versuchte plötzlich aufzustehen, doch es gelang ihr nicht gleich. Sie war sehr geschwächt, deshalb half ich ihr. Dabei fiel sie vom Bett und blieb wie ein nasser Sack auf dem Fußboden liegen. Dann streckte sie mir ihre Arme entgegen und drückte mich vor Erleichterung. Sie begann zu weinen. Ich hatte den Eindruck, dass sie mit dem Weinen und Umarmen nicht aufhören wollte. Mein Nachthemd war nass geschwitzt vor Aufregung und Anstrengung. Ich konnte sie gut verstehen. Sie war wie eine Schwester für mich, so nahe sind wir uns gekommen.

Einen Tag später, es schien wieder die Sonne auf ihre Blumen, kam die schöne Russin zu mir rüber. Mutter wusste von all den Dingen nichts. Sie malte und war nicht mal erstaunt, als sie die Russin sah, die mich drückte und mir aus Dankbarkeit ein Bild von einem am Strand spielenden Mädchen schenkte. Dieses Mädchen war einmal sie, erzählte die Russin. Sie war gerade mal 8 Jahre alt, als ihr Vater sie sexuell zu missbrauchen begann. Hilfe hatte sie keine. Ihre Mutter schaute weg, hatte selbst Angst vor diesem Mann. Sie erzählte das mit einer Ruhe, die mich erschrak. Ich konnte es nicht fassen. Sie fragte mich tatsächlich, warum die Männer so was tun würden. „Warum machen die das? Wo ist der Respekt gegenüber einer Frau, die nur dann Liebe machen möchte, wenn sie dazu bereit ist? Ist das etwa Liebe?"

Lass die Dinge so stehen! Egal wie sie entstanden sind, ich mag darüber heute nicht nachdenken. Empfindungen leben davon, nicht gesehen zu werden. Es leben leider viele männliche Denker unter uns, die ihr Leben auf diese Art führen. Sie sind blind und gehorchen mehr ihrem Ego als sich selbst. Sie trauen sich nicht das auszusprechen, was sie wirklich fühlen. Sie setzen keine Grenzen, öffnen sich nicht, sondern verkriechen sich in das Zentrum ihrer Macht – den männlichen Kern. Ob aus Scham oder Angst: Sicher trifft beides zu, denn ihnen fehlen die Erfahrungen aus der Kindheit. Über Gefühle oder Liebe zu sprechen, wurde ihnen untersagt. Bis heute können sich solche männlichen Denker wie dein Vater nicht darüber äußern. Sie mussten einen anderen Weg gehen, der ihnen mehr Schmerzen verursachte, als sie dachten. Diese Schmerzzelle in ihm wuchs, bis sie platzte.

In meinem Leben versuche ich männliche Denker zu beschreiben – wie sie funktionieren, denken und fühlen. Ich will aufzeigen, dass sie einem sehr nahe kommen können. So nahe, dass ein Zulassen durchaus möglich ist. Die innere Begeisterung beginnt zu schwingen und übersetzt die männliche Ouvertüre in ein Drama der Superlative. Ja, sie öffnen mir die Augen, die gegebenen Verletzungen einzugestehen. Mehr noch! Ich kann sie zulassen, auf mich einwirken lassen, sie annehmen, mit meinem Wortschatz definieren. Ich kann den Blick sensibilisieren, den Tanz der Verunreinigung der Gefühle wahr machen und sie am Ende der Gedankenflut reinigen, damit die Heilung den schwarzen Asphalt glättet. Alles scheint im Raster zu stimmen und dennoch sind die Illusionen verschwommen. Sie gehören mir nicht. Ich möchte die verlorenen Tränen wieder dort einsammeln, wo sie geboren wurden. Wenn die Sinfonie der Belanglosigkeit hörbar wird und das Orchester der Härte seine Noten spielt, mag der göttliche Klang der versteckten Liebe im letzten Akt endlos nachempfunden werden. Dabei kannst du in der ersten Reihe sitzen und kein Ton würde zu dir vordringen, denn die Liebe eines Mannes ist nur ein Fragment vieler Puzzleteilchen, die sich in jeder Sekunde neu finden. Dieser unschätzbare Wert der männlichen Denker kommt sehr häufig in einer seltsamen Melancholie rüber.

Ich will ehrlich zu dir sein. Ich mag diese Melancholie. Sie verweilt in meinen versteckten Stimmungen. Diese Melancholie beinhaltet Geschichten aus meiner Kindheit und verfolgt den Hass auf der anderen Seite der Straße. Und wenn du denkst, dass die weiblichen Denker wenig davon haben, so muss ich dir sagen, dass das ein Irrtum ist. Die Kunst des Überlebens ist wie ein Schatz in beiden Geschlechtern enthalten. Sie zu entdecken und zu fühlen unterbricht nur den Tränenstrom, nicht aber die Erfahrung. Ich habe diesen Zeitpunkt sehr oft verpasst, ansonsten hätte mich eine gemachte Erfahrung eher befreien als unterdrücken können.

Um deiner Frage gleich zuvor zu kommen – ja, ich habe den harten Stahl sehr oft geformt, wollte nie Gefühle zeigen, weil sie mich sonst gelähmt hätten. Die magische Melancholie erdrosselte anfangs meinen Atem. Ich bekam schwer Luft. Die Wellen wollten nicht brechen. Kein Aquarellpapier nahm meine Idee auf. Die winzigen Fetzen eines Motivs blieben in der Bleistiftmine, die immer wieder brach. Erst später achtete ich auf die Atmung und schenkte der Bleistiftmine mehr Beachtung.

Einundzwanzig.

Gewaltige, nie da gewesene Gegenwinde brechen mir das Genick. Wie findest du die leichten, zuckersüßen Schwingungen, die die Melancholie in mir erzeugen? Ich sehe mich am Strand laufen und die verlorenen Muscheln suchen, die mein bisheriges Leben liegen gelassen hat. Einfach so. Jetzt laufen wir gemeinsam den steinigen Waldweg zur Stadt, wo ich nicht mal richtig die Tannen vor meinen Augen sehe, und du erzählst mir von einem melancholischen Holzrahmen der Harmonie, die sich am Tor der männlichen Eitelkeit verfängt, um mich zu berühren. Ich dachte du wärst der langweiligste Hornochse, der mir je begegnet ist. Dabei sollte ich jetzt aufpassen, dass wir beide heil zum Café zurückkommen und nicht auf das Kiesbett stürzen, nur weil die Dunkelheit ihren Preis fordert. Das schwindelerregende Tempo der Schritte kippt meine Angst. Ich werde die auftauchende Zärtlichkeit an die Dunkelheit übergeben, damit ich das überstehe. Bin ich in den letzten Tagen melancholisch geworden oder ist die wahre Zeche erst in der Dunkelheit zu zahlen, um die fremdartigen Veränderungen wahrzunehmen? Keiner dieser Veränderungen ist mir willkommen. Der Fluchtweg ist seit Monaten von Hindernissen übersät. Sie regen mich auf, machen mich konfus. Ich kann keinen klaren Gedanken in eine Form bringen. Dabei sollte ich darauf achtgeben, dass unser Schachspiel schon bald dem Ende zugehen könnte, denn ich werde den Springer wählen, der deinen Bauer bedroht. Bevor ich aber dein Pferd schlage, würde ich es begrüßen, dass du mich in die Arme nimmst und heil aus diesem chaotischen Waldstück bringst. Als Dankeschön verspreche ich, dir im Café ein Getränk deiner Wahl zu spendieren. Und wenn wir dort ankommen sind, werde ich meinen Springer in Bewegung setzen, um deinen dummen Bauer vom Spielfeld zu holen. Ja, ich werde gehässig. Und wenn ich gehässig bin, sind die Grenzen zwischen mir und dir deutlich markiert.

Ich fange an, dich nicht mehr zu mögen. Du bist ein männlicher Bastard, dem ich nicht traue. Du willst keinen Sex. Du magst meinen Busen nicht. Deine Berührungen lassen Stunden auf sich warten, und wenn durch Zufall ein Kontakt zustande kommt, dann sind es unsere Hände, die sich rein zufällig an der Türklinke berühren. Ich kann damit nicht mehr umgehen. Mir wäre es lieber, wenn deine männliche Anmache beginnt. Ich würde mir wünschen, wenn du mir den Hof machst und mich fragst, ob du mich küssen, meinen schönen Arsch berühren oder in mein Ohr stöhnen darfst. Aber nein, nach so langer Zeit der Abgeschiedenheit kommt ein Mann zu mir zu Besuch und spricht aus, was mir total zuwider ist. Noch dazu sind es Dinge, die ich nicht verstehe: Wahrheit, Dankbarkeit, Demut, in mich hineinhorchen und an mich selbst denken. So ein Gerede habe ich lange nicht mehr gehört. Schon die von dir benutzten Begriffe Traurigkeit, Geduld und Loslassen zu erklären, machen mich konfus. Ich weiß, dass viele Dinge in meiner Kindheit schief gegangen sind. Und natürlich hast du recht, dass diese Geschehnisse von damals nicht mehr zurückzudrehen sind. Aber du bist ist in der glücklichen Lage, diese Gefühlslandschaft zu sehen. Du siehst die Schneekuppen und hohen Steilwände, die meine Angst nie erklimmen könnten. Keine Kraft könnte einen Nervenzusammenbruch aufhalten. Du kannst das zerbrochene Bild meiner Seele nicht mehr flicken. Die Schwäche lebt in mir, und die absolute Frechheit meine Arroganz zu brechen will fliehen. Meine Flucht trieb mich ständig an.

Ich spüre, dass du keine angenehmen Gedanken für mich hegst. Na klar, ich bin etwas enttäuscht, dass ich nicht mit dir schlafen werde, ob hier im Wald oder sonst wo. Dein Hotelzimmer wirst du alleine aufsuchen müssen. Morgen ist Sonntag, und das Ausschlafen ist nur dann möglich, wenn einer neben mir liegt und die Augen noch geschlossen hält. Ich glaube, es ist gut so, wie du dich entschieden hast. Ich gehe allein auf mein Zimmer und werde mir bei der diensthabenden Schwester einen Gutenachtkuss abholen, als eine Art Trostpflaster. Ist es das, was du willst, oder gehörst du zu den männlichen Denkern, die ihren Themenabend mit Papier und Pinsel gestalten, anstatt auf die Jagd zu gehen, um weibliche Trophäen einzusammeln und den großen Bock abzuschießen?

Ich sehe die beleuchteten bunten Fenster der Häuser. Sie strahlen eine Gemütlichkeit aus, die in mir den Krieg erklären. Kerzen beleuchteter Fensterschmuck bedeutet „heile Familie". Schokoladentannenzapfen warten auf Kinderaugen. Es herrscht Stille in der Stube, als ob die Idylle auf jedem Esstisch Platz finden würde. Die Nervosität, aus der die Angst entsteht, klopf nur leise an die Haustür. Dabei kann das Laternenlicht vor den Häusern die Angst auch nicht lindern. Und doch ist mir klar, dass in jedem der Häuser „Alte Denker" leben, die ihre eigene Kindheit hatten.

Auch wenn wir beide den flotten Schritt beibehalten, wird mir etwas kalt, weil meine Achseln feucht sind. Je länger die kühle Luft meine Stirn berührt, umso öfter denke ich an eine schöne Tasse warmen Tee. Und wenn du im Café zu einem melancholischen Geplänkel mit mir bereit wärst; ich würde es genießen.

Du weißt zu gut, dass die meisten männlichen Denker das warme Licht scheuen und sich unsichtbar machen, wenn das Thema „Gefühl" auf den Tisch kommt. Bei dir mag das anders sein. Für dich sind es Dinge, die du vorlebst, weil du gelernt hast sie zuzulassen. Kann ein Diamant besser leuchten? Ja, du schaust mich an als wäre ich – na, sag es schon – ein Buch, in dem der Text von mir fehlt. Aber es ist nicht so, wie du denkst. Meine Gedanken von Melancholie haben etwas mit Sehnsucht zu tun. Gerade jetzt, da die Teekanne auf unserem Tisch steht, verspüre ich das Verlangen umarmt zu werden. In meiner weiblichen Seele stecken eben mehr Gefühle, als du denkst. Ist es richtig, dass Wut und Opferrolle zur gleichen Zeit an den Start gehen, oder ist mir diese Welt keine Antwort schuldig? Der Gedanke des Rechts auf Liebe und Zuneigung verdrängt meine Ideen.

Stell dir vor, meine Geburtsurkunde wäre nur totes Papier! Soll es mir leidtun, dass die Materie mit mir nichts zu tun haben will? Ich weiß es nicht. – Nun sitzen wir beide an diesem schön gedeckten Tisch, der fast die Versuchung widerspiegelt, unsere Schwäche nicht zuzulassen. Wenn die bunt geblümten Serviettentürme nicht zwischen uns wären, würde ich fast den Eindruck bekommen, dass man hier ein neues Leben beginnen könnte. Und hätte nicht die

Kellnerin die dunkelviolette Kerze auf unserem Tisch angezündet, würde ich diesen Moment in eine Tüte packen und alles vergessen – sofort.

Deine hochgeschlossene Bluse erzeugt bei deinem Gegenüber kein Gefühl von Nähe, eher von Distanz. Die Höhepunkte des Lebens zu genießen verbraucht viel Kraft, doch sie werden dich von deiner Angst ablenken. Es müsste doch die Sache wert sein, wenn du deine inneren Zwänge der Wut herauslässt und mit mir eine neue Erfahrung machst. Dein Gesicht ist blass. Kein grauer Wolkenhimmel wird dich mit Regen waschen, zu aufgewühlt und aggressiv gedeihen deine frischen Erinnerungen im Wind. Deshalb wirst du blass bleiben und dein starkes Rauchverlangen steigern. Nichts wird deinen Nikotinverbrauch mindern können, um dir Freiheit von der Angst zu geben.

Wir sitzen an einem schön gedeckten Tisch, das stimmt. Und deine nervösen Finger greifen nach dem Tabak, um die erste Zigarette zu drehen, das stimmt auch. Doch du drehst sie mit Angst, sodass sie wieder zerkrümelt auf die Tischdecke fällt. Also stopfe sie erneut, um deiner Angst Herr zu werden! Unsere Gedanken fliehen in eine zuckersüße Welt und lassen bunte Luftballons steigen. Du entzündest endlich deine heiß begehrte Zigarette und der Rauch steigt nach oben. Deine Kindheit hast du leise geschildert. Du positionierst dich auf einem Toilettenstuhl und wagst es deinen Traum anzulächeln, als wäre dein Empfinden nur eine Illusion. Es ist kein Wunder, dass du dich an den Jahrgang deiner Geburt bindest. Geburtstag gleich Todestag? Ich weiß nicht, ob dieser Gedanke richtig ist. Ich suche einen Kompromiss, der allerdings in der Liebe selten ist. Dabei ist die erwähnte Vergangenheit nur ein zurückgelassener Schmerzberg, den man nicht neu erklimmen muss.

Dein egozentrisches Denken verachte ich. Lass dein Spiegelbild ruhen und horch darauf, wann der Sturm sich legt, der deinen Zorn aufwühlt! Der Deal, dich zu entfernen, bekommt dir schlecht. Und der Versuch, das Wort in dir zu löschen, definiert deine Lebenslüge erneut. Denk nicht, dass die „Alten Denker" nichts von dem ungeschriebenen Pergamentpapier wissen auf dem „Liebe" steht.

Viele Schriften kennen die Wahrheit eines jeden, der auf dieser Welt einen Fuß vor den anderen setzt. Bei der unleserlichen Schrift kann man die Schuld nur erahnen. Die darin beschriebene Liebe kommt nie an. Sie wird durch ewigen Groll ersetzt. Die „Alten Denker" wussten von den vor ihren Häusern sitzenden Götzen, die jeden Tag in Versuchung waren das Wort Liebe zu korrigieren, damit die Angst nicht auffällig wird. Leider bin ich zu spät darauf gekommen, dass der waghalsige Bluff, der einen krank macht, meine menschliche Schwäche zur Wahrheit bereits kennt.

Glaubst du wahrlich, dass die männlichen Denker nur Postkarten schreiben, wie fromm und lieb sie zur heilen Welt sind? Hier ist ein Widerspruch, der mir sagt, dass die Beschreibung der männlichen Garde völlig missverstanden wird. Weibliche Denker wagen es nicht die veralteten Gedanken abzulegen, weil es in sich gekehrte männliche Denker gibt, die ihren Horizont so erweitert haben, dass ein großes Volk von weiblichen Denkern überleben kann. Mehr noch! Das Gedankenkonstrukt, dass die männlichen Denker zu jeder Zeit sexorientiert und kriegerisch sind, ist in diversen Büchern nachzulesen. Doch Vorsicht bei solchen Schriften, denn sie besagen nur eins: Diese Behauptung schützt nur die Angst und beschreibt nicht das eigentliche Problem. Es führt nur dazu, mit dem Zeigefinger auf die schuldigen männlichen Kreaturen zu zeigen. Dort sind sie! Sie sind Schwanz gelenkt, auf die rote nackte Ampel gestellt und maschinengewehrmäßig gut ausgerüstet, um die Machtstellung in schwach orientieren Ländern zu stärken, wo die weiblichen Denker wenig zu sagen haben. Mag man solche Operetten? Nein, eher nicht. Ich gebe dir gern recht, wenn die männliche Garde so beschrieben wird, dass sie den Sieg, der ihnen ohnehin nicht zusteht, um jeden Preis haben wollen.

Altmodisches, weiblich angehauchtes Denken berührt die verkrusteten Eisflächen in einer Badewanne Gott sei Dank selten. Sie denken heute nicht darüber nach, wie man die Ukraine retten könnte. Ich glaube, Lena, dass es in dieser fremden, unruhigen, abartigen, kriegerischen und aufwühlenden Welt für anders fühlende, anders denkende, anders liebende männliche Denker schwer ist, Gefühle zu zeigen, sie weiterzugeben und offen dafür zu sein, dass Schwäche nur Stärke ist. Dieses erbärmliche Bild zieht mich herunter. Aber du weißt, in mir wächst der gesunde Ehrgeiz, der nur dann erblüht, wenn der Saturn sein Fenster öffnet, um die Kristalle der Vorurteile hinauszuwerfen. Beim Glanz fremder Lippen wird der Wächter in mir mit weichem Hartz zugegossen. Die behaarte Brust des Wächters mag die Süße von Glanz und Eroberung, die eine Taufe zulässt, um die flüchtigen Gedanken der Gefühle in sich aufzunehmen. Es sind die Höhepunkte einer nie geahnten Zärtlichkeit. Seine Spuren verwischen das geordnete Chaos und begeben sich zum Licht, welches du gerade versuchst, zu verdrängen. Aus Angst, aus nicht erkanntem Gefühl? Such die Antwort, denn die rot eingefärbte Schale auf deinem Tisch ist noch leer. Sie beinhaltet nicht die Liebe, von der ich sprach, sondern nur loses Stroh vom alten Jahr. Die Schale wird weiterhin ausgesaugt, um das Wilde, Chaotische, Paradoxe von dir abzufordern, was du eigentlich nicht geben kannst.

Du kannst deine Wahrheit nicht verleugnen. Die Wirklichkeit lässt dich nicht allein. Deine geschwollene Zunge leckt den Tellerrand ab, von dem du nie gegessen hast. Aus Angst schrecken in dir die Bilder deiner Kindheit zurück und lösen sich auf. Der Wächter, der den männlichen Teil in mir ausmacht, kann das verloren geglaubte Bild malen. Die Mischung aus Trost, Verzweiflung, Demut, Besonnenheit und einem kurzen Augenblick des Stillstehens kann das Silber der Seele glänzend machen, um sich selbst wahrzunehmen. Doch die falschen Illusionen von Habgier und geheuchelter Liebe zu bekämpfen, davon bist du weit entfernt, denn dein Denken ist ein naives Konstrukt, welches verwaschen und ausgeblichen ist.

Deine vernarbten Skizzen werden eines Tages von dir selbst zerrissen, um den Verrat nicht zugeben zu müssen. Möge doch ein Papier im Format A3, auf dem deine Schattenseiten zu sehen sind, sich deiner Bestimmung annehmen. Denn es ist das Leid, das du anziehst, um angeblich vorwärtszukommen. Aber du stehst am selben Fleck, und das seit Jahren. Du siehst noch immer das erbärmliche Kreuz, das du schon seit Jahren bekämpfst. Das verrostete Stahlgerüst eines überholten Weltbildes wird dir einmal das Genick brechen. Zu alt sind deine Träume, deine Wahrnehmungen, dein Groll auf die männliche Zunft.

Ich erkannte mein zerbrochenes Bild und half mir selbst, in dem ich die Würde wieder aufhob. Dem Stolz habe ich den Verzicht erklärt, denn er dient nicht der Liebe, sondern meinem kindlichen Trotzverhalten und meinem Ego. Es tut mir leid, aber ich wollte dir das Wasser reichen. Der Sandstrand war noch verschmutzt und die Wellen ließen Wut und Scham von mir zurück. Wie kleine Kieselsteine lagen sie im Sand und boten meiner Angst ein Mindestgebot, das ich nicht bezahlen wollte. Du hast jeden Cent dafür ausgegeben, deine erbärmliche Angst in dir zu sättigen. Merkwürdige Orte haben dich wie ein Magnet angezogen. Einsamkeit war dir nur selten bewusst. Männliche Denker waren dir immer ein Dorn im Auge, sodass du viele Jahre nicht weinen konntest. Es tut mir leid, dass dein Exmann in der Wüste blieb und seine Expedition weiterführte.

Was waren seine Gründe, dich in einer Ruine von Haus allein zu lassen? Ja, sprich es aus! Sprich endlich über den tuckernden Schmerz, der dich quält, der deine Magenwände mit Schwefelsäure beträufelt, der deinen Körper zu einer leeren Schachtel werden lässt. Sie wird kräftig anschwellen und nahe an einem fliegenden Luftballon vorbeiziehen, während auf den Wiesen kein Leben mehr vorhanden ist. Unerbittlich wird dein Schmerz am Tag die Sonne erreichen, denn abends wirst du ihn hüten und pflegen. Nur wirst du jeden Tag den eitrigen Pfad mit

Wattestäbchen abtupfen müssen und die weltbeherrschenden schwer mit Sorgen belastenden Schneemassen wegtragen. In jeder gefallenen Schneeflocke ist dein rätselhafter Schlaf enthalten. Deine Matratze kennt jeden unerlaubten Traum. Deine Vorstellungen und Visionen erlauben es dir nicht, wacklige Brücken zu betreten. Die Substanz deiner Neugierde ermöglicht es dir nicht, das Geländer zu schmücken, um neues Vertrauen zu erschaffen. Das Vertrauen lebt in dir nicht. Die männlichen Denker wagen es nicht, dir die Hand zu reichen. Dcinc ängstlichen Impulse rufen laut über das Tal: „Weg! Weg! Weg!" Und nun fürchtest du dich. Du willst dich schützen, und doch ist die Nähe zu dir selbst am Leben. Ich kann nur schmunzeln. Ein erneuter Schmerz wird deine Seele lähmen. Unausgesprochene Worte erklingen dumpf rauschend und verhallen im Himmel. Die verschenkte Zeit, die kostbare Sekunde tabuisiert deinen Groll und verschenkt die einzige Gnade, aus der die Vernunft kommt.

Sei gewillt das schmerzliche Wort auszusprechen. Lass von der Bitterkeit ab und such das rätselhafte, flüsternde, begehrliche und mit Weisheit getränkte Wort „Liebe". Nur das eine Wort genügt, um den harten Beton in dir zu zerkleinern, der dich einengt wie der Deckel auf einem Einweckglas. Auf dem Gummirand werden die Angstblitze verlöschen, die ein Omen mit sich tragen, das den

Pakt der Verschwiegenheit auf deine Haut brennt. Und du kannst nur zuschauen, wie deine Brustwarzen zu einer heißen Gummimasse verformt werden. Alles wird in die Gosse gekippt, als wären deine Erfahrungen nichts wert. Wozu? Ist dein inneres Wesen nicht bereit den Himmel zu küssen, bevor du ihn malst? Das grobe Wurzelwerk, das mit deiner schlechten Leidenschaft wirklich nichts zu tun hat, wird dich dorthin begleiten, wo die großen Schiffe ablegen. Die tröstenden Worte erklingen unter dem Kiel und unterdrücken deinen Willen für das Gute. Der rabiate Zwang, dass man angeblich die Liebe erlernen muss, wird zu einer unerklärbaren Sünde gemacht. Und damit wird dein Ende eingeleitet, denn das aufbrausende Meer wird das Wasser forttragen. Du siehst es nicht mehr. Aus Angst hast du alles stehen und liegen gelassen.

Es fühlt sich gut an, Lena, denn du kennst die Antwort auf die Frage, warum dein Exmann dich verlassen hat. Wie waren deine Worte: überraschend, unvorbereitet, unbedacht, unschön, unbedeutend? Er hat es nicht mehr ausgehalten? Er wollte nicht mehr bedrängt werden und den Zigarettenqualm einatmen? Glaubst du wirklich, dass die Höhle „Toca da Boa" in Campo Formoso interessanter war, als deine Kunst mit ungebranntem Ton und Bleistiftskizzen? Du kannst mich nicht hinterm Ofen vorlocken, wenn ich nicht weiß, ob dein Gefühl zu mir ehrlich ist. Das ist der eigentliche Knackpunkt. Lena, wenn die Beziehung wieder auseinandergeht, bevor sie zustande kommt, dann sind die Linien nicht gerade gezogen. Solange die Wahrheit ein leerer Tiegel bleibt, ist deine Seele wie ein leeres Bücherregal. Leidenschaft genügt nicht, um mit der Liebe Schritt zu halten. Oh, nein! Sie sollte man gut pflegen. Leidenschaft ist der wahre Freund der Würdigung.

Nach solch erfinderischen Lockungen, die einem schmeicheln, wird kein Dialog entstehen, auch keine Beziehung. Kindliche Floskeln, wie einst die Geschichte vom verlorenen Kuss, sollte man in sich tragen, um die Liebe widerzuspiegeln. Aber du bist weit davon entfernt. Mehr noch! Leidenschaft wächst auf dem Fundament des Verstehens langsam. Dort entstehen die wunderbaren Augenblicke, die deine erdachten Bilder aus den Gedanken freilassen. Durchdrungen ist das gelesene und verstandene Wort nur dann, wenn dein Wille davon überzeugt ist, dass du Vergebung annimmst.

Schau dich um, Lena! Du siehst immer nach oben, nach rechts und links, aber du stehst in der Mitte. Hier und jetzt. – So, nun greife ich deinen Springer an, um den Bluff zu vollenden, den ich dir angeboten habe. Nur die Geschichte mit dem verlorenen Kuss ist längst vorbei. Denk daran!

Zweiundzwanzig

Diese Herabwürdigung kann nur von einem männlichen Denker kommen. Wenn zwei Seelen ihren gemeinsamen Weg verlassen wollen, dann geschieht das aus Überlegung, die den Lernprozess ankurbelt, um sich selbst zu befreien. Von den langjährigen Erfahrungen, die einem klar machen, dass es nicht mehr so weitergeht, muss ein Stoppschild gemalt werden. Ich musste das Schlaraffenland verlassen, um neu anzufangen und weil ich es nicht mehr ertragen konnte. Ich wollte diese Archäologie nicht mehr mit ihm tragen. Mein Heißhunger auf die Spuren Millionen Jahre alter Germanen war gestillt. Ich wollte keinen Staub mehr auf meinen Lippen. Er dagegen war besessen von dieser puren Sinnlosigkeit, sodass mir übel wurde.

Mir schmeckt dieser Tee nicht mehr. Schau dir die brennende Kerze auf unserem Tisch an. Sie flackert vor unseren Augen umher. Das Café ist kalt. Mich fröstelt es ein bisschen an den Armen, und das nur, weil du mit deiner stolzen Männlichkeit Geschichten erzählst, die in ein weibliches Raster eigentlich nicht hineinpassen. Keine Farbe kann ich ansetzen. Rot lässt sich nicht mischen, um die Farbe Schwarz zu bekommen. Die Treppen meiner Fantasie werden flacher und die Absätze meiner Zuneigung verschmutzen sich zusehens. Die wenigen Augenblicke, in denen Regen fällt, strömen durch meinen Verstand, das kann ich zugeben. Gott sein Dank!

Ich könnte mich mehr zurückziehen und den Ort aufsuchen, wo die Endlosigkeit sich mit dem Paradies verbindet. Schon diese Idee macht mich verrückt, denn ich dachte, ich hätte kein Paradies in mir. Mein Körper gehört mir schon lange nicht mehr. Deine Eingebung zollt mir zwar Respekt, aber damit kann ich nichts anfangen. Der Zorn ist so tief in mich gedrungen, als müssten meine Puppen ihren Überlebensakt nackt vorspielen. Nur die Requisiten mögen das Bild angenehmer machen. Die Blumen, die ich nicht mehr mag, stehen vertrocknet in leeren Vasen. Der Vorhang fällt. Die Lampen verlöschen. Das Handbuch des Lebens verschenkt sein Programm und hängt den Mantel dorthin, wo er nicht mehr gebraucht wird. Ohne mich. Fettige unreine Hautfetzen liegen auf der Liege. Der zerbrochene Stolz wird das Tagesbild verjüngen und den Tod herbeiführen. Und was will die Zukunft von mir?

Willst du den Kaffee bestellen, den ich morgen eventuell trinken möchte? Oder willst du dir meine Sünde anhören, die ich in zarten Melodien komponierte, um die weiße Fahne auf meine schmale Schulter zu legen? Wo kommt der Schweiß auf deiner Stirn her, wenn dein Orgasmus hinter dem Horizont liegt? Was ist mit dem allzeit gefürchteten Tod, der mit mir nichts mehr zu tun haben möchte? Was ist schon eine Liebe wert, die mich davor verschont, sie einzuatmen? Woher kommen die ungeschriebenen Noten, die meine salzigen Tränen lange Zeit betreut haben? Nun ist die Melancholie bald am Ende und wir beide wissen nicht einmal mehr unsere Vornamen, nicht mal die Bedeutungen von Feuer und Lava. Du kennst die Tore der Hölle nicht, die unsere Wahrheit begrüßt. Du willst schlau sein und mir sagen, wie ein Märchen ohne nackte Haut oder einem verlorenen Kuss ausgeht? Kennst du den wahren Erzähler, der die Einsamkeit über die Brücke stieß? Ist dir bewusst, dass meine Muschi die ganze Nacht heiß wie Glut brannte, nur weil ich überleben wollte? Nicht wegen der Erlösung oder der sexuellen Gier. Ich wollte fühlen, wie ein Tag schmeckt. Nicht wegen des Drangs den Muttermund zu öffnen oder die Erniedrigung noch mal zu erleben, sondern um das musikalische Getöse eines Meeres zu hören. Nicht wegen der Besessenheit einen Schwanz in den Mund zu nehmen und das weiße Zeug spritzen zu sehen. Ich wollte den Abgrund sehen, um das Gefühl für die Zeit zu bekommen, die mir zuvor Angst gemacht hatte. Ich möchte nur einmal von meiner Kindheit träumen. Kannst du verstehen, dass ich die blutige Kleidung ablegen möchte, die meine Nährstoffe berührt hat? Ist dir klar geworden, welchen Freundschaftspakt du vor deiner Abreise zu mir eingegangen bist?

Woher nimmst du das Recht, die himmlische Ouvertüre zu singen, wo du doch nicht mal den Text richtig kennst? Du hast geahnt, dass der Altar mit unbeleuchteten Kerzen ausgestattet war. Deine Inseln sind all die Jahre begrünt gewesen. Meine kannten nur die Dürre. Keine deiner Tränen hat die Wurzel der Liebe befeuchtet, nur die Wut, den Hass. Ich wollte zu jeder Zeit den dreckigen Schwanz in den Mund nehmen und die Heuchelei als Geschenk wieder zurückgeben, als Dank, als eine Art von Erinnerung für den erlittenen Schmerz. Einfach so. Und du willst mir vorschreiben, wie ich mit der Vergangenheit umgehen soll? Du Macher eines verlorenen Kometen, der sein Tagespensum im Malen nie geschafft hat, weil seine Gedanken immer woanders waren. Also lass das Gerede von einer wilden Beleuchtung und einem Abendmahl, das nur im Traum stattfinden kann. Hör endlich auf deine Unterhose verkehrt herum zu tragen, denn die Symbole der männlichen Denker sind bereits in der Produktion verfälscht worden. Sie liegen auf jedem Ladentisch und bestimmen deine Arschgröße von allein. Und wenn du dich wund läufst, würde mich das nicht interessieren. Wozu auch? Du bist bereits geboren worden. Deine Taufe begann vor der Eiszeit, und die Denkmäler stehen tief im Wald. Wozu die Erinnerungen? Um zu mahnen? Um der Wahrheit zu dienen? Oh, nein! Mein Leben ist eine Einbahnstraße geworden. Der Asphalt kennt die Spuren des ständigen Wiederaufstehens. Deine frisch angelegten Blumenrabatten nützen keinem mehr, denn die Hinweisschilder hat man in der Nacht gestohlen. Man will, dass ich durch die Hölle gehe. Das ist ja auch geschehen. Schau mich an! Meine Rippen kann man sehen, und der Qualm meiner Zigarette dunstet mein Gesicht auf, als wäre ich bereits 85 Jahre alt. Überall habe ich nur Falten. Das Preisschild meiner Strickjacke kannst du noch sehen. Es beweist, dass ich wirklich eine Mutter hatte, die mich stundenlang im Flur bluten ließ. Aber du willst mir nicht glauben. Gut, dann kann ich ja mein Diplom in „Kunstpädagogik" verbrennen. Ich brauche es nicht mehr. Wie sagtest du? Die Autodidakten haben mehr Fantasie als die unbekümmerten Studenten auf den grünen Wiesen der Universitäten, die jahrelang ein Bildnis studierten.

Deine Anwesenheit am Tisch zeugt davon, dass die Fantasie in dir ohne einen Schimmer von Angst lebt. Das scheint auch die Antwort darauf zu sein, warum du als autodidaktischer Maler keine

Scheu davor hast, die Farben in das Raster deiner Träume einzufügen. Du machst es einfach. Die Bleistiftminen wandern wild übers Blatt, als wäre das Universum für eine kurze Zeit bei dir, als wäre ein Sonnenstrahl in dein Auge gedrungen, um dieses Trauma eines Lebens zu korrigieren. Verzeih mir, dass ich dieses Thema anspreche! Aber sind es nicht die tiefen Verletzungen, die uns eine bedeutungslose Welt sehen lassen? Wird das gemalte Bild nur dann sichtbar, wenn die Augen es nicht sehen wollen? Und gerade unsere Augen sind doch dazu bestimmt, Entstehungen und Erfindungen auch auf anderen Ebenen zu sehen. Du bist fähig zu entdecken, zu berühren, zu schmecken. Das liegt an der Liebe. Und die Liebe bereichert deine Fantasie. Eine Fantasie, die ich durch eingeschränkte Illusionen wahrnehme. Das schmerzt. Ich werde von Bildern aus der Kindheit malträtiert, die mich im Schlaf immer wieder einholen. Ständig ist der Baggerfahrer am Loch und holt den alten Schmerz heraus, von dem ich dachte, er sei begraben. Ich krieche auf diversen Straßen umher und küsse die Fledermäuse, die sich in meinem Haar verfangen. Mehr habe ich nicht, denn die Armut siegt bereits in den früheren Morgenstunden, wenn ich ein trockenes Brötchen in den Mund nehmen möchte.

Am Anfang habe ich die Botschaften nicht verstanden, sodass ich meinen Pinsel suchen musste, der den Code am roten Teppich sichtbar machte. Du kannst deine schön geformten Lippen schließen und deinen bereits erkalteten Tee trinken. Denkst du immer noch, dass ich eine gefühllose Frau bin, die nur an das Ficken denkt? Denkst du, ich hätte nicht gesehen, wie du in deinem Atelier gesessen und die wunderschönen Bilder gemalt hast? Deine Gespräche folgten dem Reichtum. Ich bin auf den Zug gesprungen und habe dir zugehört. Deine Worte sprudelten einfach aus dir heraus. Die Nässe deiner Lippen funkelte im Sonnenlicht, das durch das Fenster fiel. Ich sah deine leicht geschwungene Zunge in der Mundhöhle verschwinden. Sie tanzte einen ausgiebigen Walzer und formulierte schöne Worte, die mich umarmten. Am Anfang fühlte ich für eine kurze Zeit die Einsamkeit. Kaum hast du warme Worte gewählt, war diese Einsamkeit verschwunden.

Ich werde den Moment nie vergessen, als wir am Hafen auf dem Steg standen und ich das erste Mal das Verlangen spürte, dich zu küssen. Hätte ich da schon geahnt, dass auch männliche Denker das Herz an der richtigen Stelle haben können, hätte ich mich wahrscheinlich schon eher vor einem Kuss geschämt. Aber deine vorsichtige Zurückhaltung berührte mich zutiefst. Ich ließ Nähe zu und begann dich zu respektieren. Mein Denken, mein Fühlen lag auf dem verdreckten Boden. Ich konnte beides nicht aufheben. Es behinderte mein Sehen. Ich war nicht in der Lage einzuschätzen, warum deine Abneigung zu mir so präsent war. Erst nach ein paar Minuten begriff ich, dass es meine Zigarette war. Der kalte Rauch meiner Zigarette war dir unangenehm, und der Versuch dem zu entkommen entfachte in mir die totale Einsamkeit. Aber diese Gedanken scheuen meine Zukunftsaussichten nicht. Du hattest indes ein Bild mit Gesichtern gemalt, die eine Ohnmacht aufwiesen. Erschrocken war ich. Leuchtende Katzenaugen schauten mich an. Die dunklen Wolken mit den schwarzen Krähen versuchten in mir eine Fantasie anzustacheln, die ich in mir leider zu spät entdeckte. Trotzdem durfte ich auf deinem schön begrünten Balkon weinen. Du hast nichts gemerkt, so sehr waren deine Gedanken in diesem Bild versunken. Ich drehte mir eine Zigarette und verweilte in meinem leeren Illusionen, die sich nach Orangen und Bananen sehnten. Aber damit hattest du nichts zu tun. Ich wollte meine kranke Welt in keiner Art und Weise auf dich projizieren. Mit den vielen Angstneurosen war sie schon schlimm genug. Und als wir an dem Abend die gebackene Thunfischpizza aßen, konnte ich mich nicht mehr beruhigen. War es Freude oder Unsicherheit, in der Höhle des Löwen zu sitzen? Oder war es das Aroma deines frisch gebügelten Oberhemdes, das den Raum erfüllte? Du warst ruhig und gelassen. Es zuckte und bebte unter meiner Haut. Mein Gesicht hatte sich nervös von dir abgewandt. Meine schmutzigen Finger griffen im Übereifer nach den Seiten eines Buches, das offen auf deinem Schreibtisch lag. Ich fand es kurios, dass es ausgerechnet zwischen Gabel und Tomatenketchup lag. Die Buchseiten haben uns irgendwie verbunden. Selten genug konnte ich mir dieses Paradies bildlich vorstellen.

Es tut mir nicht leid, dass ich damals so schnell zum Bahnsteig gelaufen bin, um von dir loszukommen. Das Weihnachtsfest hatte Tradition. Bockwurst und Kartoffelsalat. Tannenbaum und Christstollen. Feuchtes Wetter und dunkle Jahreszeit. All das verbindet uns. Natürlich bin ich dir bis heute dankbar, dass ich in dieser sentimentalen Übergangszeit mit dir zusammen sein durfte. Der Ansturm, meine Ideen in Wörter zu verwandeln, hielt meinen Wün-

schen nicht stand. Du mit deinen wunderschönen fantastischen Bildern, die viele Impulse freigeben. Sie sind für mich wie kleine Diamanten, die in meine Unkenntnis spucken und Kälte erzeugen. Und gerade die Gedanken von Schnee und Kälte haben mich von der ewigen Angst befreit. Nun konnte ich deine Nähe zulassen. Ich ließ diese Nähe wirklich zu. Es war eine andere Art von Nähe, die ich aber erst später verstand – durch dich. Dein abstraktes Denken und das filtrierte Fühlen schienen in einer anderen Welt aufzutauchen. Doch diese Welt kannte ich nicht. Sie war mir fremd. Sie machte mich unsicher. Ich wagte es nicht, ihr entgegenzutreten, um aus dieser Sache heil herauszukommen. Ich musste die Flucht zum Bahnhof antreten. Ich wollte mir neuen Raum schaffen, um leere Regale aufzustellen, die ich jeden Morgen mit meinen Sorgen befüllen konnte. Aber dieser Bahnsteig besaß keine leeren Regale. Ich konnte mich nicht mal festhalten, da hörte ich die Bremsen des einfahrenden Zuges. Die große Bahnhofshalle verwaltete die vielen Stimmen der Reisenden. Alles wurde mir zu viel. Meine Seele wollte nur weg. Die Enge trieb mich von dir fort. Ich wollte dich nicht verletzen. Ich fieberte nach dem einfahrenden Zug. Ich nahm die Einsamkeit in mir wahr. Bis heute weiß ich nicht, ob es ein Abschied für immer war. Ich kenne die Antwort nicht. War es damals vielleicht die Traurigkeit, dass ich mich auf dem verschmutzten Bahnsteig herumsuhlte und nicht fortkam?

Doch der Zug fuhr ein, in Schrittgeschwindigkeit. Mir war es recht, ich wollte die Zeit hinauszögern. Reisende stiegen aus, mit dicken Koffern und prallgefüllten Rucksäcken. Die Zugtüren wollten sich gerade schließen, als ich mich entschied, dich in deinem Träumen auf dem Bahnsteig stehen zu lassen. Ein aufdringliches Signal ertönte, ein rotes Warnlicht blinkte über der Zugtür. Die Schiebetür schloss sich. Langsam ruckte der Waggon an, doch mir war irgendwie nicht richtig bewusst, dass dieser Zug jetzt den Bahnhof verlassen würde. Deine Seele war für mich plötzlich weit weg, und dein Körper schien mir nur noch eine leere Hülle zu sein.

Ich sehe alles noch deutlich vor mir, als wäre es erst gestern geschehen. Ich dachte kurz vor der Abfahrt des Zuges, dass der Bahnsteig mit Reisenden gefüllt sei. Doch als ich aus dem Zugfenster sah, hast nur du auf dem Bahnsteig gestanden, niemand sonst. Du allein. Ohne ein Abschiedswort habe ich dich stehen lassen. Und dann fielen mir im Zug plötzlich die Worte ein, die ich dir noch sagen wollte: „Danke für dein Zuhören! Danke für deine Offenheit! Danke, dass du mich aufgenommen hast! Schön, dass es dich gibt!" Dabei wollte ich dich noch mal berühren, deine warme Hand spüren und mir deine Lippen einprägen, um sie später zu malen. Doch alles verlief stumm. Erst am nächsten Tag fühlte ich mich dreckig, alt, weggeworfen, benutzt, fremd, seltsam, fast traurig. Ich stand in meinem Atelier ohne Gedanken. Die Ideen waren weg. Der Spiegel im Bad sah mich nicht. Um mich herum war es dunkel, als ob ich in einem schwarzen Raum stand, um die Gleichgültigkeit anzunehmen. Das gelang mir sogar, denn du musst wissen, dass in mir eine schwarze Seele lebt, für die es unwichtig ist, wer sich freut und wer weint. Sie ist gefühlskalt und hasserfüllt. Sie lebt davon, dass ich mich so verhalte, aus Schutz.

Es war mir egal gewesen, was du über mich gedacht hast. Ich wusste nicht mal, ob ich noch leben wollte. Nur der Tod war in mir vorhanden. Er saß neben mir. Seine Mähne glitt leise über mein verwildertes Aquarellpapier. Der Zauberspruch von Bewegung und Tatendrang erzürnte mich. Ich wollte Aufschreien, nach Hilfe rufen. Ich hüpfte auf einem Bein, wollte mich selbst spüren. Ich stürzte vor meiner Tür mit heftigem Aufprall, bemerkte den ätzenden Geruch in meiner Küche und sah die Besteckschublade halb offen stehen. Mir fiel das Küchenmesser ein, die Übelkeit verflog. Nur der Anblick der geöffneten Schublade beruhigte mich. Mit wurde klar, dass ich jetzt aufstehen muss. Mit enormer Kraftanstrengung zog ich mein rechtes Bein an, um Halt zu finden. Alles drehte sich in meinem Kopf. Ich wollte nur zur Ruhe kommen.

Bleib so sitzen, bewege dich nicht! Dein Anblick hat gerade etwas Kostbares an sich, das ich zuvor nicht sehen konnte. Dein Gesichtsausdruck gewinnt in diesem dezenten Cafélicht eine Fantasiefläche, worin sich eine fremde Euphorie verstecken könnte. Dennoch sollten wir was essen. Der Hunger treibt mich um. Dann werde ich unsicher und kann deinen Überlegungen nicht mehr folgen. Es wäre für mich eine Schande, das Schachspiel wegen Unaufmerksamkeit zu verlieren. Aber wenn ich ehrlich bin, mir ist egal, wer das Spiel gewinnt. Meinen Springer hast du genommen, und dafür bin ich dir dankbar. Nun kann ich deinen Springer schlagen und meinen

Bauer dort hinsetzen, um deinen dominanten König zu bedrohen. Die Zeit wird zeigen, ob ich an deinen König näher herankomme. Vier bis sechs Züge noch, dann hängt er am Galgen. Zuvor sollten wir uns etwas zum Abendbrot bestellen, was uns fröhlicher stimmen wird. Und da würde mir eine außergewöhnlich ungenießbare Kürbissuppe als Vorspeise genügen, um Ausschau zu halten, was ich entsprechend einer unvergessenen Vergangenheit als Hauptgericht einnehmen würde. Die Erinnerungen wagen es, das leere Glas in die Hand zu nehmen und darauf achtzugeben, dem Spiel des Königs keine Bedeutung beizumessen. Alles herausnehmen, das keinen Bezug auf das Grundmodell des Sieges hat. Ich will nicht den Pferdeschwanz neu flechten, um dir eine neue Figur zu verpassen. Deine schmale Taille ist Grund genug daran zu denken, wie sparsam deine Abendmahlzeiten waren. Die Zeiten ändern sich. Das macht der Sonnenstand aus, der über den Häusern steht und auf die Wolken wartet. Die Zeit verschiebt sich und dein Lächeln schlägt einen Weg ein, der das Wirkliche in den Abgrund führt. Scheinwerfer schalten sich ein und leuchten das Schöne an, das Seltsame, das Begehrliche, das verschwommene Bild, das die Farben nicht mag. Alles geht dem Abgrund entgegen und schüttet deine Zweifel zu. Die wilden Horden verkrümeln sich unter deine geschriebenen Postkarten und rufen das Abendlicht hervor. All das ist nicht gewollt. Ich würde es opfern und die hilflosen Gurus dafür hergeben, um dir zu helfen, damit die Schwarze Magie den Zynismus vertreibt, der dir beim Abendessen das Leben so schwer macht.

Im rasenden Tempo gehst du allein durch die Platanen und Alleen. Die winzige Normalität will mit dir nichts mehr zu tun haben. Der Seitenblick fehlt dir. Die Ebenen dazwischen lassen dem kühlen Schatten mehr Raum, und wenn es dir schlecht ergeht, kommt ein wackeliger Stuhl dazu, auf dem du stundenlang nicht sitzen kannst.

Du hast keinen besonderen Blick als Gabe erhalten. Oh, nein, denn die Langeweile lichtet die Kinderfotos von dir nicht mehr ab. Die Belichtungszeit war zu kurz. Die Silberschicht verstreute deinen Müßiggang sehr spärlich, sodass die Positivbilder heute zu dunkel erscheinen. Achtlos hast du diese Bilder beiseitegelegt und sie mit keinem Blick gewürdigt. Schade, denn man sollte sich die Details gut anschauen.

Sehr gut, man kann etwas übersehen. Vielleicht ist ein Buch von dir nicht bemerkt worden, dass du heute gern lesen würdest. Vielleicht! Vielleicht sind unscheinbare Szenen deines vergangenen Lebens unentdeckt geblieben. Vielleicht! Das Geheimnis schwimmt ganz leise an einem vorbei. Man bemerkt es nicht. Nur die Angst klopft an deine Tür. Also, was willst du nun speisen? Der Schlächter wartet schon auf das Finale, um die Nachspeise zu reichen. Aber selbst das würdest du überhören, damit dein

Leben nicht aus der Bahn geworfen wird. Man sieht nichts. Man hört kein Wort und fühlt nur harten Beton unter sich. Wie stehst du morgens auf? Siehst du die Wolken am Himmel? Hörst du die Vögel vor deinem Haus fröhlich zwitschern, siehst du sie eine flache Pfütze aufsuchen, um ihr Gefieder zu reinigen? Kannst du zwischen den Fingern die leichte Brise des Ostwindes spüren, der seine geschmacklose Gewalt verliert? Ist es möglich, dass du die Butterblume auf dem Rasen siehst, die jede umherfliegende Hummel anlockt? Oder hast du einen leicht beschwingten Frühling anklopfen hören, der die Knospen an den Bäumen zaghaft anhaucht, um dir ein Zeichen von den Schamanen zu geben? Hast du eine streunende Katze beobachtet, die sich in der Morgensonne ihren Pelz wärmt? Oder war es dir mal vergönnt, auf einer kurz geschnittenen Wiese auszuruhen und nur das Summen der unendlich vielen Bienen zu genießen? Genügt es dir nur zu atmen und die Glimmstängel anzuzünden, die deine Angst nur kurzzeitig eindämmen?

Deine Eile wollte nie von dir gehen. Du magst die Flucht. Schnelle Momente, die dich letztendlich zermalmen, nehmen von dir Besitz. Oh, mein Gott, wenn ich daran denke, wie du auf dem großen Gelände der Klinik gehetzt hin und her gelaufen bist. Wolfshagen, an einem schön gelegenen See, November 94. Der See gab seinem Namen alle Ehre. Ich mochte die Steintreppe, die nach unten zum See führte. Dreiunddreißig Stufen trennten den steilen Abhang vom See. Steil ging es nach unten. So oft bin ich die Stufen gelaufen und habe mir dabei amüsiert vorgestellt, wie es aussähe, wenn ich sie nackt herunterlaufen würde. Aber dann kamst du nach oben gelaufen, geschwächt vom steilen Aufstieg. Auf einem Treppenabsatz erklangen deine ersten Worte, deine Augen zwinkerten, du hast mir die Hand gereicht, ein kurzes Lächeln, dann begann sich das Kapitel „Lena" in mir zu öffnen. Unsere Wege trennten sich, als du zur Station gelaufen bist und ich an den See, der mir seinen Wind übergab. Mir wurde plötzlich klar, dass du die gleiche Station, den gleichen Flur und den gleichen Chefarzt mit mir geteilt hast. Was für eine Entdeckung!

Dreiundzwanzig

Begegnungen zwischen „Alten Denkern" haben immer etwas Wertvolles, Reizbares, Nachdenkliches und Erlernbares, das einem weiterhelfen kann. So sind Gespräche und Diskussionen immer ein Gewinn. Ich mag die Begegnungen, so unterschiedlich sie auch sein mögen. Ort und Zeit sind nicht wichtig, da ich den Zufall schätze. Ich möchte herausfinden, welche Gemeinsamkeiten man hat, welche Meinungen herrschen. Deshalb wusste ich nicht, ob ich dir mein Innerstes einfach so offenbaren konnte – auch wenn keine Gefahr bestand, dass du diese Situation ausgenutzt und mich lächerlich gemacht hättest. Ich wollte dir vertrauen. Aber wie sieht Vertrauen aus? Wie kann Vertrauen entstehen? Diese Fragen habe ich schnell wieder über Bord geworfen. Ich wollte kein Irrtum entstehen lassen, um dich zu verunsichern. Ich fühlte mich nicht wohl, denn die feuchte Luft hat mich konfus gemacht. Ich konnte keinen klaren Gedanken fassen. Der Gedanke, in einer Klinik für neurologische Elementarteilchen zu sein, hat mich tagelang zermürbt. Ich fand diese Klinik schon beim ersten Eindruck fruchtbar.

Was hat man hier schon unternommen, um mir zu helfen? Ich soll meine Gedanken vergessen lernen, sagten sie, die leeren Hüllen von weißer Magie in mir auflösen, um meine Schmerzen nicht mehr zu rechtfertigen. Die Zeit wird alles heilen, und ich werde stückweise Abstand zu allen Demütigungen und Verletzungen bekommen. Bei diesen Worten könnte man die weißen Denker glatt für Buddhas halten. – Natürlich möchte ich meine Angstgefühle loswerden und sie durch positive Inhalte ersetzen, aber auf meinen Einspruch wurde überhaupt nicht eingegangen, man hat ihn kaltblütig abgewiesen. Ich hätte auf der anderen Straßenseite laufen können, sie hätten mich nicht gesehen.

Als ich ihre Ablehnung spürte, war mir klar, dass ich den dunklen Pfad gehen muss. Ich brauche niemanden, der mir sagt, wie ich mich zu verhalten habe, wann ich weinen oder lachen darf. Wo kämen wir da hin? Da kann ich mich ja gleich nackt ausziehen und ins Kaufhaus rennen, um mich von den Schwänzen der Männer berühren zu lassen.

Was haben diese weißen Denker überhaupt studiert? Was wissen sie von offenen Wunden, die in kalten Wintertagen entstanden sind und nicht heilen wollen? Was wissen sie denn schon über die Phantomschmerzen in meiner Muschi, wenn ich an manchen Tagen nicht auf die Toilette gehen kann, wenn die kalte, nasse Luft an meinen Leisten hochkriecht und die Eierstöcke frieren lässt? Gibt es wirklich Semester, die sexuellen Missbrauch lehren. Bekommen die Studenten nach dem Studium etwa einen Praktikumsplatz, um das Leid nachzuempfinden? Ich glaube nicht. Da gibt es bestimmt wichtigere Dinge, die sie beachten müssen. Zum Beispiel den Diagnoseschlüssel, der die eigentliche Grundlage meiner Heilung ist. Da spielt es keine Rolle, welchem Geschlecht man angehört und wo man geboren wurde. Es geht darum, wie es mir jetzt geht und wie ich morgen entlassen werde. Sie wollen wissen, wie man tickt, um den Reißwolf anzuschalten, der auch mein letztes Nervenende anknabbert. Und wenn der Reißwolf irgendwann mal abgeschaltet wird, kann man sich an jedem Ort der Welt fachmännisch aufknüpfen. Wo liegt nun dein Problem? Ich habe mich in vielen Dingen verändert und brauch die Zeit nicht zurückzudrehen, um an dem Punkt anzukommen, wo ich dich angeblich nicht gemocht habe. Das stimmt nicht, und das weißt du auch! Nur bedenke, dass in mir ein harscher Wind weht, der mein Denken nahezu lähmt, der mich daran hindert zu lieben oder dir zuzuhören. Ich habe verlernt, das Gerechte an meinen Pulsadern auszulassen, damit neue Unruhe in mir entsteht, wenn ich in der Straßenbahn sitze und über mein Elend nachdenke.

Ich werde wohl deinen Bauer im Auge behalten müssen, denn der bedroht meinen Bauer. Das Schachbrett ist in dieser Welt viel zu klein geraten. Die Figuren suchen ihren Weg. Meine Überlegungen fallen in eine Grube, in der ich die Vergangenheit züchten muss, um bei dir Erfolg zu haben. Jeder Spielzug kennt den Tod. Dein Schachzug schleudert meine Ideen wild umher. Ich werde Platz schaffen und eine Rochade machen, um den Druck aus dem Spiel zu entnehmen. Außerdem ist es mir egal, was ich früher zu Abend gegessen habe. Mit ist es völlig wurscht, welches Getreide ich zu mir nahm. Heute Abend gönne ich mir zur Feier des Tages einen Kartoffelauflauf mit Schafskäse überbacken, und wegen der jahrelangen Abstinenz einen Eisbecher ohne Sahne.

Jetzt sieh dich vor, ich habe Blut geleckt. Ich werde dir Paroli bieten. Es nicht wahr, dass ich all die schönen Dinge des Lebens nicht sehen wollte. Ich weiß nicht, wie oft ich traurig nach Hause laufen musste. Meine Beine waren schwer wie Blei, weil mir am Tag die Leichtigkeit fehlte. Jeder Schritt zum Schafott war ein mühsames Unterfangen. Ich unterschätzte mein Wissen über die Besserwisser, die neben mir wohnten. – Meine Erinnerungen schwächeln. Die Küche: kahl, ohne Bild, ohne Tapete, abgerissene Gardinen und ein voller Aschenbecher auf dem Tisch. Ich stütze meinen Kopf und versuche zu heulen. Übelkeit kommt in mir auf. Es war alles zu viel. Meine Wut hat gesiegt. Ich zerkratzte das Küchenfenster mit einem Messer und stach immer wieder in den Küchentisch, bis ich nicht mehr konnte. Dann habe ich die Flucht angetreten und bin hinter meinem Wohnhaus im Park umhergelaufen.

Du wirst es nicht glauben. Ich habe mit dem Himmel gesprochen, gebetet, geflucht, geschrien, das Elend herbeigewünscht, den Kot geliebt und mir Erbrochenes gewünscht. Wie oft habe ich auf diesen nassen Parkbänken gesessen? Der grüne Schimmel darauf schenkte mir sein Gehör. Die Seitentriebe einer Brennnessel am Fuß der Bank berührten meine dünne Haut, die frierend den nackten Boden liebte. Meine innere Muße erklomm keine Anhöhe mehr, weil ich meine Kraft in den Gassen gelassen hatte. Wenn ich aufstand, senkten sich die hohen Häuser, um die Tracht der erdachten Worte zu erklimmen, die ich in mir trug.

Deine Weisheit, um es klarzustellen, wie ein männlicher Denker fühlt und liebt, wird mich nicht davon überzeugen, dass die männliche Garde eine andere Haut besitzt. Ausnahmen lasse ich nur in mir zu. Ich bin selbst ein Raubtier, das dem Fraß hinterher läuft. Meine Probleme wurzeln sehr tief in mir, aber ich kann sie nicht herausziehen, weil ich nicht weiß, wohin sie führen. Es tut mir leid, dass auch diese Zeit mit mir hier am Tisch für dich verschenkte Zeit ist. Meine unüberlegten Illusionen machen dir vor, du wärst ein einsamer Wolf, der die verloren gegangene Sehnsucht findet. Aber der bittere Geschmack meiner dargestellten Liebe entscheidet sich nicht für dich. Ich empfinde es erschreckend, dass meine gedachte Liebe keinen festen Boden bei dir findet. Dennoch macht es mich zufrieden, einen männlichen Denker anzutreffen, der seinen Schwanz nur für die Fortpflanzung benutzt. Also, worin liegt der Unterschied zwischen dir und einem Macher im Knast, der mit meiner Muschi wie mit einer Gummipuppe spielt? Sag es mir, du verdammter Kerl! Woher kommt dein markantes Lächeln? Was sind das für Gedanken in dir, die mich als weibliches Wesen anders betrachten als diese Macher in grüner Uniform? Warum soll ich fühlen, was ich all die Jahre verdrängt habe? Ich höre plötzlich das leise Gitarrenspiel in mir, das ich zuletzt in meiner Kindheit hörte. Du wagst es tatsächlich, hierher zu kommen und mich zu besuchen? Du willst wissen, was aus mir geworden ist? Gerade du, der seine eigenen Erfahrungen mit dem Bösen gemacht hat. Was ist in dich gefahren, eine unentschlossene, vergessende Künstlerin zu besuchen, die, wie meine Mutter mal sagte, kein Talent fürs Malen hat. Ich kann nicht mal ein Streichholz halten und es anzünden, wenn es mir schlecht geht. Ich kann nicht mal auf eine Toilette gehen, wenn ich aufgeregt bin. Ich pisse stets daneben und lass den gelben Rand so liegen, bis er trocknet. Und du weißt, das kann lange dauern. An dem Tag, als ich endlich meine Entlassungspapiere von der Stasi bekam und das Knasttor hinter mir ins Schloss fiel, schwor ich mir, nur noch meiner Einsamkeit zu dienen. Ich wollte nicht mehr auffallen und nie wieder übel riechenden Männerschweiß einatmen. Ich würde mich zurückziehen, wenn eine behaarte, vernarbte Hand auf mich zukäme. Nur noch dem leisen Wind wollte ich in der Nacht still zuhören. Glaubst du wirklich an die Wunder des Lebens, die einem helfen sollen, wach zu werden und anders zu denken? Ich kenne die Antwort nicht.

Nun sitze ich hier im Café und bestelle tatsächlich einen Kartoffelauflauf mit Schafskäse. Du siehst aus, als wolltest du mich daran hindern zu gehen. Doch ich werde das nicht zulassen. Ich weiß nicht, vielleicht aus Feigheit, Angst, Eitelkeit oder aus alten Prinzipien. Ich habe die Möglichkeit fortzugehen, und doch will ich das Gegenteil. Ich könnte jetzt einen schwirrenden Kolibri malen, der mir in der Zukunft ein wertvoller Talisman ist. Diese Entspannung ist, glaube ich, bitter nötig.

Verzeihe mir mein grobes Verhalten, es ist ein Schutz für mich! Du kannst nichts dafür. Ich kann diesen Mantel, der mein Böses umhüllt, nicht schöner machen. Die ewige Trauer spielt zu jeder Tageszeit ihre Musik. Ich brauche sie, um zu überleben. Viele Monate meines Daseins lebte ich, wie du weißt, in Bogota. Ich lernte auf dieser damaligen Studienreise meinen Exmann kennen, der Beginn eines Dramas in mehreren Akten. Vorhang auf, der erste Akt beginnt. – Es war sein Aussehen, sein markantes männliches Lächeln und seine grauen Augen. Ich war schon von ihm eingenommen, bevor der Zug anfuhr. Dabei wollte ich einen Neuanfang starten, neue Menschen kennenlernen, neue Kulturen und den weiten

Horizont eines fernen Landes sehen, ohne Stacheldraht, Wachturm und Wächter. Ich dachte, in Bogota könnte ich alles besonders weit hinter mir lassen. Aber das war nicht so. Jeder neue Tag begann mit einem neuen Drama. Es fing damit an, dass mein Exmann alte Schätze suchte. Tagelang war er unterwegs und suchte Orte längst vergessener Zeiten auf. Vasen, Krüge, Ketten, Besteck und Waffen fand er, die man später in den deutschen Museen ausstellte. Aber das war nur die eine Seite von ihm. Die andere Seite erfuhr ich erst später.

Es war der Abend, an dem er in der Baracke drei Flaschen Rum getrunken hatte. Schon während seines Trinkgelages hatte sich mein Schatzsucher in eine Bestie verwandelt. Sein Gesicht wurde streng, an den Schläfen pochten seine Adern. Seine Lippen waren aufgerissen und seine grauen Zähne, die einem Wolf gleichkamen, waren zu sehen. Er war kaltblütig, arrogant und schamlos. Er betrachtete die weiblichen Denker als die unterste menschliche Gattung, als absoluten Abschaum, als Dreck, den man zu jeder Zeit anpissen kann. „Man sollte die weiblichen Kreaturen am Tag einsperren, damit sie keinen Unfug treiben", sagte er. Kein Wunder, dass ich kein Kunstverständnis habe und nicht fähig bin, einen normalen Haushalt zu führen. Er schämte sich, mit mir unter einem Dach zu leben.

Ich muss dich unterbrechen, Lena, denn der Hunger nagt an meinen Magenwänden. Ich strahlte die Kellnerin an, als sie elegant die wohlriechende Kürbissuppe auf unserem

Tisch servierte. Sie dampfte noch, und ich genoss jeden Löffel Suppe. Es tut mir leid, aber meine Gefühle waren nicht immer ehrlich. Sie betreten schließlich einen fremden Raum, mit dem ich nicht sofort klarkomme. Deine Thesen über männliche Denker geraten bei mir ins Wanken. Du beschreibst einen männlichen Schatzsucher mit einem Mantel, der mir passen soll? Du kennst mich doch gar nicht. Du kennst zwar meinen Namen, aber das war es auch schon. Was willst du von mir wissen, du dahergelaufene Malerin, du stark verletztes Kind, das seinen Weg noch sucht? Deine Suche beginnt immer dann, wenn der Tag bereits zu Ende ist. Ich dagegen ritze meinen Namen in den früheren Morgenstunden in eine Kalkwand, um ihn am Tag zu tragen.

Lena, es gibt Orte, wo die innere Sucht zur fliegenden Schwalbe wird. Im Wachzustand sehe ich die Schwalbe fliegen, und unter meinen Füßen zerbricht plötzlich eine heile Welt. Kleine Kachelgehäuse habe ich auf verzuckerten Träumen erbaut, wo ich meinen lang ersehnten Unterschlupf fand. Ich fand selten Schlaf. Er lief oft davon, wenn die Bettdecke meinen Rücken berührte. Seltsame Verdickungen parodierten in meinem unruhigen Bauch, sodass ich lieber leeren Illusionen hinterher lief, anstatt in Stille abzuwarten. Und wenn der Schlaf im Anmarsch war, fingen meine Hände eine Unzahl von Tränen auf. Und diese Tränen funkelten im Glanz einer Nacht, die im Verdacht stand mich zu entdecken. Ich wollte nie selbst entdeckt werden. Ich zog meine Hose weit hoch und beglückwünschte den hängenden bunten Schal an der Garderobe meines Vaters. Klarheit und ein offenes Wort lagen ständig auf einer Astgabel, die den Heuboden mit Angst füllte. Liegend habe ich von oben herab die erbärmliche Welt betrachtet. – Stell dir vor, was ich gesehen habe! Der Boden versteinerte sich im Sekundentakt, wenn nur ein Gefühl über mich hinwegrollte. Meine Kindheitsfotos plakatierten die Kindheit überall. Kennst du Spielzeughallen, wo Erinnerungen einen Platz finden? Es sind heiß begehrte Plätze, weil die Kindheit dort ein Fundament besitzt, das jedem Erdbeben standhält. In schlafender Position kann die Kinderhand den Teddy festhalten, ohne die Schreckensbilder zu sehen. Der böse Verdacht, dass ich Feige sei oder Wut besäße, ist frei erfunden. Ich kann deutlich die Handschrift meiner Geburtsurkunde lesen. Sie besagt, dass ich da bin. Etwas anderes schert mich nicht.

Als ich das Licht dieser Welt erblickte, kannte ich nicht mal das Wort „Liebe". Nicht mal der Himmel hat ahnen können, dass die Sonne auf mein Antlitz scheint. Also woher stammen all diese Weisheiten? Und woher will man wissen, wann die vielen Schneeflocken die Seele berühren, in der die einzigartige Fantasie entsteht? Ist das Warten auf eine unerwartete Begegnung ein reines Geduldsspiel?

Oder ist das Geduldsspiel im Leben eine besondere Art von Heilungsphase? Bereichere ich mich an einem Topf, der mir gar nicht gehört, oder soll ich den Herrn fragen, ob ich weiterleben darf? Wohl dem, der weiß, wer mein Nachbar ist, der es ehrlich mit mir meint.

Und du behauptest, dass du mich kennst? Willst sogar beweisen können, wie die männlichen Denker fühlen? Ach, ich kann nur schmunzeln. Du weißt nichts! Du hast nichts in den Händen. Kein Vagabund kann dir erklären, warum die Erde sich dreht und warum sie rund ist. Keine Schachfigur wird dir erklären können, wer von uns beiden das Schachspiel gewinnt. Was wäre, wenn ein grüner Macher in Uniform deine Rosenbeete pflegen und eine aufblühende Knospe in dein Haar stecken würde? Du würdest nicht mal einen Beweis finden, wenn dir dein Erlebtes erneut begegnen würde. Ist hier deine Weisheit am Ende, darf ich es wagen zu leugnen? Ich glaube, dass diese Täuschung ein gelungenes Schauspiel darstellt. Denn mit deiner Vergangenheit stillst du immer wieder deine Ängste, wie an einer Mutterbrust. Du wirst das Erlebte nicht vergessen, da du den Verstand verloren hast, der nun alles rechtfertigt. Die Wahrheit verschwimmt zu etwas Schemenhaften und versucht in dunkler Farbe auf ein helles Aquarellpapier loszumarschieren. Sie wird eine unglaubliche Illusion in dir hervorzaubern, die die ganze Wertschätzung deiner Seele widerlegt. Wenn also das Bild fertiggestellt und in einem Mahagoniholzrahmen eingefasst ist, würde die Vision deines Ichs nie in Erfüllung gehen. Glitzernde Sterne der Hoffnung werden dein Zimmer schmücken, die belanglose Angst annehmen und dich überrollen. Deine leicht gebückte Körperhaltung, die nur deine Schwäche kennzeichnet, befindet sich noch im Frühstadium und erholt sich in schlechten Zeiten wie diesen. Deine Augen tasten nur den Boden ab, sodass die Blicke hinauf gar nicht mehr funktionieren. So kann ich auch nachvollziehen, dass viele Dinge des Alltags übersehen werden.

Nimm es mir nicht übel, wenn ich selbst bei dieser schmackhaften Kürbissuppe die Schönheit der Umgebung außer Acht lasse. Ich mag es zu genießen und mir die Zeit dafür zu nehmen. Ständig auf der Jagd zu sein und dem Uhrzeiger hinterher zu rennen, dazu habe ich keine Lust mehr. Und darum bin ich auch etwas erstaunt, dass du deine Kürbissuppe einfach so herunterschlingst, als hättest du drei Tage lang nur Pfefferminztee getrunken. Du kannst dich nicht mal an der rot getünchten, dicken Stumpenkerze auf unserem Tisch erfreuen. Ihre Flamme schwingt förmlich über dem Docht und gibt Wärme ab. Schon für mich ist der Anblick einer Kerze ein besonderer Moment. Wenn ich träume, kann ich im Lichterbogen fliegen und die Funken an den Händen spüren. Gönne dir etwas mehr Zeit und verschwende nicht die süße Soße, die in deinen Mundwinkeln hängt. Ich weiß, wenn das hastige Essen vorbei ist, kommt aus dem Magen wieder die Verbitterung zum Vorschein. Damit ist nicht zu spaßen. Auch wenn du die Kürbissuppe innerhalb von Minuten verschlungen hast, sind deine Gedanken zu einem Gespräch über Ängste noch allgegenwärtig.

Deine Argumente über männliche Denker sind völlig daneben. Sie können nicht richtig sein. Deine Gedanken sind wie leer stehende Vasen. Du agierst hilflos und stellst deine Argumente auf leere Regalflächen. Selbst dein innerer Protest ist nicht in der Lage ein Argument zu finden. Du solltest wissen, dass der männliche Denker eine eigene Geschichte hat. Eine Geschichte die Jahrtausende zurück liegt. Sie ist geprägt von Macht und Gier, von einer Zeit der Schamrotzer, die nicht in der Lage waren die Religionen richtig zu verstehen. Und die Religionen, die du verständlicherweise ablehnst, festigen deine Meinung, dass die weiblichen Denker immer wieder in eine Ecke gedrängt werden, um das eigene Überleben abzusichern.

Warum, fragst du, warum sie verdrängt werden? Diese Frage ist berechtigt. Die weiblichen Denker besitzen einen fein durchdachten Stolz, der den abstrakten Altar ohne Blumen schmücken würde, um den Schwachen und Alten das Gefühl zu geben wahrgenommen zu werden. Und dieser Stolz ist aus reinem Honig gegossen und schmeckt vielen männlichen Denkern besonders süß. Hinter diesem Stolz hört man auf großen Märkten, Plätzen und Bühnen allerdings die Musik des Lebens spielen. Sie spielt sich auf hohen Podesten ab, auf dem ein Pult steht. Wichtige Gesetze, die das Jahr bestimmen, liegen auf diesem Pult. Sie wurden dort abgelegt, um der Verantwortung gerecht zu werden, sie jedem besser verständlich zu machen. Sie standen mit erstem Gesicht und schauten auf das Volk. Sie trugen ihre Worte auf schmalen Schultern und heuchelten, das Richtige tun zu wollen. Doch sie taten es nicht. – Du meinst, das wäre nichts Besonderes?

Oh, da solltest du mit deiner Meinung vorsichtig sein! Die weiblichen Denker verwalten eine hohe Kunst in der Wortwahl. Sie formulieren mit feinster Logik und seltenem Lächeln einen Satz, der eine ganze Bühne in sich zusammenstürzen lassen kann. So schwer kann er wiegen. Diese Last der Wahrheit prägt das Geschehen und ruft förmlich nach Entscheidungen, die der tatsächlichen Wahrheit nahe kommen. Die weiblichen Denker tragen einen Nebel umwobenen Mantel, sodass man denken könnte, sie hätten nichts weiter drunter. Aber dem ist nicht so. Das weibliche Antlitz verwaltet eine angeborene Eleganz. Sie prahlen damit nicht, um ihre Angst nicht offenkundig zu machen. Die Angst lebt in ihnen, aber getrennt von der Liebe, der Sünde, der Gnade. Ist es nicht seltsam, wie dein Denken über die Angst hier am Tisch ins Strudeln kommt? Du suchst die Schuld woanders, nicht bei dir. Du bist immer auf der Suche nach der Schuld. Ständig sind die Gedanken damit beschäftigt, damit du das Opfer spielen kannst, obwohl das Kostüm eigentlich viel zu klein für dich ist. Diese Schuld wird von dir neu definiert, analysiert und nachgespielt, bis du daran glaubst und dir die Schlinge um den Hals legst. Und dann folgt der Ruf: „Mein Gott! Mein Gott! Mein Gott!"

Am Ende der Geschichte wirst du noch deinen Stolz verhökert haben – einfach so, ohne nachzudenken. Du legst deinen schmutzigen Schutzmantel ab und beginnst vor Angst zu zittern. Nicht wegen der Kälte, sondern weil der Ärger deinen Stolz verscheucht und die Angst erneut anzieht. Du hast genug Wut in dir angesammelt. Wie ein Vagabund hast du ihr hinterher gehechelt, um den schmutzigen Abschaum aufzulesen. Und davon bist du leider satt geworden. Deine Wut will, dass du die Schuld suchst. Sie ist zu einer zweiten Haut in dir geworden, sie deckt dein wahres Gefühl ab. Der Groll will keine anderen Gefühle zulassen als sich selbst. Und warum nicht? Weil Gefühle die Wahrheit erkennen. Sie sind die Verbündeten in dir. Sie halten dich fest und geben dem weiblichen Denker die Weisheit, die der männliche Denker fürchtet. Er fürchtet die Manipulation der Psalmen in der Bibel, dass die weiblichen Denker wirklich ein schwaches Geschlecht seien und auf die Hilfe anderer angewiesen sind. Ohne die männlichen Denker würde es keine Selbstständigkeit geben. Mehr noch! Diese männliche Welt preist einen verlogenen Traum an und verlangt die Selbstbestätigung, um sich in die Pose des Siegers zu stellen. Immer und immer wieder will sie Zeuge sein, wie das weibliche Geschlecht ohne männliche Liebe dem Tode nahe ist. Dabei ist diese pure Verlogenheit auf Gewalt aufgebaut. Die männlichen Denker berühren den falschen Himmel – einen Himmel, der die Lügengamaschen leider nicht zerfrisst. Jede gutgläubige Idee auf Besserung und Vertrauen führt zur Krankheit und zum Tod, denn diese Ideen haben kein Wissen, keine Erfahrungen. Sie sind leer. Und mit dem Wachsen des männlichen Widerstandes werden neue Lügenstrategien gestrickt, sodass die weiblichen Denker die Schuld auf sich nehmen müssen, um aus der Angst zu entkommen. Kein Regiment wäre in der Lage, die Angst an eine Wand zu stellen. Nicht ein einziges Streichholz könnte die Lunte entzünden, um das Credo der männlichen Denker ins Gute zu verwandeln.

Dein Staunen macht müde. Ich kann leider nicht von dir erwarten, mich ernst zu nehmen. Es tut mir leid, dir das sagen zu müssen. Deine Illusionen ziehen das Falsche an. Und das, Lena, wird als das aufgeschwemmte Fundament deiner Ruine angesehen, auf der die Kirchen heute stehen. Sie stehen in einer Landschaft, wo nur die sogenannten Sünder leben, um ihre Last in kleinen Scheiben aufs Feld zu streuen. Nun ist die Jahreszeit gefragt, die die Fäulnis mit nach Hause bringt. Abgestorbene Triebe der Bäume liegen sinnlos auf dem Feld und verderben. Sie verschenken das Lachen, weil die Last schwer wiegt. Sie erlahmen und röcheln dem Tode entgegen, und keiner wird sich finden, der ihnen die Last abnimmt. Es wird keiner kommen. Kein erbärmlicher Denker auf dieser Erde sieht die angeklagten Sünder vor den Galgen warten, um sie zu retten. Sie müssen bis in alle Ewigkeit warten und den Tod mit ihren Sehnsüchten empfangen. Bis dahin aber sind sie kranke Sünder, die ihre Last mehrmals schon auf dem kargen Feld verteilt haben, um die Knolle einer Kartoffel zu finden, die ihnen Hoffnung auf Erlösung gibt. Das sind die Untergebenen. Sie vegetieren dahin, siechen auf der Erde und betteln den Himmel um Erlösung an. So sieht eine Welt der Sünder aus. Und was ist der Unterschied zwischen deiner erhofften Schuld, die dich zum Befreier machen soll, und dem Sünder, der alles auf sich nimmt, um in den Himmel zu kommen?

Du kannst diese schöne Musik im Hintergrund hören? Im Café ist es ruhiger geworden. Viele Gäste sind bereits gegangen. Die Dunkelheit nimmt den Schatten der Laternen auf, und ich sehe zum ersten Mal Tränen in deinen Augen. Die leere Suppenschale und das Tempo unserer Vergangenheit prallen aufeinander. Der Glaube an die Wirklichkeit, wie ein männlicher Denker im märchenhaften Garten lebt, lässt dich darüber nachdenken, dass sie eine andere Welt in sich tragen. Zu oft hat deine Psyche den großen Zeiger der Wanduhr angehalten. Nun rast die Zeit davon. Wir können beide nicht mehr die Sekunden stoppen und die Erfindung einer pflanzlichen Auferstehung preisen.

Der Kartoffelauflauf mit Schafskäse ist schon wieder Vergangenheit. Deine Hände umklammern das halb volle Weinglas. Damit kannst du deine Sorgen und deine Verbitterung aber nicht lindern. Auch nicht mit der brennenden Kerze auf unserem Tisch, die unsere Gedanken verzaubert.

Es ist 21:00 Uhr. Wir genießen für einen Moment den stillen Abend. Manchmal macht mich das zwar wahnsinnig, aber heute inhaliere ich die Stille und deine leise Stimme. Deine Zigarette liegt im Aschenbecher und du fragst beiläufig, wie Eingebungen entstehen. Suche die Antwort in dir und gib zum Beispiel deinem inneren Impuls nach, die Badewanne zu entleeren. Es sind nicht die religiösen Attentäter, die ihre Heiligtümer vor dem Altar präsentieren. Oh, nein! Wir haben gerade bemerkt, dass eine Kerze dein Antlitz erleuchtet und die Stille deine schroffe Haut berührt. Die männlichen Denker tragen nicht alle ein Kruzifix am Hals und strahlen damit wie Vertrauensdiamanten. Nein, sie erzeugen auch ein natürliches Chaos, das du sehen willst. Man erkennt diese

Denker von Weitem. Es sind dunkle, magere Gestalten mit langen, schwarzen Mänteln. Sie wohnen in Kirchen und heizen die Kapellen, damit du dich setzt und die Speichelreste von Jesus empfängst. Warum sind denn die ersten Bankreihen vor dem Altar ständig so sauber? Kein Staub ist zu sehen, kein Abdruck fühlbar. Du suchst eine Antwort?

Entzückend, wie du mit dem rechten Zeigefinger nachdenklich deine Dame berührst, um der Bedrängnis zu entfliehen. Dein König bekommt keine Gnade und muss den Turm zu Hilfe rufen. Du ziehst die Dame so langsam auf G3, als wären deine Gedanken abgestürzt. Ich fühle, dass es dir nicht gut geht. Deine Erinnerungen wandern in die Kindheit, als noch der Sonntagsgottesdienst um zehn Uhr zelebriert wurde. Das spiegelt deinen Traum wider, als deine Sicherheit unter dem Kreuz dahinschwand. Mir ist es auch so gegangen, und ich sage dir im gleichen Atemzug, dass der falsch verstandene Glaube in allen Erdlöchern zu finden ist. Gefällt dir, dass ich die gleichen Erfahrungen machen musste? Auch die männlichen Denker mit den schwarzen Kutten machen solche herben Enttäuschungen. Ich hörte sie sagen, dass die Wahrheit überall zu finden sei. Überall wäre die Liebe zu finden, man brauche ihr nur die Hand zu reichen. Jeder Obstbaum würde erblühen und jeder Krieg zum Frieden führen. Aber die Hand des Pfarrers war nicht immer sauber, als er mir über den Kinderkopf strich. Also auch da ist Vorsicht geboten. Schon als Kind darf man nicht alles Gott gegebene glauben. Und wo die Maßstäbe liegen, weiß ich nicht. Ich kann nur vermuten, dass die Seligsprechung den männlichen Denkern ein Recht einräumt, im Dom die ersten Reihen zu besetzten. Doch das war mir damals wie heute zu einfach.

Sie wollen ihre Wassersuppe am Lagerfeuer kochen, den Aluminiumtopf in ihre verkrüppelten Hände nehmen und damit kundtun, dass ein Bettler brav am Bahnhof zu sitzen hat, um Geldspenden zu erbetteln. Gleichzeitig soll das Gebet einen höheren Stellenwert einnehmen, damit wir glauben im Leben angekommen zu sein. Wer diesen Weg geht, wird den Segen Gottes empfangen. Ja, dann dürfen sie die heiligen Säle betreten und die Friedenskerze anzünden. Sie dürfen ab heute beten und dem Heiligen Vater dienen. Die von Armut geprägten Bettler werden entzückt sein, dass die päpstliche Vorherrschaft etwas gewichen ist und ihnen ein bisschen Respekt zollt. Das stimmt mich allerdings nur ein wenig froh, denn als die kleinen Renten der Bettler immer noch dafür reichten, den Kirchen goldene Dächer zu spenden, bekam ich heftige Halsschmerzen. Seit dem spielten meine Nerven verrückt. Meine Schlaflosigkeit begann eine ungeahnte Offensive und ich konnte meine vergangenen Erlebnisse monatlich neu erleben. Manchmal schlugen sie so heftig zu, dass ich mich kaum davon erholen konnte. Das Schicksal kennt eben keine festen Zeiten, kein Morgen, kein glücklich sein. Und es hat keinen Namen. Die Geschlechterfrage hebt sich von selbst auf. Das Paradies in einem Schicksalsschlag gebündelt kann definitiv extrem und an manchen Tagen leicht angesäuert und schwer verdaulich wirken. Im Nachhinein betrachtet, ist der schnell vorübergehende Schicksalsschlag in seiner zaghaften Aufarbeitung leichtfüßig und will, dass die geschädigte Seele sich selbst besinnt. Ich sollte daraus lernen, vorbeugende Maßnahmen in den Alltag eingliedern und das verletzte Haus schützen. Diese Wandlung zum besseren „Alten Denker" ist in der Lage, die psychischen Verletzungen auf die leichte Schulter zu nehmen, auch deshalb, weil Jesus in mein Leben trat und meine Schuld auf sich nahm. Ist das nicht ein schöner Traum? Sind das nicht seltsame Begebenheiten?

Lichtreflexe erhellen dein rechtes Auge. Der Rotwein mag den frivolen Waffenrock nicht mehr, dem ich die rote Karte schon lange entgegenhielt. Lassen wir diese kirchlichen Momente in sich ruhen, denn es wird Zeit, dass unsere Weingläser ihre Töne freigeben. Der Geschmack des trockenen Rotweins vergeht schnell auf meiner Zunge. Ich möchte den Schluck wieder ausspucken. Und warum? Beim Rotwein denke ich an das viel gepriesene Abendmahl. Brot zu Brot. Blut zu Blut. Eine Idee, die den

Rücken der „Alten Denker" in einer Bildgalerie der Tränen und Traurigkeit frei hält. Ihre Hände schimmern über dem Kelch und laden dich ein, das Abendmahl mit zu feiern. Das sind nur Nebensächlichkeiten im Namen Gottes. Als Beipack darf die weibliche Majestät Altarkerzen anzünden und wenn nötig auch auf einer Orgel christliche Popmelodien spielen. Am Rednerpult aber ist die religiöse Grenze erreicht. Da hat die graue Eminenz das Sagen. Hier darf das unnahbare Zölibat alle Register ziehen. Dabei wird kundgetan, dass das weibliche Geschlecht den Segen Orbis nicht vergeben darf. Sie wollen unter sich bleiben und die unsichere Keuschheit in dicke warme Decken packen. Sie wollen keine Ehen und die Pornografie bekämpfen. Und wenn das Abendmahl dem Ende zugeht, wird die viel geliebte Gehorsamkeit eingefordert.

Ein Gesetz wurde geschrieben. Die religiösen Denker haben die weite Reise nach Rom auf sich genommen, denn sie wissen, dass es kein Weib je schaffen wird, die heiligen Tore zu durchschreiten. Das Zölibat ist streng, kalt und wird oft auf großen Messen zelebriert. Es kennzeichnet auch, dass die weiblichen Denker immer eine Stufe tiefer stehen als sie. Sie sind die zweite Wahl der Schöpfung, denn durch sie könnten ja Grenzen überschritten werden. Pflicht oder Liebe. Beides kann man nicht haben. Von daher wird es in der Zukunft wohl keine

Päpstin geben. Eine weibliche Majestät abzulehnen, wird also im Sinne der christlichen Liebe geduldet. Christliche Frauen sind zuständig, Spenden zu sammeln. Sie haben dafür Sorge zu tragen, dass stets frische Blumen aus dem Klostergarten geholt werden, die dann den Altar schmücken. Doch der Altar blendet aus, dass Wahrheit und Liebe auf beide Geschlechter gleichmäßig verteilt sind. Dieses ungeschriebene Gesetz weiß ich zu schätzen. Es ist neutral und findet stets sein Paradies, wo die Angst nur eine Illusion ist.

Angst entsteht in der Liebe? Glaubst du das? Liebe kennt nur die Angst des Alleinseins. Alle anderen Ängste sind in deinem Denken verankert und wünschen sich, dass die Schuld bald nach Hause kommt. Und wenn die Schuld bei dir angekommen ist, dann wird dir das Erlassen, was nie in dir war: Liebe. Nasse, dünne Hände berühren dein Haupt, um dich segnen. Was für ein Bluff. Jeder männliche Christ wird beim Gottesdienst die Behauptung aufstellen, dass Gott seine Liebe auf alle Menschen gleichmäßig verteilt. Wenn das so wäre, hätten die Kardinäle im Vatikan nicht längst mal eine Päpstin fürs Volk gewählt?

Du staunst darüber, wie die religiöse Welt funktioniert? Das lässt den Schluss zu, dass der Abstand zwischen uns ein Abstand von Gesetzes wegen ist. Ich halte das für unsinnig. Die Geschichte hat uns überrannt und kennt keine

Begründung, das Zölibat weiterhin zu preisen. Man kann nur ahnen, dass der männliche Denker die Hierarchie liebt, um Dinge im Weltgeschehen besser lösen zu können. Allerdings muss man künftig die gleichgestellte Denkerin einbeziehen. – Mich wundert es nicht, dass dir nicht bewusst ist, was in deiner Stadt vorgeht. Du wohnst dort, kaufst ein, erhältst Besuche, sprichst Kunstinteressierte an und diskutierst mit ihnen. Und doch zelebrieren die halbherzigen religiösen Denker ungestört ihre herzlosen Gottesdienste.

Ein sicherer Ort hat ein Dach. Man fühlt sich sicher, denn es gibt Tausende Orte, wo der gepredigte Segen Gottes die Menschen verarscht. Soll das die Nächstenliebe sein? Das geht doch am Kern der Wahrheit vorbei. Was für ein Wahnsinn! Es geht ihnen nicht darum die Wahrheit zu vermitteln, sondern den verirrten Affen einzufangen, der es nicht auf den Baum geschafft hat. Diese religiösen Denker glauben, die Wahrheit gehöre ihnen. Sie erheben sich einfach über die Armen, die Kranken und verkünden ihre Wahrheit. Aus ihnen bricht jetzt im Alter das verletzte Kind aus, in ihrer Kindheit durfte das nicht geschehen. Heute besitzen sie die Macht darüber zu urteilen, wie hilfebedürftig die armen Bettler, ausgelaugten Sünder und orientierungslosen Atheisten sind. Sie geben Empfehlungen, kluge Ratschläge und Erfahrungen mit der Richtlinie weiter, dass nur ihre Darstellung richtig ist. Sie wollen den Ton angeben, verstehen aber nicht, warum man durch Fehler Erfahrungen sammelt. Sie gehen von sich aus, von ihren Gesetzen. Sie fragen nicht, warum ein Kind in der Schule versagt, warum eine alleinstehende Frau mit drei Kindern ständig krank ist, warum Armut und Reichtum ständig anwachsen und die Atheisten keinen Glauben besitzen. Die Antworten findet man schnell, und sie werden auch dir gegeben. Mach den Fernseher an. Unfälle, Katastrophen, Morde, Massenvergewaltigungen und Krebsschicksale sind die Antworten, die eine Wahrheit begründen könnten. Man nennt sogar Zeiten, um ja nicht zu vergessen, dass die Sünde jeden Tag präsent ist. Jeden Morgen um 9:00 nach dem Frühstücksfernsehen und jeden Abend um 19:30 vor der Tagesschau werden die Wahrheiten verkündet, auch kostenlos im App. Plötzliche sind wir alle Brüder und Schwestern. Plötzlich ist das Gebet eine göttliche Verbindung zwischen Himmel und Erde. Plötzlich gibt es kein geschlechtlich getrenntes Gebet mehr. Unterschiede im Glauben an Gott gibt es nicht mehr.

Warum, fragst du? Sie wollen die Kirchen wieder füllen, um arme Sünder wie dich von ihrer Pein zu erlösen. In der Masse denkst und fühlst du anders und verdrängst deine in dir wohnende Wahrheit. Du unterwirfst dich der Meinung der Masse. Daher ist die spirituelle Kraft der Kirche ein willkommenes Geschenk. Heute ist es nicht mehr wichtig, zu wem man betet, was man betet, warum man betet. Hauptsache, der religiöse Denker kann seine Predigt halten und die Lämmer hören ihm zu. Ja, sie werden anfangen zu reden. Sie werden salutieren. Sie wandern auf den Bühnen umher. Sie artikulieren mit fester Stimme, damit auch das letzte Ohr in der Kirche den Psalm versteht.

Trinke dein Rotwein weiter! Wir können auch anstoßen und die Heiligkeit an unseren Tisch einladen. Jetzt ist der religiöse Denker in der Lage alles auszusprechen, was ihm wichtig erscheint. Jetzt schwebt der religiöse Denker auf sieben Wolken und kommt Gott nahe. Er kann sich erheben und sicher sein, dass seine Wahrheit auf goldenen Boden fällt und von ihm erfunden wurde. Er wird im Gefühl den Thron besteigen und Tausenden Gläubigen den richtigen Weg zu weisen.

Ist das nicht fatal? Sie stellen sich ganz oben hin und schauen auf die dummen Sünder, auf die Knechtschaft, die Armen, Kranken, Bettler und preisen die unverstandene, nicht verinnerlichte Wahrheit und lächeln dabei siegesgewiss. Sie geben dem Volk das sichere Geleit, dass ihre Wahrheit sie befreien würde. Und falls die Gläubigen Reue zeigen, wäre das der Diamant im Gottesdienst, dann würde sich ihnen das Himmelreich öffnen.

Lena, ich habe die lange Zeit auf diesen kahlen Feldern gearbeitet. Ich kann den Satz nur für mich gelten lassen, dass die Wahrheit ein kostbares Gut ist und uns allen gehört. Mich macht es traurig, wenn ich die Saat nicht aufgehen sehe, wenn der Samen nicht sprießt und die Wurzel nicht keimt. Das Unkraut „Ungehorsam" wird weiterhin wachsen und Weib und Mann auseinander triften lassen. Dagegen muss man Brücken bauen. Wir beide bauen gerade eine Brücke zwischen uns auf. Sie ist noch sehr wackelig, aber sie wird irgendwann unsere Worte und Gefühle tragen.

Und dennoch muss ich zu diesem Thema noch etwas sagen: Ich habe geträumt, als alter Mann auf der Suche nach den Gaben Gottes zu sein. Ich habe geträumt, wie eine Päpstin in einer Kirche den Segen Gottes sprach. Ihre Stimme verzückte mich so sehr, dass ich das Suchen nach diesen Gaben vergaß. Keine Gefahr habe ich spüren können. Ihre Lippen waren feucht wie der Tau auf den Rosen und ihre offenen Worte sprudelten einfach so raus. Ihre Augen unterschieden kein Geschlecht. Für sie waren die Sünder alle gleich. Sie hielt ihre Predigt in einer Art, dass ich dachte, der Altar würde sich zu mir beugen. Ich spürte einen Luftzug aus der Orgel entweichen und sah, wie sich die beiden Altarkerzen entzündeten. Das Kreuz war bereit, den Tanz aufzunehmen. Entspannte Gesichter schauten nach oben. Gold, fein wie Nieselregen, fiel vom Himmel. Das himmlische Kleid umarmte uns. Jetzt wusste ich, dass ich angekommen war. Die Päpstin hob ihre rechte Hand und berührte meine Stirn. Ein Klavier begann zu spielen, und jede Note auf der Tastatur war wie eine Offenbarung, die ich zu gern mit dem Rest meiner Angst eingetauscht hätte.

Was aber würde geschehen, wenn die Taufe von Gier und Unzucht überschattet wäre, wenn der Groll seinen Konflikt ungelöst ließe? Können „Alte Denker" unter den Zeugenstand kriechen, um der vermeintlichen Wahrheit zu entkommen? Alles, was beschreibt, wie die Liebe an die Seelen klopft, um Einlass zu erhalten, würde eine Rechtfertigung bekommen. Das ist ein ehrlicher Einlass, der die Lebensfallen beim Zutritt geschlossen hält.

Was fühlst du, wenn wir hier am gedeckten Tisch seelenruhig über fliegende Schwalben sprechen und über einen Traum, der uns zwar keine Flügel schenkt aber ein reines Gewissen, dass ein Leben mit der Angst möglich macht? Wir dürfen von einer Zeit träumen, da eine gefühlsbetonte Päpstin die Bibel aufschlägt und uns den viel beschworenen Segen ausspricht. Und wenn ihre befreienden Worte auf die männliche Welt herunter donnern, um die harte Betonmauer aufzuweichen, dann erst wird sich diese neue Dynastie entwickeln. Alte Prägungen des Denkens, des Verharrens, der ständigen Abweisungen und der sturen Haltung spülen das verdreckte Regenwasser aus den moosgrünen Dachrinnen der Kirchenhäuser weg. Und der alte Gestank abgestandener Tränen, die sich jahrelang im Taufbecken festgesaugt haben, verschwindet. Aber das sind nur Worte. Die Gedanken in mir reifen weiter. In mir wuchert das Ungehorsame, und der neugierige Trotz nimmt seinen Anfang.

    Auf den feuchten Pflastersteinen haben Kinderwagenräder nasse Spuren hinterlassen. Ich sehe den Nebel, der aus dem Gestein quillt. Meine Blutungen enden nie, und der alte Kinderwagen wird eines Tages in den Abgrund stürzen. Nur das kleine Kopfkissen mit den gestrickten bunten Bällen lag dort drin. Ein dünnes, verschmutztes Laken bedeckte den Boden. Es war bitterkalt. Der Drang mich zu erleichtern war heftig. Ich musste mich nach unten gleiten lassen. In der heißen Flut, die kein Erbarmen kannte, bin ich einen einsamen Weg gegangen. Ich habe mein Lachen verloren, mich neu orientiert, suchte die Wut, den Hass, den Ekel. Ich versuchte die letzten Kirchentüren zu berühren, um Hoffnung zu erhaschen oder ein wenig Freude. Ich bin fortgegangen, aber nie angekommen. Verflucht haben sie mich, und die Hunde jagten mich. Es gab kein Mitleid. Ich habe mein Inneres, das mich beinahe zum Schafott brachte, fast ertränkt. Es gab keinen Sieger, keinen Verlierer. Es gab nur mich. Mir wurde klar, dass mich nur ein Wunder retten konnte. Du musst wissen, dass sich nur hinter einer dieser Kirchentüren ein Wunder befindet. Ja, das kannst du mir glauben. Wo sollte sich sonst ein Wunder verbergen, wenn nicht am Altar, der das Kreuz der Liebe trägt? Einen anderen Weg zu gehen hat keinen Sinn. Die Zeit ist nicht wertlos, sie hinkt einem hinterher. Nur auf diesem Pfad, der mir etwas Ruhe gönnt, könnte ich erkennen, wer ich wirklich bin. Mein Schlaf ist mir wichtig. Oder ist mein Schlaf der Nachbar des Todes?

Zweiter Teil
Am nächsten Tag

Vierundzwanzig

Niemand hat mich je nach meinem Schlaf gefragt, und schon gar nicht, ob ich geschlafen habe. Der Schlaf, der unsere Zeit teilt, mag die weichen Daunen meiner Gedanken nicht. Sie springen jetzt auf meinem Frühstücksteller umher und zelebrieren eine kleine Freude, die ich nie zuvor kannte. Als wir uns gestern Abend verabschiedet haben, hast du meine Hand berührt, was ich als angenehm empfand. Die Nacht wurde kühl. Ich sah deinen Atem, der sich im Nebel auflöste. Alles war so unwirklich.

Den Kartoffelauflauf und den Rotwein mit dir zu genießen, das tat mir gestern gut. Meine Augen wollten meinen Schlaf nicht loslassen. Wie auf einem dünnen Seil balancierte ich im Nebel und vermied es, dabei nach unten zu sehen. Zum ersten Mal wandelte ich zwischen Aufwachen und Schlaf hin und her. Zwischen Hyazinthen und Salbei sah ich meinen winzigen Körper laufen. Das Bild, in dem ich keine Zurechnungsfähigkeit fand, beschrieb meine unglaubliche Wut. Es war ein Gesicht, das den verlorenen Sinn des Lebens suchte, um deren Umrisse aus gebranntem Ton zu verstehen. Jeder einzelne ungesüßte Tropfen meiner verbockten Vergangenheit, der aus mir herausströmte, verwehrte mir das Geben und Nehmen. Schwache Lichtreflexe, die nicht einmal in einem luftdichten Koffer Schutz fänden, spiegelten sich in den vergifteten Gedanken wider. Und was tat ich, um das veraltete Regiment zu führen, das weder Anstand noch Respekt besaß? Ich gab mich keinem Risiko hin und ging kein Wagnis ein, um zu siegen. Ich traute mir nicht zu, in das Licht, von dem du gestern Abend gesprochen hast, hineinzusehen. Meine Nerven zuckten und der Schüttelfrost fraß den Rest meiner Seele auf, in der die ganze Belanglosigkeit ruhte. Ich erkannte nicht das Notwendige. Der dicke Wulst von belanglosen Problemen kratzte nur meine Handflächen auf. Aber es waren nur Schürfwunden, die ich nicht verbinden brauchte. Und doch musste ich das Blut fürchten, denn ich kratze weiter. Es entstanden blutige Wolken über meinem Unwissen. Die dünnen Aquarellpinsel saugten die Farben auf. Und leere Formen wurden geschmiedet, die meine stahlharte Wut begrüßten.

Rückblickend zähle ich die vergangenen Monate und Jahre der Angst. Es ist seltsam, meine Gefühle von damals zu betrachten. In jedem Augenblick meiner Lebensschiene öffnete sich vor meinen Augen ein ausgegrabenes Loch, in dem ich Schutz fand. Im Hintergrund hörte ich die Lieder des Todes. Seine feine Stimme zitterte. Der Tod war nahe. Ich sah seine dünne Gestalt größer werdend auf mich zukommen. Sein Kleid war beschmutzt, die rote Nase eingedrückt, der Mund weit aufgerissen, das Haar fettig und ungekämmt, die Finger herausgerissen. Unheimlich zuckten seine Hände. Er machte mir Angst. Seine Wangen warfen durch den groben Schmutz Falten, um die letzte Träne aufzufangen. Und dann konnte ich ihn erkennen – den verspielten, unheimlichen Clown. Ich skizzierte ihn fein säuberlich auf das Blatt Papier, als ob ich ahnen würde, dass seine Zeit zu Ende geht. Er nahm meine Hand in die Seine und grinste mich verhohlen an, als wäre ich der entlaufende Gedanke eines ungeborenen Fötus, bei dem nicht klar war, wann er das Licht der Welt erblicken würde. Es ist der reine Wahnsinn, aus dem geballten Chaos eines Traumes zu entfliehen. Und doch ist dieser Pfad in schwarzen Tüchern eingewickelt, aus denen ich nicht entweichen konnte.

In Würfeln geschnittene und angebratene Speckschwarten haben auf das unscharfe Messer meines Vaters gewartet, der die Gewalt so sehr liebte. Mir war stets bewusst, dass es mit ihm kein gutes Ende nehmen würde. Der Alkohol verwahrloste ihn und erinnerte mich, dass ich seine Tochter bin. Diese Erinnerungen (es sind leider meine) kriechen in jede Faser meines Körpers.

Jetzt ist das unfertige Bild doch verschwommen geblieben. Gott sei Dank? Ich schluckte alles herunter. Die fetten Schlächter nahm ich an meinem Krankenbett in Empfang. Wir breiteten die Innereien auf einer Decke aus und dekorierten sie mit blutigen Rosen. Die Geschichte nahm seinen Lauf. Atmungsschläuche wurden zu Girlanden. Herzmaschinen gaben mir den Takt an und zeigten mir eine völlig andere Welt. Alles ist im Fließen. Bockig ist mein Husten. Reizend schön perlen die winzigen Schweißtropfen auf meiner Stirn. Der Krebs zuckte in meinen Gedärmen und hielt mich davon ab, weiter zu denken, weiter zu kämpfen, weiter zu singen, weiter zu malen, weiter über die Wahrheit meines Schmerzes zu sprechen. In mir ist ein Verlangen entstanden. Ein Verlangen? Was ist das? Ein Gefühl erleben, es zuzulassen? Ist das Zugeben die wahre Schwäche in mir? Oder ist das Verdrängen eine Stärke? Alles Blut in meinen Venen suchte die himmlische Musik des Todes. Hohe aufgeschichtete Dämme werden bereits gepflegt und warten darauf, bis der Kollaps kommt, der mich ins Feuer stößt. Möge das interne Interesse meiner Auflösung zu einem stillen Gesang werden, um mich am Kreuz zu rechtfertigen. Möge das Geschenk von Gnade und Vergebung zu einer leeren Hülle werden, denn nur dann kann ich den versteckten Gesang der Liebe aus dem Orchester des Todes heraushören. Ich musste lernen gut zuzuhören. Die Töne der Panflöte des Todes waren sehr leise. Sie klopften zaghaft an mein Trommelfell und beschenkten mich ohne Gegenleistung mit einer einzigartigen Sensibilität. Eine Fistelstimme sprach zu mir: „Wach endlich auf, Lena, du bist noch am Leben!"

Nun stell dir vor, wie erleichtert ich mich nach diesem Erlebnis fühlte. Diese schwere Last war verschwunden. Ich wollte fortfliegen, weg von den Feuerstellen, die meinen Hass in Kohle verwandelten. Die Funken erleuchteten den Raum und ließen ein neues Bild in meinen Gedanken entstehen. Ich konnte alles vor mir sehen und brauchte nur meine Idee einer vergessenen Welt aufzeichnen. Der feine Aquarellpinsel strich über mein Blatt. Schwalben entstanden, so viele, dass sie wie ein tosendes Meer aussahen. Die elende Angst wagte es nicht, mich zu packen. Dabei hörte ich im Hintergrund immer noch die leisen Töne des Todes. Ich musste achtgeben. Auf mich?

Welche Fügungen werden mir begegnen? Worin liegt die eigentliche Botschaft der nicht gemischten Aquarellfarben auf meinem Brett? Wie sind die Pigmente entstanden, die ich kurz vor meinem Erwachen gesehen habe? Ist die angepriesene Gnade aus Furcht vor meiner Seele zurückgeschreckt, oder rüstet sie auf, um mich zu töten? Konnte ich mich meiner Todesschlinge entziehen und dem angekündigten Krebs in meinen Venen die Geschichte meiner Kindheit erzählen? Meine Seele verbrennt und gibt der Angst neue Nahrung. Welche Not muss ich noch erleiden? Meine verkohlte Kindheit gelangte an einen winzigen Brennpunkt, der meine Sichtweise auf das künftige Leben sehr eingeschränkt hat. Die Episoden daraus leuchten in keiner Weise in mir auf. Ich erlebe sie auf einer neuen Ebene. Ich sehe nur Illusionen, die den Abhang herunter rollen, um in Vergessenheit zu geraten. Welcher böse Traum kann in mir so sein Unwesen treiben? Sind es die männlichen Anteile in mir, die den trockenen Ofen anheizen, damit die innere Trägheit erlahmt, oder ist die unerkannt gebliebene Bestie in mir an meiner Kindheit schuld?

Schau mich nicht so traurig an. Ich kann dich verstehen. Die Kindheit prägt jeden anders. Ich habe verstanden, warum die Panflöte in meinem Traum eine immer wiederkehrende Melodie gespielt hat. Der Zustrom neuer Ideen, die für mein Überleben wichtig waren, ist nie richtig abgebrochen. Aus der Sicht des Schachspielers konnte ich die Gefahren, die von den schwarzen Schachfiguren ausgingen, gut erkennen. Dein Springer kam meinem König ziemlich nahe, ermahnte mich aufzupassen und dich nicht zu unterschätzen.

Meine Gedanken fliegen an den Ort, wo Sicherheit nicht mehr gegeben ist. Daher verzeih mir, dass die Bedenkzeit für meinen nächsten Schachzug mehr Zeit in Anspruch genommen hat. Ich wollte nur verhindern, dass dein Springer meine Welt zerstört. Du, der männliche Denker, kennt das rationale Denken. Du weißt, wie das Finale ausgehen wird. Aber ich, die in dieser Klinik verweilen und sich den Fragen der Psychologen stellen muss, werde dich im Schachspiel nicht schlagen können. Es gibt viele Unterschiede zwischen dem Gesagten, Erdachten, Erträumten, Geglaubten und zwischen dem, was uns Angst macht. Sitzen wir beide im selben Boot, können wir das Ruder übernehmen und den Hafen ansteuern, der uns Sicherheit gibt? Du kennst deinen Hafen, deinen Kai. Ich dagegen rudere auf dem Meer umher, und der Wind muss mir die Gewissheit geben, dass der angesteuerte Hafen auch mein Hafen ist.

Ich werde den Bauer nehmen und deinen Springer schlagen, der mir Angst macht. Ich will auch nicht das Spiel verlieren, nur weil mein König ständig bedroht wird. Wenn du mich mattsetzt, ist das was anderes. Ich werde den Rosenkranz, der mir Sicherheit gibt, nicht über Bord zu gehen und ersaufen zu müssen, neu flechten. Meine Bedenkzeit ist aber leider zu kurz. – Ich kenne viele Bilder aus meiner Kindheit. Als wir beide noch Kinder waren, wussten wir von unseren geschlechtlichen Unterschieden kaum etwas. Man dachte nicht an Rangfolgen, an den Charme der Liebe und die Gebrechlichkeit veralteter Ideen. Weiblich oder männlich, damit wurden auch unsere Geburtsurkunden besiegelt. Das ist ein Ufer, an dem jedes von mir noch nicht gemalte Bild unterzugehen droht. Und ich kann dagegen nichts machen. Alles wird seinen Gesetzen folgen. Selbst das Feuer, das an jedem Abend gelöscht wurde, wird wieder neu auflodern und meinen Ängsten neue Nahrung geben. Diesen Flächenbrand zu kontrollieren ist schwierig, denn ich habe die zukünftigen Ideen am Schafott liegen lassen. Ja, mein Freund, meine Seele ist schwarz. Und du möchtest sie mit einer Flamme heller machen? Wie viele Streichhölzer würdest du wohl brauchen, um sie anzuzünden und meine Seele sichtbar zu machen? Überlege dir also gut, welchen Schachzug du machst! Dein Springer ist weg und mein Bauer wird dich in die Flucht schlagen. Aber wie lange noch? Du wirst darüber nachdenken, aus der Schlinge wieder herauszukommen. Bis jetzt bist du sehr raffiniert vorgegangen.

Was führst du im Schilde? Dein Charme ist gefährlich. Du malst Bilder, ganz heimlich. Dazu kommen noch schöne, bizarre, melancholische, unheimlich paradoxe, chaotische und fast frivole Skizzen, die mich ständig zum Nachdenken anregen. Du legst in aller Ruhe den Pinsel ab und schreibst dann einen lieblichen Text, der mich anzieht, der mich ergreift, der den Sinn des Lebens ausmacht. Du kannst einen BH und den Slip aus der Waschmaschine nehmen, ohne diesen Sachverhalt verfälscht zu beschreiben. Alles ist echt. Du bekommst keinen Steifen und fügst sogar einen Satz der

Fantasie hinzu. Das hebt dich von anderen ab. – Ich stecke mir eine Zigarette an, schaue aus dem Fenster und sehe eine Elster auf einer Mauer, die mich frech anschaut. Ich höre ihr Krächzen und sehe das Wippen ihres Federschwanzes. Verdammt, muss ich das verstehen!?

Du ziehst deine Unterhose aus und verschwindest unter die Dusche. Ich höre das Wasser rauschen. Keine Laute gibst du von dir, und dennoch spüre ich die Inspiration deiner Ideen, die du einfach so herausposaunst, um dich nicht wichtig zu machen. Es ist zum verrückt werden. Du kennst deinen Plan genau. Der Ablauf ist vorprogrammiert. Ich finde, dass die Welt ungerecht ist. Wo holst du die Energie her, die dich zu jeder Stunde des Tages in andere Farben tauchen lässt? Wie oft bist du zu Hause geschlagen worden? Wie oft hat man dich als Kind von einer steilen Holztreppe gestoßen? Wurden deine Schmerzen intensiver, wenn der Arzt deine klaffende Wunde zugenäht und dich dabei gefragt hat: „Na, wieder unartig gewesen?" Wie oft hat man dich in der Kaserne auf der Toilette vergewaltigt und deinen Kopf mit Urin gewaschen? Was hast du zu den Soldaten gesagt, die dir einen Stock in den Arsch gesteckt und sich im bunten Lachgewühle eine Zigarette angezündet haben? Wo ist dein Schmerz heute geblieben? Müsstest du nicht mit dieser Welt fertig sein und dir einen Strick um den Hals legen? Selbst wenn du das tun würdest, ich könnte das sehr gut verstehen. Dann könnte ich etwas von mir selbst begreifen, mir meinen Strick auf den Küchentisch legen und die letzte Zeichnung beginnen. Mehr noch! Ich würde dich noch fester in die Arme nehmen wollen und eine tröstende, ergiebige, zärtliche und verständnisvolle Frau werden, die es kapiert hat, was für dich Einsamkeit bedeutet. Ich wäre ein weiblicher Klammeraffe, der seinen Opfern über die Köpfe streicht, um Distanz zu erlernen.

Mitleid fordern und die Wunde pflegen? Oh, nein! Du willst mich trösten, nimmst die weite Reise auf dich und fragst mich, wie es mir geht. Deine warmen Hände berühren meine schmerzende Schulter, die mehrfach operiert wurde, und schon ist der Schmerz verflogen. Meine Migräne verfliegt, auch die Depression. Die Unruhe, die ständige Unruhe, die mich zittern und kein Bild malen lässt, spüre ich nicht mehr. Selbst das Feuer für meine Zigarette will nicht aufflammen, damit ich in den Genuss des Nikotins komme. Ich kann den Tag genießen. Du hast mir gezeigt, wie man es macht. Und wie machst du das? Du machst es einfach. Einfach so. Du malst einfach. Du schreibst einfach. Du verreist einfach. Du genießt einfach. Du gehst spazieren und kommst einfach zu mir. Die Zeit spielt keine Rolle.

Ich habe dich verletzt, dich angeschrien, dir bitterböse Briefe geschrieben und wollte deine Frau manipulieren, dass wir seit Monaten ein Verhältnis hätten und uns lieben würden. Ich habe davon geträumt, wie du in mich eindringst, dir die schönsten Blumentöpfe geschickt und vom gegenüberliegenden Park die leuchtende Lampe deines Arbeitszimmer gesehen, wo du deine Ideen verwirklichen wolltest. Ich stellte mir vor, was du gerade malen würdest. Selbst deine Texte konnte ich in Gedanken lesen. Es tut mir leid. Oder sollte ich sagen, es war richtig so? Oder sollte ich besser sagen, ich hätte nicht loslassen dürfen? Vielleicht hätte ich deine Liebe be-

kommen, und du hättest deine Frau verlassen. Aber nein, sie kam zu dir zurück. Ich bin eine weibliche Denkerin und kann verstehen, warum ihr deine Geselligkeit wichtig war. Du bist mit der Ehrlichkeit eng verbunden, um deine Erfahrungen an andere abzugeben. Deine Frau spürte diese Ehrlichkeit. Sie mochte deine Obstsalate. Sie mochte dein unrasiertes Gesicht und die Musik, die auf deinem Computer gespielt wurde. Ich war nicht eifersüchtig. Ich habe es kommen sehen. Ich wollte nur mal einen Versuch wagen, der mich aber letztlich anekelte. Es war ein Versuch, weil ich meine ängstliche Zeit überbrücken wollte. Ich wollte nur kleine Brücken malen, um dir näher zu sein.

Du kanntest mich gut. Du hast mich in der Keramikwerkstatt die Tonfiguren machen lassen. Nur du hast mir den Freiraum gegeben, den ich brauchte, um die männliche Kultur besser verstehen zu lernen. Nur du hast die Balance in mir mit sensiblen Worten ausschmücken können. Das tat mir gut. Viele Tage habe ich daran gearbeitet. Ich weiß es noch gut, mein Freund. Auf einer Drehscheibe lag die Figur. Geschmeidig und zart lag sie da. Der feuchte Lehmklumpen wartete auf seine endgültige Form. Es sollte etwas Weibliches entstehen, etwas Bizarres, etwas Bedeutsames. Eine liegende, ruhende Frau, die sich dem Sonnenlicht widmet, das Gesicht nach oben gewendet. Die Augen sollten geschlossen sein, als würde sie schlafen. Und der Versuch ihre Brust zu formen ging fast schief. Leicht geschwungen wollte ich ihre Taille formen, doch ich musste den Ton erneut nässen. Ich kratzte an der Form herum und spachtelte dann alles wieder zu. Ihre Schenkel gelangen mir nicht.

Der Busen wollte nicht schwingen. Die Brustwarzen konnte man nur erahnen. Ihr langes Haar war zu verpackt, zu dicht. Ihre Hände waren zu klumpig und zu dick. Ich wollte sie letztlich zerstören, als du ins Atelier kamst. Nur deine Anwesenheit machte es mir leicht, meine Angst anzunehmen. Ich nahm eine Zigarette aus der Tasche, verließ den Raum und ging auf den Innenhof rauchen. Meine Gedanken zerstreuten sich im Dunkeln. Kühle Luft zog an meinem Gesicht vorbei. Ich saß auf einer Bank und fröstelte nach einer Weile. Und dann, dann ging ich wieder ins Atelier zurück.

Der Raum war feucht und warm. Ich sah die schön geformte Frau auf dem Teller, der gerade seine letzte Runde drehte. Ihre Augen waren offen. Der Busen war nur angedeutet, dennoch sichtbar. Die Brustwarzen sprengten den Ton in leichten Rissen auf. Sie besaß lange und grazile Beine, die einer Offerte gleichkamen. Sie lag da, als wollte sie nie wieder gehen. Meine Füße gehorchten mir nicht mehr. Ich stand vor dieser Frau und berührte den feuchten Ton. Leicht, fast nicht mehr wahrnehmbar, drehte ich den Teller. Oh, mein Gott! Sie sah aus, als wollte sie tanzen. Sie lächelte. Ich trat an sie heran und fühlte auf der Oberfläche, dass du sie berührt, geformt hast. Ihre Beine gaben zum Beispiel eine Gelassenheit frei, die ich bis heute an mir sehe. Du hast ihr eine Energie geschenkt, die in meinen scheuen Gedanken lebendig geworden war. Du gabst ihr den poetischen Blick meiner Augen. Ihre Hände waren so zart geformt, dass sie meine Seele berührten. Ich hätte mich gern danebengelegt und den Schutz nachempfunden, den ich all die Jahre vermisst habe. Ich sah meine kränkelnde Seele durch sie heilen. Ihr Mund zuckte, als wären meine Gedanken und Empfindungen die ihren. Alles passte sich an. Ihre Brust hob die schwere Last nach oben. Die fragilen Finger bewegten sich im gleichmäßigen Takt. Ich war in Sicherheit. Es war „Die Frau in Ton", die mich kannte, weil ich sie war.

Fünfundzwanzig

Ich setze meinen Bauer neben deinen Turm, um eine kleine Gedankenpause zu bekommen. Dann ist wenigstens mein Pferd in der Lage, deinen Springer zu bedrohen, der seinerseits deine Dame schützt. Dieser Anblick ist schön.

Du sprichst von einer Wahrnehmung, die selbst eine Hamlet-Aufführung nicht widergegeben hätte. Deine Anwesenheit macht mir plötzlich Angst. Du formst Worte nach Belieben um und gibst ihnen ein komplett anderes Verständnis, was ich sehr befremdlich empfinde. Aber vielleicht habe ich mir das nur vorgestellt und es entspricht gar nicht der Wahrheit. Mag dich dein Ego noch? Woher stammt dein Wissen, wie die Verwandlung im Alter vor sich geht? Gehst du auf die Bühne zurück und schiebst deinen alten Lebenströdel einfach von dir oder hat deine Krankheit die vollständige Macht über dich erhalten? Deine befremdlichen Gedanken passen in kein Raster. Woher kommt also dein Sinneswandel?

In deiner verängstigten Welt sehen die Puppen anders aus. Schwarze Kleider prägen ihre dünn gezeichneten Linien, obwohl schwarz nicht zur Liebe gehört. Dabei ist unser Schachbrett in einem neutralen schwarz-weiß zu betrachten. Es lässt unsere Gefühle sehr holprig wirkt. Aber wie ist ein König zu entmachten, der das schmutzige

Gedankengut in sich trägt, um den Zoll der Liebe nicht begleichen zu müssen?

Da kommt in mir nur eine Frage auf: „Liegt der eigentliche Sinn im Schach darin, den König Matt zu setzen, oder ist die Dame die Bettlerin, die man schätzen lernt?"

Ich sehe eine Zukunft, dass die noch nicht gemalten Bilder darauf warten müssen, entdeckt zu werden. Jeden Tag habe ich diesen Gedanken. Der diese Zukunft begleitende Tod trägt dabei seinen Mantel stets bei sich, weil auch für mich einmal die Zeit reif ist, von ihm umhüllt zu werden. Gott sei Dank ist das Ende noch weit entfernt. Natürlich gibt es Tage und Nächte, wo ich diesen Mantel zu sehen glaube. Es sind Momente im Leben, die für eine Sekunde meinen Schmerz beschreiben.

Lena, in mir wütet ein Virus, der seine Brandherde vergrößert und mich daran hindert, mein Leben ins rechte Lot zu bringen. Mein Sehen, Hören und Fühlen hat einen erbärmlichen Zustand erreicht. Es lässt sich selten meinen Erfahrungen richtig zuordnen. Sensibilität entsteht in mir in einem langwierigen Prozess, und das nicht zufällig. Es ist ein Konsens von Schmerz, schönen Emotionen, Charaktereigenschaften und wenigen Augenblicken der Liebe. Es war mir nie bewusst, dass so was in meiner Seele lebt. Ich habe früher viel Beton in meinen Kopf gegossen und versucht, durch diesen Beton hindurchzuschauen. Aber das ging nicht. Heute ist alles sichtbarer. Mein Ego liebt das Böse, Hässliche, das Elend, die Krankheit, die Seuche, die Wut und den Hass.

Seit Jahren stehen an den Straßenecken die großen Litfaßsäulen, die ihre Plakate krampfhaft festhalten. Sie geben das preis, was sich als Fluch in mir regt, was ich nicht ausspreche. Man möchte viel zu oft lieber schweigen und dem Teufel die Hand geben, denn er verbrennt dein Gefühl, bevor das zu malende Bild einen Sinn ergibt. Manchmal ergibt es nur einen schwarzen Punkt, aber eben nur manchmal.

„Der Tod hat dein Leben zur Hölle gemacht. In großen schwarzen Buchstaben, auf weißem Grund geschrieben, umrahmt und fett unterstrichen. Wie eine Mahnung sollte das wirken."

Der schwere Gang meines Lebens zog sich dahin. Schwere, dicke Seile hielten das Läutewerk im Kirchenturm und erklangen am helllichten Tag, während der Pastor die Gebote predigte. Erst als die Seile schwangen, konnte ich die Plakate an den Litfaßsäulen sich ablösen sehen. Der zuvor eingesetzte Regen hatte mitgeholfen. Als sich die aufgeweichten Plakate in den Rinnsalen verfingen, trocknete der Untergrund rasch ab. Auf blankem Metall konnte ich die eingeritzten Schriftzüge des Wortes „Psalm" entziffern. Ich war darauf nicht vorbereitet und brauchte Zeit, es sacken zu lassen. Erinnerungen wurden wach. Als Kind habe ich Psalmen zugehört. Es war ein

Tag der Einsamkeit, als das unendliche Gift in meinen Körper die Atmung erdrosselte. Da wusste ich, dass ich meinem Leben ein Ende setzen muss. Mein junges Alter in der vierten Schulklasse war gut geeignet, ich brauchte keine Dinge zu regeln, wie Erwachsene. Ich wählte die Mittagsstunde. Die Gleise aus Stahl waren gut geeignet, der Abschiedsbrief war geschrieben. Ich hatte abgewaschen, den Kleiderschrank aufgeräumt und die Schuhe gerade gerückt. Dann fuhr ich an den Ort, wo das Schicksal auf mich wartete.

Ja, ich kann es zugeben, Lena! Es hängt nicht vom Alter ab, nicht von der Jahreszeit und nicht von einer miesen Stimmung. Oh, nein! Es war das grelle Sonnenlicht auf dem Hinterhof, das mein Schicksal herausforderte. Ich wollte es wissen. Ich wollte auch den anderen gegenüber eine Grenze setzen. Das tat verdammt gut, zu hören, wie die Zeit verging und ich dem Schatten nahe kam. Aber dann war in mir noch etwas, was geregelt werden wollte. Unbedingt! Wichtig und mit rotem Stift unterstrichen, wenn ich es ignoriert hätte. Ich wollte herausfinden, wie man Tod begrüßt, wie es danach mit mir weitergeht? Ich musste es wissen, denn als Kind war die Fantasie seltsam schön. Und da die Kirche auf meinem Weg lag, bin ich mit vollem Stolz zum Altar gelaufen, um herauszufinden, welches Gebet für mein Vorhaben erforderlich ist. Meine kindliche Naivität sehnte sich nach Frieden. Ich wollte unter dem Kreuz meine letzte Ruhestätte finden, um zu sehen, wer für mich weint, wer mich vermisst und wer sich über mein Ableben freut? Ich stockte, musste schlucken. Ein Kloß, der sich mit Lehm und kalter Muttererde vermischt hatte, steckte in meiner Angst fest. Die Psalmen waren es schließlich, die meine letzten Worte verjüngten und die es nicht zuließen, dem Tod hinterherzurennen.

Ich habe kein Wort ausgelassen und ich mich über das Paradies satt gelesen. Es ruckte und rumorte in mir, dass ich nicht mehr wusste, welche Himmelsrichtung ich einschlagen sollte, um den Schicksalsort zu finden. In Windeseile bin zu mir gekommen und lief wieder nach Hause.

Die Psalmen auf den heiligen Tüchern machen keine Unterschiede zwischen weiblichen und männlichen Denkern, die ihre Welt zerfleischen, zerhacken, zermalmen oder anders verstehen wollen. Auch die Zeitepochen sind unwichtig und erlösen kein Schicksal, das aus dem Bösen resultiert. Sie kennen kein Alter, keine Jahreszeit, keine Diktatur. Nicht mal das Tageslicht an einem schönen warmen Frühlingsmorgen. Psalme liefern das neutrale, realistische Bild einer beispielhaften Gnade, die es nie zuvor gegeben hat. Dieses Bild konnte man nicht erkennen, weil der Verstand nicht zuließ, was die Psalmen ausdrücken wollten. Auch das angeblich Böse war nicht zu erkennen, denn die Momente des Bösen müssen das

Motiv sichtbar machen. Und Gründe das Böse zu nähren gibt es nicht, ansonsten würde man blind vor Angst.

Lena, bedenke, dass das Böse eine Erfindung ist, was dein Ego beschreibt. Kannst du etwa beschreiben, was nicht vorhanden ist? Tanze allein mit der Einsamkeit, verschenke die Illusionen, die dich daran hindern, dass du dir näher kommst. Nutz die Ideen, die aus dir heraus möchten. In ihnen steckt pure Fantasie, die deine Impulse wie auf einem See schwimmen lässt, die sich wie kleine Mückenlarven entpuppen. Das ständig fließende Magma deiner kranken Seele gehorcht der Wahrheit nicht mehr. Und das geschieht mehrfach am Tag, ohne dass du es bewusst wahrnimmst. Der Regen wird dort draußen leise niedergehen und du wirst nie erfahren, wie viele Regentropfen auf Asphalt aufgeschlagen sind.

Wir beide haben den ungehorsamen Geist in uns entfremdet, ihm arg, brutal, verfemend und ohne Rücksicht derb zugesetzt, sodass das Böse in uns mehr Beachtung bekam. Auch dein ständiges Abwinken nützt der Theorie nichts, dass das Böse keinen Schaden anrichten könne. Dennoch bin ich vorsichtig genug, das Böse nicht zu unterschätzen. Das Ego in mir kennt das Böse sehr gut und kann all seine Sprachen übersetzen. Daher mag ich die Neugierde, die meine Böswilligkeit zum Innehalten zwingt. Die Neugierde hat mein Überleben garantiert, denn ich schenkte dem Bösen keine Beachtung mehr.

Der heutige Alltag prägt uns mit Krieg und einem Widerstand, uns von der Liebe im Alltag abzuwenden. Wir werden davon abgehalten unsere Angst zu verstehen, sie in unsere Gefühle neu einzuordnen. Die Zeit verändert ständig das Denken und den Charakter. Kein Prophet würde auch nur annähernd begreifen, dass nicht nur das Böse in uns lebt, sondern auch zum gleichen Teil das Gute. Und gerade im guten Teil ist nichts Böses zu finden, keine Schuld und schon gar nicht die Verschönerung des Todes.

Lena, mir ist in letzter Zeit klar geworden, dass nicht nur der schwarze Teil in uns regiert, dem wir ständig beweisen müssen, wie gut wir sind. Der gute Anteil in uns kennt keine Anweisungen, keine Lobgesänge, keine Erleuchtungen, keinen Zwang und keine Opferbereitschaft, um Schuld anzuerkennen. Kein Gott kann uns sagen, wie wir zu fühlen haben. Der gute Teil in uns braucht manchmal nur einen Wink, damit unser Leben wieder in anständigen Bahnen verläuft. Aber bedenke, jeder entscheidet für sich selbst, ob er es annimmt oder ablehnt.

In uns lebt ein Kind, das innere Kind, das versteht ohne Worte, ohne Bilder zu malen und ohne kranke Gefühle. In einem lebt das mutige Motiv einer nie gesehenen Welt, die wir begreifen und annehmen müssen, um sie künstlerisch zu verarbeiten. Das innere Kind in dir sieht die gleichen Gehässigkeiten im Garten Eden wie du, die gleichen Masken von Licht und Schatten, von Yin und Yang. Das innere Kind ist ein Schlüssel geworden, der die Tür zu deiner Verzweiflung öffnet, die Zölle höher berechnet und klarstellt, dass deine Ideen am Leben bleiben müssen.

Das Oberdeck eines Schiffes gehört dem Wind, und der Bug bricht brutal die Wellen an den Bordwänden. Schaum türmt sich auf. Du bist erwählt, den Strich auf ein wertvolles Papier zu zeichnen und die Unvernunft und die Schuld einem dunklen Stil zu opfern. Dafür wirst du irgendwann den Ehrenpreis erhalten. In dir lebt gewiss die Liebe, obwohl deine ahnungslosen Feinde das Absterben deiner Gefühle weiterhin fördern werden.

Winke nicht wieder ab! Die Biologie folgt den Gesetzen der Natur. Sie ist unberechenbar und folgt einem Rhythmus, den wir immer versuchen zu unterbrechen. Ich selbst zerstöre mein Ich, verneine das Erlaubte und begrüße das Unerlaubte. Unendliche Wechselspiele lackieren die Reling meines Schiffes. Ich verdränge egoistische Gedanken, um eines Tages ihre Botschaften zu verstehen. Diese Botschaften werden irgendwann in deinem Blickfeld auftauchen und dir ein seltsames Symbol zum Zeichnen geben. Ein Symbol, das nie ein Stück Papier gesehen hat. Es ist nicht definierbar, nicht fassbar, aber neutral und greift dich in keiner Weise an. Es verbindet sich mit deiner Seele, ist mit dir im Einklang und verdrängt das Böse, ohne Kampf. Es ist vielseitig und begrünt im Winter das Laub, da es die Fantasie als seines Gleichen ansieht. Es ist ein Kristall der Erleuchtung, scheu und dankbar, gnadenlos direkt und verträgt keine Schuld, weil es keine Schuld kennt. Es wird oft beschrieben und gelehrt, aber sie kennt keinen Punkt und mag das Gesetz der Untreue nicht. Es wütet nicht, sondern liegt stets an deiner Seite, ohne dass du es bemerken würdest. Ich nenne es „Liebe".

Oh ja, das wirkt auf dich wieder kitschig und unseriös. Ich weiß, dass dieses Wort manche Ufermauer zerbrochen hat. Jeder Staudamm hat ein Staubecken, und wenn dieser Trog mehr Wasser in sich trägt, als er tragen kann, baut das Wasser einen Druck auf, dem die Staumauer nicht mehr gewachsen ist. Sie wird brechen, wie du an deiner Angst zerbrichst. Stell dir vor, du hättest eine Schüssel mit Wasser und auf der Wasseroberfläche befände sich eine dünne Schicht Rapsöl. Was würde geschehen, wenn du einen Tropfen Spülmittel hineinkippst? Der dünne Film Rapsöl würde verdrängt werden und die Wasseroberfläche klarer wirken lassen. Du könntest dann bis auf den Grund schauen. Und genau so ist deine Welt zu sehen. Ein Tropfen Liebe würde genügen, um den Zustand in dir kolossal zu verändern. Dein Boden ist nicht sichtbar, denn dein Tränenwasser ist trüb und dunkel. Es müsste viel Liebe hineinfließen, um deine Schale mit Wasser klarer zu machen.

Erlernbare Liebe, die angeblich automatisch Emotionen erzeugt und uns daran hindert, die eigenen Wunden nicht zu behandeln, wird von den „Alten Denkern" in Kliniken oft als Medizin verkauft. Dabei ist die kindliche Emotion ein Geschenk, in der viele kostbare Momente des Schmerzes bewusst übersehen werden – leider. Wir heben den brutalen Bruch auf und beschreiben die bösen Geschehnisse des Lebens, anstatt die Liebe mit einzubeziehen. Warum das Böse ständig präsent ist, kann ich dir nicht sagen. Das bleibt ein Geheimnis. Viele männliche Denker mögen ihren Schmerz und wollen ihn nicht aufgeben. Sie schwimmen in einem fettigen Brei aus kranken Parasiten herum und rufen nach Hilfe, in dem sie ihre Hände nach oben strecken. Sie brüskieren sich. Sie verteidigen sich selbst, prahlen mit ihrer männlichen Stärke und suchen gierig nach der verseuchten Macht, um den Schuldigen zu finden, der ihnen angeblich die Liebe verweigert hat. Sie schreiben jeden Tag neue Dramen, veranstalten Selbstmordszenarien und verbrennen ihre Häuser. Sie stehen allein auf ihrem Ego-Turm und wollen Gott spielen. Sie prophezeien eine eigene vergiftete Welt, die keine Wahrheit kennt. Auf diese dunklen Bauwerke solltest du achten, denn dort findest du keine Liebe!

Es wäre doch so schön, die Tapeten mit roter Farbe anzustreichen und ein Buch zu lesen, um seine eigene Geschichte zu vergessen. Deine Geschichte wird aber bleiben und irgendwann den Gartenzaun brüchig machen, der deine Welt vor dieser bewahrt. Und was könnte den Zaun schon brüchig machen, wenn nicht das Lebensalter? Vergisst du erneut die Jahreszeiten oder kannst du dich selbst analysieren und die innere Heilung herbeiführen? Also fang an, den Frühling zu beschreiben, der dir angeblich die Fantasie brachte. Aber nein, deine Wut prägt deine Idee zum leidenschaftlichen und wiederholten Toilettengang, auf deren Brille du heute noch sitzt und wartest, dass der Sommer beginnt.

Viele wertvolle und nutzlose Bücher hast du gelesen, und das weiß der liebe Gott. Aber der Verstand in dir ist von Leid und vorgespielter Opferbereitschaft überschattet, sodass du nicht verstehen konntest, was Geduld und Liebe sind. Dein verspieltes Rollenspiel hast du gern in Ehrenämtern vorgespielt, um dich nicht preisgeben zu müssen. Deine kranken Bilder, die du den „Alten Denkern" in diversen Altersheimen der dreißiger Geburtsjahrgänge gezeigt hast, waren sicher gut. Du hast wahrhaftig geglaubt, dass sie aufstehen und dir applaudieren? Nein, nach langen Lebensjahren sind auch ihre Lattenroste spröde und wacklig geworden. Sie verspotten den jeden verrosteten Nagel, in dem sie den Glauben an sich selbst loslassen. Und du?

Ein Sturm kommt auf. In den Ritzen pfeift der Wind. Er erinnert dich daran, wie es früher einmal war. Und wie war es früher? Schmerz. Leid. Unterdrückung. Schmach. Schande. Elend und der vergessene Jubelgesang von Freunden, die nie deine waren. Nicht eine Identitätsmalerei konnte ein Lachen deines inneren Kindes abtrotzen. Du kannst deine verarmten Gedanken aufgeben und den wilden Mohn umarmen, der dir einen sicheren Boden schenkt. Mach dir jetzt keine Vorwürfe! Du wolltest alles richtig machen, dich schützen und verteidigen. Jedes Wort sollte in der richtigen Stellung stehen, um kein Missverständnis aufkommen zu lassen. Am richtigen Ort hast du die falsche Meinung geäußert und zum falschen Zeitpunkt das richtige Bild gemalt. An dich selbst hast du aber nie gedacht. Du warst immer auf Achse, wolltest was darstellen und aufbauen. Du wolltest beweisen, wie gut du bist. Immer mehr leisten, immer mehr Geld verdienen, um den Ansprüchen gerecht zu werden, Druck erzeugen und darauf warten, bis die Lobesworte am Tor von Frau Holle auf dich herunterrieseln. Und was ist mit den Lobpreisungen der vergangenen Zeiten, mit den Anerkennungen, die dich aufbauen sollten, mit den Auszeichnungen und goldenen Medaillen deines künstlerischen Schaffens? Wann sind die behaglichen, freundschaftlichen, familiären und warmherzigen Umarmungen in deinem Zuhause aufgetreten? Waren die milchig-schmutzigen Küchenfenster deiner Mutter stets offen, damit sie dich mit lauter Stimme schon von Weitem ermahnen konnte, beim Eintritt die Füße zu heben und nicht zu schlurfen? Und war der Küchentisch nicht mit bunten Blumen gedeckt, mit einer Kerze nett dekoriert und mit Kaffee und Erdbeertorte, wenn es Jahreszeugnisse gab? Hast du einen freien Tag bekommen, wenn du einer fremden Frau bei einem Verkehrsunfall das Leben gerettet hast? Wie war es, nachdem du extra unter das Auto gekrochen bist und sie befreit hast? Dein Kleid war dreckig, mit Blut und Öl verschmiert. Als Dank verordneten dir deine Alten eine ganze Woche Stubenarrest, wobei deine Mutter, die im Atelier den ganzen Tag malte, sich innerlich daran erfreute. Sie wusste nicht mal, dass du unten auf dem kalten Fußboden spielst und deine ersten Zeichnungen gemalt hast. Und wenn du aus dem Atelier kamst, heimlich und leise, hat dich der Alte (der Ungepflegte, der Stickende, die Bestie) in der Küche versemmelt. Dein Arsch hat geblutet und die Peitsche nahm sich deines Rückens an. Und wenn der Alte betrunken war, dann öffnete er auf dem Wohnzimmertisch brutal deine Beine und leckte deine Muschi. Danach solltest du wieder lächeln und mit ihm auf dem Küchentisch mit einer kleinen Modellstraßenbahn aus Plastik spielen. Was für Bilder könntest du jetzt darüber malen? Emotionale Fragmente könntest du zeichnen. Jede Farbe müsste bei den Erinnerungen einen wahnsinnigen Hintergrund bekommen. Tiefe Schatten, halb zarte Töne, leichte Bleistiftschraffierungen der Umrisse würden diese Geschehnisse darstellen. Doch Vorsicht ist geboten. Sie müssen mit Warnschildern versehen sein, sodass die Verbote sich nicht aufheben lassen. Sie verlieren ihre eigene Sprache, die nicht mehr deine Zunge berührt. Es werden Worte gebildet, mit denen du den Sinn des Lebens nicht verstehst. Deine erdachten Bilder erkennen keinen Buchstaben, nur die latente Angst, die unter dem Strich am Leben ist.

Lena, du kannst in deiner nicht lebensfähigen Welt eine Bühne entstehen lassen, die ein Gemisch zwischen dem Gerechten und Ungerechten, zwischen Traum und Wirklichkeit darstellt. Jedes Molekül, das deine innere Reife mit weiteren Jahresringen beringt, wird ein Ursprung neuer Ideen sein. Aber deine Kraft ist zu schwach. Sie kränkelt auf deinem Fensterbrett herum, die schon seit Jahren keine Blumen mehr gesehen haben. Deine aufgebrochene Fassungslosigkeit dümpelt vor sich hin, und die hohe Maßgabe nach mehr Disziplin kann nie ausreichen, deinen Fußboden trocken zu halten. Als was soll noch geschehen? Man könnte den Fußboden ansägen, bis er dein leichtes Körpergewicht nicht mehr hält. Und dann?

Du fällst in ein tiefes schwarzes Loch und stellst erneut Fragen: wie hoch deine Erwartung sei, hinsichtlich einer verlängerten Lachdauer und deiner Unbeherrschtheit, die selten einen Mangel an Verbitterung zeigt. Aber sei froh, dein Glück konntest du noch nie beschreiben. Selbst das Lachen erstickte am Grab deines Vaters. Denn er war es, der den Stolz und die Würde von dir auf bestialische Weise missbraucht hat. Hier liegt die stark verkrustete Wunde offen. Sie ist seit Jahren entzündet, keimt am Rand immer wieder auf. Und wenn du ehrlich zu dir bist, war es dein Vater in gleicher Gestalt, der dich zu Hause und im Knast missbraucht hat. Den langen Mantel der Unbefangenheit hat er einfach übergezogen, sodass sein Parteiabzeichen nie auffiel. Der Gestank von Urin und Sperma war überall. Der Schweiß haftete wie Schwefelsäure auf deiner Haut und zerfraß dich bis zur Unkenntlichkeit. – Und nun kannst darüber nachdenken, wie du deinen König auf dem Schachbrett in Sicherheit bringst. Zuvor sollten wir aber dieses seltsame Café endlich verlassen. Es bekam mir nicht gut, dir hier zu begegnen und mit dir die Klinik zu verlassen, nur weil Sonntag ist. Ich will nicht so tun, als ob ich mit dir zum Gottesdienst gehen würde. Dafür habe ich zu schlecht geschlafen. Die Pension roch nach alten Sachen und das Bettzeug war ein bisschen klamm. Ich fühlte mich nicht wohl und wollte nicht mal das Frühstück einnehmen, was so nett angerichtet auf dem Tisch stand. Ich wollte nur schnell an die frische Luft und über den gestrigen Abend nachdenken. Aber worum sollte ich dir das sagen. Ich weiß nicht mal, ob du weißt, dass ich hier bin.

Wir sitzen nun in einem Raum, der kalt ist. Es ist der Speisesaal. Der Kaffeeautomat macht mir erst recht deutlich, in welcher Umgebung ich mich befinde. Leichtes Unbehagen kommt in mir auf und Übelkeit. Die stark eingefärbten gelben Wellenlinien an den Wänden und die bunten Plastikblumen auf den Tischen rauben mir jedes Mitgefühl und fördert nur die Traurigkeit in mir. Diese Ostnostalgie kann ich nicht mehr brauchen. Hier ist die Zeit stehen geblieben. Es ist erstaunlich, wie befangen meine Gefühle sind. Je mehr man in sich selbst versunken lebt, umso mehr schaltet man seine Umwelt einfach ab und wird blind.

Es ist erstaunlich, wie die Wahrnehmung Gefahren mildert und den unwichtigen Moment in ein kostbares Gut verwandelt. Trotzdem ist die Zeit nicht mehr wichtig, um das Gefühl der Angst und Befangenheit zu orten. Lena, das alles sind Seifenblasen, die dich für einen kurzen Augenblick sichtbar machen. Du sitzt mir gegenüber, und ich kann nach Hause fahren. Im Gegenzug aber ist dir ein heiliger Weg an den Ort versprochen worden, wo du Heilung finden sollst, wo du neue Bilder entwickeln und fühlen kannst.

Ich schaue nach oben auf den Berg und sehe einen großen Betonklotz. In diesem seltsamen Schloss arbeiten weiße Denker, die das Schema Arbeitsunfähigkeit nicht wahrnehmen. Sie lieben ihren Euro, der dazu dient, dass kranke Kreaturen wie du nach sechs Wochen Aufenthalt arbeitsfähig das Schloss verlassen. Es macht mir Angst daran zurückzudenken, wie ich die ellenlangen kalten Flure durchlaufen bin, um zu meinem Zimmer zu kommen. Die dunklen schmalen Gänge waren mit zahlreichen MAC-Geiz-Bildern behangen, die Enge vermittelten. Aber eigentlich sollten sie Behaglichkeit und Sicherheit ausstrahlen. Auch in den diversen Flurecken standen unheimlich wirkende Plastikpflanzen, die wahrscheinlich aus diversen Vietnamläden stammten.

Ich möchte wirklich den Pappbecher los werden und diesen Palast von einer Klinik endlich verlassen. Zu lange haben wir darüber diskutiert, wie du das schwarze Joch in deiner Seele abschütteln kannst. Ohne direkt einen Ort zu wählen, haben wir uns erst dann wieder gesehen, als es unsere aufgewühlten Gefühle erlaubten. Das Treffen verlief in ruhigem Fahrwasser.

Gerade dieses ruhige Fahrwasser brauchte ich in der Klinik damals für meine Seele. Deshalb kenne ich die Umstände, in denen du gerade gefangen bist. Überall in so einem Palast schwimmen falsche Bojen umher. Im Süden, das heiß begehrte Schwesternzimmer, wo die Schwestern auf das Kommando warten, die Abendmedikation zu verabreichen. Zwischenzeitlich wird in der nördlichen Richtung die Küche befähigt, die üblichen Speisen, wie Käse, Quark und Schwarzbrot vorzubereiten. Sauberes Geschirr wird nach Bedarf hastig auf die Metalltische gestellt. Man möchte jeglichen Stau an der Käsetheke vermeiden, um heftigen Diskussionen unter den Patienten vorzubeugen. Das Schlagwort „arbeitsunfähig" möchte man in den heiligen Hallen und Fluren nicht aussprechen. Das Thema ist tabu. Der Patientenentlassungsplan sollte mehr als achtundneunzig Prozent arbeitsfähige Punkte aufführen. Die restlichen zwei Prozent gelten als Ausnahme, die die staatliche Aufsicht der Krankenkasse erdulden muss. Es ist unwichtig, welcher Diagnoseschlüssel in den Krankenakten steht und was es für Folgen haben könnte, wenn ein stark depressiver Denker wieder auf die Piste geschickt wird. Die Vorgaben vom Rententräger müssen eingehalten werden, ansonsten würde der Verdacht aufkommen, dass sich jeder hier einen Kurplatz erkämpft hätte. Was aber, wenn die Arbeitsfähigkeit trotz heftiger Turbulenzen ausgeschrieben wird? Das Leben geht weiter. Zum Monatsende wird der HARTZ-IV-Satz garantiert ausgezahlt. Um das zu vermeiden, gab es im Pflegeprozess den wichtigen Grundsatz, sich mit unterschiedlichen Yogaübungen im südlichen Teil der Einrichtung zu beschäftigen. Yoga ist die Zukunft. Und was wäre die Klinik ohne die Therapeutinnen, die gerade ihr Praktikum in der Psychologie absolvierten? Gar nichts! Ohne sie würde man mit leeren Händen argumentieren und die Schuldfrage der kranken Denker anders klären müssen. Aber da die Therapeuten in östlicher Himmelsrichtung ihre Praxis hatten, wurde das Schild „Bitte nicht stören – Therapie" nie wieder abgehangen. So sparte man sich Zeit und konnte die Therapiegespräche alle zwei Wochen durchführen.

So, Lena! Ich möchte dich bitten, deinen Mantel zu nehmen und mich einzuhaken, sodass wir diesen furchterregenden Palast verlassen können. Die Zeit ist knapp bemessen, denn mein vier Uhr Bus fährt auch am Sonntag pünktlich. Jetzt können wir in der Stadt noch einen Schaufensterbummel unternehmen. Und wenn die Kirchenglocken zwölf Mal schlagen, können wir gern eine Gaststube aufsuchen und unseren Abschied einleiten.

Willst du aus mir einen Tyrannen machen, der ein anzügliches Konzentrationslager zum heiligen Ort erklärt, wo die vielen Wunden mit Schmutz und Abort identifiziert werden? Bist du der verdeckte, nichts ahnende Heilige, der seinen braunen Anzug in der Dunkelheit umtauscht, um mich auf der Eisfläche zu verführen? Willst du die waghalsige Magie an einen Wallfahrtsort beordern, wo ich meinen blutigen Sumpf besichtigen muss? Ich stehe schon lange auf deinem Glatteis und überlege, welchen nächsten Schachzug ich machen soll. Dabei ist mir klar, dass der gestrige Kartoffelauflauf mit Käse immer noch seine Auswirkung auf mich hat. Und die war so aufregend, dass ich dir nicht mehr zuhören konnte, selbst als wir noch aßen. Erwartest du deshalb Dankbarkeit von mir? Warum erzählst du mir, dass die männlichen Denker so fühlen, wie sie gestrickt sind? Mir ist schon klar, dass sie alle unter ihrem christlichen Mantel den gleichen Schwanz tragen. Ich meine, du trägst einen Mantel aus Kaschmir, der sehr lässig über deinen Schultern hängt. Dazu kommt ein bunter Schal aus feinem Leinenstoff, der mich zu neuen Impressionen anregt. Wie auf dem Jahrmarkt stehst du da und überreichst mir leere Blätter, die ich irgendwann mal ausmalen soll. Große Blätter, die eine Weisheit in sich tragen, mit der ich nicht umgehen kann. Dein Angebot steht, ohne einer Aufforderung etwas zu erfüllen.

Wer kann mir garantieren, dass einer der männlichen Denker nicht plötzlich zu einer Bestie wird, mich unter dem Altar tagelang vergewaltigt und du daneben stehst, um noch eine Kerze anzuzünden? Ja, ich weiß, dass ein männliches Abbild vor mir steht und diese Dinge anders erzählt. Ist das auch meine Welt? In welcher Welt lebe ich eigentlich? Woher kommt dieser rabiate Sinn von Wahrheit und Macht, der mich fertigmacht? Ich habe seit Jahren unüberlegte Thesen geschrieben und sie zu meinen Gesetzen gemacht. Die Papiere liegen unter meinem Bett, damit ich die Sicherheit habe, wenigstens eine Stunde in Ruhe schlafen zu können. Und jetzt kommt ein männlicher Denker daher, der meine Ideen verschmiert, der meine Illusionen verfälscht, der meine Lügen zur Abfalltonne trägt, um den nutzlosen Humus zum Keimen zu bringen. Jeden Morgen, wenn ich aufstehe, schminke ich mein Gesicht, um den Schmerz unsichtbar zu machen, mich zu verändern – eine Person zu sein, die ich nicht bin. Ich wollte die gefälschten Tagebuchseiten nur abends lesen, bei schwachem Kerzenlicht. Die Röte meiner Wangen wollte ich verwischen, weil ich ahnte, dass ein unbekanntes Gefühl in mir lebt.

Es klingt aus deinem Munde alles so einfach, wenn du von Liebe sprichst, wenn du deine Bilder beschreibst, die eigentlich ohne Farbe auskommen. Ist das ein bunter Überseedampfer, den du als Kind im Traum entdeckt hast? War das ein Dampfer, der dich über die wilde See brachte und in deinem Hafen andockte? Der festmachte, um die Fracht der Fantasie, der Beherrschung von Dramatik, Schauspiel und Einsamkeit zu entladen? Der in seinem Frachtraum dein Spielzeug aufbewahrte, um das Kinderspiel neu anzufangen – sodass dein Vertrauen beim Erscheinen von kreativen Impulsen wieder anwächst? Ja, das müsste der Dampfer sein, der dir die Gabe des Malens brachte. Jede Szene deiner Vergangenheit wird belichtet, gesteuert, entfernt, umgebucht, gelagert oder gar in Nichts aufgelöst.

Warum lässt du mich nicht in Ruhe? Verdammter Scheißkerl! Du bist doch wie die anderen gelenkten Schwanzdenker, die sich daran orientieren, wo die feuchte Muschi am besten riecht. Aber nein, schon dieser Gedanke entfremdet sich von selbst, wenn ich dich nur ansehe. – Und wieder verfange ich mich in meinen eigenen Gedanken. Oh, du mieses kleines Arschloch. Wo entstehen die Verbindungen zu einer Musik, die noch nie gespielt oder gar geschrieben wurde? Du bist doch nicht Gott! Und trotzdem hörst du meine Gefühle sprechen. Du horchst so tief in mich hinein, als würdest du eine Violine in mir spielen hören.

Der Geruch von Papier gerät in meine Nase. Ich könnte dir einen Brief schreiben, der nie aufhören würde. Aber die Worte kämen nie bei dir an. Meine Angst verbrennt die Botschaft meiner Hilflosigkeit. Deine Anziehung macht mir Angst. Ich höre die Möwen kreischen, die meine Seele zerhacken wollen. Ein ganzer Schwarm von Möwen fliegt mich an und attackiert mich. Sie schwingen ihre Flügel und zerstreuen meine Gedanken. Das verloren geglaubte Geschrei der Möwen, das ihre Habgier nach Futter unterstreicht, geht über meinen Kopf hinweg und lässt mir nur den Horizont übrig. Rasante Wendungen schlagen die Wolken weg und spucken den Krümel einer alten Schrippe aus. Er gleitet mit dem Wind und streift den Hang. Ich komme nicht an.

Ich möchte dir den König freiwillig geben, das Schachfeld räumen und dich allein lassen. Ich will meine Ruhe, dass du gehst und deine Sachen mitnimmst, die mir nicht gehören. Nimm meinen Traum und verbrenne ihn dort, wo ich nicht sein kann. Wir tun so, als wäre der Traum nie da gewesen. Es war ja nur ein Traum. Mein Leben war nur ein Traum. Ich wurde nie geboren. Die Flut soll kommen, und meine Straßen zerstören. Ich hole einen Strick, der mir die richtige Richtung zeigt, und zersäge das viel gepriesene Kreuz, von dem angeblich die Wahrheit stammt. Ich hatte nie den Anspruch auf Gnade. Mein vergangenes Leben war ein wilder Tanz. Und jene, die darin mittanzten tragen eisern ihre Masken und versinken heulend zwischen den Ahnungslosen. Sie erkennen mich nicht und schreiben meinen Namen falsch auf. Bitte lese mir die Gebetsbücher rückwärts vor, um meinen kaputten Verstand zu kippen, um das abzu-

wenden, was mich mit Chaos erfüllt. Bitte schreibe die Psalmen von den Litfaßsäulen noch mal ab, um meine Unbekümmertheit neu zu krönen. Zertrete mich mit deinen Füßen und mach mich zu Sand. Mach, dass ich später in der Eiszeit wieder auftauche, wenn ich die Zulassung zum Schreien bekomme.

Nun ist der zweite Tag angebrochen und du bedankst dich für die Stunden, in denen wir uns eigentlich nichts zu sagen hatten. Bewölkt und trübe war die Sicht, feucht der Asphalt, Morgentau lag auf dem Laub und du warst weit weg von mir, verschwommen. Ein Sonntag sollte es sein, mit Stille, ohne Würze, leicht im Kommen. Verdammter Mist. Ein Tag, wo die Kirchen ihre Mühseligkeit auseinanderpuzzeln müssen, um in ihrem unverfälschten Gemüt ein Abendmahl auszustatten, das den Rest der Welt noch festhält. Dein missglückter Glaube ist so weich, dass daraus kein festes Bollwerk entstehen kann. Nur muss ich zugeben, dass viele deiner Gedanken in manchen Fällen richtig waren. Meine Lügen fruchten bei dir nicht. Zu keiner Zeit hat es dich beeindruckt, mein Idol einer berühmten Künstlerin aufzugeben. Der langlebige Schwefelband zwischen meiner Mutter und mir entzündete sich immer wieder neu. Deine männlichen Offerten haben eine Spur von tatsächlichen Begebenheiten beleuchtet, die ich nie zuvor sah. Die hasserfüllte Figur meines Erzeugers und seine gleichzeitige Rolle eines Vergewaltigers sind mit einem Atemzug schwer zu inhalieren. Aber bedenke, dass diese Rolle von ihm weitergespielt wurde. Er spielte seine Rolle perfekt. Grandios und edel waren die Auftritte in der Stadt, im Haus, im Knast und selbst in den Folterkammern, wo er die

Krönung seiner peinlichen Angst besonders genoss. Meine einzige Sorge war, wie du sicher geahnt hast, dass diese Bestie in einer Figur aufgetreten, einem etwas vorspielen und sich verwandeln würde, ernüchtert und brutal gelassen in sich selbst, als Vaterrolle, Vergewaltiger, Liebhaber und Hausmeister gleichermaßen. Verkleidet in einem unscheinbaren, verloderten und zu langen Mantel, der nicht zu erkennen gab, dass er hinter dieser grünen Mache zusätzlich fünfunddreißig im Leben stehende Weiber unterdrückte, missbrauchte und sie zu Sklavinnen seiner Gelüste machte. Natürlich hast du recht, das darf für mich keine Bedeutung mehr haben. Aber ich kann nicht einfach das Gefühl der Ohnmacht abschütteln und so einfach neu anfangen.

Wir sollten das Schachspiel beenden. Ich mag nicht der Verlierer sein. Mein verlorener Glaube schmerzt zusätzlich, weil ich meinem Stolz als Frau nie gerecht werden konnte. Ich fühlte mich nie richtig als Frau, denn mein Kleid war beschmutzt, dreckig von Willkür und Heuchelei. Das Elend kroch hinter mir her und wagte es auch in meinen Schlaf zu kriechen. Auch dort fühlte ich mich wie ein Eisblock. Ich träumte wirklich, eine wahre Künstlerin zu sein, die durch ihre Bilder und Skulpturen ein Vermächtnis hinterlassen würde. Mein Ehrgeiz war Tag und Nacht lebendig, denn ich wollte Kunst produzieren und mit ihr einen neuen Weg gehen. Ich sah eine moderne nie da gewesene Kunstrichtung vor mir. Schon wegen Mutter, die ich stets in meinen Bildern sah und die mir immer im Nacken gesessen hat. Ich wollte anders malen, seltsame Skulpturen entwickeln und noch nie da gewesene Abstraktionen erstellen, an die sich die Menschen erinnern. Es sollte das markante Markenzeichen der unverwechselbaren Kreativität meines Geistes sein. Ob liegend, stehend oder sitzend: Ich wollte meinen wilden Bildern strenge Linien geben. Ich wollte die weiblichen Konturen ohne Schatten skizzieren, die Waden der Beine säulenartig formen. Die Brüste sollten winzige Hügel sein, die nicht nur das Leben selbst in sich tragen, sondern auch Ruhe ausstrahlen und definieren, was eine Frau ist, wie sie fühlt, liebt, baut, schafft und sich beugt. Diese ganze Tragik war mein Thema. Ein Thema, das mein Lebensmotiv blieb. Ich suchte diese Frau. Das Ideal einer Frau, die wie ein kleines Kind jedem ihren Charme vorspielt. Diese natürlichen Werte bewahrten in mir den Tod, dem ich bis heute versuche zu entkommen. Ich wollte Mutter auf der ganzen Ebene übertreffen. Ich wollte sie in den Schatten stellen. Keiner darf wissen, auch nicht nach Jahren, wer sie war und was sie einst machte. Jedes ihrer Bilder sollte sich an den Wänden auflösen. Wilde Träume sprengten jede Nacht den Schmerz in mir. Es war wie ein Sog, der mich herunterzog. Eine kupferne Statur von dreifacher Körpergröße erbaute ich in meinen Gedanken. Sie sollte nicht lächeln. Sie sollte nicht weinen. Sie sollte ohne eine natürliche Geste nur einfach stehen. Ohne Mimik. Ohne einen Wink des Vertrauens. Ohne Angst zu machen. Nur geheimnisvoll sollte sie sein, kühl und unscheinbar vor einem Gebäude stehen. Aber dieser Traum hielt nicht lange. Er wurde von dir zerbrochen, als du damals in die Therapiestunde kamst. Es war der zweite Tag nach deiner Ankunft in der Klinik. Ich dagegen war bereits vier Tage da und übte die Stille in mir. Unsere Gruppe saß im Kreis und wir starrten dich an, als ob du ein Außerirdischer wärst. Du hast dich vorgestellt: Alter, Familie, Geburtsort und deine Hobbys. Und später, es war am Nachmittag, die Sonne war leider nicht mehr zu sehen, bist du ins Atelier gekommen, das am Ende des Gebäudekomplexes lag. Ohne großes Aufsehen kamst du in den Raum und hast den sitzenden Patienten über die Schultern geschaut. Und dann hast du hinter mir gestanden. Ich spürte deinen warmen Atem, deinen Geruch, die Spannungen und das Rascheln deiner Hosenbeine. In dem Augenblick hast du mir den Schmerz genommen. Das machte mich wütend. Fast hysterisch ermahnte ich meine fragilen Finger, die Skulptur weiter zu formen. Doch meine Fantasie war weg. Der fette Klumpen lag da und in mir wühlte der Hass, den ich nun für dich empfand. Dein Erscheinen im Atelier war wie ein Pfeil, der mich tief in der Seele traf. Diese Kraft ließ mich erschauern. Alles brach wieder auf, und ich konnte dagegen nichts machen. Ich musste den Raum verlassen, dich verlassen. Ohne es zu erahnen, hast du etwas getan, was mich schockte. Ich konnte meine Zigarette nicht zu Ende rauchen, da bin ich wieder zurück ins Atelier. Mein ganzer Körper begann innerlich zu bluten. In kurzer Zeit schmiedeten deine Finger aus festen Lehmklumpen eine Frau, die mir sehr ähnlich sah, die mich verfolgte, die sich in mir versteckte. Ich spürte förmlich ihre Kraft. Sie sah meinem ewigen Traum ähnlich, der sich aber im selben Augenblick wieder auflöste. Der Ton gab mir eine Erinnerung zurück, in dem er anschwoll und die Unkenntlichkeit aufgab. Eine abgebrochene, unvergessene Erinnerung aus Stahl, die in meinen verzweifelten Luftmassen schwebte, musste ich aufgeben. Auflodernes Flüstern erschreckte die Stimme in mir. Gelbe Bäume sah ich auf den feuchten Scheiben. Kleine nasse Tropfen zeigten mir die Zeichen, die ich als Ohmen wahrnahm. Die grobe Wut schob sich unter meine Haut, als würden Pestbeulen den Türrahmen berühren, an den ich mich anlehnte. Die Nähe zu dir verschwamm in einer Poesie, in einer Wucht der Tragik, in einer Regung von scheuer Naivität, die meine sinnliche Sprache verabscheute. Begehrlich hörte ich meinen langsamen Herzschlag, der dem Takt der Traurigkeit nachgab. Depressive Wandlungen zerrütteten meine Bilder, die aus dem nebligen Raum entweichen mussten. Du hast das Schabemesser genommen und deine Fingernägel gesäubert. Erregt schaute ich zu, wie der Überrest von Ton zu Boden fiel. Der Tanz der drehenden Tonscheibe trieb mich weiter von dir fort. Lange Schatten warfen die Frau aus Ton an die kahle Wand. Fast unversehrt loderten die kranken Gedanken in mir, als müsste ich das Erwürgte noch mal schlucken. Mir wurde übel. Meine Schwäche habe ich innerlich fotografierte, und ich dinierte im Traum mit einem Hund, der mit nie gehörte. Meterhohe harte Felswände ragten um mich auf, die keinen Schein von Licht durchließen.

Ich wollte nur noch in Ruhe gelassen werden. Ich begann dich zu hassen. Du, ein männlicher Denker, der den braunroten Mähnenwolf verinnerlicht hatte, scheute sich nicht die zarte Seide aus der Hosentasche zu holen und das waghalsige Modell einer Seejungfrau zu schmieden. Mein Leib ging daran zugrunde. Abgenutzt konnte ich nur zusehen, wie ein Sündenbock geboren wurde. Die Trompeten heulten auf. Überall lagen die Abfälle meiner Angst. Rituale musste ich über Bord werfen, und du hattest nicht mal eine Ahnung, was sie mir bedeuteten. Ich saugte vergebens an meiner bereits erloschenen Zigarette, ruhte ab und versuchte meine Haare in Ordnung zu bringen. Und du nahmst deine graue Jacke vom Hocker, zogst sie wieder an und hast dann ganz still vor dem Fenster gestanden, das in Richtung Wald zeigte.

Wie lange diese Stille in mich drang, weiß ich nicht mehr. Deine leuchtenden Augen sahen durch das verschmutzte Fensterglas. Dabei dachte ich, die Scheiben wären miteinander zusammengewachsen. Ich konnte mich nur noch hinsetzen und versuchen das Unglück in mir begreifen. Du kannst nicht nachvollziehen, was für glühende Bilder an mir vorüberzogen. Ich habe viele Jahre in der Keramik studiert, und man versuchte dort sehr feingliedrige, der Natur nahekommende Modelle zu modellieren. Keine wagte es, an diese Trophäen zu klopfen. Und du machst es einfach. Einfach so.

Sechsundzwanzig

Es klingt nach unvollkommener Verzweiflung, nach einem Zerwürfnis – nach einem märchenhaften Chaos, das auf den frischen Äckern der Vergessenheit seine Saat ausgebracht hat. Ich bin dir dankbar, wenn die Türen hinter uns geschlossen werden und wir den Weg in die Stadt nehmen. Was hat uns bewogen, die Motive zu untersuchen, wer wir sind und was wir nicht sein wollen? Macht es Sinn den Gedanken weiter zu verfolgen, wie die Verletzungen aus der Kindheit verarbeitet wurden, wie sie mit einem umgehen und was sie letztendlich zulassen, um daraus einen Gewinn zu machen? Letztendlich wird man das Fenster öffnen, tief Luft holen und es für alle Zeiten wieder schließen.

Deine Zeit hier in der Klinik ist begrenzt. Du wirst verwaltet und archiviert, und nichts entspricht deinem Schema. Deine Wehklage magst du noch verstehen, aber was ist, wenn deine Vernunft an seine Grenzen kommt? Einen fetten Punkt wolltest du dem setzen, der deinen Erinnerungen widerspricht, der all deinen Trotz übersieht. Versunken bist du am Rand deiner inneren Zerrissenheit und Verzweiflung stehen geblieben. Und ich dachte in mir, was man dagegen tun kann, dass die männlichen Denker das gleiche Holz in den Händen tragen wie einst die weiblichen Denker? Herbstzeitlose Abweichungen lassen das Holz die Dürre überstehen. Stumpfe abgeklärte Kunst prägt die Rundung deiner Ideen, die die übervolle Wut mit einem Rand begrenzt, um nicht selbst abzurutschen. Versprochenes Leid ist dir scheu entronnen. Du hast gelacht. Es war dein Lachen, dein verrauchtes Lachen. Und jetzt? Du willst mich für Dinge verurteilen, die ich nicht sehen konnte? Es ist ein Rest von losem Abfall, das die Abstände deiner Beschwörungen, deines Eides dem Sterben zu entkommen größer gemacht hat. Und es war der Abfall, der bereits in Kindheitstagen produziert wurde und heute noch das Kleid der Angst festhält.

Weißt du, die rauen Männerhände sind verschiedenartig zu betrachten. Jede Lebenslinie beherbergt eine selten zuvor gespielte Sinfonie, und diese sollte man erst erkennen, wenn man den Dirigenten kennt. Keinen einzigen Laut gibt diese Linie frei, die du zuvor auf dein Blatt Papier gezeichnet hast. Die innere Welt der männlichen Denker hat ein Ausmaß erreicht, das selbst deine Fantasie sprengt. Der wahre Ausdruck, der unaufhörliche Gesang, das unendliche Vertrauen findet seinen Landeplatz allein in dir. Du musst den einsamen Ort wählen, wo einst das Lebensspiel seinen Anfang nahm, das Ende aber noch nicht kannte. Der innere Ausdruck, der vor den Erwartungen seine Lügentürme besteigt, wird die Schale der Festigkeit weit übertreffen und deinem Sturz dienen.

Du ersehnst deinen Sturz nicht bewusst, nicht in der Absicht deine Naivität zu beschreiben oder gar nachzumalen. Oh, nein! Das zu wissen, prägt in mir den seltenen Charakter, den ich mir all die Jahre bewahrte. Die Stimme, die mich vor der Angst warnte, sollte dem Bruch meiner Ideen vorbeugen. Mag schon sein, dass dich das alles schwer belastet, der Nebel so undurchsichtig ist, die Sinneseindrücke auf blankem Eis gehen und der Galgen für das Abendmahl zersägt wird, aber der innere Stolz hat das Licht in meiner Angst nicht löschen können. Dafür ist die Zeit in meiner Kindheit hart und trotzig gewesen.

Die Anfänge, Lena, sind in mir Tausende Mal gemacht worden. Ich kann sie mir nicht entreißen. Gewiss, kleine Zeichen und Symbole werde ich übersehen haben. Nicht aus Absicht. Schläfrig werde ich meine Haut abgetastet haben, um zu wissen, ob die Liebe mich erreicht hat.

Ich dränge dich nicht, das Schachspiel zu beenden, weiß Gott nicht. Du hast die Wahl getroffen und den König niedergelegt. Hab Dank, denn jetzt brauche ich nicht mehr zu kämpfen. Ich kann mich zur Ruhe begeben und das Nachahmen meines Kindes in mir üben. Meine Grenzen wagen es nicht, der Violine der Wahrheit die Saiten zu entziehen, um das Schauspiel noch mal zu ertragen. Schau dir die dicken, verkrusteten, uralten und hochgewachsenen Bäume am Wegesrand an! Seltsam interessant und abweisend zugleich sehen sie aus, markant und braun gebrannt durch die Witterung der Natur. Furchen hüten ihr Wachs vor dem stürmischen Wind. All das geschieht ohne unser Zutun. Sie kennen keine Sprache, und wir wissen nicht, was sie fühlen. Die Baumrinde ist ein Schutz, der die absolute Nähe nicht zulässt, nur wenn man sie entfernt. Ich berühre diese raue Baumrinde und erhasche einen feinen Luftzug von Poesie, die mich zu selten in ihren Bann zieht. Durch sie habe ich erfahren, wie ich mit dir umgehen muss. Ich brauche die Berührung nicht mehr, die keine Worte findet. Ich brauche die verloren gegangenen Tränen nicht mehr, die meine Seele missbrauchen.

Ich darf Abstand nehmen von falsch verstandener Zuneigung, von erzwungener Freundlichkeit, von einem entstellten Lächeln deines Egos. Früher habe ich deine purpurroten Lippen als Anmache angesehen, doch sie waren nur ein Ablenken deiner Angst, die du an mich abgeben wolltest. Die Schuldfrage in dir ist nicht mehr wichtig. Zu gut erkenne ich die Falle deines Egos. Das hat alles keine Bedeutung mehr für mich. Ich müsste mich schämen, wenn ich weitermachen würde. „Alte Denker" haben stets versucht ihre Erlebnisse, Erinnerungen, Erfahrungen und Begegnungen aus dem Leben in vielfältiger Form zu verarbeiten oder zu verdrängen. Das hat bittere Spuren hinterlassen. Sie wählten einen Weg, der kein Mitleid zuließ, der ihnen durch gute Leistungen Gehorsam und Perfektionismus ermöglichte, um die schmerzvolle Kindheit abzudecken. Die „Alten Denker" fragten sich: wozu noch mal darüber reden? Wozu sollte man sich ins Feuer begeben, wenn es noch nicht gelöscht ist? Im gleichen Atemzug fragen sie dich aber, warum du dich schon auf den Holzhaufen legst, wenn er noch nicht mal angezündet ist.

Du hättest ausweichen können? Kein „Denker" begrüßt seinen Henker, wenn nicht das Elend auf seinem Tisch liegt. Oder würdest du deinen Henker einladen und ihm frisches Obst anbieten? Viel Schmerz wäre dir erspart geblieben. Also geh deiner Wege und zeig Stärke und Härte. Zeig den anderen die harte Linie und eiserne Disziplin. Lass die Angst nicht zu und wehre dich, wenn ein Angriff anrollt. Höre nicht auf die ausgesprochene Wahrheit und entferne dich von der Schwäche, die dich nur fertigmachen will. Zu oft habe ich es hören müssen und empfinde heute Gleichgültigkeit. Früher hat es geschmerzt, und es tat lange Zeit weh. Ich habe nicht verstanden, wenn „Alte Denker" ihre rechte Hand erhoben und mich schlugen – und mich dann noch fragten, ob es gut gewesen sei und ob ich noch einen Schlag ins Gesicht haben möchte. Ihr Lächeln war ein Siegerlächeln, dabei weiß ich heute, dass es ein angstvolles Lächeln war.

Wenn ich dich ansehe, reiße ich meine Arme hoch, um den Vers vom geschwärzten Echo abzuwehren. Ein stummes, fügsames Gedränge trübt meine Gedanken. Ich kann das Getue der „Alten Denker" nicht mehr überschauen. Kehrt machen, als wäre das ziellose Umherirren ein Unterfangen meiner eigenen Angst. Das Maß ist voll, ich prüfe den leeren Futtersack, der mein Rückgrat brach. Harmlos bin ich zusammengefallen und kroch gelähmt über den Boden. Ich klammerte mich an jeden Kieselstein nach oben, um die helle Fassade, die das Antlitz noch erfreut, zu retten, abzuwickeln, zu drehen, anzudeuten. Und möge er bald kommen, der mich zerreißt, der trübsinnig mein inneres Glas verdunkelt, um nicht in der Flut der Wut zu zerschellen.

Schau nur! Es ist ein Wagnis zu behaupten, ich sei aus Stahl und Beton. Wir gleichen uns. Wir teilen das Bild von Wehmut und Toleranz. Wir mögen das Unwichtige, das Bewegungslose, was nicht fassbar ist und keinen Geist besitzt. Wir klopfen mit derselben Hand auf das Holz und bekommen nicht genug davon, uns daran zu erinnern, wie wir als Kind mal waren. Genug von dem Licht, das sich in deinem Spiegel versteckt und hinter vorgehaltener Hand verschreckt und verloren am Abgrund steht. Winzige kleine Sandkörner betupfen mein Gesicht, sodass ich die Augen schließen muss. Dunkelheit wühlt die einzigartige Fremde in mir auf und zerschellt an meiner eigenen Schwäche, als wäre nie was vorhanden gewesen. Nirgendwo ertaste ich das Bedrohliche. Es ist ein Moment, der mich zerteilt, der mich auflöst, um fortzuschicken, was mir nicht gehört. Zerwürfnisse und Chaos verurteilen die Angst, die ich im trübsinnigen Gedränge meiner Gedanken auf das Siegerpodest hob. Ich habe alles riskiert und meinen Anker an Steuerbord herunter gelassen, obwohl ich wusste, dass die Lebenskette zu kurz war. Aber dennoch berührte sie das schäumende Wasser, worin ich Gnade und Nachsicht sah.

Lena, bevor du weiterhin denkst, mein Herz würde aus Beton bestehen, will ich dir Folgendes sagen: Ich sitze oft in meiner Einsamkeit am Strand und die Dünen rutschen hinter mir einfach weg, als wäre das gelebte Leben nichts mehr wert. Ich sehe verschwommen fliegende Möwen, die die letzten Wolken erhaschen wollen. Entzückt horche ich auf. Leise Stimmen zelebrieren den Abend und ich beschreibe den Sonnenuntergang, der zaghaft meine Hände festhält. Oh, wie seltsam ist dieses Abschiedswinken, das ich von Weitem sah.

Das Unbehagen umarmt meinen Leib, und ich könnte dem Vogel seine Freude wiedergeben, der seine Schätze schon sah. Abschiedstage erzwingen die gelbgrüne Farbe mit einer Wucht, die mein eigenes Ankommen unmöglich macht. Ich fange an, die Muscheln des Unheils aufzusuchen, sie auszuzählen, aufzureihen, hintereinander zu legen, um das Gerechte, was ich dringend brauche, zu verbergen.

Ich rieche das ölverschmierte Meer und inhaliere den Neid. Man geht langsam und wehleidig am Ufer entlang und ruht sich nicht mehr aus, nur weil die Wut keine Schranken kennt. Gut erkennbare rote Irrlichter am Ende meines Tunnels dämmen die befremdliche Reise zu einer warmen Glut. Sie ist nicht mehr so heiß, denn sie verglüht zeitig in der unrealen Zukunft, die meine Angst mag. Leider kann ich nur sagen, dass sich das Unberechenbare, das Scheue, das Ungewollte zu gern in meiner Untätigkeit versteckt und darauf wartet, dass die Traurigkeit das Sagen übernimmt. Sie wird es sein, die den Abschied bittersüß schmecken lässt. Die ungläubige Trägheit wird dabei einen Anspruch erheben, dem ich in meiner hohen Erwartung nicht gerecht werde.

Schade, sagst du? Finde ich auch. Trotzdem gibt es Momente, in denen ich relaxen darf. Dabei verzerren sich die verkrüppelten Erinnerungen in mir, und in seltenen Fällen genieße ich es eine Kerze anzuzünden, die den schwefligen Boden rein hält. Jetzt kann ich die Ruhe fühlen, die am Pflock mit dem Fischernetz der „Alten Denker" noch verbunden ist. Keine ungetrübte Hoffnung keimt in meinen Tränen, die mich seit Tagen zart benetzten. Sie ist am Felsen zerschellt und krümelt vor sich hin, als wäre mein Wunsch nach Liebe doch nur ein böser Traum gewesen. Geblieben ist die vergangene Freude, aus der ich mich entpuppte, um der Verlockung von Sparsamkeit nachzugeben. – Der Wind legt sich und ich verirre mich in der Flut, die ein Morgen vielleicht nicht mehr erkennt. Das wäre mein Preis. Ich muss es wissen, denn ohne ein gemaltes Bild kann ich dir nicht sagen, ob ich morgen noch lebe. Es sind meine Ideen, die ich im Bild zaghaft sehe. Hier lebt das Kind in mir. Immer wenn ich dachte, ein Bild fertig zu haben, sind meine Gedanken in ihrer Bedeutung einfach nutzlos geworden. Dann zwinge ich mich, dagegen anzukämpfen.

Es ist nicht gut, wenn die Gedanken keine Bedeutung vorfinden, denn ich weiß, dass die ständigen Kränkungen ihre Orte in mir finden. Und wenn sie die Orte finden, legen sie den verwelkten Grabschmuck nieder und bezichtigen mich einen großen Lügner. Oh ja, die „Alten Denker" haben auch dazugelernt. Oh, ja! Sie rennen nicht einfach davon und sagen „alte Petze" zu mir. Nein! Sie können gar nicht anders handeln als so. Ihr Trieb das rohe Fleisch zu essen, ist ein Bündnis mit der Wut, um ihrer eigenen Herrschsucht zu entkommen. Das sind Erfahrungen, die ich gemacht habe, um die Facetten meiner Depression kurz zu halten. – Verzeih mir bitte, ich wollte dich nicht verletzen! Aber ich sehe, du gehst entspannt neben mir, und dein leichter Schritt bekundet Sicherheit. Du ertastest leichtfertig den Baum mit deinen Fingern und inhalierst tief den Duft der Natur. Das überrascht mich ein wenig, denn dein Ego spricht eine andere Sprache. Es ist gut zu wissen, dass sich deine Ablehnung und Abgrenzung zurückzieht.

Wir haben lange an einer Waldlichtung gesessen und ich glaubte fast, dass wir beide den Augenblick eines späten Vormittags genießen könnten, um loszulassen. Der grüne Teppich unter uns und die warme Sonne berührte uns, als dein blödes Handy in der Handtasche klingelte. Gerade als alles passte. Die gute Atmosphäre war wie weggeblasen, als deine kühle Stimme den Anrufer empfing: „Ja, wer ist da?"

Ich musste aufstehen und deine warme Seite verlassen. Kein Blick war ich dir mehr wert. Als ob ich Luft wäre. Wutentbrannt sprachst du in die Muschel und hast mit deinen Händen wild herumgefuchtelt. Du hast geredet und geredet, während der Nebel sich zwischen uns schob. Erst viel später habe ich mitbekommen, dass du einen Disput mit deiner Tochter hattest. Ich wollte es gar nicht wissen. Ich wollte überhaupt nichts mehr von dir wissen. Mir war alles egal, denn in mir brodelte die heftige Traurigkeit und meine Wut zelebrierte unaufhörlich, so dass ich mich nur danach sehnte, den Bus zu bekommen, der um vier Uhr nachmittags vor dem Rathaus abfahren sollte. Ich wollte mir nichts mehr von dir gefallen lassen. Ich schaute auf meine Uhr, die 11:30 anzeigte. Mein Abgang ins Tal tat mir gut. Ich lief den Waldweg allein herunter, ohne dich zu beachten. Du hast währenddessen immer noch laut telefoniert. Der Wald gab jedes deiner gebrüllten Worte zurück. Meine Füße wurden schneller. Ich rannte den letzten Abschnitt des Waldweges, um endlich die asphaltierte Straße zu erreichen. Rechts und links von mir standen Einfamilienhäuser, die still in sich ruhten. Keine Seele konnte ich in den Gärten sehen. Die Fenster der Häuser lagen im Dunkeln. Ich sah auf den Fensterbrettern grüne Zimmerpflanzen. Meine Blicke schweiften darüber hinweg und gleichzeitig, das spürte ich sehr deutlich, trieb ich meine wütenden Gedanken an meinem Ego vorbei, um nicht urteilen zu müssen. Da ich mich kannte, wollte ich Neutralität walten lassen. Es fiel mir verdammt schwer, aber den Preis wollte ich begleichen. Ich fürchtete die aufkommende Einsamkeit, wollte Ablenkung, das Geräusch von abfahrenden und ankommenden Autos hören, von Hektik und Lärm. Der Markplatz öffnete sich vor mir und ich ließ die letzte Gasse hinter mir. Der Marktplatz war nicht groß. Ich konnte ihn fast überblicken. Rundherum floss der Autoverkehr. Das beruhigte mich sofort, denn die Mitte vom Marktplatz strahlte Ruhe aus. Eine kleine Gruppe von Menschen wartete auf einen Bus. Ich vermutete, dass an dieser Haltestelle auch mein Bus abfahren würde. Ich hoffte innerlich, dass der Bus ein oder zwei Stunden früher zum Hauptbahnhof fahren würde. Ich suchte die Busnummer 165 auf dem großen Fahrplan und musste feststellen, dass mein Bus wirklich erst um

16:05 fuhr. Enttäuscht schaute ich mich um und überlegte, was ich jetzt mit der mir übrig gebliebene Zeit machen sollte. Meine Uhr zeigte erst dreiviertel zwölf, und mein Hunger war enorm. In der Mitte des Platzes vor dem Rathaus war ein Springbrunnen, dessen vier kleine Engelsfiguren in die jeweilige Himmelsrichtung wiesen. Auf der rechten Seite davon standen wunderschöne in Reihe aufgestellte hellbraun gebeizte Parkbänke, die mich zum Sitzen einluden. Mein Blick ruhte auf dem fließenden Wasser. Jeder Engel war aus schwarzem Marmor gemeißelt worden. Ich überlegte, welches Gefühl der Künstler damals beim Meißeln hatte. Was für ein „Alter Denker" kann solche Figuren mit zarten Händen meißeln? Sie gaben den Anschein von Kindern, die gerade geboren wurden. Ich war so entzückt. Eine oben angelegte Wasserkaskade ließ dem Wasser freien Lauf. Das Areal war umsäumt von einer aus Sandstein gebauten kleinen Mauer, die als Sitzfläche diente, um im Sommer die Beine ins Wasser zu tauchen.

Ich sah zwei Jungs im Alter von sechs oder sieben Jahren, die ihre Hände ins Wasser hielten, um die fließende Strömung aufzufangen. Und im gleichen Augenblick entdeckte ich über ihren Köpfen ein schön gelegenes Café. „Wiener Caféstube" hieß es. Mit kühnen Schritten verfolgte ich die beiden Jungs beim Spielen und erfreute mich, mit welcher Leidenschaft sie das Spiel genossen.

Die Sonne strahlte am Himmel, und ich wählte den rechts im Schatten stehenden Tisch und setzte mich hin. Abruhen. Ankommen. Dinge stehen lassen und nur genießen. Das waren meine Offerten an diesem Platz.

Ich hörte das Sprudeln von Wasser und war mit meinen Gedanken trotzdem woanders. Die Zeit spielte keine Rolle mehr. Ich bestellte mir eine Tasse Kaffee und ein Glas Wasser dazu. Der Hunger war weg, und ich dachte auch zu keinem Zeitpunkt an dich. Das tat mir unendlich gut, meine Gedanken nicht an dich zu verschwenden. Ich ließ tatsächlich zu, den nikotingeschwängerten Geruch zu verdünnen, zu verdampfen und deine schweren Gedanken ruhen zu lassen. Ich war dem Wahnsinn entkommen, der gereizten Stimmung. Ich konnte mich nun an schöne Bilder von damals erinnern. Die Gedankenfetzen hatten mit dir nichts zu tun. Und denke nicht, ich würde ein Rest von Dankbarkeit für dich empfinden! Der aufgespannte Schirm, der mir Schutz bot, ist in den aufgedunsenen Zerwürfnissen dennoch feucht geblieben.

Was könnte mit mir geschehen, wenn ich das Jesuskreuz in der Kirche am Marktplatz ansägen würde, um zu unterstreichen, dass ich aus Haut und Knochen bin und ebenso Denken und Fühlen kann wie einer meiner Mitmenschen? Welche Sorte von Schicksal bräuchte man, um sich vom alten Leben zu trennen, um sich neu zu definieren und die Geschehnisse der Kindheit als falsch zu erklären? Oder stell dir vor, jeder von uns beiden wäre am Ort der Begegnung für eine Sekunde später eingetroffen! Es hätte schon genügt eine Sekunde später auf die Welt zu kommen, um diese Erfahrung mit dir nicht zu haben. Vielleicht wäre ich nicht erkrankt und hätte keine Selbstmordgedanken. Wenn die Dinge im Leben anders entschieden wären, hätten wir auch andere Erfahrungen gemacht. Stell dir vor, wir würden uns nicht kennen! Was würde deine Angst mit dir machen, wenn dich meine Worte nicht erreichen? Du siehst, ich habe keine Antwort auf diese Fragen und sitze jetzt in einer Kleinstadt in der schönen Rhön und trinke eine Tasse Kaffee, versuche das Vergangene zu verdrängen, plane die Zukunft neu und schenke meinen Gedanken keine Beachtung. Und so ist die Zeit mir dir vorbei gegangen als wäre ich nackt, ohne zu wissen, dass ich etwas auf die Beine gestellt habe, ohne eine Ahnung zu haben, wo auf dem Dachboden der verdammte Malkasten zu finden ist. Die fehlenden scheuen Versuchungen, sich meiner Fantasie zu erinnern, waren grotesk und warfen nur Missverständnisse auf.

Aus dem Hinterhalt meiner Gedanken heraus las ich mein Buch, trank meinen Kaffee weiter und schaute in kurzen Abständen aufblickend zum Marktplatz rüber, mit seinen Brunnen, der gelblich gestrichenen Kirche und dem Vorplatz mit den zwei krumm gewachsenen Vogelbeerbüschen. Meine Augen tasteten seelenruhig die Gassen ab und verliefen sich gedanklich in den einzelnen Geschäften, die in den Häusern lagen. Ein kleiner Schuhladen mit aufgetürmten Schuhkartons und ein Reisebüro mit bunten Bildern von der Karibik erregten meine Aufmerksamkeit. Ich sah zurück in mein Buch, als die Kirchenglocken zu läuten begannen. Zwölf Schläge ließen meinen Tisch mit der Tasse Kaffee leicht vibrieren. Ich sah die kreisförmigen Schwingungen im Kaffee. Wie lange war es her, dass ich den Glockenschlag einer Kirche gehört habe? Wie lange war das her? Meine Erinnerungen gingen auf die Wanderschaft und verfingen sich an den Tag, wo einst die Freiheitsglocken des Rathauses im Stadtbezirk Schöneberg erklangen. Punkt 12:00 stand die Stadt still, und ich horchte sehnsüchtig den mächtigen Glockenschlägen zu. Die Kirchentür öffnete sich und ich sah, wie Vermummte in schwarzen Mänteln in die Kirche strömten. Es sah wie eine Ameisenstraße aus, wo kein Ende zu sehen ist. – Ich legte das Buch ohne zu zögern beiseite, stand auf, ohne nachzuschauen, ob die Tasse leer war, und ging geradewegs zur Kirche. Meine spirituelle Reise war damit beendet.

Deine spontane Flucht mag nicht die richtige Wahl gewesen sein, aber dennoch habe ich akzeptiert, dass du mich im Wald zurückgelassen hast. Und wenn du denkst, es täte mir leid, dass ich den Anruf meiner Tochter entgegennahm, dann kann ich nur sagen, dass es mir nicht leidtut, denn die aufgestaute Wut kam brutal über mich, sodass ich gehen musste. Ich folgte meinem Muster, denn deine männliche Anwesenheit wurde mir zu eng. Meiner Versuchung, den Anruf nicht anzunehmen, konnte ich nicht nachgeben. Wozu auch? Es war nicht nötig, denn ich wusste, dass meine Tochter wieder in Schwierigkeit war. Ich ahnte im Vorfeld, dass sie mich angreifen und ihre Unzufriedenheit auf mich abwälzen würde, damit ich mich schuldig fühle.

Schuld abladen, das ist es. Das Versagen nicht eingestehen. Sie war verzweifelt und wollte eigentlich nur angehört werden. Damals habe ich das nicht verstanden, da war ich überfordert gewesen. Du kannst mir dabei nicht helfen. Ich muss selbst damit fertig werden und mein Leben auf die Reihe bekommen. – Wir haben lange geredet. Zu lange, denn meine Tochter war stark verletzt und enttäuscht von mir, sodass das Gespräch abrupt von mir unterbrochen werden musste. Stell dir vor, ich musste weinen. Aber der Weinkrampf war schnell vorbei, denn ich wusste, dass du in die Stadt gegangen bist. Ich musste mich beeilen, wenn ich dich wiedersehen wollte. Plötzlich wollte ich dich in meine Arme nehmen und dir sagen, wie leid es mit tut. Ich rannte den Abhang herunter. Ich weiß nicht mal, wie ich den langen Waldweg geschafft habe, um in die Stadt zu kommen. Aber dann sah ich dich. Dein Weg ging zur Bushaltestelle und ich sah ganz deutlich, wie du den Fahrplan studiert hast. Wäre da ein Bus gekommen, du wärst eingestiegen und hättest mich ohne Worte zurückgelassen. Das war mir klar. Und was soll ich jetzt machen? Deine scheuen Gefühle, die ich nur an-

nähernd ahnte, beschreiben einen männlichen Denker ganz anders, als den ich kannte. All die Jahre musste ich einen männlichen Denker erdulden, kennenlernen, neu definieren und schauen, wie er geprägt ist. Es fiel mir schwer, sehr schwer. Was kommt auf mich zu und was führt ein unbekannter maskierter Mann wieder im Schilde? Ich möchte nicht mehr darauf eingehen, denn die Geschichte ist bekannt und bedarf keiner Wiederholung. Aber dennoch habe ich über vieles nachgedacht, in vielerlei Hinsicht. – Probleme zu lösen, Konflikte zu regeln, Meinungsverschiedenheiten zu akzeptieren sind Vitamine eines Kornfeldes, das noch nicht abgeerntet ist.

Die Getreidesilos in mir waren leer. Sie weisen auf Defizite hin und schüren meine Angst. Ich habe dich abgelehnt, weil es nicht sein kann, dass du die Empfindungen spürst, die ich eigentlich haben müsste. Das konnte ich vorher nicht. Ich hatte meinen Namen vergessen und wann ich geboren wurde. Ich habe nur meine Mutter gesehen, die ihre Bilder auf großen Leinenwänden malte, um so ihre Angst zu verbergen. Gerade du, als geborener Laienkünstler, der von der Kunst wenig Ahnung hat, der sich in der Lage fühlt die Zwischenebenen zu sehen, die mich belasten, müsstest das verstehen. Mehr noch. Du bist in der Lage die gefühlten Zwischenebenen zu deuten und kannst sogar beschreiben, was die Gefühle mit dir und mir machen. Du kannst die Angst verstehen, sie annehmen, mit ihr Schritthalten und sogar mit ihr tanzen. Du hast gelernt eine Verantwortung zu tragen, was ich nicht mal für möglich hielt. Ich glaube, wir haben unsere Empfindungen unterschiedlich wahrgenommen. Ich fand auf der Suche nach dir jedenfalls einen mar-

morierten Steinblock aus der Eiszeit, der die Gabelung einer Straße aufwies. Ich konnte auf ihm sitzen, um mich auszuruhen, und sah dich zum Café gehen. Du hast einen Tisch auf der Terrasse gewählt. Ein guter Blick über den Marktplatz war dir garantiert, und ich sah dein verträumtes Gesicht. Deine Tasse Kaffee hast du langsam getrunken, und du warst in deinen Gedanken versunken. Ab und zu schweiften deine Blicke zwischen dem Marktplatz und deinem Buch hin und her, als die Kirchenglocken läuteten. Das Zeitgefühl hatte ich bis dahin verloren. Mich hat es nicht überrascht, dass du in die Kirche gelaufen bist. Ich hatte es mir sogar irgendwie gewünscht. Gelangweilt holte ich meinen Schal aus der Handtasche, legte ihn mir um den Hals und überlegte dabei, zu dir in die Kirche zu gehen. Aber ich konnte nicht. Meine Kraft ließ nach. Zögerlich schaute ich in die Wolken und verfolgte die Kondensstreifen eines Flugzeuges. Dann steckte mir eine Zigarette an – besser, ich wollte mir eine Zigarette anzünden, denn mein Handy klingelte erneut. Ich habe es ignoriert. Die Geräusche kribbelten in meinem Bauch. Den zementfeuchten Brotlaib vom morgendlichen Frühstücksbüfett, der in meiner Handtasche noch übrig war, knetete ich nervös mit meinen kalten Fingern, bis dieser sich auflöste. Zorn täuschte ich vor. Ich senkte meinen Blick und bildete mir ein, nicht entschlussfreudig genug zu sein.

Ich habe mir all die Jahre etwas vorgemacht. Ich habe das rohe Gemüse eingeweckt, goss kaltes Wasser ins Einwegglas und verschloss es mit einem Deckel, der nicht passte. So wie ich es mit meinen Gefühlen getan habe, wartete ich jahrelang darauf das Ein-

wegglas zu öffnen. Du brauchst nicht zu lachen, ich wusste im Vorfeld, dass das rohe Gemüse ungenießbar sein würde. Genauso habe ich gelebt. Das wurde mit heute klar. Dann kam der Zeitpunkt, da sich die Kirchentür öffnete und eine Gruppe „Alter Denker" bedächtig die Kirche verließ. Ich musste warten, denn du warst noch nicht dabei. – Hast du geahnt, dass ich vor der Kirche auf dich warten würde? Es verging bestimmt eine Stunde, dann ging ich dir entgegen. Nun sitzen wir beide zum letzten Mal an einem gedeckten Tisch, und ich werde mir ohne deine Erlaubnis einen Latte macchiato bestellen und mit dir auf den Bus warten, der dich dort hinbringt, wo du deine Fantasie findest. Aber was ist geschehen?

Deine einfache Körpersprache hast du so skrupellos eingesetzt, dass deine Ideen nur so aus dir heraus sprudelten. Ich spürte das und war etwas erschreckt, wie deine Freundlichkeit zur Geltung kam. Ich musste gut beobachten, um in deinen Augen ein unterdrücktes Lächeln oder Bedenken zu erkennen. Dabei musste ich gut abwägen, wie du dich gerade fühlst. Große Achtung! Leider weiß ich nicht, ob das eine Taktik von dir war, um mich aufs Kreuz zu legen. Dein Gesichtsausdruck verriet dazu keine etwaige Anzüglichkeit oder gar eine Bevormundung. Du gehst tatsächlich einen anderen Weg.

Als ich gestern meinen König auf das Schachbrett legte und mich ergab, war das für mich einleuchtend, aber bereits überholt und langweilig. Du aber änderst deine Strategie und lässt mich ins Ungewisse schliddern. Und gerade deshalb passt du in kein übliches männliches Schema. Ich wippe mit meinen Füßen wild umher und spüre deine Energie, die mich beflügelt doch noch ein paar Worte mit dir zu sprechen. Sexuell, das habe ich bereits mitbekommen, läuft zwischen uns nichts. Du wolltest keinen Sex am Gartentor, und schon gar nicht woanders. Okay! Das kann ich verkraften. Dabei hätte ich mir so gern gewünscht, deinen Schwanz in meinen Händen zu halten, um meine Zukunft zu ertasten. Jede diesbezügliche Szene mit dir hätte ich in sinnlichen Bildern festgehalten. Aber ich übe Verzicht und verdränge die Bitterkeit, die mich blind macht. Deine Ehrlichkeit anzubohren, das ist mir auch klar, war nur ein vager Traum, und gerade der hat mich vergiftet.

Ich mag deine bunte Sprache, deine weiche Stimme, deine schönen Worte, wie du die Dinge beschreibst. Ich mag deine schrill gemalten Bilder, die die Öffentlichkeit auf jeden Fall sehen sollte. Ich mag deine innere Einstellung, wie du deine Angst beleuchtest, ohne viel Schatten zu produzieren.

Die eigenen Entdeckungen in mir, die meine Schuldunfähigkeit maßgeblich außen vor lassen, machen dich zu einem anderen männlichen Denker. Die unebenen Baumrinden aus der Sicht eines Kindes zu sehen, machten mich von Anfang an stutzig. Aber es war auch wieder interessant, sodass ich ein heißes Verlangen spürte, dich zu berühren.

Das bist du, wie du deine naiven Bilder anbietest und die Betrachter aufforderst, deutlich hinzuschauen. Ein Wahnsinn. Die weiblichen Denker hielten ihre eigenen Gardinen stets geschlossen, du hast sie mit deinem männlichen Charme leicht öffnen können. Vor meinen Fenstern blieben die Rollläden seit Jahren verschlossen, denn ich mochte das Tageslicht nicht mehr. Keine männlichen Denker, die ihre heiße Begierde in Hass getaucht mit sich führten, sollten sich unter meine Bettdecke legen. Du aber, ein warmer Regen, hast diesen Entschluss aufgeweicht. Schon deine Antwort auf die Frage der Therapeutin, wie man mit einer Verletzung umgeht, war grandios. Deine ruhige, selbstbewusste Antwort war brisant und ekelig, aber dennoch entsprach sie der Wahrheit. Du hast geantwortet, dass die Verletzungen der anderen dir nicht gehören.

Ich habe lange Zeit darüber nachgedacht. Du allein hast durch diesen harmlosen Satz die moralische Welt in mir zerstört, die ich durch das jahrelange Studium in der Kunsthistorik mühselig aufgebaut hatte. Keine These stimmt darin überein, dass die Sühne für ein Vergehen nur einer Idee des Geistes entspringt. Deine Religionsansichten machen mir etwas Angst, was auch für deine männlichen Ansichten gilt. Ich werde über keiner dieser Brücken gehen. All deine Äußerungen über Vergebung, Gefühle, Zerstreuung, Hingabe, Einlassen und Verstehen wollte ich überhören. Ja, ich gebe es zu. Stumm sein und den Kopf in die Waschmaschine stecken, das war mir in der damaligen Zeit wichtiger gewesen, als mich damit auseinanderzusetzen. Alles schien in mir marode zu werden. Die sichere Kugelweste löste sich in der Haferflockensuppe auf, die ich nicht mal zu Mittag vollständig essen konnte.

Moderne Relikte befremdlicher Sexualität besamten meine feuchten Träume, sodass ich die falsch verstandene Umarmung immer wieder ablehnte, weil ich Angst verspürte. Du mit deinen wahnsinnig feinfühligen Künsten, die eigentlich den leisen Ton ausmachen, sie erfüllten mich mit Respekt. Sprachlos konnte ich meinen Hafen nicht mehr ansteuern. Das Ruder glitt mir aus den Händen. Dein tiefer Gesang ebbte nicht ab. Oh, nein! Nackte Anordnungen düsten über die Felder, die du im Stehen gemalt hast. Deine laut geäußerten Überlegungen über ein Zusammensein, ein aufeinander Zugehen waren wie rote Bojen im Meer. Sie leuchteten, warnten und zeigten ein Zeichen der absoluten Freiheit des Fühlens.

Man dreht sich nach dir um. Die Luft sprengt das unerforschte Gefühl. Du äußerst sich selten und verdrängst in gewissen Schüben die angedrohte Strafe. Fantastisch! Was für ein Wunder, wie du malst. Ich begriff nicht, dass mir gegenüber ein abstraktes Ich stand. Blinde Regale säumten verwahrloste, unbekümmerte Überlegungen, die der Anfang meiner Lesungen sein sollten. Aber die Regale blieben bis heute leer.

Wie schön wäre es, wenn die „Alten Denker" zu dir sagen würden, ab in den Bus und fort von mir, raus aus der Stadt. Dein Versteck war gut gewählt. Ich konnte dich nicht sehen, nur ein Rest deines Fingerabdruckes, der das kalte Metall für mich bereithielt. Die Farbe der Haltestelle käme deinem Haar gleich, wenn dein Alter nicht wäre. Ich mag den Abstand, der uns trennt, der die Segelschiffe auf dem Marktplatz anbindet, um das zarte Fleisch in mir nicht zu zerquetschen. Wie eine Fata Morgana ist es dir gelungen, im Unsichtbaren die Fäden zu ziehen, die meinen Umbruch verhinderten. Soll ich dir dafür danken? Ich kenne deinen richtigen Namen nicht, um in deine funkelnden Augen zu schauen, die meine rosigen Brüste erleuchten würden. Deine Tränen rufen den qualvollen

Tag noch mal auf. Respekt wird gezollt, um den meterdicken Schmerz zu empfangen. Du konntest ihn gut verbergen, mit einem Lächeln überdecken, mit lauter Musik übertönen. Vielversprechende Schlusspunkte hast du in deinem Leben gesetzt. Deine imposante Geschäftigkeit hat die Strafandrohungen aus einer Zeit verwaltet, die den Geschmack von Kartoffelbrei nachahmte. Am Ende meiner verdreckten Treppe sah ich die Wunder, die an mir vorübergegangen sind. Einfach so. Wenn ich die Ratten in der Nacht und am Tag hörte und mein Taschentuch das kühle Wasser aufnahm, zollte ich meiner inneren Liebe für Sekunden die Beachtung, die ich vor der Gewaltanwendung so dringend gebraucht hätte.

Was ist daran so verwerflich? Ist der Charme in einer verspielten und fast vergessenen Melancholie zu einem gefährlichen Spiel geworden oder gehört dir die Welt allein? Wo sind meine Gefühle geblieben, die ich an der Baumrinde fühlte? Ich höre im Tal die unendlich vielen Kinderstimmen, die die Wut in mir erstarren ließen. Keine weitere Sekunde darf meine profunde Kenntnis der Liebe schmälern. Ich kenne keinen Treppenflur, von dem ich sagen könnte, ich sei langsam heruntergelaufen, habe mir die blutigen Wände angeschaut, zerkratzte mit den wunden Fingern das gebeizte Holz und leckte mit der offenen Zunge den Rest Bohnerwachs herunter. Ich kenne keinen Hinterhof, wo nicht die Ratten meinen Apfelgriebs aßen. Ich kenne keinen einzigen Augenblick, wo Mutter nach unten schaute und mir ihre Hand gab, mir nicht auf dem Kopf spuckte, die Haare herausriss oder mir mit dem rechten Fuß in den Arsch trat. Ich kenne keinen Zaun, der mich beschützt hätte, der meine Welt davor bewahrt hätte, meinen weiblichen Traum in einer Kellernische aufzubewahren, um die Liebe wie einen Chicoréesalat keimen zu lassen. Ich kenne keinen „Alten Denker" wie dich, der seine Ideen mit haudünnen Bleistiftlinien zeichnet, um die verkrustete Wunde mit heißem Wasser abzutupfen und den Schatten der Erlebnisse wegzuwischen. Ich kenne nicht den Tag meiner Geburt, auch wenn du die Geburtsurkunde in deinen Händen hältst, eingerollt in diversen Whiskyflaschen und auf offenem Meer schwimmend.

Siebenundzwanzig

Wie soll ich das Gesagte und Gedachte beschreiben, wenn es nicht miteinander übereinstimmt? Bin ich darüber erleichtert, dass der Bus nicht eher abgefahren ist und ich mich bis dahin mit meinen spirituellen Gedanken und Musen auseinandersetzen musste? Oder sollte ich viel mehr über die Trennung nachdenken, um festzustellen, ob es uns dann wieder gut geht? Beide Fragen sind eigentlich überflüssig. Obwohl, haben wir in den zwei Tagen dazugelernt?

Du warst enttäuscht, nicht zu mir in die Pension kommen zu können und dass dein Weg in die Klinik die richtige Entscheidung war. Mir war klar, dass du eine Ausgangserlaubnis von deiner Therapeutin bekommen würdest. Den gefalteten Ausgangszettel habe ich in deiner Handtasche gesehen. Was soll's? Es ist vorbei und die Zeit vergeht schnell, und wie ich sehen musste, ohne Reue, mit einem Lächeln und mit Wehmut über die verschenkte Zeit, die ich mir ans Bein gebunden hatte. Die lange Zugfahrt, die holprige Busfahrt durch Wälder und Dörfer und schließlich der Aufstieg zur Klinik, wo du mich ohne Staunen in Empfang genommen hast.

Eigentlich traten wir immer auf der Stelle und wagten uns nicht in die Augen zu schauen. Du hast das Schachbrett in Gedanken bereits zusammengelegt, den König in die Hand genommen und leise auf das Schachbrett gelegt. Welches bizarre Unglück könnte unser Lebensgeschick noch wenden? Dein Traum von einem männlichen Denker ist an deiner Angst zerschellt und liegt jetzt in Einzelteilen herum. Du wirst sie nicht aufsammeln können. Wozu auch? Du müsstest dich wirklich bemühen, die winzigen Kieselsteine deines Lebens zusammen zu suchen und danach zu sortieren, was wichtig für dich ist und warum du leben möchtest.

Indes laufen wir an jedem Baum vorbei, schauen uns fremde Gärten und Häusern an, legen uns auf eine Lichtung und warten, bis eine verletzte Stimme in deinem Handy erklingt, um dich weiter nach unten zu ziehen. Könnte das dein Anfang sein? Nein, ganz sicher nicht. Stattdessen setzten wir uns erneut in ein Café, nur dass die Getränke auf dem Tisch andere waren, und stritten darüber, warum ich die beschissene Stadt vorzeitig verlassen wollte.

Das Schlimme für dich war, dass du wirklich dachtest, ich wollte dir mit Absicht kein Adieu sagen. Hab ich recht? Was ändert sich an unserer Situation, wenn dem so ist? Nichts! Deine vage Behauptung, ich wollte dir das Gleiche antun, wie du mir damals am Hauptbahnhof in Berlin, entspricht nicht der Wahrheit. Meine Verteidigung steht auf wackligen Füßen, das gebe ich gern zu, dennoch habe ich die Flucht geschürt.

Ich glaube, ich hatte Angst, mich erneut zu rechtfertigen, eine Ausrede finden zu müssen und den Glauben in mir wieder zu missbrauchen. Ich suchte für mich eine Antwort, die einen Schlussstrich zieht. Wir passen nicht zusammen, das war mir damals schon klar. Nicht mal das Wort Freundschaft würde in den Sprachschatz passen. Ich wusste ja nicht mal, ob ich überhaupt Sympathie für dich empfinde. Und wenn ich ehrlich bin, es war richtig diesen Schlussstrich zu ziehen. Ich wollte das Geschwafel von Liebeshymnen nie hören, wollte nie berührt, geküsst und liebkost werden. Das Stöhnen beim Sex, die Gier sich zu umarmen, den nassen Kuss zu erwidern und ständig nachzufragen, wie es einem geht. Heuchelei war mir anrüchig. Ich vergoss meine Tränen lieber selbst, als sie vom Henker missbrauchen zu lassen. Es tut mir nicht leid das zu sagen, aber in der Kirche in den Mittagsstunden sind mir viele Dinge durch den Kopf gegangen.

Diese Art Liebe, der wir angeblich unsere Sehnsucht verdanken, gibt es nicht. Vergeblich sucht man im Schlaraffenland nach Liebe. Glaubt man dieser These nicht, verwechselt der Geist den wahren Inhalt der Farbe Rot mit der erschaffenen Liebe. Sie ist nur ein Gefühl, das auf unterschiedlichen Ebenen agiert. Sie ist wahrlich nicht der Schlüssel, um den Schwanz in die Grotte einzuführen, damit er sich in ihr ergießt. Wenn der Orgasmus wirklich der Höhepunkt der Liebe wäre, hätte jeder Mensch sie gefunden. Die Liebe wird nicht für gute Leistung vergeben oder für eine gute Note in der Schule oder für eine Lebensrettung oder durch eine aufopferungsvolle Gestik. Man muss sie sich verdienen, jeden Tag aufs Neue. Man muss um sie kämpfen und sich notfalls für sie opfern. Und was ist, wenn man ihr den Rücken kehrt und sagt: „Ich liebe dich nicht mehr." Ist die Liebe dann nicht mehr am Leben? Warum ist die Verletzung so gewaltig, wo man sich doch in der Liebe Treue schwor? Warum ist die Wut in der gleichen Sekunde an Ort und Stelle, wo doch eben noch die Liebe anzutreffen war? – Oh, keine Antwort, keine Reaktion, kein Widerspruch? Das ist sonderbar.

Ich trinke den letzten Schluck Wasser und sie ihren Ingwertee, wir schauen uns dabei nicht an. Mir kommt es wie eine Befreiung vor. Klingt doch seltsam, wenn ich die reife Frucht am Baum sehe, sie pflücken will und du sagst: „Nein, die Knospe blüht noch."

Du willst dich leise davonschleichen, in dem du bescheiden auf mich wirkst, mit wehleidigen Augen, gestraften Mundwinkeln und zusammengepressten Händen. Aber das gelingt dir nicht. Deine Augen verraten deinen Schmerz, der gerade auf 9 einer Skala von 1 bis 10 steht. Deine Tränen willst du herunterschlucken. Du hechelst mit der Zunge an einem Wasserhahn, der keinen einzigen Tropfen mehr hergibt. Wo willst du deine Verbitterung unterbringen, deine Tränen trocknen? Wir könnten diese

Stadt von den hier lebenden männlichen „Alten Denkern" befreien, die Fenster ihrer Wohnhäuser verschließen, ihre Lebensgeschichten vergessen, das hart umkämpfte Gedankengut vergraben und deren Traditionen und Erfahrungen verdrängen. Die Frage ist nur, ob ein neues Zeitalter beginnen soll oder nicht. Ist deine innere Sehnsucht nach Liebe groß genug, um eine Entscheidung diesbezüglich zu treffen?

Wir können den Bürgersteig mit Blumen bepflanzen und das heranziehende Orkantief (hat ebenso einen männlichen Namen) einladen die Dächer der Häuser abzudecken, um die Gleichberechtigung zu verstehen. Wir können, wenn wir wollen, unsere dünne Haut abziehen, um sicher zu gehen, dass das tote Holz nicht untergeht. Wir können die Gedanken verfeinern und dem nahenden Tod den Weg des Überlebens erklären, damit unsere mächtige Unwissenheit weiterhin an Stärke gewinnt. Wir können uns umarmen und wieder loslassen, wegrennen und an dem Ort ankommen, wo alles anfing. – Und wo ist dieser Anfang zu finden?

Ich will von dieser Frage nichts mehr wissen, denn sie macht mich krank. Der Nachgeschmack von Blut und Eiter lässt mich zurückschrecken. Ich dachte, da wäre die Liebe verpackt. Und nach dem Auspacken müsste die Schuld bereit sein, die vielschichtigen Symbole deiner verletzten Kindheit einzubrennen. Rachegelüste werden geboren. Sie bleiben kurz vor dem Einschlafen ganz nah bei dir. Die Schlafenszeit verkürzt die Unruhe und schont deine Angst, damit sie morgen eine andere Sprache bekommt. Ich nenne sie: „Die Sprache der Schwarzen Magie". Das Finale ist bestimmend, zielsicher und kennt keine Gnade. Der Tod könnte die Freiheit sein. Große Marmorsäulen halten das Dach der Heimat, unter dem dein Lachen langsam zerbröselt. Die ewig heiligen Hallen, die einen Rest von Hoffnung aufbewahren, zittern vor dem Recht, dass die Liebe keinem gehört. Aber ist es denn so? Ja, die Liebe gehört keinem. Sie lebt in uns allen.

Und nun fangen wir dort an, wo wir vor ein paar Minuten aufgehört haben. Das große Wort „Liebe". Aber wo ist die Liebe zu finden? Ist es wichtig, sie hier zu erwähnen, auch wenn du sie mit meiner Spiritualität abtust und ihr keinen Sinn schenkst? Ich vergleiche die Liebe mit einem Regentropfen. Wo ein Regentropfen hinfällt, entsteht kein Feuer, nur Wachstum, das deine Wut aufweicht, um die Triebe deiner Fantasie auszutreiben. Da könnte Verständnis wachsen. Vielleicht liegt es daran, dass ich ein sensibler männlicher Chaot bin, der bei jedem Einkauf nur leere Tampon-Verpackungen mit nach Hause bringt, um mich daran zu erinnern, dass die Intelligenz der weiblichen Macher sich selbst nach Jahren gut in die Gesellschaft eingefügt hat. – Ich kann es selbst kaum glauben. Geduldig suchte ich die Werbung der verkannten Hausfrauen, die meinen Horizont verjüngen. Dabei zu sein, ist das Motto, das die Frauenquote nach oben schnellen lässt, das einen sexuellen Akt auf dem Strich unnötig macht. Gleichberechtigung wird das Zauberwort bleiben. Ich brauche das, damit ein Miteinander beider Geschlechter möglich wird. Hand in Hand durch die Gassen gehen hängt davon ab, wie schnell die alten Traditionen der „Alten Denker" verarmen.

Ich mag die Nervosität von dir, wenn du in kurzen Abständen dein dünnes Haar über das linke Ohr legst und in der Handtasche nach deinen Zigarette suchst. Und was wäre dabei, wenn in Rom eine Päpstin regieren und das Zölibat für null und nichtig erklären würde? Ja, Lena, das sind die Urgründe, warum die Welt nicht wach wird. Solange es keine Gleichberechtigung in der Kirche gibt, wird weiterhin Druck auf die weiblichen Denker ausgeübt. Und solange dieser Druck vorhanden ist, werden die Hierarchien der „Alten Denker" fortbestehen. Von oben nach unten werden Schuld und Klage weitergereicht, um ein Urteil zu sprechen, das mit der Wahrheit nicht übereinstimmt.

Also, was willst du machen? Geh in die Knie und fang an zu beten, oder sauf dir einen an! Verbring deine Zeit in einer Senke, kauf dir Mitleid, verwandle Gold in Stroh, geh über die sieben Hügel deiner Verletzungen und stell ein Stoppschild auf, was du sowieso wieder ignorieren wirst, um dich nicht zu belasten. Haha! Verkauf den gelben Mond und verschenke deine Widerspenstigkeit, die dein Leben so erschwert. Mach endlich Schluss! Du vegetierst in einer fremden, unnahbaren Stadt umher, besuchst diverse Seminare, die dir deine Angst erklären sollen, und versuchst gleichzeitig mit Therapien eine unerfüllbare Hoffnung zu finden, die eigentlich davon ausgeht, dass dich dieses einzigartige Patentrezept der Heilung befähigt, deine Kindheit und dein Zuchthaus zu vergessen. Glaubst du daran?

Wir gingen gemeinsam in ein Kaufhaus, das einzige in dieser verarmten Stadt, um mir eine Hose zu kaufen. Meine Jeans hatte unter dem Waldspaziergang gelitten. Harzflecke waren tief in das Gewebe eingedrungen. Mit heißem Wasser war das nicht zu bewerkstelligen. Du warst sichtlich erfreut, dass wir unser Umfeld wechselten. Die „Alten Denker" mit ihren Röcken und Mänteln wuselten um die Ladentische herum und suchten nach ihrem eigenen Glück. Deine leisen Schritte auf dem Laminat im Kaufhaus taten mir gut. Sie waren nicht aufdringlich. Hier war alles so fein und spröde, als ob die Welt unter meinen Händen zerbrechen würde. Ich sah deinen Schatten an der Wand und berauschte mich an deiner Figur. Rötliches Licht reflektierte die Reklameschilder von Strümpfen über deinem Kopf. Ich fühlte mich, als wäre ich über den Wolken, irgendwie gelöst. Der frische Gedanke, meinem

Kaufrausch zu folgen, verflog. Ich äugelte nach rechts, wo in einer Ecke ein wunderschöner Ledersessel stand, der mich wie ein Magnet anzog. Ich wollte mich nur hinsetzen und das Treiben im Kaufhaus beobachten. Dich konnte ich nicht mehr finden. Du warst hinter BHs und grauen und weißen Unterhosen für Damen verschwunden. Eine Frau sprach aus dem Lautsprecher, dass ein kleines Kind im Alter von drei Jahren gesucht würde. Keine Seele schaute auf. Still hingen die „Alten Denker" ihren Gedanken nach, als ob alles normal wäre.

Diese Normalität damals konnte ich nicht ertragen. Ich wühlte in den Auslagen und wusste, dass ich eigentlich nichts brauchte. Wir haben das Kaufhaus mit leeren Händen verlassen. Du hast deine Jeanshose gekauft. Die Gründe habe ich vergessen. Ich musste dich eine Weile suchen. Überall standen die „Alten Denker" und suchten nach etwas. Sie krochen fast in den Sockenberg hinein, da ihnen erzählt wurde, der kommende Winter würde eisig werden. Es tut mir leid, dass meine Zerstreuung das unsichere Ufer schon erreicht hat. Ich mochte deinen Duft, der ständig auf mich einwirkte, und deine Stimme, die ich wieder kennenlernen durfte. Ich habe dich nicht akzeptieren wollen. Aber du hast mich aufgefordert über Dinge nachzudenken, vor denen ich Angst hatte. Du hast den Nagel damit auf den Kopf getroffen. Ich sollte die Dinge beschreiben, die mich in der Kindheit geprägt haben. Zu keiner Zeit habe ich darüber nachgedacht, selbst wenn ich zu Hause eine Kerze angezündet habe.

Aber sie war belanglos und hatte keine wahre Bedeutung. Dennoch gab die Kerze Licht ab, von dem ich zehren konnte, sodass all die Skulpturen entstanden sind. Mein Elend war aber stets dabei und kroch zu jeder Zeit unter meine Fingernägel. Manchmal brannte es unter ihnen fürchterlich, ich bekam keinen Frieden für mich.

Also, was will mir ein Pfarrer schon erzählen? Ich wollte schon immer meine Bilder gern in einer Kirche ausstellen. Die heiligen Räume sind dafür gut geeignet. Ich kann mich gut an eine Ausstellung erinnern. Der Pfarrer segnete die Bilder und sprach davon, dass jedes Bild seinen eigenen Weg zum Betrachter findet. Meine Empfindungen ließ ich draußen. Ich lehnte alles ab. Heute ist mir klar, dass es Sinn macht, diese heiligen Häuser zu besuchen. Wäre bloß nicht immer die Angst an dem Ort, wo meine Fantasie aufblüht. Wenn das Gefühl der Freiheit kommt, und wenn es nur für Sekunden ist, genieße ich diese Augenblicke. Dann suche ich fieberhaft nach einem Geländer, das mir das Leben retten soll. Das Geländer war aber nie da, wenn ich es brauchte. Irgendwann suchte ich nicht mehr, weil die Enttäuschung in mir zu groß war. Ich weiß nicht, ob du verstehen kannst, allein vor einem großen Berg zu stehen und ihn mit einer kleinen Schaufel abtragen zu wollen.

Durch dein Erzählen sind alte Fragmente in dir aufgebraucht worden, die einen ständigen Schmerz vortäuschen. Aber nein, du hast zugelassen, dass dieser Berg den Betrug erkannte. Mir gefiel, dass du die Veränderung abgelehnt hast, um das Nest der Angst mit unreifen Eiern zu bedecken und warm zu halten. Aber du bist auch nicht der Wohltäter. Du ziehst lieber den alten verwilderten

Mantel an, der die Armut liebt. Du wolltest die unterste Kellertreppe begehen, um festzustellen, wie eine monatelange Dunkelheit auf dich wirkt. Blass hast du hinterher ausgesehen. Und das war der Punkt, der meinen Verstand aufrüttelte, dich intensiver anzuschauen, dich besser zu verstehen, dich so zu nehmen, wie du bist. Dein feinfühliger Charme wird den leisen Gesang, den ich nie zuvor hören konnte, aufnehmen. Aber wenn du gedacht hast, meinen Gesang hören zu dürfen, dann muss ich dich enttäuschen. Ich konnte ihn nicht mal selbst hören, weil die Wut in mir noch immer alles übertönte. Ich ziehe also auch einen dicken Mantel an und werde mein Gefühl keinem offen zeigen.

Aus dem Glauben heraus ist das Aquarellpapier oft leer geblieben. Meine Wohnung roch stets nach dem kalten Rauch einer gelöschten Zigaretten. Der Abwasch lag wochenlang herum und die Tischdecke strotzte vor Dreck. Eine Bibel, die ich von meiner Oma geschenkt bekam, liegt noch bei mir im Wohnzimmer auf dem Regal. Sie liegt noch genauso so da, wie ich sie vor Jahren hingelegt hatte. Die Zeit ist für mich nur noch ein Produkt der Langweile, gesüßt von Blutwurst und fettem Schinken. Und das ist bis heute so geblieben. Auch hier ist das so, wo ich meine Verhaltenstherapie erhalte und der Versuch gilt: Bevor du stirbst, sollst du vergessen lernen. Einen anderen Ausweg sehe ich nicht. – Drei Wochen sind vergangen. Ich höre die Stimme meiner Mutter, die mich ermahnt gerade am Tisch zu sitzen. Und ich sehe meinen Erzeuger, der jeden Abend meine Muschi berühren will. Also, wo sollen meine Gedanken hingehen? Sag es mir!

Es war mir recht, dass dein Bus erst gegen 16:00 fuhr. Trotzdem beherrschte mich die Unruhe, weil ich dich nicht fortlassen wollte. Ja, es ist wirklich so. Ich wollte dich nicht so einfach dem Bus überlassen und so tun als würden wir uns nicht kennen – einem Bus, der einfach seine Türen öffnet, die Fahrgäste einsteigen lässt und die Türen wieder verschließt. Ich überlegte, was ich gegen deine Abfahrt tun könnte. Ich suchte Gründe und Erklärungen, die dich an der Abfahrt hindern sollten. Verlassenheitsängste kamen in mir hoch. Die kannte ich vorher nicht. Ich versuchte mit Magie, mir meinen Wunsch zu erfüllen. Aber ich spürte auch, dass du fahren wolltest. Du hast dich bei mir nicht wohlgefühlt. Du hast geahnt, dass ich dir wieder nicht zuhören und dich ablehnen würde. Dass ich deinen Blicken ausweichen und so tun würde als wärst du nicht da.

Mag ja alles richtig sein, aber bedenke, ich stehe im Prozess der Entwicklung, der Auferstehung, der Umwandlung vom Bösen ins Gute. Lass mir die Zeit für Veränderung! Ich begann mich innerlich aufzusuchen, abzutasten, anzuspucken, anzupreisen und suchte einen Spiegel in mir, der mir meine Widersprüche erklären kann. Ich wollte mich auf den Weg machen, um mich kennenzulernen, um zu verstehen, was ich vom Leben überhaupt möchte. Ich wollte nach Lösungen suchen und Hoffnung erhalten, dass diese Klinik die richtige Wahl war. Ich brauchte einen Ratgeber, der mir den richtigen Weg wies. Und was geschah? Weiße Gestalten mit Namenschildern versehen liefen die langen Flure auf und ab, um nachzuschauen, wo sich das scheue Wild aufhält. Diese dominanten Herrscher gaben mir nur eine Wahl, mir der ich aber nicht klar-

kam: Entweder man entschließt sich zu vergessen oder man schaut nach vorn, um neue Illusionen einzuatmen. Beides war aber nicht möglich. Ich kann nicht gleichzeitig annehmen, verstehen und widersprechen. Ich stehe das hier nicht durch. Hier wird Stahlbeton gegossen, und meine Seele liegt darin, damit der letzte Rest Hoffnung aus ihr herausgequetscht wird. Es wird eng. Der Druck nimmt zu. Ich muss die Luft anhalten, um den Zwischenraum zu bewahren. Meine Blicke starren nur die Wand an.

Mein Rücken scheuerte sich auf und der Kopf begann zu jucken. Die Schläfen pochten heftig, als ein Angebot der „Alten weißen Denker" kam. Sie wollten mir damit alles schmackhafter machen. Ich sollte ein Rollenspiel inszenieren, wie bei einer Aufführung im Theater. Der Unterschied bestand nur darin, dass die schmerzvollen Szenen nicht nachgespielt, sondern durch angenehme Szenen ersetzt werden sollten. Erster Akt, zweiter Akt und dann das Finale. Ich habe ihr Vorgehen nicht verstanden. Sie sagten, ich soll das Erlebte revidieren und neu bespielen, umformen, verändern, nicht wahrnehmen, ein Umdenken antrainieren. Das war ein Wünsch-dir-was-spiel. Sich in eine Figur hinein zu versetzen, die man nicht ist, und das Widerfahrene, das mich zu tiefst verletzt hatte, mit angenehmen Momenten auszutauschen, diese zu variieren, zu probieren und sich einprägen, damit die Psyche eine behutsame Regenerierung bekommt, was soll das denn für eine Therapie sein? Ich sollte dran bleiben, bis es mir ins Blut übergegangen ist. „Warum soll ich den Schmerz noch mal durchleben?", fragte ich sie. Keine Antwort. Nur Forderungen, Anweisungen, Gesetze beachten, Hausordnung einhalten, die ich schließlich bei der Einweisung überfordert unterschrieb. Ich will alles dafür tun, dass ich wieder gesund werde. Punkt, Komma strich und fertig ist das Mondgesicht.

Abgeblätterte Bäume standen vor meinem Zimmer, ich suchte nach deren Wurzeln und fluchte, ohne einen festen Entschluss für ein neues Leben zu fassen. Meine Tränen versickerten auf dem dicken Teppichboden und meine eiskalten Hände hielten die leeren Waggons der Schmerzen an. Ich wollte in einen einsteigen, den Nacken steifhalten und trübselige Hundehaufen einäschern lassen, um den Geruch von Freiheit zu bekommen. Aber weit gefehlt, ich musste Briefe schreiben: Bittbriefe, Gebetsbriefe und Andachtsbriefe. Alles in der Hoffnung, dass der Zorn in mir vorübergeht. Was sollte ich machen? Den männlichen Gestalten in weißer Uniform vertrauen und darauf warten bis meine Eierstöcke erfrieren? Oh, nein! Der weibliche Gürtel an der Taille ist enger geworden. Es würde mir nicht gelingen ihn zu messen, um meine Hilflosigkeit zu erklären. Selbst das Flüstern deiner Lippen könnte in dieser Situation nur das Wunder vollbringen, ein zerkautes Brot besser zu verdauen.

Du bist männlich, ein Denker, ein Fantast, ein Träumer, ein Utopist, ein Waghalsiger, ein verständnisfreier Idiot, der all seine Grenzen vermischt, um auch mir, der weiblichen Trophäe, den freien Zugang zu mir selbst zu gewähren. Den nackten, tadellosen, fast klaren Beweis hast du an meiner damaligen Skulptur aus Ton im Atelier erbracht – im diffusen Licht, ohne fundiertes Wissen, ohne Plan. Nie werde ich das vergessen. Deine innere Gabe hat der Skulptur die Form gegeben, die sie brauchte, um mich wachzurütteln. Ja, das war der kostbarste Augenblick für mich. Es war wie eine Brandung, die einem Donnerschlag gleichkam und das Kobaltgestein meiner Wut zum Schmelzen brachte. Der entschwundene Rettungsanker trieb im wilden Strom meiner Angst, und es blieb nur die Einsamkeit übrig, die ich beim Sonnenuntergang in der abendlichen Kühle spürte. Ausgekühlt konnte ich den letzten Satz in meinem Notizheft niederschreiben. Mit letzter Kraft ist es mir gelungen, den Parasit meiner Unverfrorenheit, der die Beherrschung in mir erduldete, der die Erschütterung fluchend annahm, um endlich ins ruhige Fahrwasser zu gelangen, um die unterversorgte Wunde käuflich zu erwerben, kurz anzuschauen. Denn wenn es mir nicht möglich gewesen wäre dich anzuschauen, wäre der Schmerz durch deine Sympathie nie gelindert worden. Das war mir wichtig. Dennoch, ich bin ehrlich. Der Schmerz nagt an meiner Wunde weiter, als wäre der versprochene Frieden nur eine Fantasie. Daher war es mir wichtig abzuschätzen wie viel Zeit ich habe das Trauma zu erkennen und zu begreifen, was mein innerer Kampf noch übrig gelassen hat. War nun der Kampf in mir nun umsonst oder beginnt gerade erst der Kampf, die Kindheit anzufechten? Ich begrüße dieses Schicksal, mein Schicksal.

Achtundzwanzig

Das wohlriechende Mittagessen dämpfte meinen Hunger. Die Chinanudeln rollte ich langsam auf meiner Gabel hin und her und hörte dabei im Hintergrund die Kirchenuhr dreimal schlagen. Die chinesische Gaststube erfüllte meine Nase mit süßsaurem Küchendampf. Alles war fremdartig, reisefreundlich, exotisch. Das machte mich neugierig, sodass wir uns hinsetzten und die Atmosphäre genossen. Über uns hing das Bild von einem fliegenden Schwan. Ein einfacher Siebdruck, langweilig und mit winzigen Tomatenspritzern beschmutzt. Wir wandten unsere Blicke davon ab. Deine Augen wirkten traurig. Und trotzdem staunte ich erneut, wie du mit absoluter Fingerfertigkeit die zwei Stäbchen bedient und die Nudeln und das Hähnchenfleisch aus dem Gemüse herausgepickt hast. Es dauerte eine Weile, bis eine Unterhaltung zustande kam, zu sehr waren wir mit uns selbst beschäftigt. – Dein Mund war feucht, als ich mir einen Ruck gab und zu dir sagte, dass du dich verändert hast, dass du heute vieles anders empfindest, aufnimmst und es einem schwer machst, offen darüber zu reden. Dein Denken ist stets auf Abwehr gerichtet, auf Trotz und Abschottung, als wollte ich deiner verletzten Welt noch mehr Schaden zufügen. Aber es liegt mir fern die Rolle eines Richters zu übernehmen, der es gar nicht wert ist, deine Freundschaft anzunehmen.

Zudem bin ich bereit, den eingeschlagenen Weg mit dir weiterzugehen. Deine angeschlagene Position fühlt den abgeholzten Wald, in der du deine Tannenzapfen jeden Tag aufs Neue suchst. Die vergangenen Enttäuschungen singen allein in den feuchten Kellergewölben, aus denen kein Entkommen möglich ist. Kein Versprechen könntest du dort einlösen, das dich retten würde. Das Böse nachzuahmen wird dir schlecht bekommen. Auf dem Rücken deiner verspielten Pferde wird deine Zukunft den neuen Sattel finden. Leise kannst du meine Musik hören, die der Altar eigentlich nicht braucht. Man denkt, dass es immer der Ort sein würde, wo das Schicksal mit deiner Seele zusammentrifft. Aber das ist nicht so. Dort entsteht keine heile Welt, keine Zuversicht, kein Vertrauen – nicht mal die Liebe, die du haben möchtest. Selbst dein Gebet würde dich nicht berühren, um deine Inspiration einer karierten Welt zu besichtigen, wenn deine Erfahrungen dir nie unter die Haut kriechen. Erst wenn es darunter kratzt, juckt und wund wird, dann ist deine Welt zum Wandel bereit und wird deine kommenden Bilder und Motive berühmt machen. Erst dann entsprechen deine Skulpturen dem Charakter, der auf die Farbe Schwarz verzichtet. Vielleicht werden die Farben weicher. Vielleicht bleibt das Unentdeckte dein Geheimnis. Vielleicht wirst du einen Schwefelmond malen können, der deine bittere Enge im Nebel verschwinden lässt. Vielleicht ist dein Strand am

Meer mit einer feinen Kruste überzogen, aus der deine Sicht zu den Dingen entspannter ist. Ich weiß es nicht. Es sind nur Vermutungen. Es sind nur Ideen.

Kann ich dir in die Augen schauen und dir meine Hand reichen? Ist die weibliche Welt in dir so konstruiert, dass keine Lösung möglich ist? Wäre das Loslassen in dir möglich, wenn dir dein Wissen über Abstand und Akzeptanz ein leeres Bild vorlegt? Kann deine innere Bereitschaft Zuckerrohr in Salz verwandeln? Kannst du eine Idee skizzieren, die mehr ein Motiv als eine spielende Musik wiedergibt und dann eine Vertrauenszelle in der männlichen Struktur widerspiegelt? Nur ein dünner Strich würde genügen, die Maske verschwinden zu lassen, die dich des Verrats bezichtigt. Ein dünner Strich, der dich mit Seide bedeckt, um deine Seele zu schützen.

Bevor wir das kleine chinesische Gasthaus verließen, sah ich in einem offenen Unterschrank ein Schachspiel. Es lag an der rechten Rückenwand und war verschlossen. Ich konnte den Blick nicht davon abwenden. Schockiert sah ich die Spielfelder des Schachbretts. Die Schwarz-Weiß-Musterung zog meine Blicke an. Seit Jahren hatte ich kein Schachbrett mehr gesehen. Ich war wie von Sinnen, dass gerade hier in dieser Gaststube ein Schachbrett im Schrank lag. In mir kam die Lust auf, einen Tee zu bestellen und ein Spiel zu eröffnen. Ein Schachzug hätte schon genügt, um dem Erlebten zu danken. Es war nur ein kurzer Augenblick, das Elend nachzuempfinden, das ich in deinen Augen sah. Deine Augen verdunkelten sich, obwohl du nicht wusstest, dass im Schrank ein Schachbrett lag. Ahnungslos hast du vor mir die Ladentür geöffnet und der Wind nahm uns in Empfang. Wir gingen ein paar Schritte in Richtung zum Marktplatz. Dein rechter Arm suchte mich. Ich spürte, dass du nach Schutz suchtest, und ich ließ dich gewähren. Tat mir das gut, dass wir eingehakt am Springbrunnen vorbei gingen und so taten als wären wir ein Paar? Ich hörte das Wasser des Brunnens aus der Düse spritzen. Jeder Tropfen spiegelte die Sonnenstrahlen in bunten Farben. Dein Blick orientierte sich an den Häuserreihen, als ob du die Einsamkeit gesucht hast.

Wir liefen still an der Apotheke vorbei. Weiter, wo das Reisebüro seine Reklame mit den Sonnenstränden zeigte, und wir ließen uns inspirieren vom blauen Himmel, hellem Sand und Strandkörben. Nach einem kurzen Ruck deines Armes war wieder alles vorbei. Wir hatten keine Zeit stehen zu bleiben, die Dinge abzuwarten und zu genießen. Kein Laden hat mich mehr interessiert. Ich wollte vor keinem Schaufenster mehr anhalten. Ich wollte nur noch diese Straße mit dir entlanglaufen, kühl abschreiten und die Fassaden hinter mir lassen. Ich kam mir vor wie ein Soldat, der auf Patrouille war. Aber dann geschah ein Wunder. Du bist plötzlich eisern vor der Kirche stehen geblieben. Die braune Eichentür der Kirche öffnete sich und ein Mann trat heraus. Ein kühler Luftzug berührte uns. Im gleichen Takt war die Klinke der Eichentür in deiner Hand und wir gingen ohne ein Wort hinein. Der Vorraum lag im Dunklen, sodass meine Augen sich erst an die Dunkelheit gewöhnen mussten. Ich sah den gewaltigen Altar. Zwei brennende Kerzen standen darauf und in der Mitte das Jesuskreuz mit seiner großen Bibel davor. Leicht benommen liefen wir durch die Bankreihen der Kirche. In der dritten Reihe vorn rechts hast du einen Platz gefunden, der dir gebührte. Ich konnte dich nicht ansprechen, ohne den Blick vom Altar zu wenden.

Neunundzwanzig

Ich kann nicht beschreiben, was ich in dem Augenblick in der Kirche gefühlt habe, oder ob ich überhaupt etwas fühlte als ich diesen seltsamen Altar sah. Und wenn ich ehrlich zu dir bin, will ich mich auch dazu nicht äußern. Ein seltsam fremdes Gefühl kam in mir hoch, als sich mein Blick vom Altar abwandte. Ich träumte von einer Flamme, die all meine gemalten Blätter verbrannte. Meine Weiblichkeit verglühte in meiner Angst. Es war wie ein Sturm, der meiner Ohnmacht zu nahe kam, der mich hilflos machte. Ich weinte, aber keine Träne floss allein über meine Wange. Jeder gedankliche Schnitt, der mich von meiner Wut trennte, misslang. Ich sah die Hölle über meinem Totenbett. Und doch war es nicht das Ende.

Dieser Altar rief mich auf, meine ängstliche Unsicherheit aufzugeben. Ich hörte den hohen Ton der Kirchenorgel, der wie ein Katzenschrei mein Zwerchfell zu zerreißen drohte. Die Kirchenmauer erbebte, die Ikonen rutschten von den Wänden herunter und zerschellten am Boden. Und dann konnte ich meinen Namen in der Bibel lesen. Es raschelte unter meinem Mantel als wären die Ruten meiner Urahnen am Werk, um mich aufzuhängen. Ich ließ die Bibel zur Linken liegen, wollte in den Gesang mit einstimmen. Der Chor meiner Angst eröffnete die Ouvertüre meiner inneren Kindheit. Überall waren die süßen Töne zu hören, die keinen Notenschlüssel brauchten. Ich schwelgte in meiner Sucht, badete in einer nikotinarmen Suppe und rief Mutter um Gnade an. Welche Dankbarkeit musste ich jetzt aufbringen, um ein Schmunzeln zu finden, das in der Fantasie ein zu Hause hat? Mein Wille zu handeln lebt krank vor sich hin, und ich erschuf ein leeres Bild, das mein Überleben nicht nachzeichnete. Nicht mal eine Besinnung oder eine Rast winkte mir zu, um die brutale Schmeichelei abzuwenden. Du hast keine Ahnung, welche vulgäre Abhängigkeit ich durchmachen musste. Ich sehe die verrufene Zerbrechlichkeit, die meine Zukunft sein soll. Aber ich mag nicht mehr träumen, mag nicht mehr die Intensität einer menschlichen Zentrifuge spüren, die den Kreislauf meiner Untaten anpreist, mag nicht mehr hören, wie die „Alten Denker" ihre sexbesessenen Gedanken schmieden, die sie in den Himmel bringen soll. Ich mag den Geruch von Schweiß nicht mehr, der sich wie mit einem Kindersiegel in mir verewigt hat. Ich mag die feuchte Luft hier einatmen und daran denken, wie deine leisen Gebete in diesem Kirchenraum ankommen. Ich sah in deinen Augen den jungen Welpen deiner Wut spielen. Gelöst und gefasst hast du vor dem Altar gestanden. Ich ahnte schon, dass deine Ideen erneut fruchtbaren Boden berühren würden, denn du hast in diesem Augenblick alles akzeptiert. Woher kommt nur solch eine Kraft, die jede Vermutung beiseiteschiebt und ein Überleben möglich macht?

Glaube nicht, dass ich von meiner eigenen Schande, von meinem Hass erlöst werde! Glaube nicht, dass sich mir das Himmelreich öffnet und mir die ersehnte Ruhe in Form von Gold überreicht! Es gibt nur drei Buchstaben, die ich am Ende der Bibelseite lesen durfte. Drei Buchstaben, die mir Zuversicht gaben und ein bisschen Sicherheit schenkten, um den Umgang mit dir zu überstehen. Denn erst jetzt sehe ich den feinen Unterschied zwischen dir und mir. Jetzt begreife ich deine Ideen, die kein Geschlecht vorziehen. Es ist dir von vornherein egal gewesen, in den Hierarchien der Geschlechter zu denken. Die Wahrheit ist überall die gleiche. Wie bei dir, so auch bei mir. Ich weiß jetzt, dass die Angst nur eine Nebenrolle spielt. Ich wollte stark sein. Ich wollte dir zeigen, wie eine Verabschiedung ohne Tränen aussieht.

Mein Wille wurde in dem Augenblick stärker, als der Bus in die Haltestelle einfuhr. Ich wusste, dass es dein Bus war, und dass er uns für immer trennen würde. Ich ahnte in der Tiefe meiner Seele, dass ich dich nie wiedersehen würde. Es war ein Abschied für immer. Kurz hast du mich angeschaut, mich mit der Hand berührt und bist ohne ein Wort eingestiegen. Ich sah dich im Bus Platz nehmen, und wie du deine Reisetasche ins Gepäckfach gelegt hast. Du hast mich aus dem Bus heraus nicht mehr angeschaut. Du nahmst aus deinem Rucksack ein Buch und hast zu lesen begonnen. Ich stand unten am Bus und konnte diese Situation nicht begreifen. Mir kam es so vor, als ob wir uns nicht kennen würden. Es tat weh. Es machte mich wütend, und ich lief in schnellen Schritten zur Klinik zurück. Unterwegs begegnete mir kein einziger Mitpatient. Der orangefarbene Aufenthaltsraum auf Station 5 war leer. Ich öffnete meine Zimmertür zog die Gardinen zu, setzte mich an den Schreibtisch und schrieb ohne nachzudenken einen Brief an dich. Aber ich muss dir doch eines sagen. Ich wollte diesen eisigen Abschied an der Bushaltestelle genauso, wie du ihn mit mir damals am Hauptbahnhof erlebt hast. Ich wollte keine Tränen, nur um eine Dramatik darzustellen, die wir beide ohnehin nicht verstanden. Ich wollte so behandelt werden, wie ich dich damals behandelt habe. Ein männlicher Denker, der mir seine ganze Härte ins Gesicht wirft, wie kleine Eiskristalle, die das Antlitz meiner Weiblichkeit zerstören. Ich wollte Einsamkeit erleben, wollte nachempfinden, wie es ist, wenn man ohne Abschied stehen gelassen wird.

Ich staunte allerdings darüber, dass keine Silbe über deine Lippen kam. Du hast kein einziges Wort mit mir gesprochen, als wir die Kirche verließen. Am Anfang war es erdrückend. Danach war es eine Erleichterung. Ich konnte mit dieser spontanen Situation nicht richtig umgehen. Erst wollte ich dich zum Abschied drücken, dann wollte ich dich küssen und dir sagen, dass ich dich doch sehr lieb habe. All das habe ich aber kurz vor deiner Abfahrt fallen lassen. Aus Angst? Aus Verzweiflung? Ich kann es dir nicht sagen. Ich weiß nur noch, dass deine Abfahrtzeit längst überschritten war. Die Kirchenuhr schlug viermal, aber da war noch immer kein Bus in Sicht. Würdest du vielleicht doch erst am nächsten Tag die Stadt verlassen? Es war ein heimlicher Wunsch, den ich in mir trug. Aber leider kam dein Bus wenig später. Deinen braunen Rucksack hattest du zur Haltestelle mitgenommen. Du hast deinen Fahrschein gerade in dem Augenblick herausgeholt, als ich traurig wurde und diese Traurigkeit mit viel Mühe herunterschlucken musste. Ich wurde fast wahnsinnig, dass meine Gefühle hier an dieser Stelle mit mir durchgingen. Ich wollte mich zusammenreißen und dir zeigen, dass ich dem männlichen Denker vor mir immer noch nicht vertrauen kann. Ich wollte dir auch hier beweisen, dass du aus dem gleichen Holz geschnitzt bist wie die anderen, die mir damals meine

Ehre als Frau raubten, meine Seele zersägt, erniedrigt und mit Füßen traten, als wäre ich ein Stück Vieh. Ich wollte dir nicht zeigen, dass du ein anderer männlicher Denker bist, dass deine innere Balance feinfühlig war und ich dies alles in mich aufsaugte.

Es tat mir weh, dich in den Bus einsteigen zu sehen, ohne dass du dich noch mal zu mir umgedreht hast. Ich sah, wie du deinen Sitzplatz aufgesucht und deinen Rucksack von der Schulter genommen hast. Dein Blick war leer. Du hast auch geahnt, dass wir uns nie wiedersehen würden. Vielleicht warst du sogar erleichtert, dass wir uns so verabschiedet haben. Ich wollte jedenfalls nur noch weg, als der Busfahrer die Türen geschlossen hatte. Du hast wirklich dein Buch genommen und darin herumgeblättert als wäre ich ein Nichts. Automatisch gingen die Bustüren zu. Langsam fuhr der Bus an. Er schwenkte nach rechts, und dann war dein Gesicht verschwunden. Nun stand ich da und spürte die plötzliche Einsamkeit. Ich blieb allein zurück in einer fremden Stadt und einer fremden Umgebung, die mich verändern sollte. Mein Körper schmerzte. Mir wurde schlecht und ich lief aus dem Getümmel der Massen heraus, um allein zu sein. Ich wollte nur zur Ruhe kommen. – So und jetzt kann ich dir die letzten Zeilen schreiben und mich so verabschieden, wie ich es an der Bushaltestelle hätte tun sollen.

Letztes Kapitel

Neun oder gar zehn Jahre vergingen, als an einem ganz normalen Wochentag bei mir zu Hause etwas geschah, was mich total aus der Rolle warf. Zu keiner Zeit hatte ich an dich gedacht. Alles habe ich fortgeworfen: Bilder, Skizzen und Aufzeichnungen einer vergangenen Zeit, bis zu dem Tag, als ich abends von der Volksschule zurückkehrte und meinen Briefkasten öffnete. Eine Zeitung und drei Briefe lagen im Kasten. Ein Brief konnte ich gleich erkennen, er war von dir. Ich vermutete, dass dieser Brief eine besondere Botschaft beinhalten würde. Ich spürte seine Schwere, das Melancholische, das Befremdliche, Unheimliche, das alles von dir preisgibt, das auflöst, was uns trennte. Dann begann meine Zeitreise zurück. Das damalige Treffen musste ich verstehen und innerlich mit mir abklären. Das war schwierig. Ich wusste nicht, woran ich mich orientieren sollte – an mir, an dir? Wir beide haben Dinge ausgelotet und Ideen genutzt, die eigentlich genügen sollten, sich damit abzufinden, wie ein Mann oder eine Frau tickt.

Du wolltest dein Leben mit mir regeln, deine unerträglichen, selbst gemachten, immer wiederkehrenden egoistischen Sorgen. Du schienst den Kampf mit dir aufgenommen zu haben, doch dann hast du ihn wieder kaltgestellt, verbannt, weitreichend ausgeblendet, weil deine

Psyche das nicht verkraftete. Dabei hast du Gefühle beschrieben, die nicht deine waren. Es hat nichts mit dir zu tun. Du möchtest gern verstehen, wie ich einen Weg fand, der mich beschreibt, der mich darstellt, und warum Dinge so geschehen sind, wie bei mir.

Ich suchte ein Motiv, und das gebe ich zu, das meine Wut beschreibt. Ich wollte mich kennenlernen, wollte in mich reinschauen, ob ich dich mag oder ob Liebe vorhanden ist. Meine diesbezüglichen Gedanken verbrachten die meiste Zeit in Dunkelheit. Ich habe den Anfang verpennt und nichts von Liebe, Wahrheit, Groll und Verbitterung, die mir heute manchmal Sorgen macht, verstanden. Die „Alten Denker", und das muss man wissen, haben ihre eigene Philosophie, die sie respektieren und verteidigen müssen, damit sie überleben, ohne Rücksicht auf Charakter, Anstand, Geschlecht, Glauben oder Vernunft. Sie gehen ihren Weg unverdrossen weiter, von der Geburt bis zum Tod. Ob es gut oder schlecht ist, ist nicht mehr wichtig.

Was ich bin, hast du erfahren. Und wie du bist, konnte ich bisher nur stückweise erfahren. Dafür gab ich dir mehr Zeit, die du mit deiner Überheblichkeit aber nicht genutzt hast. Aber sie war nicht nötig, sie war unbrauchbar und bestand aus purer Angst. Du möchtest gern wie Iris Murdoch schreiben und wie Kahlo Frieda malen. Du würdest gern auf dem Alexanderplatz stehen und die

Revolution ausrufen, wie einst Rosa Luxemburg auf den großen Plätzen vieler Städte. Du willst oben auf der Bühne stehen und freizügig den Weltfrieden verkünden, unter dir die armen Knechte und Bauern, die ihren roten Faden noch finden müssen. Dein Wissen sprengt alles, das Publikum verneigt sich und du gehst wieder nach Hause und steckst deine Nase erneut in Bücher, wo deine Weisheiten geboren werden. Fantastisch, genial. Ich kann keine anderen Worte finden. Du liest jeden Tag in deinen Büchern und findest die verrückten, verletzten „Alten Denker", die ihre Pionierarbeit mit Bravour geleistet haben. Die Bücher beschreiben ihre ängstlichen Kunstseelen mit euphorischen Glanzpostern, obwohl sie gar nicht beschrieben werden wollen. Aber sie werden nicht gefragt, denn man erfährt selten, welchen Schmerz sie erleben mussten. Und glaubst du wirklich, dass diese rührenden, sorgenfreien Biographien keine männliche oder weibliche Wand berühren, die einst auch ihnen bitteren Schmerz zufügten?

Glaube mir, dass du in keiner Biographie solch ein Szenario unerbittlicher Schmerzkatakomben erwähnt hast. Sie müssen schweigen, bis der Tod ihnen die Last abnimmt. Sie bleiben stumm, weil die Angst in ihnen lebt. Sie werden hart sein müssen, um das angeborene Gefühl in ihrer Kunst zu verarbeiten und zu verdrängen. Du selbst, Lena, hast diesen Weg gewählt, ohne die Möglichkeit einer Rückkehr. Krampfhaft wirst du nun nach jeder erbärmlichen Ehrung und Lobpreisungen deinen Schmerz auf der Bühne nachfühlen und schlucken müssen – sei es der Deutsche Literaturpreis oder der Nobelpreis für das schönste Bild aller lebenden Künstler.

Was muss man tun, um diese Preise zu erhalten? Diese Frage ist wohl überholt. Was wäre aber, wenn du einen solchen wertvollen Kunstpreis mit nach Hause bringen würdest? Wo würde diese Trophäe stehen, die dich daran erinnert, dass du besser warst als deine Mutter? Was geschähe mir dir, wenn man vor deinen Füßen den roten Teppich ausrollen würde? Würde deine Gesundung heute besser sein, wärst du ohne Halsschmerzen, ohne den widerlichen Raucherhusten, hättest du keine vergilbten Finger? Ich kann nur sagen. Du würdest Mutters Brot heute noch mit süßem Honig beschmieren und den Eid abgeben, dass Gott weiß, dass nur Lena, die Tochter, die bessere Schöpfung ist. Du wirst sagen: „Ich werde die Kunst zu dem machen, was sie wirklich ist, und nicht zu dem, was du aus ihr gemacht hast." Da dies aber nicht geschehen wird, wirst du Brot und Honig weiterhin kaufen müssen.

Mach dich nicht lächerlich. Ist das der eigentliche Sinn deines Lebens, den inneren Schmerz zu lindern? Oh, meine Liebe. Du schwebst in unbelichteten Dramen, die keiner zuvor gesehen hat. Die schwarzen Löcher über dir werden dich verglühen und dir den Traum mit Kalkstein und Schlagsahne bestreichen, damit du in deine Ohnmacht zurückfällst. In dieser Ohnmacht verfolgt dich die Wahrheit der Auferstehung, die du brauchst, um dich endlich von deiner Mutter zu lösen, dich von deinen männlichen Peinigern zu befreien, die sich in ihrem fettigen Sud wälzen und darum beten, bald erlöst zu werden. Aber diese Erlösung wird auf sich warten lassen. Denk nicht, dass Gott strafen wird. Denk nicht, dass daraus eine Sünde wird, die nur den einen Weg zur Hölle geht. Oh, nein! Das sind Irrtürmer, von denen sich die „Alten Denker" gern inspirieren lassen. Die Wahrheit liegt im Detail, liebe Lena. All die Glaubensfragen dienen dazu, dass die Sünden vor der Bestrafung strammstehen, um vor dem Altar an der Vergebung zu naschen. Die Zeugen der unehelichen Kinder werden Buße tun, die von Bitterstoffen überzogen ist. Kleine Gnadenkristalle verschönern das Gebet der Treue und Wahrheitsfindung.

Alles wird gut! Doch soll ich etwa abwarten, bis du selbst darauf kommst? Ich weiß es nicht. Sünde, Gnade, Hölle, Freiheit sind einfache Lebensaspekte, die leider nicht aufgehen. Deine Hände haben deine Stimmung verraten, als du heimlich den Altar berührt hast. Denk mal nicht, dass ich das übersehen habe! Nur deine Gedanken blieben mir fern. Deine Augen sprachen dagegen Bände, in lateinischen Zeichen, die ich sehr gut verstand. Deine katholische Weltprägung vermischt sich zu gern mit der Reinheit der Taufe und mit dem Gebet. In die bist du hineingeboren. Sie hat dich berührt, auch wenn du sie heute kategorisch ablehnst. Sie hat deine Kindheit geprägt, und aus ihr ist auch deine Sucht entstand. Die Sucht der Liebe. Und diese Liebe ist es, die deinen Peinigern nicht bekam. Die „Alten Denker" haben die Erfahrung der Liebe nicht machen können. Ihnen wurde die Liebe schon in der Kindheit vorenthalten. Selbst ihre Ahnen wollten nichts davon wissen, dass die Liebe zu ihren Kindern die eigentliche Wahrheit des Lebens ist. Sie haben sie unterdrückt, verdrängt. Was dabei herauskommt, das siehst du ja heute an dir.

Kannst du aus freien Stücken sagen, dass du deine Kinder liebst? Hat dir deine Mutter je gesagt, dass sie dich liebt? Ja, nun erstickst du fast daran und suchst erneut die Flucht, das Elend, deine Wut. Lena, du verhältst dich wie vor einem Monat, vor einem Jahr. Du willst einfach nicht zugeben, dass die Liebe die einzige Heilung für deine Wunde ist. Deine innere Liebe lässt deine Gefühle aus dir herausströmen. Deine Familie hat nicht begriffen, die Liebe im Gebet kennenzulernen. Deine Mutter wollte nur für dich das Beste, aber Liebe gab sie dir nicht. Die männlichen Peiniger flehen seit ihrer Geburt um Liebe, die sie nie erhielten. Sie beteten zu jeder Stunde und erklärten sich selbst zu Tyrannen. Und eines Tages wurde ihnen bewusst, dass sie die Liebe nicht mit Wut und Hass finden würden. Als auch das misslang, war ihnen ihr Leben nichts mehr wert. Und das war ihr Ende, sie wünschten sich nur noch den Tod, den Strick ihrer Angst.

Und du? Du hältst den Strick einer Liebe in der Hand und weißt nicht, wie man ihn umbindet. Du, die kluge, gefeierte Künstlerin kannst nicht mal den Strick sehen, der in deinen kalten Händen liegt. Wie arm muss man sein, wenn man nicht begreift, dass die Liebe in jedem lebt? Warum bist du nicht in der Lage dich selbst zu erkennen? Ist es die Feigheit oder die Angst? Ist die Kirche wieder schuld daran oder ist es deine Vergangenheit, die mit deiner Mutter Schach spielt?

Den abgeleckten Teller mit der Sushisoße wollte ich nicht gleich abwaschen. Die verschmutzte Gabel habe ich ins Spülbecken gelegt, wobei meine Gedanken wieder bei dem Bild waren. Der Wind zur Mittagszeit hatte zugenommen. In meinem Arbeitszimmer zog es, sodass ich die Fenster schließen musste. Ich wurde unruhig und überlegte, nach dem Essen einen Spaziergang zu machen oder ein Buch zu lesen. Aber irgendwie hatte ich auch dazu keine Lust. Und dann wurde mir plötzlich klar, dass ich einen dritten Versuch starten musste, um mein Bild endlich aufs Papier zu kriegen. Ich zog die Linien so wild, dass ich in ihnen meine Verzweiflung wiederfand. Es war eine chaotische Skizze, die meiner Unhöflichkeit, meiner

Borniertheit geschuldet war und meine innere Wut freigab. Diese Wut galt mir, denn das Problem meiner Unruhe, meiner Verzweiflung lag auf dem Schrank in der Küche. Es war dein Brief, der mir keine Ruhe ließ. Ich wollte ihn anfangs zerreißen. Dann wollte ich ihn verbrennen. Doch ich hab all das wieder verworfen. Ich hatte nicht den Mut deinen Brief zu vernichten. Ich ging eilte in die Küche zurück und öffnete nach stundenlangem inneren Kampf mit mir deinen Brief.

Ich fange an zu schreiben. Doch ich beginne nicht wie üblich mit der Frage, wie es dir geht oder warum ich schon lange nichts mehr von dir gehört habe. Ich lass diesen Quatsch und komme einfach zum Wesentlichen.

Ich liege in diesem gottverdammten Bett und habe gerade keine Schmerzen, sodass ich etwas Ruhe habe. Die Zeit verging schnell, neun oder zehn Jahre waren es ungefähr. Meine Verbindung zu dir habe ich in Gedanken und visuell nie abreißen lassen. Das Internet macht heute alles möglich. Amazon hielt unsere Verbindung aufrecht. Wenn ein Buch von dir erschien, habe ich es mir bestellt. Es hat mich erstaunt, wie sich dein sprachlicher Ausdruck verfeinert und mein Gefühl angesprochen hat. Jeder Satz kam mir so vor, als würdest du mir deine Lebensgeschichte erzählen. In meinen Träumen hast du das schon getan. Ich dachte immer, sie würden nie zu Ende gehen. Erinnerst du dich noch an die erwähnten drei Buchstaben, die ich damals in der Kirche am Altar ansprach? Es waren diese Buch-

staben, die mich innerhalb von Sekunden von meiner Last befreit haben. Den Nebel in mir konnte ich wegschieben. Ich begann zu zweifeln, und versuchte den neuen fremden Gedanken eines Neuanfangs wegzudrücken. Ich steuerte in eine Richtung, wo die Belastung am höchsten war. Der berühmte Neuanfang nahm mein ernsthaftes Interesse nicht wahr, der abgedrehte Film meines inneren Kindes wurde nie gezeigt. Ich fühlte Risse in den Blutbahnen, die meinen Kreislauf zerstörten. Viele Götter habe ich befragt, ob sie mir Hilfe gewähren würden, um zu erfahren, wer ich bin und warum ich geboren wurde. Die Antworten blieben stets aus. Du würdest wieder sagen, dass es Götzen sind und dass sie kein Leben davor oder danach kennen. Nun ja, ich dachte das würde ausreichen, um mich zu retten.

Was soll ich sagen? Du hattest recht. Aber das Recht ist kurzlebig und instabil. Ich habe meinen Egoismus mehr geliebt als das Gerede von Gott und von deiner Selbstreise, die dich angeblich errettet haben soll. Ich habe all diesen Quatsch gemieden und bin zielstrebig meiner Kunst gefolgt. Ich konnte wirklich viele Galerien vorbereiten, Ausstellungen dekorieren und den armen Schmarotzern dort draußen zeigen, wie Kunst zu verstehen ist.

Deine Thesen über meinen zukünftigen Werdegang waren tatsächlich durch die Vielzahl meiner Ausstellungen in Erfüllung gegangen. Bei Sekt und kleinem Imbiss betrachteten die „Alten Denker" meine Bilder. Ein Höhepunkt meiner Galerien war die Eröffnungsrede des Bürgermeisters im Erfurter Dom, der allerdings von Kunst nichts verstand. Es war eine belanglose Rede. Eine Rede, die nur ihn und die Stadt beglücken sollte, dass zum Beispiel diese Stadt ohne die Künstler keine Stadt wäre. Man wäre ein armes Volk, wenn die Künstler nicht ihre Kunst zeigen und den ganzen Wert der Gesellschaft widerspiegeln würden. Er hatte recht mit seiner Aussage über uns Künstler und die Gesellschaft. Aber er sprach auch über Dinge des Lebens, die ich nicht verstand: „Die Freiheit jedes freischaffenden Künstlers soll in dieser Stadt gewährleistet werden. Sie brauchen Raum. Sie brauchen eine Stimme, auf die wir hören müssen. Wir brauchen die Kunst, die uns lehrt, dass das Leben in seiner Vielfältigkeit tolerant ist." Aber das ist nicht die Stimme meiner Kunst, sie spricht mich nicht an.

Du sprachst damals von einer Liebe, die in uns lebt und die nicht erlernbar ist, die in keinem Lehrbuch steht. Ich habe stundenlang darüber nachgedacht. Beim Schreiben und Malen habe ich die Liebe nur selten in mir gespürt. Ich möchte ehrlich zu dir sein, denn meiner personengebundenen Isolation möchte ich gern ein Ende setzen. Mir ist wichtig, dass meine künstlerische Arbeit mit Liebe gemacht wird. Es war meine Einsamkeit, die Unzucht und Böswilligkeit in mir hervorriefen, sodass ich nicht imstande war, die innere Stimme in mir aufzuspüren. Während jeder Zugfahrt meiner Wut konnte ich den eisigen Fahrwind drosseln, weil ich mir eine Sekunde Ruhe gönnte. Übrigens, ich bin gleich am nächsten Tag von der Klinik abgereist, ohne Papiere, ohne Abschlussgespräch und ohne die Erlaubnis meiner Ärztin. Ich habe es nicht mehr ausgehalten und noch in der Nacht meine Tasche gepackt, um morgens den ersten Bus zum Hauptbahnhof zu kriegen. Ich hatte nicht das Gefühl etwas falsch zu machen, war nicht traurig und habe diesen Schritt auch nicht bereut. Ich glaube, dass mein inneres Kind die Zügel in die Hand genommen hat. Ich bin nach Hause gefahren, ohne noch mal darüber nachzudenken, wie ich mein Leben in den Griff bekomme. Mit war alles scheißegal. Ich wollte nur Ruhe finden und feststellen, was ich will und was nicht.

Ich war eine Zeit lang Hartz-IV-Empfänger, und während dieser Zeit stellte ich im Brennofen meiner Mutter diverse Keramikfiguren her: Schalen, Weinkelche, Untersetzer, Blumenvasen und Kerzenständer. Die habe ich dann heimlich auf den Märkten verkauft. Erst Monate später starb meine Mutter. Mit meinem Erbteil und dem Verkauf des Elternhauses konnte ich mein Atelier ausbauen. Mit dem größten Teil des Erbes habe ich meine Schulden und die meiner Tochter beglichen. Meine Schwester und ich bekamen je die Hälfte. Ich sah sie zum letzten Mal vor vier Jahren, bei der Beerdigung meiner Mutter. Was soll's? Sie geht ihren eigenen Weg. Meine Tochter auch.

Ich habe in Deutschland für meine Tochter ein Testament hinterlegt, sodass sie gut versorgt ist. Und du, mein Freund. Du bekommst die Skulptur von der „Frau in Ton", die du damals geformt hast. Ein Andenken? Ich weiß nicht. Magst du so was überhaupt, ein Andenken, das Erinnern an die Vergangenheit, an bestimmte Szenen des Lebens? Bei dir bin ich mir unsicher, denn dein Charakter passt ausgerechnet nicht dort, wo ich der Meinung wäre, er würde passen. Na ja, ich lag bei den männlichen Hausierern schon immer falsch. Sie alle sind spätestens in der dritten Woche von mir gegangen. Und zum Schluss wollte ich nur noch allein leben, habe gelesen und gemalt. Da ich oft an dich dachte, war mir dein Charakter im Gedächtnis geblieben. Das war eine ganze Weile so, bis ich einen neuen Nervenzusammenbruch bekam. Viele Wochen konnte ich nichts machen. Eine schlimme Zeit war das. Erst nach Monaten fing ich an zu malen, natürlich in kleinen Schritten. Ich stellte dabei fest, dass man mich in meiner ganzen Kindheit nur betrogen hatte. Immer tappte im Dunkeln und sah nicht, wie ich heranwuchs. Ich hatte keine bewusst erlebte Pubertät, besaß keinen jugendlichen Charme, das Flair meiner Kindlichkeit blieb verloren und ich musste lernen zu vergessen. Dann kam die Zeit, da meine Schamhaare wuchsen und ich meine erste Regel bekam. Mein Erzeuger muss das gerochen haben. Ich will nicht weiter auf dieses Thema eingehen, du kennst diese Geschichte bereits. Heute ist mir das egal. Ich kann diese Kindheit nicht mehr zurückdrehen. Ich kann sie nur akzeptieren. Ich höre noch diese Worte aus deinem Mund klingen.

Wochen habe ich dazu gebraucht. Akzeptieren. Akzeptieren. Akzeptieren. Aber die Kraft verließ mich. Mein Denken war auf Wut ausgerichtet, Hass kam dazu. Der Trichter war gut gefüllt, ich hätte ihn nie leeren können. Und nun werde ich den Preis doch noch bezahlen müssen. Aber ich sehe das gelassen und wünsche kein Mitleid. Daher ist auch der Ort, wo ich seit zwei Jahren lebe, gut gewählt. Denn diesmal wird mich keine Seele besuchen können und fragen, wie es mir geht. Briefe und Handy können mich auch nicht erreichen, um mich mit Liebe oder Hass zu belasten. Ich habe kein

Bock darauf. Ich will den langen in mir geführten Prozess, den langjährigen Pfad nun allein gehen. Heute kann ich dir schreiben, dass die Einsamkeit nie ein Thema für mich war. Ich bin nicht allein, denn ich habe mich. Meine kleine Lena in mir gibt mir ihre Hand und wird den Trost aufrufen, der trocken und ungesüßt ist. Die drei Buchstaben beherrschen mich derart, dass ich heute früh zum ersten Mal keinen Kaffee trank und keine Zigarette rauchte. Der Tod mag den heutigen Tag. Er klopfte an meine Tür und sah mir tief in die Augen. Er war sanft zu mir und wollte mit mir in Verbindung treten. Die Zeit reifte heran, die Sonne ging langsam unter. Der Himmel hatte eine weinrote Farbe. Ich begann mein letztes Bild zu malen. Mir genügte eine einfache Skizze von dir, die meine Erinnerungen wachriefen. Leise Worte sollten dich erreichen. Und sie werden dich erreichen, weil das Kind in dir das Verständnis besitzt.
Ich übe den Verzicht.
Ich übe, abzugeben.
Ich übe, nachzugeben.
Ich übe das Verschwinden, um dem Kind in mir mitzuteilen, dass es mir leidtut, dass ich es all die Jahre missachtet habe. Ich höre wieder den Gesang, der meine Identität beschreibt, der meine Melancholie mit hohen Tönen besingt. Der Weihrauch bemüht sich, die Illusionen in mir aufzufangen. Ich fange mich auf und begrüße herzlich den Krebs in mir. Er gehört ab heute zu mir. Der Krebs in meiner Seele tanzt, spielt unter meiner Haut, singt in meinem Herzen, lacht und lebt in meiner Wahrheit. Siehst du den Abstand zwischen den Zeilen, der gerade entstanden ist? Das ist der Abstand zu meiner

Vergangenheit, meiner Kindheit und meinen Erfahrungen. Jetzt habe ich verstanden, dass mein Band der Liebe nie zerrissen war. Zu keiner Zeit hatte ich die Liebe verloren. Sie war seit meiner Geburt mit mir verbunden. Ich brauchte kein Vertrauen, um Glauben zu können.

Ich werde nicht: „Deine Lena!" oder „Herzliche Grüße, Lena!" schreiben, sondern nur „Lena". Du hast die Mauern in mir eingerissen, dass nicht alle männlichen Denker gleich sind. Und darum sollten wir uns irgendwann mal wiedersehen. Die Zeit wird kommen, das ist Gesetz. Es wird Jahre dauern, denn du wirst das Leben in vollen Zügen genießen und die wunderschönen Bilder malen, die ich in meinen Träumen sah. Ich werde bezeugen, dass du ein verdammter Scheißkerl bist. Deshalb war die Zeit mit dir unwichtig. Nicht mehr und nicht weniger.
Lena

Ich habe den Brief zur Seite gelegt und ein Bild gemalt, an dem ich heute noch male.

BUCHEMPFEHLUNGEN

Matthias Hartje

Wie ER ICH wurde
_____

„Wie ER ICH wurde" sind Erinnerungen eines jungen Mannes aus einer Zeit, als ER auf der Suche nach seinem eigenen ICH war.Es ist der Versuch, sich dem Inneren anzunähern, wo das ER seine Stärke zeigt und das ICH seine Schwäche offenbart.

Die Auseinandersetzung des jungen Mannes mit sich selbst löst eine Angst in ihm aus, die sich der Wahrheit des Lebens nicht stellen möchte. Doch das ICH möchte an die Identität seiner Kindheit anknüpfen. Ein Konflikt der äußerst spannend und interessant geschrieben ist. Lesen Sie selbst!

Taschenbuch: 176 Seiten
Verlag: Books on Demand, 2016, 2. Auflage
Sprache: Deutsch
ISBN: 9783741265259

Matthias Hartje

Land der Kinder

Eine Kindheit begrüßt die zarte Ansicht einer wunderbaren Lebensphilosophie. Aus dieser Ansicht geht hervor, dass man als Kind Träume geschenkt bekommt. Träume von Liebe, Umarmung, Verständnis, vom Zuhören, von einem Kind ohne Angst in einer heilen Welt. Diese Träume hatte ich nicht. Und so habe ich mir die Frage gestellt: „Warum nicht?" Ich gehe auf Spurensuche und möchte Antworten auf meine Fragen finden.

Taschenbuch: 337 Seiten
Verlag: united p.c.; Auflage: 1, 2013
Sprache: Deutsch
ISBN: 978385438490-8

Matthias Hartje

Religion aus einer anderen Sicht
———————————

„Religion aus einer anderen Sicht" ist eine Sammlung von Texten des Autors Matthias Hartje, die das Wechselspiel zwischen dem Glauben und dem tatsächlichen Leben deutlich machen, zwischen Angst und Hoffnung, Liebe und Verletzung und der Tatsache, dass Jesus in jedem von uns lebt. Wir müssen nur tief in uns schauen und erkennen, welcher Berufung wir folgen müssen. Hartje stellt dem selbst gemalte Bilder gegenüber, die ein außergewöhnliches Talent zum Detail aufzeigen.

Taschenbuch: 259 Seiten
Verlag: united p.c.; Auflage: 1, 2013
Sprache: Deutsch
ISBN: 978371030153-7

Matthias Hartje

Demenz aus einer anderen Sicht
_____

Eine andere Sicht über die Demenz zu bekommen, ist der Versuch, dass gerade dieses Buch den richtigen Nerv der Zeit findet, damit die Angst vor einer Demenz verschwindet. Ein Buch über Achtung und Anerkennung der Pflegenden und Angehörigen. Ein Buch, das erklärt, wie Demenz zu verstehen ist und wie die Menschen mit ihr umgehen.

Taschenbuch: 76 Seiten
Verlag: Shaker Media, 2013
Sprache: Deutsch
ISBN: 978-3-95631-006-5

Matthias Hartje

DER VERKAUFTE MANN

"Die Abnutzung von Geist und Körper ist in den gesammelten und undurchsichtigen Genen im Menschen zu finden", schreibt der Autor in diesem Buch und hinterfragt an zahlreichen Beispielen eigener Lebenserfahrung, wie Mann und Frau ticken, was sie im Denken und Handeln voneinander unterscheidet und welche hinterlistige Rolle das Ego dabei spielt. Lesen Sie selbst, zu welchen furiosen Erkenntnissen der Autor kommt und wie er am Ende das Rätsel um den "verkauften Mann" löst.

Taschenbuch: 136 Seiten
Verlag: Books on Demand; Auflage: 2 (2016)
ISBN-13: 978-3735795809

Matthias Hartje

DER SCHWARZE JUNGE

———————————————

„Der schwarze Junge" ist der biografische Abriss eines Jungen, der im pubertären Alter auf der Suche nach Liebe und Anerkennung eine „dunkle" Seite in sich entdeckt. Mit zahlreichen Episoden bringt uns der Autor ein Verhalten nahe, das der Jugend entspricht, das aufrührerisch, gesellschaftlich abnorm aber auch mutig erscheint. Von den eigenen Gefühlen hin und her gerissen, nicht zu wissen, wo man hingehört, das eigene Zuhause als Gefängnis und die Schule als eine Art „Neurolage Anstalt zur Vorbereitung auf das Leben" zu empfinden, lässt in ihm den schwarzen Jungen zum Vorschein kommen, der sprunghaft und immer bereit ist, sich und seinen Schulkameraden zu beweisen, dass in ihm ein ganzer Kerl steckt. Doch ausgerechnet sein ärgster Feind, ein „König" in seiner Schule, bezeugt ihm am Ende seine Hochachtung und dass mehr in ihm steckt, als er selbst glaubt.

Taschenbuch: 192 Seiten
Verlag: Books on Demand; Auflage: 2 (2016)
ISBN: 9783741265204

Matthias Hartje

DAS GESPÜR DER ZEIT
───────────────────

Das Gespür der Zeit – Sich dem widersetzen, was nicht lebt. Kann man das? Ist das Bewusstsein in der Lage, dem Menschen eine illusionäre Unwirklichkeit vorzuspiegeln und ihn damit für sein Leben zu prägen? „Das wäre ein Drama", meint Matthias Hartje. Anhand zahlreicher Episoden seines Lebens, wie „Zeichen setzen", „Dankbarkeit" oder „Leben", und einer Vielzahl von epischen Versen gibt der Autor Antworten auf die Bewusstwerdung und die Vorspiegelung illusionärer Gefühle, Erinnerungen, Zwänge und Ängste und des inneren Selbst. Folgen Sie also Matthias Hartje auf seiner spannenden Reise in diese Gefühlswelt, lesen Sie über Ereignisse, die ihm widerfahren sind und das Leben so beschreiben, wie es ist.

Taschenbuch: 192 Seiten
Verlag: Books on Demand; 2016
ISBN: 9783741226847

Matthias Hartje

DER VERWELKTE MANN

„DER VERWELKTE MANN" ist quasi eine Abrechnung des Erzählers mit sich selbst, ein tiefgründiger Rückblick auf sein Leben, seine Kindheit, die damit verbundenen Ängste, kindlichen Dummheiten und der fehlenden Liebe durch das Elternhaus. Sein ganzes Leben jagt er einer falsch verstandenen Liebe hinterher und findet keinen Weg seine Ängste abzustreifen, die ihm schon als Kind aufgezwungen wurden. Nur langsam tastet er sich an die Frage heran, wie sein Ego und das innere Kind in ihm auf die Probleme des Erwachsenwerdens reagieren, was er unterdrücken und was er befördern muss. „DER VERWELKTE MANN" bringt dem Erzähler Leid und Schmerzen, aber auch Erkenntnisse, die ihn von seinen Ängsten befreien. Lesen Sie selbst, welch innerer Auseinandersetzung sich zwischen dem Ego und dem inneren Kind eines Mannes abspielt und woraus dieser Kampf resultiert.

Taschenbuch: 436 Seiten
Verlag: Books on Demand; Auflage: 1 (24.6. 2015)
ISBN-10: 3739289074

Matthias Hartje

Die Grabkarte meiner Mutter
———————————

Mit dem Buch „Die Grabkarte meiner Mutter" schaut der Autor Matthias Hartje auf das Leben seiner verstorbenen Mutter zurück. Er beschreibt die Zeit, in der sie gelebt hat, die Zeit des Zweiten Weltkrieges, die Lebensumstände danach, den Hunger und ihren ständigen Kampf ums Überleben. Die Härte ihres Überlebenskampfes überträgt sich auf ihren Charakter und damit auf die Erziehung ihrer drei Kinder. In einem sich durch das Buch ziehenden gedanklichen Dialog mit seiner Mutter reflektiert der Autor noch einmal Situationen aus seiner Kindheit und der Jugendzeit, um deutlich zu machen, wie er unter der fehlenden Liebe, den ständigen Schlägen seines Vaters und der bewusst zur Schau getragenen Heuchelei seiner Eltern gelitten hat, und wie sich das auf die Entwicklung seiner Psyche ausgewirkte.

Taschenbuch: 232 Seiten
Verlag: Books on Demand, Auflage 2, 2017
ISBN: 9783743172944

Matthias Hartje

Das EkelKind
_____

Vergangenheit oder Zurückblicken? Als junger Mann ist dieser Satz nicht ernst zunehmen. Beruflich, als Betreuer in einer Wohngemeinschaft für demenzerkrankte Menschen tätig lernt er viele alte Menschen kennen, die kurz vor dem Sterben ihre Vergangenheit wahrnehmen und ihre Erfahrungen vom Schmerz erstmalig öffentlich machen, indem sie ihre Geschichten erzählen. Beim Erzählen werden die alten und kranken Menschen in der Seele frei und bemerken dabei nicht, wie der junge Mann mit sich kämpft, um sich nicht mit seinen Verletzungen aus der Vergangenheit zu konfrontieren. Er hört zu, hilft ihnen und begleitet sie bis zum Grab. Als Dank bekommt er ein Lächeln zurück und wird so aufgefordert, sich jetzt mit seiner eigenen Vergangenheit zu beschäftigen, um Frieden zu bekommen, um später besser Abschied nehmen zu können.

Taschenbuch: 226 Seiten
Verlag: Books on Demand, Auflage 2, 2016
ISBN: 978-3-7357-9561-8

Matthias Hartje

Meine Bilder sind Teil einer Geschichte, die erst durch meine Gedanken gehen mussten, bevor sie entstanden. Sie haben meine Gefühle durchforstet, die aus der Farbkraft den Schatten spürte. Ich gebe dem Versuch freien Raum und male sehr konzentriert, um das Unsichtbare sichtbar zu machen. Aquarellstifte erfüllen meine differenzierten Farbkompositionen, aus denen ein Bild seine Aussagekraft bekommt. In mir lebt eine Sehnsucht, aus der ich der leeren Farbfläche ein gewisses Motiv gebe. Ein Motiv, das die verlorene Poesie findet und zeigt, wie es lebt. Es drängt sich in mir eine ständige Unruhe auf, ich folge meinem Gespür und wähle eine Farbe, die meiner Fantasie entspricht – einer Fantasie, die keinen Namen kennt. In einer Vielzahl von Ausstellungen haben die mehr als 1200 Aquarellbilder und Leinwände die Menschen berührt.

 Matthias Hartje wurde im August 1960 in Berlin als Einzelkind geboren. Nach Beendigung seiner Schulausbildung absolvierte er eine erfolgreiche Lehre als Filmkopierer und später als Druckformhersteller. Von 2001 bis 2009 arbeitete er als Wohngruppenfachkraft für Demenz in der Altenpflege. Sein Interesse galt allerdings schon frühzeitig dem Malen. So entstanden bis heute weit mehr als 1200 Aquarellbilder, die die Welt des Autors erklären. – Im Verlauf der Jahre entdeckte der Autor eine zweite Leidenschaft: das Schreiben. Zunächst waren es Gedichte und Erzählungen, die 2012 veröffentlicht wurden. Später begann der Autor, die persönliche innere Zwiespältigkeit bei der Bewältigung des Lebens sowie seine Ansichten und Erfahren mit demenzkranken Menschen in Romanen zu beschreiben und mit seinen Aquarellbildern zu ergänzen. So veröffentlichte der Autor Matthias Hartje Bücher, wie beispielsweise: „Demenz-Kinder" (2013), „Land der Kinder" (2013), „Der schwarze Junge" (2013) oder „Das Ekelkind" (2014), „Das Gespür der Zeit " und „Die Frau in Ton" (2017). – Nach dem Erfolg seiner Bücher sowie zahlreichen Lesungen zu den darin aufgeführten Themen: Religion, Liebe, Angst, Demenz, das Ego im Menschen, Sterben und Leben schreibt der Autor aktuell an einer Fortsetzung seiner Buchreihe. Man darf gespannt sein.